金陵漢詩

Jinling Hanshi

邓攀 编著

南京出版传媒集团
南京出版社

图书在版编目（CIP）数据

金陵汉诗 / 邓攀编著 . -- 南京 : 南京出版社，
2019.9
ISBN 978-7-5533-2629-0

Ⅰ. ①金… Ⅱ . ①邓… Ⅲ . ①诗集 – 中国 Ⅳ .
①I22

中国版本图书馆 CIP 数据核字（2019）第 174412 号

书　　名： 金陵汉诗
作　　者： 邓　攀
出版发行： 南京出版传媒集团
南　京　出　版　社
社址：南京市太平门街 53 号　　邮编：210016
网址：http://www.njcbs.cn　　电子信箱：njcbs1988@163.com
天猫 1 店：https://njcbcmjtts.tmall.com　　天猫 2 店：https://nanjingchubanshets.tmall.com
联系电话：025－83283893、83283864（营销）　025－83112257（编务）

出 版 人： 项晓宁
出 品 人： 卢海鸣
责任编辑： 谢　微　聂　焘
装帧设计： 王　俊
责任印制： 杨福彬

制　　版： 江苏凤凰制版有限公司
印　　刷： 南京凯德印刷有限公司
开　　本： 787毫米×1092毫米　1/16
印　　张： 24.25
字　　数： 446千字
版　　次： 2019年9月第1版
印　　次： 2019年9月第1次印刷
书　　号： ISBN 978-7-5533-2629-0
定　　价： 68.00元

天猫 1 店　　天猫 2 店

营销分类：历史 · 文学

水上雅晴(1963—），日本北海道人。北海道大学毕业后留校任教。2009年起，历任琉球大学副教授、教授，现任日本中央大学文学部教授。主要研究领域：清代学术、科举学、日本汉学、琉球汉学。出版中文著作《年号与东亚：改元的思想和文化》《日本汉学珍稀文献集成（年号之部）》等；发表中文论文《再论琉球的“科”：以现存琉球汉籍为线索》《琉球士人汉籍学习举隅：以汉籍中写入的训点和注记为考察中心》《日本中世时代〈尚书〉学——以清原家的经学为考察中心》等。

序　文

南朝齐人谢朓曾赋诗云：“江南佳丽地，金陵帝王州。”（《入朝曲》）南京作为十朝都会，金陵是别称之一。不仅国内的骚人墨客驻足挥笔，而且海外的文人游客接踵而来。在往昔交通不便的时代，对南京抱着憧憬心情的人未必来到。就日人而言，尤其在江户幕府采用“锁国”政策之后，无以来华。于是一些读书人以金陵为号，从而宽慰自己的心灵，如石井俊（1842—1926，画家）、奥山家宪（1795—1867，医生）、金子允圭（？—1817，画家）、末包时亮（生卒年未详，汉学家）、芳野成育（1803？—1878，汉学家）等是也。还有冈田尚友（？—1808，画家）以金陵斋为号。

南京自古一直是文艺活动的核心地域，叙事述情的作品累积下来，对编辑选集而言，汇聚由中国人撰写的文章编为选集相当容易，而专门采集由外国人撰写的文章编成选集则可谓难事。南京市社科院科研处处长邓攀先生从事这种困难的工作，二〇一四年与卢海鸣先生共编出版《金陵物语》，书中收录由五十五位外国人写到南京的散文作品。“物语”二字或许来自日语，原来是“谈话”的意思，后来发展有“口碑”的发生义，又发展有了散文文学的意思，相当于英语中的“tale”或“story”，如佚名《竹取物语》、紫式部《源氏物语》等。邓先生并不以此书为终点，不断继续搜罗工作，又独力编出了《金陵汉诗》一书。

《金陵汉诗》也是一本选集，其有一个明显的特色，即书中所收的作品都不是散文，却是汉诗；汉诗不是由中国人写的，而都是由外国人写的，每首诗会提到南京和南京各地的名胜。《金陵汉诗》可说是《金陵物语》的“姊妹篇”，书中一共收录七十名作者近四百首诗，所收作品按照撰写时间顺序排列，以新罗崔致远（857—？）为起，下至日本吉川幸次郎（1904—1980）。据此可以看到南京自古引起境外文人的关注，又可以看到汉诗长期构成“汉字文化圈”文人的基本修养。

编者从广泛的外国文献中找出有关汉诗，本书搜集之广，令人瞠目，管见所及，以往没有人从事过同样的搜集工作。就日本汉诗而言，编者部分利用汉诗文选集，从而采录一些汉诗。例如，中岩圆月《东海一沤集》、别源圆旨《南游集》、绝海中津《蕉坚稿》等“五山僧侣”的汉诗文集均在采集范围之列，都被收入上村观光编刊《五山文学全集》。日本在唐末废止遣唐使，中日交流不振，其后“入宋元明的僧侣”，换言之，住在京都“五山”的禅僧成为来华日人的主流群体，不仅如此，佛僧一直构成写汉诗而享受之的主要阶层。因此，仅看“五山僧侣”的汉诗文的选集，就中世时代日人写的“金陵汉诗”几乎可以“一网打尽”。当然，本书收录的日人汉诗并不都是用这种方法来采集的，副岛种臣《苍海全集》、桥本宁《蓉塘诗钞》、永井久一郎《来青阁集》等汉诗文集只有单行本，没有收载于选集类文献，编者无疑将这种汉诗文集一一翻阅，找到各首“金陵汉诗”。至于朝鲜和越南等“金陵汉诗”恐怕也是通过精而博的搜求工作而得到的。

书中写有诗人小传与对作品的注释和解读，编者在这些简而要的文章中发挥实事求是的精神，令人端坐欣赏外国人写的“金陵汉诗”。本人学粗才浅，仅仅知道本书是一部南京文化研究的基本文献而已。最后引用清代大儒钱大昕的一句话，以尽撰序者最低限度的责任：“夫文之声价，本不待序而重。”（《张鹤果文集序》）

日本中央大学 **水上雅晴**谨撰

二〇一八年于多摩丘陵上

二〇一九年修订

前 言

中国地处东亚文明的中心地带，由于强大的文化影响力，自然形成了以汉字为通用文字的东亚文化共同体。15世纪朝鲜徐居正在为该国大型汉文文献总集《东文选》作序时写道："我东方之文，非宋元之文，亦非汉唐之文，而乃我国之文也。"16世纪末越南使节冯克宽《答朝鲜国使李晬光》一诗也有句云："彼此虽殊山海域，渊源同一圣贤书。"这些文字都体现了当时东亚文化的高度同一性。

以汉字组成的汉诗堪称这一共同体文化交流传播的标志性载体和基石。绝句、律诗等近体诗形成后，很快流传至东亚各国，成为汉诗的主要形式，并在东亚本土传播发展达上千年之久。文化的特性就是扩散传播，但从来不会是单向的扩散传播，汉诗在东亚各国也一样是互相交流，互相影响。毛泽东在早年就有改写日本汉诗的作品，如《七绝·改西乡隆盛诗赠父亲》："孩儿立志出乡关，学不成名誓不还。埋骨何须桑梓地，人生无处不青山！"西乡隆盛是明治时期极负盛名的政治家和军事家，其署名原诗为："男儿立志出乡关，学若无成死不还。埋骨岂期坟墓地，人间到处有青山。"这本是幕府末期日本僧人月性所作，但为西乡隆盛珍藏，并借其之名远播中国。

东亚文化共同体以东亚为地理空间，有圈层有核心，区域内文化传统悠久的著名城市往往是其文化交流的核心枢纽，而古都南京无疑就是其中的核心城市，从汉诗角度看其核心属性尤为亮眼，堪称核心中的核心。千百年来，日本、高丽（朝鲜）、安南有许多诗人造访南京，长吟短诵，留下诗篇无数。揆诸汉籍文献，南京在汉诗中出现的频率几乎与各国汉诗从兴起、繁盛到衰落的过程相始终。在外籍人士关于南京的文字中，若论连续性和时间跨度，东亚诸国汉诗中也无出其右。显然，考察东亚文化共同体文化交流的图景，汉诗中的南京是当之无愧的绝佳范本。

这些汉诗主要来自朝鲜半岛（新罗、高丽、朝鲜诸王国）、日本列岛（日本幕府时代，日本帝国时代）和中南半岛（安南王国，包括越南陈朝、后黎朝等）。其作者构成主要为使节（称朝天使或燕行使）、僧侣、学者等，他们多数在其国内属于受过优良教育的上层知识分子，甚至不乏引领时代的大师级文人学者，创作汉诗是他们记录朝贡、求学、游历之行以及唱和应酬等文化交往的重要方式。元朝至明初旅居南京的一些日籍求法僧侣，甚至成为开创日本五山文学的代表人物，以佛教禅宗为载体推动日本进入全新的文化时代，这是南京对外文化交流的闪耀亮点。明朝早期的高丽（朝鲜）朝天使多有致力于理学传播的儒者，共同的理念为增进两国关系打下坚实基础，使节们的朝天诗洋溢着对明都南京的由衷赞美。明清时期的越南使节在很长一段时期内，往返必经南京。他们在此盘桓休整，不仅大量采购公私货物，还深入城中广泛结交地方文士，探访品题金陵美景，留下诸多文化佳话。天南海北、历时千年的汉诗点滴记录了这一段段一度变得鲜为人知的历史，并从侧面印证了南京确实是当时具有国际影响力的文学之都。

本书收录了从唐代至民国近一千一百年间东亚诸国七十位作者近四百首汉诗。其中主要的知名人物有朝鲜半岛汉文学奠基人、东学之祖崔致远，日本中世汉文学最高水平代表人物中岩圆月，五山时期日本五大著名诗僧之一的别源圆旨，名列日本五山文学双璧之一的绝海中津，“丽末三隐”之首、高丽一代儒宗李穑，高丽（朝鲜）理学之祖郑梦周，深得朱元璋赞赏的文章大家李崇仁，朝鲜朱子理学代表人物权近，李氏朝鲜“开国第一功臣”赵濬，古代朝鲜著名政治家、改革家、儒学家郑道传，明神宗御赐“南国状元”的越南政治家、文学家冯克宽，越南封建时代最大的博学家、名重中越两国的“斯文领袖”黎贵惇，日本文章八大家之一古贺朴，日本中国学“京都学派”创始人之一内藤湖南，日本近代研究中国文学第一人铃木虎雄，日本汉学家、“京都学派”代表人物吉川幸次郎，名列“韩末四大家”的近代朝鲜文豪金泽荣，等等。他们的诗作大多保留于个人文集或综合选集中，由于经过遴选，一般都具有较好的质量，其中一些佳作放诸当时的中国也不落下风。东亚各国高水准的汉诗水平，充分展现了东亚文化共同体曾经达到的汉文化发展高度。

仔细品读这些千百年间因南京而生的文学遗珠，很容易让人产生深切的感触。不同国家虽然地理相隔，也有短暂的冲突和紧张，但长时期的和谐共处却是东亚文化共同体历史的主要基调，其共同观念、共同信仰就在这一历程中自然产生，文明传播并不依赖刀剑征服和殖民控制，精神自由基础上的赞赏和仰慕，在汉诗中一览无遗。

从域外汉诗角度观察南京，是一个不同以往的新视角。学者程章灿说过，南京有很高的文学史地位，南京的城市气质如大气、古典、诗意，很大程度上是通过文学塑造的。同时，自六朝以来，南京从江南的南京成为中国的南京，更成为世界的南京。域外汉诗不仅很好地展现了南京的这两大特点，而且更有助于深化这一认识。汉诗不仅促进了南京形象、金陵意象在东亚汉文化共同体的传播，又反过来展现了区域内各国对这一历史文化地标和文学主题的广泛认同和参与形塑，进一步强化了它在文化共同体中的代表性，成为文学史和文化史上极富研究价值的经典案例，甚至堪称呈现中国与东亚诸国文化互动、文明互鉴，以及东亚世界知识生产与人文传播景象的密钥。

这些汉诗除了在揭示核心城市与外部世界的关系方面可以进一步丰富区域文化共同体视角下南京对外交流史的历史认知，其文本内容在城市研究、南京研究等方面也具有不可多得的基础文献价值。如高丽使节对明初南京的都城面貌、外事活动、人事交往等的珍贵记录，朝鲜文士以金陵名诗为题进行的课试较艺，越南使节对金陵景观的评选和诗歌创作，日本诗客对秦淮文化的细节实录，以及这些域外旅行者对南京各处胜景的描摹吟诵，等等。就学术领域而言，大量新的材料不仅是研究内容上的增量，更可能会成为变量，对既有研究从理论建构、研究范式都产生突破性影响。若对这些汉诗新内容加以细致和深入研究，假以时日，必能有丰厚回报，其收获不会局限于历史细节的补白，而是刷新我们的认知，全面深化南京的城市史研究、区域史研究。

书中集录的诗作来源主要选自古籍钞本（刻本），并经过识读精校，部分录自当代质量较高的排印本。编者根据视野范围内搜集到的材料，将每位作者关于南京的诗作尽可能地予以收录，并按照作者所处时代和汉诗创作年代顺序排列，全景式展现东亚汉诗中的金陵景象。

本书作为第一部全面汇编外国人关于金陵诗作并加以评注的书籍，继《金陵物语》开创性地通过域外视角考察南京历史文化之后，期待能抛砖引玉，进一步引起研究者对境外南京史料的重视，丰富研究南京历史文化的他者视角，拓宽“南京学”的史料文献基础和研究基础。

目录

唐朝编

元朝编

明朝编

清朝·民国编

附录

唐朝编

Tang Dynasty

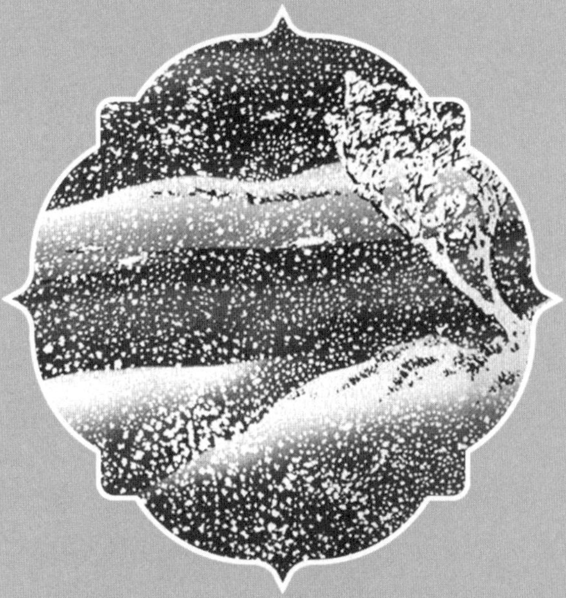

［新罗］**崔致远**（857—？），字孤云，一字海云或海夫。王京沙梁部（今韩国庆尚北道庆州）人。唐咸通九年（868），年仅12岁时，奉父命乘海舶入唐，赴长安求学。乾符元年（874）进士及第，等待吏部铨选时一度“浪迹东都（洛阳），笔作饭囊”，并作诗赋三卷。乾符三年，调授宣州溧水县尉。三年后，为应博学鸿词试，赴淮南。广明元年（880）时，被诸道行营兵马都统、淮南节度使高骈聘为幕府从事，委以书记之任。因表现出色，荐授承务郎、殿中侍御史内供奉，赐绯鱼袋的散阶勋位，任为都统巡官。光启元年（885），表请归国，唐僖宗许其以送国信使身份回归新罗。他将在唐时所作杂诗赋和表奏集二十八卷及《中山覆篑集》五卷、《桂苑笔耕集》二十卷进呈新罗宪康王，轰动朝野。新罗王极重其学识才能，任为侍读兼翰林学士、守兵部侍郎、知瑞书监事。后出为大山郡太守。新罗真圣女主七年（893，唐景福二年），改任富城郡太守。曾奉使谒唐。新罗孝恭王三年（899，唐光化二年），辞官遍游“山林江海”，最后归隐华严道场伽倻山海印寺（今属韩国庆尚南道，为韩国三大佛寺之一）。卒年不详。高丽建国初年，其门人多有仕至达官者，至显宗十四年（1023）追谥文昌侯，从祀高丽文庙。

其诗文水平颇高，其友顾云在《儒仙歌》中赞誉他“十二乘船渡海来，文章感动中华国”。因对朝鲜半岛文化发展影响极深，被视为东学之祖、朝鲜半岛汉文文学奠基人。《桂苑笔耕集》是他在淮南幕府任职时所撰唯一留存的诗文集，也是朝鲜半岛在三国时期唯一传世的个人文集，另在《东文选》《三国史记》等书中还收有其约四十首诗作。韩国学者将其遗作辑为《孤云集》《孤云续集》，与《桂苑笔耕集》合编为《崔文昌侯全集》。

双女坟

草暗尘昏双女坟，古来名迹竟谁闻？
唯伤广野千秋月，空锁巫山两片云。
自恨雄才为远吏，偶来孤馆[1]寻幽邃。
戏将词句向门题，感得仙姿侵夜至。
红锦袖，紫罗裙，坐来兰麝逼人薰。
翠眉丹颊皆超俗，饮态诗情又出群。
对残花，倾美酒，双双妙舞呈纤手。

狂心已乱不知羞，芳意试看相许否？
美人颜色久低迷，半含笑态半含啼。
面热自然心似火，脸红宁假醉如泥？
歌艳词，打欢合，芳宵良会应前定。
才闻谢女[2]启清谈，又见班姬[3]抽雅咏。
情深意密始求亲，正是艳阳桃李辰。
明月倍添衾枕恩，香风偏惹绮罗身。
绮罗身，衾枕恩，幽欢未已离愁至。
数声余歌断孤魂，一点残灯照双泪。
晓天鸾鹤各西东，独坐思量疑梦中。
沉思疑梦又非梦，愁对朝云归碧空。
马长嘶，望行路，狂生犹再寻遗墓。
不逢罗袜步芳尘，但见花枝泣朝露。
肠欲断，首频回。泉户[4]寂寥谁为开？
顿辔望时无限泪，垂鞭吟处有余哀。
暮春风，暮春日，柳花撩乱迎风疾。
常将旅思怨韶光，况是离情念芳质。
人间事，愁杀人，始闻达路又迷津。
草没铜台[5]千古恨，花开金谷[6]一朝春。
阮肇刘晨[7]是凡物，秦皇汉帝[8]非仙骨。
当时嘉会杳难追，后代遗名徒可悲。
悠然来，忽然去，是知风雨无常主。
我来此地逢双女，遥似襄王[9]梦云雨。
大丈夫，大丈夫，
壮气须除儿女恨，莫将心事恋妖狐。

出处

成任编《太平通载》，赵季、张景崑著《〈箕雅〉五百诗人本事辑考》，人民文学出版社2013年版。

注释

1. 孤馆：双女坟附近的招贤馆。

2. 谢女：六朝女诗人谢道韫，为王凝之妻。

3. 班姬：东汉才女班昭，为汉成帝嫔妃。

4. 泉户：墓门。

5. 铜台：铜雀台、铜爵台。

6. 金谷：金谷别馆，西晋豪富石崇所建园馆。其自叙云："有别庐在河南县界金谷涧中，或高或下，有清泉茂林，众果、竹、柏、药草之属，莫不毕备。又有水碓、鱼池、土窟，其为娱目欢心之物备矣。"

7. 阮肇刘晨：东汉剡县（今浙江嵊州）人阮肇、刘晨。汉明帝永平五年（62），共入天台山采药，遇二女，相宿半年。二人返乡时，已是晋太元八年（383）。

8. 秦皇汉帝：秦始皇、汉武帝，皆迷信方术，求长生不老。

9. 襄王：楚襄王，曾昼寝高唐之观，梦合巫山神女。

解读

该诗为长篇歌行，语言晓白，用典精准，足见作者熟稔汉学。其初见于15世纪朝鲜国成任编辑的《太平通载》卷十六《崔致远》一文，此文据标注出自传奇作品集《新罗殊异传》。《新罗殊异传》大约编成于11世纪，据1215年成书的高丽《海东高僧传》所载，其编者为朴寅亮。《崔致远》主要描述了崔致远梦会溧水双女的传奇故事，有学者考证该文为高丽文人据《双女坟记》演义而成。《双女坟记》已经佚失，但《崔致远》一文中以崔氏名义撰制的长诗《双女坟》多认为是其原作。崔致远任溧水县尉时曾著《中山覆篑集》，中山即溧水古称。该书主要为诗词文赋，共五卷，惜已散佚。《双女坟》一诗很可能就出自此书。

诗中所载双女坟，位于唐代溧水县南一百一十里的招贤馆前。该坟为至今尚存的著名古迹，清代乾隆县志称在"县东三十里，花山李氏宅旁"，今属高淳区固城镇蒋山行政村。

南京的宋代地志文献《六朝事迹编类》最早摘引崔致远《双女坟记》一事，内容极简，后《景定建康志》《至正金陵新志》皆沿袭其说。其大意为，鸡林（即新罗）人崔致远尝憩于招贤馆，前冈有双女坟，询其事迹，莫有知者，因为诗以吊之。是夜，感二女至，称谢曰："儿本宣城郡开化县马阳乡张氏二女，少亲笔砚，长负才情，不意为父母匹于盐商小竖，以此愤恚而终，天宝六年同葬于此。"宴语至晓而别。《乾隆高淳县志》在抄录上文外，又记载了另外的说法，即二女为招贤驿驿丞之女，遇难不屈，尽节而死，并称“至今墓上松石，获者辄有祸，其英爽不泯如此”。

《太平通载》中的《崔致远》一文则情节翔实，不仅“宴语至晓”的对话细节活灵活现，而且有同衾共枕的缱绻欢情。特别是《六朝事迹编类》提及的崔致远“为诗以吊”之诗，也有全文：“谁家二女此遗坟？寂寂泉扃几怨春。形影空留溪畔月，姓名难问冢头尘。芳情倘许通幽梦，永夜何妨慰旅人。孤馆若逢云雨会，与君继赋洛川神。”若此篇七言律诗为崔致远原作，则应当也是出自《中山覆篑集》的佚诗。

元朝编

Yuan Dynasty

［安南］**阮忠彦**（1289—1370），本名鹛，字邦直，号介轩。兴安天诗土黄（今属越南河静省）人。12岁为太学生。陈英宗兴隆十二年（1304）甲辰科进士，为二甲第一名，有神童之誉。兴隆二十年任谏官。陈明宗大庆元年（1314，元延祐元年），奉使入元报聘。次年返国。后历任侍御史、清化安抚使、内密院副使、乂安安抚使、京师大尹等职，并编修实录，编定《皇朝大典》，考撰《刑书》。陈裕宗绍丰二年（1342），置枢密，任行遣知枢密院事，领原属尚书省的禁军，始为定制。绍丰十五年，任至谅江镇经略使、入内大行遣、尚书右弼，兼知枢密院事、侍经筵大学士、柱国、开县伯。有诗集《介轩集》，后散佚。后黎朝景兴三十六年（1775）潘辉注于多部诗总集中搜辑其佚作，编为《介轩诗集》，其中大约六十余首皆为出使元朝时所作。

夜泊金陵城

人在扁舟月在河，洞庭[1]秋兴浩无涯。
梦魂不管烟波隔，一夜东风送到家。

出处

《介轩诗集》，越南汉喃研究院藏钞本。

注释

1. 洞庭：洞庭湖，古代越南使臣出使中国的必经之地。原诗集钞本中“洞庭”之后有“无”字，疑为衍字，故删去。

解读

阮忠彦是目前可见最早有北行诗存世的越南使臣。元时，其出使路线需经湖广北上，过洞庭湖，入长江，顺流东下至金陵，再由扬州折而向北，沿运河入大都。从诗集中其他作品可知，作者当于秋日由洞庭湖乘船至金陵。当时出使周期往往长达一两年，由于路途漫漫，行至金陵城下他已抑制不住思乡之情，遂留下这首梦回家园的七绝。

［日］**中岩圆月**（1300—1375），法名圆月，字中岩，号中正子，俗姓土屋。相模镰仓（今属日本神奈川县）人。8岁入寿福寺，12岁从道慧禅师学习儒家经典，15岁从曹洞宗渡日僧东明慧日习禅。21岁时从临济宗大师虎关师炼学习。还曾在京都三宝院修习密教。元泰定二年（1325，日本正中二年），渡海入元。其间遍参名山大刹，师事临济宗东阳德辉和尚，并精研程朱理学。为参谒临济宗高僧、保宁寺住持古林清茂，曾于泰定二年至四年多次赴南京。来华七年后回国。打破僧界惯例，宣布继承临济东阳法嗣，被日本曹洞宗视为叛逆，屡遭行刺。历应元年（1338）所修《日本纪》，主张中国的吴泰伯为日本国祖，一度引起朝廷不满，使该书被焚。历任万寿、建仁、建长等名寺住持。赐谥佛种慧济禅师。擅长汉诗文，为五山文学鼎盛期奠定了基础，是日本中世汉文学最高水平的代表人物。著有《文明轩杂谈》《中岩和尚语录》《东海一沤集》《中正子》等诗文集。

京都建仁寺

泰定二年寓保宁会诸江湖名胜[1]

一别家山期未满，如何切切欲归心。
更来衣服着新色，留得语言存旧音。
拙句解嘲慵下笔，瘦颜拭唾耐[2]烦襟。
同来游子飘蓬[3]去，蹭蹬[4]无由伴短吟。

出处

《东海一沤集》，上村观光编《五山文学全集》，日本京都六条活版制造所1904年版。

注释

1. 江湖名胜：四方才俊。
2. 耐：古同“奈”，奈何。

3. 飘蓬：以蓬草飘飞比喻散处他方。

4. 蹭蹬：困顿。

解读

本诗作于元泰定二年。时作者入元不久，初至金陵拜谒古林清茂，寓居保宁寺。诗题表明他在保宁寺与各方高才之士相会，但诗中却没有一句不在阐发强烈的思乡之情。远别故乡，身处异国，连衣服也全部换新，唯有自己的乡音可以怀旧。反复的思念使人慵懒无欲，以至于因为句拙懒得下笔解嘲，因为颜瘦不愿捉襟拭唾。同伴已经离散各处，只身一人与诗相伴，羁旅游子的凄凉孤寂跃然纸上。

金陵怀古

人物频迁地未磨，六朝咸破有山河。
金华[1]旧址商渔[2]宅，玉树[3]残声樵牧歌。
列壑云连常带雨，大江风定尚生波。
当年佳丽今何在，远客苍茫感慨多。

出处

《东海一沤集》，上村观光编《五山文学全集》，日本京都六条活版制造所1904年版。

注释

1. 金华：尊贵、繁华。

2. 商渔：商家和渔家。

3. 玉树：陈后主填词的乐曲《玉树后庭花》。

解读

本诗为作者游历金陵期间所作。金陵为衣冠文物兴盛一时的六朝古都，经历隋唐平荡和五代重建，再次崛起为南方的大都市。游人骚客在此周览故国山川，极易生发物是人非、兴亡更替之慨。“金陵怀古”因此成为中国古典文学的恒久母题。作者学习中国典籍多年，深受汉文化熏陶，置身金陵时自然生发情感共鸣，创作出这首日本汉诗中的怀古佳作。

［日］**别源圆旨**（1294—1364），俗姓平氏，名圆旨，字别源，号纵性。越前（今日本福井县）人。五山时期日本五大著名诗僧之一。7岁入镰仓圆觉寺，承袭元僧东明慧日（曹洞宗）法嗣。元应元年（1319，元延祐六年）渡海入元求习佛法，曾历访建康保宁寺古林清茂、明州天童寺云外云岫、杭州天目山中峰明本等高僧，改宗临济。在华期间，汉诗水平也迅速提高，赴日元僧清拙正澄赞其深得古林清茂真传，“概得大唐音调，语意活脱，如珠走盘，岂非能夺换我大唐胎骨者耶也？”元德二年（1330，元至顺元年）归国。在家乡越前开创弘祥寺，后历任京都真如寺、建仁寺住持。今存诗集为元时所著《南游集》及回国后所著《东归集》，各一卷。

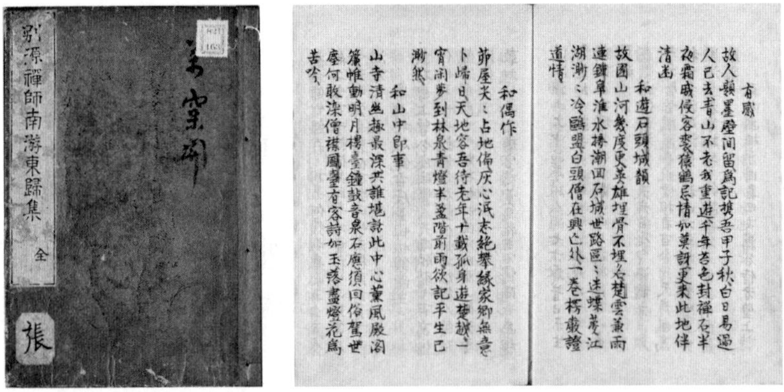

《别源禅师南游东归集》书影

辞凤台和尚（五首）

未得心安心未闲，参禅要透祖师关。
当年临济辞黄檗[1]，亲到高安滩[2]上还。

睡眼昏昏打不开，乌藤[3]六十响如雷。
高安滩畔一条路，千古赚人空往来。

三番问法吃乌藤，黄檗当中三夏[4]僧。
此去迢迢回首望，凤台依旧在金陵。

三年寄锡凤凰台，金圈栗蓬[5]吞透来。
临别若无重嘱语，前途有口卒难开。

同为地角天涯客，何事君行我独留。
山上有云遮不得，一秋频梦出林丘[6]。

出处

《别源禅师南游东归集》，日本国立国会图书馆藏历应庚辰（1340）跋写本。

注释

1. 临济辞黄檗：江西宜丰有黄檗山，慧照义玄之师断际希运在此住锡。慧照后来成为临济宗开山祖师，其师则被称为黄檗希运，为临济宗黄檗派，又称黄檗宗，其禅学思想也是临济宗的重要源头。

2. 高安滩：在黄檗山附近。慧照义玄因被师父棒打，辞别下山，至此受大愚禅师点拨开悟，遂重回黄檗。

3. 乌藤：藤杖，头部乌黑。临济宗重棒喝交施导人开悟的禅风，开山祖师义玄曾三问其师黄檗希运，三度被以乌藤杖棒打，成为禅门佳话。

4. 三夏：三个夏季，指代三年。

5. 金圈栗蓬：金圈即金刚圈，栗蓬即栗壳。此句典出《大慧普觉禅师语录》，“古人凡有一言半句，设一个金刚圈、栗棘蓬，教伊吞，教伊透”，意指突破障碍参禅悟道。

6. 林丘：隐居之地。

解读

诗作于元泰定二年（1325）。同题五首，但最后一首诗末原注“右寄天岸首座三首其三”云云，且诗句“何事君行我独留”也与本题辞行之意相乖，故原写本朱批“此一首应有别题”。天岸首座的情况详见后文，他与作者有同为凤台和尚弟子的缘分，不排除该诗作于建康的可能，缘此仍予收录。凤台和尚即高僧古林清茂（1262—1329），号金刚幢、林居叟，禅学精湛、诗文出众，至治元年（1321）应江浙行省和江南行台之邀出任建康保宁禅寺住持，与在建康潜邸的怀王（后为元文宗）图帖睦尔交往密切，门下弟子近千人，其中仅在保宁寺侍从的日本籍僧人就有三十二人，对日本临济宗的传播及文化发展均有很大影响。保宁寺位于建康凤台山（以六朝凤凰台得名，在今南京城西南），故以凤台、凤凰台代称。作者在该寺依从古林清茂学习三年，于九月二日赋诗告别，赴江西朝拜临济祖庭。古林和尚也题写送别偈："旨禅三年预吾席，三十乌藤拼得吃。念渠远自日东来，一片真心如铁石。此棒不打亦不知，待渠自会知几时。衲衣脱下痛一顿，他年堪作吾家儿。"诗偈原件被作者带回祖国，留存至今，并被定为日本国的"重要文化财"。据《古林清茂禅师拾遗偈颂》载，古林还有《送旨藏主东归》诗偈。他先题了一首："手中玉钥千钧重，脑后圆光万丈长。转向如来藏中看，到家须合为敷扬。"然后落款写了四字"金陵凤台"，准备再写名字时，别源"乃以手遮之曰：'乞长歌耳。'于是老人遂书'春已老'三字，续上'金陵凤台'四字为句，成长歌也"。此所续长诗全文云："金陵凤台春已老，万里南归宜及早。大唐国里无禅师，问答纵横休草草。若言是有还是迷，此宗岂可论东西。当机出没走迅电，大用纵夺轰奔雷。我今无言汝休领，念汝殷勤再三请。晴窗援笔写长歌，窗外梅花弄清影。"

寄灵岩南堂侍者[1]

相别于今书问[2]稀，长空几度雁南飞。

蹉跎日月如梭转，俯仰乾坤何所依。

潮打石城[3]机未息，秋深香径[4]梦频归。

兴来独向层台立，叠叠吴山[5]斜日微。

出处

《别源禅师南游东归集》，日本国立国会图书馆藏历应庚辰（1340）跋写本。

注释

1. 侍者：佛寺中侍从长老的僧徒，依职责可分为烧香、书状、请客、衣钵、汤药等侍者。

2. 书问：书信。

3. 潮打石城：典出刘禹锡《金陵五题·石头城》中的"山围故国周遭在，潮打空城寂寞回"。

4. 香径：苏州香山脚下的名胜"采香径"。

5. 吴山：吴地之山。

解读

本诗寄赠对象苏州灵岩寺侍者南堂，是承继保宁寺高僧古林清茂法嗣的了庵清欲（1288—1363）之别号。清欲曾任保宁寺首座，古林清茂圆寂后退隐，再后历任本觉寺（嘉兴）、灵岩寺住持，被时人尊称为“东南大法幢”。擅书画，为入元日僧题写的《法语》被定为日本国宝。他与作者因同在古林门下，故有交游。

送僧回浙兼简天岸首座[1]、字海藏主[2]

三年聚首凤凰台，冰雪相看[3]百念灰。
天岸风高秋已老，海门潮落梦初回。
六朝城里对明月，十里湖[4]边看早梅。
我又行踪无定度，云山何处待君来？

出处

《别源禅师南游东归集》，日本国立国会图书馆藏历应庚辰（1340）跋写本。

注释

1. 首座：在禅门中又称禅头、首众、第一座等，有僧堂坐禅号令之权，地位仅次于住持。

2. 藏主：在禅门中指负责掌管寺中经籍的僧人。

3. 冰雪相看：语出黄庭坚诗句“语言少味无阿堵，冰雪相看有此君”，此处冰雪意指精神清贞、情操高洁。据泰定四年九月一日保宁寺住持古林清茂给门下日僧月林道皎所书偈语的落款可知，古林和尚有室名“冰雪相看之室”。

4. 十里湖：指杭州西湖。别源圆旨《送僧之江南》有“十里湖边苏公堤，翠柳青烟杂细雨”之句。因北宋苏轼在湖上建十里长堤，故有此代称。

解读

天岸首座，即日本僧人天岸慧广（1273—1335），俗姓伴氏，谥号佛乘禅师。武州（今属日本东京都）人。其入元时间说法不同，日本江户时期的《本朝高僧传》有元应元年、元亨元年（1321）等记载，今人据其《东归集》所附《佛乘禅师传》等资料，推断其约于正中元年（元泰定元年）入元。泰定三年先后参谒本觉寺灵石如芝、鸡足山清拙正澄、保宁寺古林清茂等高僧。后又师从古林清茂，与同门竺仙梵仙结为挚友，并于天历二年（1329）一同返日。后开创镰仓功臣山报国寺。有《东归集》。字海藏主，即日本僧人文字海，生平不详。本诗写作之时，二僧皆在浙西道首府杭州的径山万寿寺，故作者托请回浙西的僧人给二人捎带书信。南宋时，该寺为禅宗五山十刹之首，吸引了许多求法的日本僧人，南宋灭亡之际寺僧又多有流亡日本者，对日本影响很大，因此元时仍是日本僧人的游历之地。另外，这还是一首鹤顶格嵌字诗，作者将天岸慧广、文字海的名字很自然地嵌入诗中第三、四句句首，文辞贴切，富有意趣，体现了较高的汉诗创作能力。

再游幽栖寺[1]，因看己友愚谷侍者壁上诗有感

故人题墨壁间留，为记携吾甲子[2]秋。
白日易过人已去，青山不老我重游。
千年苔色封禅石[3]，半夜霜威侵客裘。
猿鹤[4]忌情如莫讶，更来此地伴清幽。

出处

《别源禅师南游东归集》，日本国立国会图书馆藏历应庚辰（1340）跋写本。

注释

1. 幽栖寺：位于江宁县（今南京市江宁区）的祖堂山。

2. 甲子：元泰定元年。

3. 禅石：坐禅石，打坐参禅之石。此句意境颇近于唐代诗人方干《题雪窦禅师壁》（一作《赠雪窦峰禅师》）："飞泉（一作流）溅禅石，瓶注（一作履屦）亦生苔。"受中国禅宗文化影响，布置坐禅石成为日本古典庭园艺术中的常见手法。

4. 猿鹤：喻隐逸山野的方外之士。

解读

幽栖寺始建于刘宋大明三年（459），为六朝古刹。唐贞观初，法融禅师在此得道，成为南宗第一祖师，开创牛头宗，所在祖堂山也因其得名。唐光启四年（888）废，杨吴大和二年（930）重置改名延寿院。北宋治平年间（1064—1067），恢复原名。作者游历该寺时，寺庙已经不复盛况，因此打坐的禅石上都长满了青苔。他看见友人题壁之诗，忆及元泰定元年二人同游此地之时，感慨光阴如逝，但作为超脱尘世的僧人，也忌讳人间之情，遂赋诗抒怀，表达安心与清幽相伴之志。

和游石头城韵

故国山河几度更，英雄埋骨不埋名。
楚云兼雨连钟阜，淮水接潮回石城。
世路区区[1]迷蝶梦[2]，江湖渺渺冷鸥盟[3]。
白头僧[4]在兴亡外，一卷楞严[5]证道情[6]。

出处

《别源禅师南游东归集》，日本国立国会图书馆藏历应庚辰（1340）跋写本。

注释

1. 区区：曲折。

2. 蝶梦：指虚幻梦境，典出庄周梦蝶。

3. 鸥盟：与鸥鸟相盟，喻退隐江湖。

4. 白头僧：老僧，为唐宋诗中常用之语。如北宋僧人文政《题胜业寺》：“山鸟无凡音，山容无俗状。引得白头僧，时时倚藤杖。”此处说明作者所和《游石头城》一诗的作者应当是年岁已高的僧人。

5. 楞严：指佛教重要典籍《楞严经》，又称《首楞严经》《大佛顶经》《大佛顶首楞严经》，共十卷，主要讲述破魔修行之法。

6. 道情：道义情理。

解读

六朝胜迹石头城是金陵怀古诗中的重要母题。“山围故国周遭在，潮打空城寂寞回。淮水东边旧时月，夜深还过女墙来。”唐代刘禹锡作《石头城》，最早开创这一经典意象，本诗明显受其影响。但作者更进一步，强调通过佛家修行看透兴亡轮替，跳脱尘世迷局。

和山中即事

山寺清幽趣最深，共谁堪话此中心。
熏风殿阁帘帷动，明月楼台钟鼓音。
泉石应须回俗驾，世尘何敢染僧襟。
凤台[1]有客诗如玉，落尽灯花为苦吟。

出处

《别源禅师南游东归集》，日本国立国会图书馆藏历应庚辰（1340）跋写本。

注释

1. 凤台：金陵凤台山。

解读

此诗为作者在凤台山保宁寺学禅时所作。熏风一般指初夏时南来的暖风，故知当时为初夏之夜，有客访山寺作《山中即事》诗，作者灯下苦吟回赠和诗一首。凤台山在金陵城西南，因地势高绝，明清时形成“凤台秋月”景观，成为城中著名的赏月胜地。此诗“明月楼台”云云当是较早吟诵凤台月景的诗句。

明朝编

Ming Dynasty

［日］**绝海中津**（1336—1405），名中津，初字要关，后字绝海，号蕉坚道人。土佐国津野（今属日本高知县）人。13岁列籍京都天龙寺，常侍从在西芳寺的临济宗高僧、国师梦窗疏石。后又历师龙山德见、义堂周信。明洪武元年（1368，日本正平二十三年）入明，寓居杭州中天竺寺，从学于著名大师宗泐，历任烧香侍者、藏主。又曾受学或参谒湖州道场寺清远怀渭等各路高僧。洪武六年底，赴南京天界寺。在华期间，汉诗、书法水平也大进。九年正月，受明太祖朱元璋召见于英武楼，就熊野古徐福祠作《应制三山》诗：“熊野峰前徐福祠，满山药草雨余肥。只今海上波涛稳，万里好风须早归。”朱元璋随即以其韵赐诗：“熊野峰高血食祠，松根琥珀也应肥。当年徐福求仙药，直到如今更不归。”此事传为佳话。此后不久归国，居京都云居庵，后赴甲斐创慧林寺。因得罪室町幕府的足利义满将军，一度逃至四国地区，受细川赖之庇护。又为足利义满迎回京都，历任等持寺、相国寺住持，兼领鹿苑院。圆寂后追谥佛智广照国师。与义堂周信并称“五山文学双璧”，弟子将其诗文整理为《蕉坚稿》，由明成祖亲信、高僧道衍（姚广孝）撰序。另弟子在其生前编有《绝海和尚语录》。

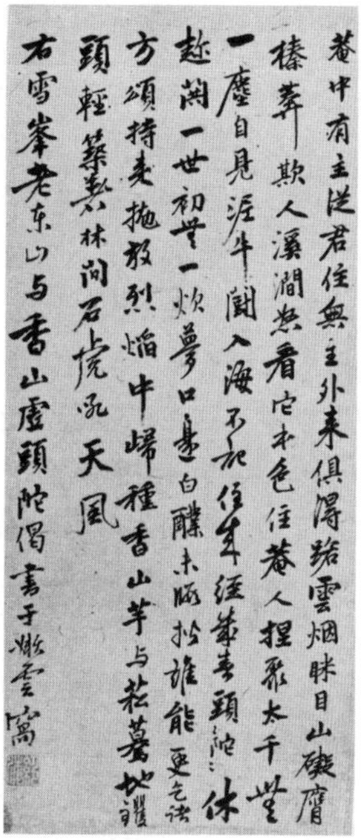

绝海中津书法作品《雪峰义存东山偈》（日本东京上野林光院藏）

送端介然上京

男儿志气如君少，欲蹑云梯[1]叩常阍[2]。

碧海霞随金锡[3]转，瑶京[4]日映锦袍温。

仲灵[5]书奏天颜近，大觉[6]诏归师道尊。

白发回头江上客，鹏程九万看腾骞[7]。

出处

《蕉坚稿》，上村观光编《五山文学全集》，日本京都六条活版制造所1904年版。

注释

1. 云梯：指仙人所用天梯。

2. 常阊：疑为帝阊之误，即天门。

3. 金锡：锡杖、禅杖。

4. 瑶京：帝都美称，此指南京。

5. 仲灵：北宋高僧契嵩（1007—1072），字仲灵，自号潜子，俗姓李。藤州镡津（今广西藤县）人。师事瑞州（今江西高安）云门宗高僧洞山晓聪，为其嗣法弟子。曾撰《辅教篇》，阐明儒释之道相通，反对辟佛之风。宋庆历年间（1041—1048），居钱塘灵隐寺，闭门著述。至和三年（1056），参校曹溪古本，重新编次禅门宗典《六祖法宝坛经》，影响很大。嘉祐六年（1061），向宋仁宗献所撰《传法正宗记》《传法定祖图》等，敕命编入大藏经，赐号明教大师，留住京城闵贤寺。旋东归杭州，居佛日禅院、永安院。后人为其编《镡津集》二十二卷。

6. 大觉：北宋高僧大觉（1009—1090），名怀琏，字器之，小字泗州，俗姓陈。福建漳州人。师事南昌泐潭怀澄十余年，蒙受印可，成为其法嗣。后住庐山圆通寺，任居讷禅师掌书记。皇祐二年（1050）正月，代居讷入京，住十方净因禅院。宋仁宗召对化成殿，问佛法大意。以奏对称旨，赐号大觉禅师。仁宗曾将与他的问答诗颂十七篇，“书以赐之”。治平年间（1064—1067），向宋英宗乞归。渡江至四明，居育王山广利寺。地方官特为其建宸奎阁收藏仁宗所赐诗颂，英宗命翰林学士兼侍读端明殿学士苏轼为之撰碑记。

7. 腾骞：腾飞。

解读

端介然，即日本僧人介然中端，又称端侍者，天锡周寿弟子，梦窗疏石法孙。明初入华，参禅海盐天宁寺楚石梵琦。后住明州（今浙江宁波）翠峰寺，并圆寂于此。梵琦，字楚石，元末明初时为享誉海内外的高僧大德。明僧袾宏称“本朝第一流宗师，无尚于楚石”，座下弟子“内而燕、齐、秦、楚，外而日本、高丽”，宗门极盛。明洪武元年、二年，明太祖朱元璋两次大设蒋山（即钟山）法会，皆诏其说法。三年秋，再次奉诏入京，卒于天界寺。本诗提及宋仁宗时契嵩献书和大觉诏对两宗禅门佳话，可知作者意在比附朱元璋征召高僧之事，故诗题中的“端介然上京”实指介然中端随其师梵琦应诏赴南京，据此本诗创作年代应该在洪武元年至三年间。作者还有《悼端侍者》一诗，首句“崭崭头角少年见”，说明他与中端在少年时期即已相识。

闻径山[1]全室和尚[2]入京作

金缕伽梨[3]白雪头，诏书催入帝王州。
老安[4]德望高今古，娄约[5]玄音[6]动冕旒。
天下车书混同日，丛林[7]礼乐中兴秋。
远传盛事空回首，泛泛江湖不系舟[8]。

出处

《蕉坚稿》，上村观光编《五山文学全集》，日本京都六条活版制造所1904年版。

注释

1. 径山：径山万寿禅寺，位于杭州西北郊的天目山东北峰，南宋时定为江南五山十刹之首。

2. 全室和尚：宗泐（1318—1391），字季潭，别号全室。台州（今属浙江）人。师从高僧大訢笑隐。明初，先后住持杭州中天竺寺、径山寺。洪武四年奉召入住天界寺。次年，即受命在明太祖举办的蒋山（今钟山）太平兴国寺广荐法会上升座说法。十一年，奉命赴西域取经，行至天竺（古印度）。十五年归国后授僧录右善世，仍住天界寺。一度受贬离开南京。十九年诏回天界寺。二十四年因牵连胡惟庸案，再贬凤阳，行至江浦石佛寺时去世。

3. 伽梨：一作“伽黎”，即袈裟。

4. 老安：隋唐时的高僧慧安（582—709），禅宗五祖弘忍的十大弟子之一，被武则天尊为国师，以高寿故称。

5. 娄约：齐梁时的高僧慧约（一作惠约）（452—535），居建康钟山草堂寺，梁武帝舍身奉其为师，以俗姓娄（一作楼）故称。

6. 玄音：佛教经义。

7. 丛林：佛教寺院。

8. 泛泛江湖不系舟：比喻无牵无挂自由之身。语出唐代白居易《适意》诗：“岂无平生志，拘牵不自由。一朝归渭上，泛如不系舟。”

解读

此诗作于明洪武四年，时作者之师宗泐应召赴京，住金陵首刹——天界寺。由于其年过半百，故诗称“白雪头”。作为五山十刹之首的径山寺住持，他堪称江南佛教领袖，在被荐举入京的高行沙门中又名列第一，毫无疑问将受重用，因此作者在诗中将此行与古代大德慧安、慧约被尊为国师相类比。在大明一统天下之际，禅宗再度得到朝廷重视，令作者深受鼓舞，叹为中兴盛事。后宗泐一度返回径山寺，作者又作《中竺全室和尚自京师还山作诗以献》，再叹："一代文章同器之，道尊还喜至尊知。九重天上须三诏，千百年中际一时。"

送复无已归京

肝胆相知二十年，壮图共著祖生鞭[1]。
暮容余我客天外，高步[2]羡君朝日边。
御苑桃花红腻雨，官街柳色绿匀烟。
长安[3]如有故人问，白首垂纶[4]碧海前。

出处

《蕉坚稿》，上村观光编《五山文学全集》，日本京都六条活版制造所1904年版。

注释

1. 祖生鞭：喻指全力进取。典出《世说新语·赏誉》刘孝标注引晋代孙盛《晋阳秋》："刘琨与亲旧书曰：'吾枕戈待旦，志枭逆虏，常恐祖生先吾著鞭耳。'"祖生即祖逖，早年与刘琨同为司州主簿时曾留下"闻鸡起舞"的励志故事。

2. 高步：同"高蹈"，指隐居。

3. 长安：借指京师（南京）。

4. 垂纶：本为钓鱼之具，因姜太公（吕尚）垂钓渭水之滨的故事，后世遂多以此比喻隐居。

解读

作者于洪武元年来华，六年赴南京，故本诗创作时间当为明洪武元年至六年间。复无已，生平不详。由首句可知，其与作者已经相识二十年，皆有壮志，应当也是日本入明僧。从诗题"归京"推测，他当时应该居住在南京某寺。

乡友志大道金陵卧病

白下人来说旧游，闻君卧病北山[1]幽。
幻身[2]谁得长无情，大道何曾有所忧。
寒露清霜残夜梦，紫参红枣旧山秋。
空令二十年前友，千里相思欲白头。

出处

《蕉坚稿》，上村观光编《五山文学全集》，日本京都六条活版制造所1904年版。

注释

1. 北山：紫金山，在南京城北，故又名北山。明初，紫金山下最著名的寺庙为蒋山寺，朱元璋曾在此举办盛大的水陆法会并召集僧人点校《南藏》，洪武十二年因寺址被征用为孝陵陵址，遂东迁重建，改名灵谷寺。

2. 幻身：肉身。出自佛教典籍《圆觉经》："彼之众生，幻身灭故，幻心亦灭。"

解读

据诗题可知，作者尚未进京，故本诗创作时间当为明洪武元年至六年间。志大道，即得志侍者，曾居南京天界寺。作者与其为同乡，又相交二十年，因此很关心他的情况。据义堂周信《空华日用工夫略集》引用日僧久庵僧可于日本永和三年（1377，即洪武十年）九月所言，由于大明开国初年，天下杂道诸寺观大半遭火未复，"得志侍者患是逃归，路遭官禁，束缚追捕归王城，至杭州而死"。洪武十年以前，得志因逃归日本不成，在押解途中去世于杭州。

宿北山故人房

拟[1]访北山友，来书偶见招。
入门松日落，对榻夜灯烧。

诗苦寸肠断，钟清诸妄[2]消。
天明辞胜侣[3]，云雪涨溪桥。

出处

《蕉坚稿》，上村观光编《五山文学全集》，日本京都六条活版制造所1904年版。

注释

1. 拟：打算。
2. 妄：虚妄，不实。
3. 胜侣：良友。

解读

作者有《乡友志大道金陵卧病》诗，据其中“闻君卧病北山幽”之句，推断“北山故人”即为在南京的留学日僧得志侍者，时住北山（即钟山）下的蒋山寺。本诗则大约作于作者进京居天界寺后，洪武七年至九年间。末句“云雪涨溪桥”，说明时为冬季。

春日寻北山故人

一曲寥寥太古琴，百年未见有知音。
行遇北岭襟期[1]合，为说中肠[2]感慨深。
万叠晴峦清客眼，一泓新水照人心。
偶同[3]携手须行乐，桃李明朝绿作阴。

出处

《蕉坚稿》，上村观光编《五山文学全集》，日本京都六条活版制造所1904年版。

注释

1. 襟期：心中期望。
2. 中肠：衷肠。

3. 偶同：双方相会。

解读

见前诗解读，北山故人为在蒋山寺的留学日僧得志。本诗也应该作于洪武七年至九年间，时作者居天界寺。

送云上人[1]归钱唐[2]

天街[3]凉雨晓疏疏，行客东归碧海隅。
路自近关[4]经北固[5]，舟随远水到西湖。
诸峰[6]乱后僧钟少，旧业[7]年深塔树孤。
早晚归来龙河[8]上，从师问道是良图。

出处

《蕉坚稿》，上村观光编《五山文学全集》，日本京都六条活版制造所1904年版。

注释

1. 上人：对僧人的尊称。

2. 钱唐：钱塘县，为明代杭州府治所在。

3. 天街：指明都南京的街道。

4. 近关：旅途中的第一关，此指龙江关。

5. 北固：镇江北固山。

6. 诸峰：指江南名寺。南宋时在江南禅寺实行官寺制度，以余杭径山寺、钱塘灵隐寺等五山十刹（又称五岳十山）为最高等。

7. 旧业：旧时的寺庙产业。

8. 龙河：天界寺别称，因寺址东临龙河（即南唐宫城御河——护龙河西段），故名。其前身为元文宗以金陵潜邸敕建的大龙翔集庆寺，当时“独冠五山”，成为禅宗第一寺，明初在此设善世院，统管天下僧尼。另外，其名恰巧又别具深意，佛教名胜有尼连禅河，为释迦牟尼苦行得道之地，因河中有龙而别名龙河。

解读

此诗大约作于洪武七年至九年间。当时，作者随其师宗泐住于南京天界寺，因同门师友云上人返归杭州，故赠诗以别。诗中间接描述了明初江南佛教因元末战争而受到冲击的景象。

送迪侍者归天台

丹丘[1]东望白云横，独抱囊衣发帝京。
寸草谁怜游子意，编蒲[2]应慕古人情。
维舟海岸疏灯雨，倚杖秋山落木声。
遥想故园行乐处，含霜橘柚照林明。

出处

《蕉坚稿》，上村观光编《五山文学全集》，日本京都六条活版制造所1904年版。

注释

1. 丹丘：仙人居处。
2. 编蒲：西汉路温舒将蒲草截片，编联成册，用于书写，后成苦学典故。

解读

此诗当是作者洪武七年至九年间在南京送别友人之作，诗中有“含霜橘柚”之语，故大致可以推定为深秋霜降之时。天台山位于浙东滨海之地，山中名刹国清寺为天台宗祖庭。迪侍者行历不详，从诗句揣测，应为天台人。

［高丽］郑梦周（1337—1392），初名梦兰、梦龙，字达可，号圃隐。高丽庆州迎日（今韩国庆尚北道永川）人。其家世代武官。自幼好学。高丽恭愍王九年（1360，元至正二十年），因三场连魁以第一名中举。两年后出仕。恭愍王十六年任学官，拜礼曹正郎兼成均博士。任至艺文馆大提学、门下赞成事。据其《圃隐文集拾遗》所述，“余自洪武五年壬子奉命如京师，十有六载之间，逆旅无暇”，所谓“十有六载”指明洪武五年至二十一年（1372—1388），他先后五次出使明朝，但洪武十五年、二十年两次被拒入境，只有三次成功抵达南京。其中，洪武五年（恭愍王二十一年）三月，以书状官身份跟随知密直事洪师范抵南京，庆贺平定割据四川的大夏国，并请允许派遣学生入太学，得到批准；洪武十七年（辛禑王十年）九月，临危受任贺圣节使，仅用五十余天时间赶赴南京为明太祖朱元璋祝寿；洪武十九年（辛禑王十二年）四月，再奉表至南京，请求将元朝式样的官服改换为明朝式样并蠲免岁贡，再获允准。他一生主张亲明疏元政策，变更华服，崇学重教，尤尚朱子家礼，开高丽（朝鲜）五百年尊儒先河，被誉称该国理学之祖。因忠于王氏高丽，反对李成桂夺权被杀。李氏朝鲜建立之初，迫于舆论，为其平反，谥文忠。著有《圃隐集》。

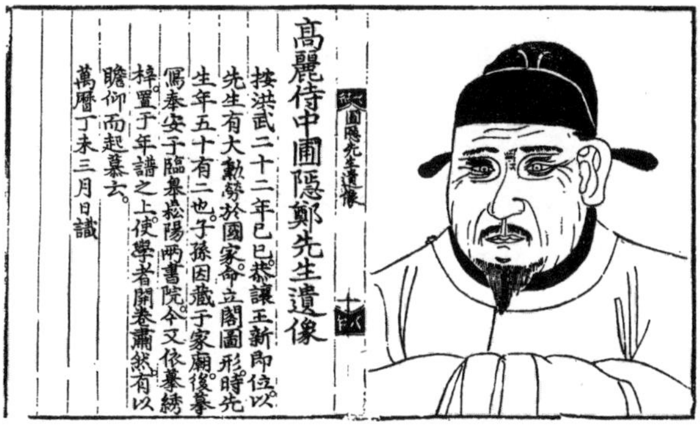

《圃隐集》中收录的郑梦周遗像

扬子江[1]船上

身随海舶贺王正[2]，路入江南眼忽明。

地辟天开新建极，龙盘虎踞旧闻名。

出处

郑宗诚编《圃隐集》，韩国延世大学校中央图书馆藏1607年刊本。

注释

1. 扬子江：原书作“杨子江”。杨，古通“扬”。

2. 王正：指王朝所颁历法之正月或元日（即正旦），朝贡体系下各藩属国要派遣使节赴京贺正旦节；也指王朝所颁历法，奉行其历法即表示尊奉其王朝正统的统治地位。

解读

现已知作者三次成功出使大明，先后是贺平蜀、贺圣节、请冠服和蠲减岁贡。根据此诗文意，当是郑梦周洪武五年首次出使大明之作。占据蜀地的大夏是内地最后一个与明朝分庭抗礼的独立政权，因此平蜀之战奠定了明朝成为统一的正统王朝的地位，故高丽遣使贺王正以示遵从其为天朝上国。由于辽东仍为北元所据，陆路不通，同时为防止高丽在北元与大明间怀有二心，是以明廷规定当时的高丽使节由海路朝贡，这是作者乘海船经长江入京的原因。作者以“地辟天开”形容明朝肇建，表达了疏离蒙古、认同华夏的强烈文化情感。末句更是反映了南京是当之无愧的古代中国名城代表，其专有称号“龙盘虎踞”在朝鲜半岛有着很高的知名度。两地关系史可以追溯至六朝时期，当时金陵作为偏安南方的王朝首都，就是朝鲜半岛诸国朝贡的目的地。梁末侯景之乱，龙盘虎踞的金陵城在战火中惨遭摧残，来自百济（今属韩国）的使节曾在被烧毁的台城双阙外恸哭不已。稍知这段历史，即可感受到“地辟天开”同样也是赞叹金陵城迎来更加辉煌的建都时代。作者在另一首明确标明是壬子（即洪武五年）四月所作的《瓜州》一诗中，末句为“隐约钟山来入望，五云深处即神京”，毫无保留地表达了对金陵的崇慕神往之意。

京城食瓜

忆在青门[1]灌溉多，暮春方见长新芽。
江南地暖生成早，四月中旬已食瓜。

出处

郑宗诚编《圃隐集》，韩国延世大学校中央图书馆藏1607年刊本。

注释

1. 青门：西汉长安霸城门，位于东南之首。因其门色青，民间又称青城门、青门。

解读

据《三辅黄图》载，长安青门外“旧出佳瓜”。其种植历史可源自汉初，广陵（今江苏扬州）人召平原为秦东陵侯，秦亡为布衣，遂在青门外以种瓜为生。此瓜为甜瓜的一种，因品质优良，口味甜美，后人称之为青门瓜、东陵瓜。晋陆机曾作《瓜赋》，大赞其“气洪细而俱芬，体修短而必圆，芳郁烈其充堂，味穷理而不娟”，后世文人咏叹不绝，堪称中国古代名瓜。郑梦周在南京所食之瓜就是青门瓜。北方天寒，一般暮春三月，此瓜才长新芽。南方气候温暖，故在夏初的四月中旬已可品尝这一知名美味。

会同馆柳

洪武初年种，亭亭接上林[1]。
新梢过碧瓦，绿叶荫华簪。
舞集鸾凰盛，生成雨露深。
我来歌盛德，绕树一沉吟。

出处

郑宗诚编《圃隐集》，韩国延世大学校中央图书馆藏1607年刊本。

注释

1. 上林：上林苑。汉武帝始开，后历代沿设，遂泛指皇家宫苑。

解读

会同馆，位于南京皇城西南御水河北岸，经会同桥连接西长安街，大约在今公园路与瑞金路之间的御河新村一带。因南临御水河，故馆前种柳。明初，会同馆负责接待朝贡使臣，随团商人则住宿于龙江驿。柳树生长速度快，长到“新梢过碧瓦”的高度仅需数年时间，故推断此诗作于洪武五年作者首次使京时。

龙江关

兰舟[1]早发凤凰台[2]，城关崔巍首重回。
欲为钟山题一句，龙江津吏苦相催。

出处

郑宗诚编《圃隐集》，韩国延世大学校中央图书馆藏1607年刊本。

注释

1. 兰舟：原指以木兰树（吴王阖闾建造宫殿的用材）所刻之舟，后为船只美称。

2. 凤凰台：金陵城西南的六朝名胜。此处指代南京。

解读

龙江关在南京仪凤门外临江处，原为宋元时期的龙湾市，明初设关，管理税务。后因上游江东门外的上新河关更名上关，遂改名下关。明代以来，该处为南京最重要的港口。郑和下西洋，其宝船就是由都城西北隅的宝船厂开船，至此出航，直抵外国。明初洪武至永乐年间，海外各国进贡者，每岁必至于此。郑梦周所属的高丽使团结束使命，也由龙江关启程归国。水关津吏不许船只延期的严格管理，让作者印象深刻。洪武五年，作者多次由龙江关返程。第一次归国途中使团遭遇海难，当年八月过太仓到海上许山，因台风肆虐致正使洪师范及部分随行人员不幸溺亡，作者等漂至嘉兴界，幸为明朝船只所救，奉旨于九月重返南京补领遗失的咨文。从《圃隐集》中的诗和行状所载，再次回国花费了很长时间，自壬子（即洪武五年）十月十二日出发，途中一度奉命折返，至“翌年秋七月，乃还”。不幸事件的打击和路途艰辛可见一斑，以致作者在后来的纪行诗常有“人生莫作远游客，少年两鬓如雪白”“胡为不自安，而作远游客”的慨叹。通过以上史实，再综合后文《常州除夜呈诸书状官》及金九容《龙江关有怀》两诗内容及解读，本诗当作于洪武五年十二月下旬。

常州除夜呈诸书状官[1]

常州城中白云暮，常州城外人不行。
家家明灯笑语喧，处处爆竹神鬼惊。

今夕何夕是除夜，舟中宿客难为情。
我从万里辞古国，奉使西来朝紫宸[2]。
奉天门[3]前谒天子，金陵市上醉佳人。
汉家礼乐睹新仪，禹贡[4]山川寻古迹。
男儿志愿足可偿，客路岖嵚不须说。
同来使臣五六辈，年少才高尽豪杰。
移船相就蓬底坐，深夜团栾[5]烧画烛。
纵横雄辩吐虹蜺[6]，唱和佳联落珠玉。
人生有酒胡不饮，明年何处逢今夕。

出处

郑宗诚编《圃隐集》，韩国延世大学校中央图书馆藏1607年刊本。

注释

1. 书状官：使团中负责文书的官员。

2. 紫宸：宋代宫殿名，外国使节在此朝见天子，后亦代指帝王。

3. 奉天门：明初三朝（三大殿）五门制度中的五门之一，位于奉天殿与内五龙桥间，属礼仪之门，皇帝常于此举行朝会、听政议事。

4. 禹贡：《尚书》中的篇章，记录大禹治水并划定九州、开辟道路的情况，是中国现存最早系统介绍山川地理的文献。

5. 团栾：团聚。

6. 虹蜺：彩虹天象，借喻谈吐出众的才华。

解读

此诗当作于明洪武五年十二月。当月二十日，作者与集中在太仓的各批高丽使节被集体召回至南京奉天门下，再次聆听明太祖朱元璋的宣谕。他们重返太仓时，在常州恰值除夕，几名书状官在使船上相聚夜饮，有感而作此诗。由此可知，当时高丽使节自龙江关启程后的路线，是从镇江转入运河，经常州至太仓，避过了比较危险的长江水道。

四月十九日渡江至龙潭驿二绝

雪落来过鸭绿，花飞始到龙潭。
隐约钟山苍翠，白头又踏江南。

地势中分吴楚，江源上接湘潭。
紫绶[1]来趋阙下，青山却望淮南。

出处

郑宗诚编《圃隐集》，韩国延世大学校中央图书馆藏1607年刊本。

注释

1. 紫绶：紫色丝带，汉代丞相用金印紫绶，后代借指高官显爵。作者时任政堂文学，为高丽政权的重要官职之一。

解读

此为少见的六言诗，作于洪武十九年，作者以年过半百之身第三次晋京朝贡，故称“白头又踏江南”。此次出使并非庆贺圣节、正旦之类的定期使行，而是为改易服式和减免岁贡的临时安排，高丽史料对此多有记载，但《明太祖实录》中缺载。作者自二月奉命出使过鸭绿江，到四月渡过长江抵达南京东北的龙潭驿。与洪武十七年相同都是走北线，即经辽东半岛，渡渤海，由山东登州上岸，循驿路和运河南下，渡江至南京。历代王朝对贡期、贡道一般都有明确规定，改变贡道须经批准。明初的高丽贡道原为海路，即横穿黄海，往来朝鲜半岛南端与长江口间，路途艰险，多次遭遇海难。洪武五年使臣洪师范溺海后，同时出于防备倭寇实施的海禁政策考虑，明太祖朱元璋遂同意由“登州过海”。洪武七年，高丽请求走辽东陆路进京，但因东北地区存在强大的北元势力，且高丽与北元关系暧昧，未得准许。后因高丽朝贡频繁，至少每年一次，多则一年三四次，且洪武二十年辽东的北元纳哈出投降，于是辽东陆路和登州海道均成为高丽的使行路线，减少了海路风险。

入　京

江南形胜地，千古石头城。
绿水环金阙，青山绕玉京。
一人中建极，万国此朝正[1]。
我亦乘查[2]至，宛如天上竹。

出处

郑宗诚编《圃隐集》，韩国延世大学校中央图书馆藏1607年刊本。

注释

1. 朝正：汉代以来，每至正月岁首，万国诸侯皆须赴京师朝见天子，又称大朝会。
2. 查：同“槎、楂”，竹（木）筏，后泛指船。

解读

这首五律的前四句描述帝京形胜，后四句交代入京目的。全篇以平白晓畅的语言盛赞大明国都，表达使行荣耀。当时的高丽视明朝为天朝上国，出使又被称为“朝天”，皇帝所在更非一般城市可比，故以“金阙”指宫室，以“玉京”指都城，使臣所驾之船也以“天上竹”形容。

皇　都四首

皇都穆穆四门开，远客观光慰壮怀。
日暖紫云低魏阙[1]，春深翠柳夹官街。
锦袍公子乌纱帽，茜袖女儿红绣鞋。
宾馆岹峣近天上，兰舟不用泊秦淮。

其二

内人[2]日午忽传宣，走上龙墀向御筵。

圣训近闻天咫尺，宽恩远及海东边[3]。

退来不觉流双涕，感激惟知祝万年。

从此三韩[4]蒙帝力，耕田凿井总安眠。

臣梦周于洪武丙寅四月，奉国表在京师会同馆。是月二十三日，上御奉天门，内人传宣促臣入内，亲奉宣谕，教诲切至。因将本国岁贡金、银、马、布一切蠲免，不胜感荷圣恩之至，谨赋诗以自著云。

其三

羞将白发客春风，莺啭江南绿映红。

归马放牛文治盛，盘龙踞虎帝居雄。

柳藏开国功臣宅，花覆朝天道士宫[5]。

阙下时时听宣谕，无缘一上酒楼中。

其四

尺剑龙飞定四维，一时豪杰为扶持。

山河带砺徐丞相[6]，天地经纶李太师[7]。

驸马林池春烂漫，国公楼阁月参差。

始知盛代功臣后，共享升平万世期。

出处

郑宗诚编《圃隐集》，韩国延世大学校中央图书馆藏1607年刊本。

注释

1. 魏阙：魏指宫门上的观楼，阙指宫门前对称的高台，魏阙为宫城代称，常喻指朝廷。

2. 内人：太监。

3. 海东边：指代高丽。

4. 三韩：原指古代朝鲜半岛南部的马韩、辰韩、弁韩（或弁辰）等三国，为朝鲜半岛民族共同体的主体来源之一，故后世朝鲜民族多有“三韩子孙”之称，也常以“三韩”代称高丽或朝鲜。

5. 朝天道士宫：朝天宫，觐见天子前的习仪之所。

6. 徐丞相：徐达，洪武三年授太傅、中书右丞相。

7. 李太师：李善长，洪武三年授太师、中书左丞相。

解读

本诗作于明洪武十九年。洪武初年，高丽在明朝和北元之间摇摆不定，亲元、亲明两大势力斗争激烈。洪武七年，实行亲明政策的恭愍王被弑，亲元派拥立辛禑，杀害明使，恢复与北元的宗藩关系。随着明军数次成功北征，明盛元衰的趋势已不可逆转。高丽多次向明廷恢复朝贡不成，作者作为曾觐见过朱元璋的亲明派代表出使也被拒境外。直到高丽彻底断绝与北元宗藩关系，才于洪武十七年得以恢复朝贡，而负责此次破冰之旅的就是郑梦周。次年，明王朝敕封辛禑为高丽国王。在此背景下，作者此番出使成果斐然，朱元璋同意赐予高丽明朝官服，并蠲除五年未纳之贡，改负担沉重的岁贡为三年一贡，贡品仅为五十匹种马，牧放于紫金山南的马场。作者由于顺利完成使命，难抑感激涕零的兴奋之情，遂一气呵成《皇都》四首，热情颂扬天朝圣恩、南京美景以及大明的和平繁盛。

出　京

圣恩偏及远，何以答[1]生成[2]。
土薄蠲常贡，天高察下情。
陛辞瞻日表[3]，舟卧听江声。
半夜潮回急，须臾带我行。

出处

郑宗诚编《圃隐集》，韩国延世大学校中央图书馆藏1607年刊本。

注释

1. 答：报答。

2. 生成：养育。

3. 日表：帝王仪表。

解读

本诗作于明洪武十九年。此行出使的成功让作者兴奋和感念不已，临行又赋诗称颂朱元璋体察下情，圣恩难报。尾联以半夜落潮江水牵拽船只加速回程的独特角度，表达了作者想飞速回国报告喜讯的激动心情。

舟次白鹭洲

洲在观音山[1]下。

白鹭洲边浪接天，凤凰台下草如烟。
三山二水浑依旧，不见当年李谪仙[2]。

出处

郑宗诚编《圃隐集》，韩国延世大学校中央图书馆藏1607年刊本。

注释

1. 观音山：岩山，山下实为七里洲，今八卦洲。作者远道而来，不熟悉南京地理，故混淆了两大江洲的位置。

2. 李谪仙：指李白。

解读

本诗在诗集中系于《出京》之后，当作于明洪武十九年，作者完成出使任务，离开南京启程回国途中。其船行航线仍由龙江关启行，由长江顺流而下，至扬州北入运河。白鹭洲为水西门外的江洲，熟悉中国古典文学者很容易联想到李白的怀古名诗

《登金陵凤凰台》。但宋代以后，白鹭洲已经与陆地相连，不复存在。作者将观音山下之洲误为白鹭洲，将观音山误为凤凰台所在之凤台山，舟行江中，虽然没有谪仙李白当年的愁绪，但追慕往哲之情不能自抑，故低吟浅唱致敬前贤。

［高丽］金九容（1338—1384），初名齐闵，字敬之，号惕若斋。安东（今属韩国庆尚北道）人。少从外祖父读书，16岁中进士。18岁登第，授德宁府主簿，累迁民部议郎兼成均直讲。高丽恭愍王二十一年（1372，明洪武五年）七月，以书状官随同贺圣节使赴南京。次年七月，归国。辛禑王元年（1375），拜三司左尹。因与李崇仁、权近、郑梦周等上书都堂反对迎接北元使节，被流放。七年，召为左司议大夫。次年，迁成均大司成，寻判典校事。十年（洪武十七年），奉使辽东行礼致谢明朝都指挥使梅义，梅以“人臣义无私交”将其执送南京。一说其罪为迟缓献马，被明太祖朱元璋下令流放大理，七月行至泸州永宁（今四川叙永）辞世。善辞章，有《惕若斋集》。

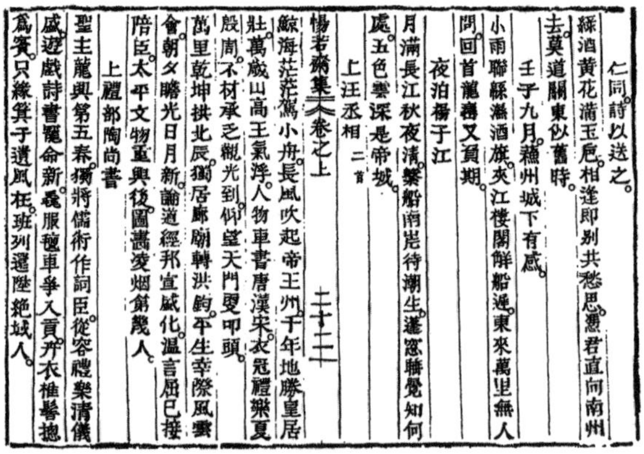
仁同詩以送之
綠酒黃花滿玉卮相逢即別共愁思憑君直向南州
去莫道關東似舊時
壬子九月藕州城下有感
小雨聯綿滿酒旗夾江樓閣鮮船通東來萬里無人
問回首龍蟠又負期
夜泊楊子江
月滿長江秋夜清繫船南岸待潮生蓬窗睡覺知何
處五色雲深是帝城
上汪丞相 二首
惕若齋集 卷之上
鯨海茫茫駕小舟長風吹起帝王州千年地勝皇居
壯萬歲山高王氣浮人物車書唐漢宋衣冠禮樂夏
殷周不材承乏觀光到仰望天門更叩頭
萬里乾坤拱北辰獨居廊廟轉洪鈞平生幸際風雲
會朝夕瞻光日月新論道經邦宣威化溫言屈已接
陪臣太平文物重興後圖畫凌烟第幾人
上禮部陶尚書
聖主龍興第五春獨將儒術作詞臣從容禮樂清儀
盛遊戲詩書寵命新蟲服極車爭入貢卉衣椎髻摠
為賓只緣箕子遺風在班列還陞絕域人

《惕若斋集》书影

夜泊扬子江

月满长江秋夜清，系船南岸待潮生。
蓬窗[1]睡觉知何处，五色云深是帝城[2]。

出处

金明理编《惕若斋学吟集》，韩国赵诚穆藏1400年初刊本。

注释

1. 蓬窗：草窗。
2. 帝城：指南京。

解读

本诗作于明洪武五年。是年，作者首次随团出使南京。据《高丽史》，该使团七月组成，有三位正使，其中同知密直司事金湑负责进献方物，同知密直司事成元揆（《明实录》因避明太祖朱元璋讳，记作成揆）负责贺圣寿节（朱元璋生日），版图判书林完负责贺千秋节（皇太子朱标生日）。作者为贺圣节使成元揆书状官。由于使臣所乘海船由长江上驶，逆流行舟不易，遂停泊于江岸，等待江潮助行。

上汪丞相二首

鲸海茫茫驾小舟，长风吹起帝王州。
千年地胜皇居壮，万岁山高王气浮。
人物车书[1]唐汉宋，衣冠礼乐夏殷周。
不材承乏[2]观光到，仰望天门[3]更叩头。

万里乾坤拱北辰[4]，独居廊庙转洪钧[5]。
平生幸际风云会，朝夕瞻光日月新。
论道经邦宣盛化[6]，温言屈己[7]接陪臣。
太平文物重兴后，图画凌烟[8]第几人。

出处

金明理编《惕若斋学吟集》，韩国赵诚穆藏1400年初刊本。

注释

1. 车书：车乘、书牍，意指文物制度。
2. 承乏：谦词，意指其担任使臣随员。
3. 天门：此指皇宫之门。
4. 北辰：北极星。《论语》云："为政以德，譬如北辰，居其所而众星共之。"
5. 洪钧：指天。

6. 盛化：礼教昌明。

7. 已：刻本原文误为“已”。

8. 凌烟：唐初凌烟阁的省称，唐太宗于贞观十七年（643）下令图绘功臣像于宫中的凌烟阁。

解读

本诗作于明洪武五年九月。汪丞相，中书省右丞相、忠勤伯汪广洋，为文官之首，被朱元璋比作“子房（张良）、孔明（诸葛亮）”，其副手即左丞相胡惟庸。作者随使团受到汪广洋的接见，随即为其创作两首同题诗。第一首赞颂南京帝王之州皇宫壮丽、王气浮动，并将大明与历史上文明强盛的著名王朝——唐汉宋、夏殷周并称。第二首则赞美汪广洋身居高位仍态度谦和，与使臣畅谈治国之道，宣扬礼教文明，堪比创造太平盛世的贤良功臣。

九月壬戌，圣寿节前一日，汪广洋率百官请行庆贺礼。朱元璋令罢此礼勿贺，并诏中书省谕示高丽国王，继今圣寿节、千秋节俱免庆贺礼。史称“自是每岁圣节之日，斋居素食，不受朝贺”，但洪武十三年起又接受各方朝贺并宴请百官。

上礼部陶尚书

圣主龙兴[1]第五春，独将儒术作词臣[2]。
从容礼乐清仪盛，游戏诗书宠命新。
毳服毡车[3]争入贡，卉衣椎髻[4]总为宾。
只缘箕子[5]遗风在，班列[6]还升绝域人。

出处

金明理编《惕若斋学吟集》，韩国赵诚穆藏1400年初刊本。

注释

1. 龙兴：王者兴起，指朱元璋建立大明。

2. 词臣：翰林等文学侍从之臣。

3. 毳服毡车：毳服指毛皮制的衣服，毡车指毛毡为篷的车子，多为北方民族所用。

4. 卉衣椎髻：卉衣指草编衣物，椎髻指头发挽成椎形，多为南方民族习俗。

5. 箕子：商末纣王叔父，有贤仁之名，商亡，被周武王分封于朝鲜。15世纪成书的朝鲜《高丽史》称，“箕子始封本国，礼乐教化自此而行”。

6. 班列：觐见天子的朝班行列。

解读

本诗作于明洪武五年。礼部陶尚书即陶凯，明初文坛领袖和著名学者。洪武初年，受荐同修《元史》。书成，授翰林应奉，负责教习大本堂，教授楚王经书。洪武三年七月，与崔亮并为礼部尚书。后参与制订了各种典章制度，如军礼、品官和坟茔之制、科举式等，诏令、封册、歌颂、碑志也多出其手。作者与高丽理学宗祖郑梦周同为推广朱子学的重要人物，因此对大儒陶凯非常仰慕。因礼部职掌外事，负责陪同右丞相汪广洋接待使团，因此作者继创作《上汪丞相》一诗之后，也作诗向陶尚书致敬。在诸多藩属国中，高丽受中华文化影响最深，故在各国贡使的朝班次序中被礼部排于前列，这也让作者深为感慨得意。

赐　宴口号

喜气排寒气，天朝德业[1]光。
弦歌含古律，肴酒噀[2]清香。
雨露恩杓[3]重，风云[4]庆更长。
醉扶街上路，欢乐未渠央[5]。

出处

金明理编《惕若斋学吟集》，韩国赵诚穆藏1400年初刊本。

注释

1. 德业：德行与功业。

2. 噀：口喷。

3. 杓：刻本原文近于此字，疑为“仍”或“初”。

4. 风云：比喻同类事物相感而际遇得时。

5. 未渠央：也作“未遽央”，即未能匆匆完结。

解读

本诗作于明洪武五年。口号即随口所吟。此时，高丽恭愍王已经归附明朝两年，受册封高丽国王，明太祖对其礼遇尤厚，要求“当以中夏视之，未可以外国之例言”。本年五月，明使还将割据政权大汉国末代君主归德侯陈理、大夏国末代君主归义侯明昇及其家属二十七人送至高丽安置。因此，明廷对入贡的高丽使臣热情招待，作者在诗中的表述充分反映了两国关系的亲密。

金陵街上

凤髻[1]金钗总插花，酒旗风软柳丝斜。
春风何处堪肠断，醉过梨园弟子家。

出处

金明理编《惕若斋学吟集》，韩国赵诚穆藏1400年初刊本。

注释

1. 凤髻：妇女高髻发式之一，明初受元代影响仍流行高髻。

解读

此诗当作于明洪武六年春。作者宴后扶醉而归，路见金陵街头的妇女及酒肆、戏园，反而生发春风肠断之感。鉴于北元和高丽亲元派的极力活动，明朝与高丽关系并非一帆风顺，而是屡有嫌隙（详见后文），作者身为亲明派，故尽管宴饮如常，却仍然透出一种肠断难尽欢的忧虑。

龙江关有怀用达可韵

沉檀珠翠拥楼台，紫陌[1]春风醉几回。
怊怅[2]无因留顷刻，隔林山鸟不须催。

出处

金明理编《惕若斋学吟集》，韩国赵诚穆藏1400年初刊本。

注释

1. 紫陌：京郊道路。

2. 怊怅：惆怅。

解读

达可，即郑梦周（生平见上文），洪武五年在金九容之前出使大明，但因回国时遭遇海难，又于当年九月重返南京，故得以与较晚入华的作者相遇。郑梦周作有《龙江关》诗，以“回”“催”为韵（见前文）。本诗与其韵完全相同，同样以龙江关为题，内容也相呼应。据郑麟趾《高丽史》载，洪武五年十二月八日，赞成事姜仁裕，同知密直司事金湑、成元揆，版图判书林完及洪师范书状官郑梦周等前后几批高丽使臣在太仓等待回国时被一并召回南京，二十日早朝在奉天门下面听朱元璋宣谕，强调以小事大之礼，明令朝贡规则。作者为成元揆的书状官也随行至京。次年春，使团返回太仓，此诗当作于其乘船离开龙江关之际。郑诗末句记述了苦于津吏催促的依依不舍之情，金诗则表达了此地虽好但“隔林山鸟”无意逗留的态度，二人的不同心态通过诗句得以微妙传达。

同达可送乡僧悟上人归金陵

度海来寻不二门[1]，白头高卧蒋山云。
江南为客春风里，可忍登楼更送君。

出处

金明理编《惕若斋学吟集》，韩国赵诚穆藏1400年初刊本。

注释

1. 不二门：“不二法门”，出自佛典《维摩诘经》，是其理论核心，指超越生死、垢净等二元对立，没有分别心，不用语言文字，为学佛者修行入道的至高之理。

解读

悟上人，来华学习佛法的高丽僧人。其所住蒋山寺在钟山南，原为六朝开善寺、宋代太平兴国禅寺，朱元璋登基时曾在此设无遮大会，洪武十四年因修孝陵而迁址钟山东麓，改名灵谷寺。从“度海来寻”“高卧蒋山云”“江南为客春风里”等句意推测，作者与郑梦周（字达可）在暂留太仓期间，偶遇回金陵蒋山寺的悟上人，遂登楼饯送，时间应当在洪武六年春。元朝时，高丽与中国的佛教交流就已密切，元朝官方还曾征召高丽僧来华写经，民间前来求法的僧人也很多，江南一带是高丽僧人较为密集的地区，此种情况至明初也未改变。此诗反映了高丽与明朝往来之频繁、交流之深入，以至于赋赠汉诗都已成为高丽人文化社交的重要手段。

癸丑四月，自大仓[1]召至京师，赐宴光禄寺[2]，奉天门下面听宣谕[3]复用前韵

远目胥余国[4]，来观上国光。
骨醺光禄酒，身惹御炉香。
威振乾坤整，恩深日月长。
政刑[5]俱以德，北极在中央。

又

星河历历露沾衣，玉漏丁东未启扉。
传诏仍令参锦宴，会同街[6]上醉扶归。

出处

金明理编《惕若斋学吟集》，韩国赵诚穆藏1400年初刊本。

注释

1. 大仓：太仓。元代在此开海漕，将江南粮赋通过海路北运大都（今北京），因其地位重要一度设为昆山州治。吴元年（1367），朱元璋始设太仓卫，并置市舶提

举司，掌海外诸藩朝贡、贸易之事。早在宋代，由江浙地区跨越东海至高丽的海上交通，已有利用中国东部海域的逆时针环流形成的“海道舟舡路”。因此，明初高丽使节从海路进出中国，均需在长江口的太仓办理相关手续，并做休整，准备航程。

2. 光禄寺：专职膳馐享筵的中央机构，宴犒贡使也归其负责。位于宫城西侧金水河外，今黄埔路一带。

3. 谕：原书误作“喻”。

4. 胥余国：周武王灭殷，封其遗臣箕子于朝鲜，都平壤。该政权世称箕子朝鲜，因箕子名胥余，故又称胥余国。

5. 政刑：政令与刑罚。

6. 会同街：会同馆前的街道。会同馆是负责接待四方朝贡使节的馆舍与机构，贡使也可在此处按照规定与京师铺行商人开市贸易三日或五日。

解读

据诗题，此诗作于明洪武六年四月。当时，在上一年七月来华的作者已经结束朝贡使命，在太仓等待归国。他还作有《大仓病中寄达可司成》等诗。其时，因明军入据辽东，北元军又力图反攻，加之北元的外交干扰，高丽朝中亲元派的活跃，明朝与高丽的亲密关系遭遇危机，特别是洪武五年负责流放陈理、明昇的明朝使团成员孙内侍在高丽遇害情形披露后引发紧张，而高丽的频繁出使也已让明廷不胜其扰，对其常借此打探情报更加深了疑虑。朱元璋先是于当年十月开始要求高丽“遵三年一聘之礼或比年一来，所贡方物止以所产之布十匹足矣，毋令过多”，十二月又将滞留在太仓的姜仁裕、金湑、成元揆等多批高丽使臣集体召回南京，指责其王种种“不志诚，小计量”的表现。本年二月辽东官员又拒绝高丽从陆路入贡，四月将作者从太仓召回或是继续表明态度，恩威并施，故有“威振乾坤整，恩深日月长”之句。第二首诗表明，此次宴会是在晚上举行。使臣下榻的会同馆在皇城外，光禄寺在皇城内，赴宴路径可能先入皇城西安门，再入西上北门。奉天门在宫城内，与光禄寺可由西华门出入。皇宫门禁森严，傍晚关闭，凌晨开启，皇帝连夜诏命使臣进皇宫赐宴听宣，可见这是一次破例的安排，说明宣谕内容不同寻常。据《明实录》，四月恰有高丽判密直司卢祯奉表至南京谢赐药饵，并贡方物，不知作者等再次受召是否与此相关。

［安南］**范师孟**，生卒年不详，字羲夫，号畏斋、峡石。安南峡山（今越南海阳省京门县）人。师陈朝大儒朱文安（曾任国子祭酒）。妹夫黎括亦为名儒。陈明宗时入太学。历仕明宗、宪宗、裕宗三朝。裕宗绍丰六年（1346），进参知政事，兼枢密院事。大治元年（1358）起，历任入内行遣知枢密院事、行遣左司郎中等。大治八年，官至右纳言。封关县伯。《全越诗录》收其诗三十九首（列目四十二首）。

和大明使余贵之一

三十年前过建康，秋风万里一征艎[1]。
六朝人物钟山在，百战关河江水长。
铁瓮石头[2]惟夜月，乌衣朱雀只斜阳。
大明今日都江左，胡运危亡汉运昌。

出处

黎贵惇《全越诗录》，越南汉喃研究院藏钞本。

注释

1. 征艎：指大型客船，多见于宋诗。

2. 铁瓮石头：铁瓮，铁翁城、京城（京口）、子城，故址在今镇江北固山；石头，即石头城，故址在今南京清凉山。二城并为吴大帝孙权创筑于东汉末年。

解读

本诗大约作于明洪武十一年（1378，安南陈废帝昌符二年）。范师孟曾于安南陈裕宗绍丰五年（1345，元至正五年）出使元朝，沿途留下多篇诗作，如《过潇湘》《北使过乌江题项王庙》。“万里驰驱北使燕，旧游三十又三年”，他在给明朝使臣余贵题写两首和诗时已是三十三年之后，提及往事仍如历历在目。此时中国刚刚经历王朝更迭，曾经统治东亚大陆并入侵过安南的蒙古被明军逐回大漠，金陵继六朝之后再度成为王朝帝都。安南是明朝建立后最早入贺的邻邦，其王也首先被册封为国王，时间在洪武二年六月，比有小中华之称的高丽还早两个月。安南虽被迫向元朝称藩，但仍有相当的独立性，没有使用蒙古衣冠，明太祖对其保留华夏服饰乐章极为赞赏，特赐“文献之邦”四字，还制诗赐其王：“安南际有陈，风俗不元人。衣冠周制度，礼乐宋君臣。”深受汉文化影响的作者对这一历史大变局不胜感慨，遂咏史抒怀，盛赞“汉运”昌盛，其态度可谓发自肺腑。本题另一首诗云：“大明受命兴江左，天使赍诏颁安南。鳌山拥道皇华节，珥河照日秋风帆。海边化日明黄道，天上文星清瘴岚。中国方今用儒治，遐方共喜圣恩覃。”同样表达了对儒治复兴的欣喜。

［高丽］**李穑**（1328—1396），字颖叔，号牧隐。杨广道韩州（今韩国忠清南道韩山）人。“丽末三隐”之首。高丽赞成事、大儒李榖之子。14岁中成均试诗科。元至正八年（1348），因其父入元为官，随至大都（今北京），补国子监生员。三年间，曾师从大儒欧阳玄，习朱子理学。高丽恭愍王二年（1353，元至正十三年），以征东省（元在高丽所设，以其国王兼丞相）乡试第一名，充书状官赴大都应试。次年，以殿试二甲二名（时一甲仅一名，故相当于探花）授翰林。回国后，历任参掌机密、参与国政之职。恭愍王十六年，重营成均馆，兼任大司成，以郑梦周、金九容、李崇仁等学者为教官，大力推广程朱理学。前后五知贡举，名儒权近等皆出其门下。累迁判三司事、门下侍中，封三重大匡（正一品）、韩山府院君。作为一代文宗，为高丽辛禑王奉为师傅，明朝册封使入境也特地问安。辛禑被李成桂等废黜，为抗衡李成桂，主立其9岁之子辛昌为王。因明太祖朱元璋征高丽执事大臣入朝，遂不顾年迈，率签书密直司事李崇仁、同知密直金士安等于辛昌王元年（1388，洪武二十一年）十月赴南京贺正旦，面请朱元璋允许幼主亲自入朝，并设王官至高丽监国。朱元璋数次引见他，但回避了亲朝请求。次年夏归国。又多次派遣使节请求幼主亲朝，均遭拒绝。李成桂授意谏官弹劾其副使李崇仁出使南京时“身亲买卖，有同商贾”，夺职流放。李穑受此牵连，被迫出居长湍等地。李成桂建朝鲜，宥归韩州，后封韩山伯，卒谥文靖。著有《牧隐集》五十五卷。

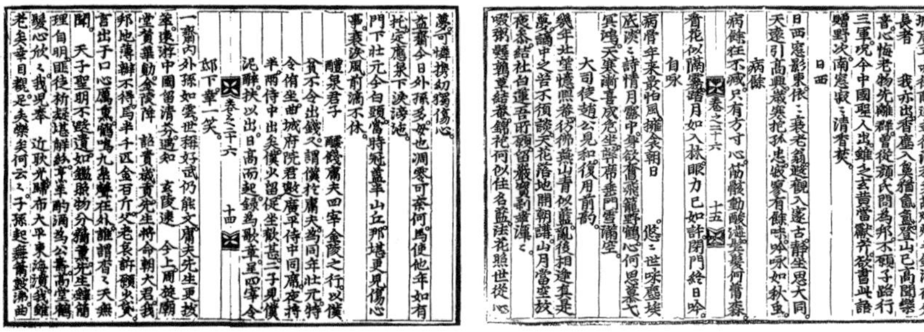

《牧隐集》书影

醴泉君[1]子□[2]醵饯庸夫四宰[3]金陵之行，以仆贫不令出钱。又谓仆于庸夫，为同年壮[4]元，特令侑坐[5]。曲城府院君[6]邀广平侍中[7]同席。夜将半，两侍中出矣。仆少留，促坐欢甚。二子见仆泥醉，扶以出。日高而起，录为歌章。呈四宰令邸下，幸一笑

一斋内外孙如云，世称好武仍能文。
庸夫先生更拔萃，远游中国留清芬。
遇知玄陵[8]逮今上，周旋庙堂赞华勋。
金陵降诏责岁贡，先生将命朝大君。
我邦地薄办不得，马半千匹金百斤。
父老哀诉愿少贷，言出于口心厉熏[9]。
鹤鸣九皋[10]声在外，谁谓杳杳天无闻。
天子圣明不遐遗，如鉴照物分莸薰[11]。
先生辞简理自明，匪徒[12]析疑堪解纷。
烹羊酌酒为公寿，高堂鹤发心欣欣。
我儿奉□近耿光[13]，归布大平东海濆[14]。
我虽老矣幸目睹，足矣乐矣何云云。
子孙起舞箫鼓沸，曲城广平亦微醺。
迭起行酒和气融，烛焰半销清夜分。
长者□□[15]我亦出，香尘入鼻犹氤氲。
登山已高闻乐音，心悔老物先离群。
曾从颜氏问为邦[16]，不愿子路行三军[17]。
况今中国圣人出，虽乏玄黄[18]当献芹[19]。
欲书此语赠野次[20]，南窗寂寂清香焚。

出处

《牧隐集》，韩国首尔大学奎章阁藏1626年重刊本。

注释

1. 醴泉君：权汉功（1269—1349），号一斋，谥文坦。安东（今属韩国庆尚北道）人。高丽忠肃王十一年（1324，元泰定元年）封醴泉君。官至政丞。著有《一斋集》。

2. 此字原文缺。

3. 庸夫四宰：权仲和（1323—？），字庸夫，又字容南，号东皋。权汉功之子。元至正十四年，与李穑同科进士及第。官至左政丞。四宰，排位第四的执政大臣，权仲和时任门下赞成事。

4. 壮：疑为“仕”之误。权仲和与李穑在元同年参加科举，同年仕元为官。

5. 侑坐：陪坐。

6. 曲城府院君：廉悌臣（1304—1382），字恺权，小字佛奴。元至正三年，曾奉使江浙，会计中政院钱粮。受知于高丽恭愍王，历仕五朝，任侍中长达二十九年。恭愍王二十二年封曲城府院君。卒谥忠靖，李穑为其撰神道碑文。

7. 广平侍中：李仁任（？—1388）。荫补出仕。因防御红巾军及收复京都有功，得到重用。恭愍王十四年任侍中。二十三年罢，复为守侍中，封广平府院君。恭愍王被弑，立年仅10岁的辛禑为王，执掌国政。奉行亲元政策，遣人追杀明使。辛禑王十三年，以老病辞。后死，罪发，禁锢子孙。

8. 玄陵：指高丽恭愍王，葬玄陵，故以陵号代称。

9. 心厉熏：极为不安。语出《周易·艮》九三爻辞：“艮其限，列其夤，厉熏心。”

10. 鹤鸣九皋：比喻贤士身隐名著。

11. 莸薰:臭草与香草。

12. 匪徒：非徒，指不仅、不但。

13. 此句原文第四字空缺。耿光，即光明、光辉。

14. 溃：岸边。

15. 此句原文第三、四字皆空缺。

16. 颜氏问为邦：颜氏，孔子弟子颜渊。为，治理。语出《论语·卫灵公》：“颜渊问为邦。子曰：‘行夏之时，乘殷之辂，服周之冕，乐则韶舞。放郑声，远佞人。郑声淫，佞人殆。’”

17. 子路行三军：子路，孔子弟子仲由。行，统率。语出《论语·述而》：“子路曰：‘子行三军，则谁与？’子曰：‘暴虎冯河，死而无悔者，吾不与也。必也临事而惧。好谋而成者也。’”

18. 玄黄：指彩色丝织物。
19. 献芹：谦语，指奉献微薄贡品。
20. 野次：野外旅行止宿地。

解读

本诗作于明洪武十三年十二月。门下赞成事权仲和被辛禑王任命为朝贡使。时明太祖要求高丽上缴岁贡，对于人少地薄的高丽而言，筹备贡品颇为不易。辛禑即位以来，权臣李仁任实行亲元政策，谋杀明使，恢复对北元的宗藩关系，起用其宣光年号。同时，对明朝仍不断遣使，维持一定的外交平衡。由于北元地方势力纳哈出仍严重威胁辽东，明朝对高丽难以追责，但以贡不如约屡拒其使，致使双边关系冷淡。洪武十年十二月，明太祖要求高丽"当依前王所言，岁贡马千匹，差其执政以半来朝，明年贡金一百斤、银一万两、良马百匹、细布一万"（《明实录》），超乎寻常的要价以及半数执政大臣都来入朝的要求，为的是考验高丽的真实立场和朝贡诚意。在亲元派把持下的高丽显然难以做到，但又不敢公然得罪明朝，只能频频遣使表明态度。

"金陵降诏责岁贡"是权仲和这次的出使背景。当年七月高丽使节周谊从辽东被拘至京师，明太祖谕令："前所需马一千，已贡若干，今再取辏作一千，明年金一百斤、银五千两、布五千匹、马一百以为常贡之例，则赦尔东夷杀使及内使之罪。"由于高丽方面反复表白其不产金银，地产之马弱小如驴，少量引进的胡马也因倭寇频年入侵而损失殆尽，故此番岁贡要求与之前相比已大为减少，马匹允许累积计算，银、布之数均已减半。高丽最后准备的贡品为"金三百两、银一千两、马四百五十匹、布四千五百匹"，在依然不能如数纳贡的艰难局面下，明知会被拒绝，仍不得不贡，而且总抱有一丝期望。廉悌臣与当朝权臣李仁任皆为侍中，相当于宰相。二人一起为权仲和饯行，可见对其出使颇为重视。作者时任政堂文学、右文馆大提学、领艺文春秋馆事兼成均馆大司成，因与权仲和有同年之谊，也奉命陪坐。据《高丽史》载，权仲和行至辽东，果然以岁贡不满定额被拒绝入境，铩羽而归。

昨与同年郑签书[1]、朴判书[2]、李判事[3]各携酒果，饯庸夫四宰江南之行。唯宋判事以妻丧不至，则居京者六人耳。自癸巳[4]至今二十八年矣。散而之四方，不幸而入九京[5]，念之伤心。庸夫当国家危疑之际，被选入见天子，风彩倾一时。而吾四人者，皆居散地[6]，萧索之甚。然谈笑雍容，虽盛馔华筵，张乐献酬，无以过之。微醉而出，乘月而归

益斋阳坡[7]两侍中，榜开龙虎罗群雄。
回头二十八年耳，生离死别何匆匆。
今居城中只六人，庸夫独也垂朝绅。
方冬奉表入中国，邈自青丘[8]朝紫宸。
慈颜虽老亦喜动，阖国安危关一身。
我辈萧条惜解携[9]，渺渺目送鲸涛西。
私情公义不相掩，但愿归期无少稽。
庸夫少年淮上游，中岁又见姑苏秋。
更向钟山吹玉笛，老狂政恐惊中州。
平生忠孝当两全，有才遭时非偶然。
三韩之心达天子，上下交孚[10]千万年。
病余看花我不靳[11]，梅花盛开公方旋。
醉中桃李满门庭，肯厌朝朝呼解酲[12]。

出处

《牧隐集》，韩国首尔大学奎章阁藏1626年重刊本。

注释

1. 签书：签书密直司事。

2. 判书：一般为六曹（相当于六部）首长。

3. 判事：一般为各寺（相当于九卿）首长。

4. 癸巳：高丽恭愍王二年。是年五月，右政丞、金海君李齐贤知贡举，赞成事洪彦博同知贡举，取进士，赐乙科李穑等三人、丙科七人、同进士二十三人、明经二人及第。

5. 九京：春秋时晋国大夫墓地所在，后泛指墓地。

6. 散地：闲散官职。

7. 益斋阳坡：益斋，即李齐贤（1288—1367）之号，官至侍中。阳坡，即洪彦博（1309—？）之号，也官至侍中。

8. 青丘：又作青邱，指代高丽。《山海经·海外东经》有青丘国，东汉经学家服虔称“青丘国，在海东三百里”。《通志·天文略》载“青邱，七黑星在轸东南，主东方三韩之国”。

9. 解携：分别。

10. 交孚：互信。

11. 靳：吝惜。

12. 解酲：醒酒。

解读

本诗作于明洪武十三年十二月。与上首诗同为饯送权仲和出使所作。元末明初，高丽政局动荡，国势衰微，而周边安全形势又极为严峻，北元与明朝的长年战争对其形成巨大压力，日本的海上侵扰又连年不绝，必须小心翼翼地采取事大与平衡的外交策略以维系国家生存，而国内亲明和亲元两大势力不断角力国家对外政策的主导权，分别或交替向北元、明朝频繁朝贡，在元明看来这是高丽事大不诚的表现，常常引发紧张的外交冲突。作者与权仲和为同科及第，二人关系亲密，故对其出使明朝之事极为关注，作诗多首，除了选录的两首外还有《闻庸夫明日行》《病不能出郊送庸夫遣二子致鄙意坐吟三首》《录呈近作数首寄呈庸夫行轩》《晚劳庸夫四宰回至辽东》等。

作者虽然是亲元派中坚，但还是写了不少迎送使节、商议表文等关系明朝与高丽外交的诗作，如《闻江南使入界》《航海入贡金陵遭风不返国人哀之作诗以纪云》《闻儿子辈饯闵中理金陵书状之行》《金五宰将赴金陵》《耆老会饯金五宰江南之行》《漆原侍中及诸老饯金四宰金陵之行归而发咏》《金四宰临门告行二首》《同诸公送郑圃隐》《进献使臣启行穑以疾发不得送于野独吟一首》《闻朝论将从海路入贡金陵》《偰提学李判书商量进贡表文》《柳密直赴京穡适身困不克郊饯吟成一首》《送张学录使还》《送周典簿使还》等，对全面了解这段历史提供了不同视角，具有独特价值。

十七日（二首）

群官拜表送金陵，出自宫门驿骑腾。
袍笏缀班仪甚盛，闾阎空巷睇方凝。
钟山美景灯前录，辽海扁舟月下乘。
当日燕京[1]来往数，尘沙眯目记吾曾。

年年圣寿祝冈陵[2]，颂祷和声内外腾。
缥缈金陵天地阔，寂寥沙塞雪霜凝。
枕戈今日艰将泰，覆𫗧[3]当年负且乘[4]。
用我东周天子耳，白头勤苦学颜曾[5]。

出处

《牧隐集》，韩国首尔大学奎章阁藏1626年重刊本。

注释

1. 燕京：指元大都。

2. 祝冈陵：祝寿颂语有“寿比冈陵”“冈陵之祝”等，语出《诗经·小雅·天保》中的“如山如阜，如冈如陵……如南山之寿”。

3. 覆𫗧：倾覆鼎中食物，比喻因才力不足以至败事。

4. 负且乘：居非其位，才不称职。语出《易经》：“负且乘，致寇至，贞吝。”

5. 颜曾：孔子的杰出弟子颜回和曾参，以德行著称。

解读

据诗意，本诗当作于明洪武二十一年十月作者告别百官出使明朝之时。时高丽国内政局大变，禑王决定进攻辽东明军，大将李成桂策动曹敏修途中回军政变，废黜禑王。为遏制李成桂借机篡权，经时任判三司事的李穑倡议，曹敏修等改立其子辛昌。不久曹敏修因侵夺民田被流放，李穑任门下侍中，总掌朝政，李成桂为守侍中、督总中外诸军事，掌控军权。面对李成桂的不断进逼，李穑决定亲任贺正使，面奏明太祖允许辛昌入朝，并要求派设王官至高丽监国，以及同意子弟赴国子监入学。这些都是效仿元时做法，以诚心事大的恭顺姿态并放弃部分主权，换取明廷保护王室存续，不被篡夺颠覆。因为担心自己在外再生事变，他还力邀李成桂同行，以致其被迫派三子李芳远（后为朝鲜太宗）作为书状官随行。李穑本是亲元派大臣，早年在元大都（今北京）国子监读书三年，并以殿试第三名的佳绩成为众人仰慕的翰林。故他对元朝有着深厚感情，儒家的忠君观念也为其保持亲元立场提供了思想基础，但自纳哈出败降，北元丧失辽东后，面对大国主导的国际政治秩序，他果断采取了以国家和王室利益为上的现实主义态度，迅速转向明王朝。作为六十高龄的高丽王国首相、儒林领袖，作者这是首次以使节身份出使中国，而且是远赴江南文物之邦的古都金陵，脑海中却总是浮现旧时的燕京和沙塞，心中更怀有一生才学却负乘致寇的遗憾，可见其纠结难解之情。

诗题表明，作者当是十月十七日出发。《明实录》的记载表明他于十二月十二日在南京正式朝见了明太祖，表贺明年正旦，所贡之物为“金龙头双台盏一、金盂一、镀金银莲花台盏二、银盂三十八锼、金银樽一、镀金盆六、银壶三、锼金银丝龙头镫二、黄白黑布八十匹、花席四十领”，明太祖也诏赐绮钞等物。

即　事

金陵迢递隔山川，日月垂光共一天。
马在北方肥可爱，人迁南土病堪怜。
君臣有义须明白，将相交欢始保全。
往哭秦庭[1]谁更继，自悲衰甚抱沉绵[2]。

出处

《牧隐集》，韩国首尔大学奎章阁藏1626年重刊本。

注释

1. 往哭秦庭：请求外援出手纾难。典出《左传》，楚国申包胥因伍子胥率吴军复仇破楚，遂奔赴秦国，“立依于庭墙而哭，日夜不绝声，勺饮不入口七日”，最终感动秦哀公赋诗《无衣》，出兵救楚。

2. 沉绵：指久病不愈。

解读

据诗意，本诗当是明洪武二十一年冬作者出使明朝途中所作。高丽政权在手握军权的李成桂的觊觎下，已深陷大厦将倾的危难之中，故作者将此行视为堪比申包胥哭秦庭的最后一搏。但他似乎预感到结果将难以如愿，又做不到申包胥当年的决绝，长途漫漫的悲壮之行满是老病交加之下的绝望消沉，以至于针对高丽政局所发的“君臣有义须明白，将相交欢始保全”的切望更像苍白无奈的喃喃自语。

闻　雁（五首）

春雁嗈嗈又北飞，云低沙塞雪霏微。
谁知当日銮坡[1]客，欲与汝归犹未归。

江南处处落梅飞，多少北人歌式微。
又向春风闻断雁，不知何日得同归。

枕上一声春雁飞，晨光欲动正熹微。
江南塞北何迢递，天命人心自有归。

万里成行不乱飞，天机[2]衮衮羽毛微。
一声似警窗间客，白尽髭须尚未归。

记得燕山红叶飞，客窗闻雁宦情微。
几回惹起还家计，为谢当年催我归。

出处

《牧隐集》，韩国首尔大学奎章阁藏1626年重刊本。

注释

1. 銮坡：翰林院别称，以唐德宗时移学士院于金銮坡之故。
2. 天机：指天赋灵机。

解读

据“江南处处落梅飞”“白尽髭须尚未归”等句文意，本诗当作于明洪武二十二年正月。时作者正出使南京，尚未返程。因闻北上雁声，勾起无尽思元和归国之心，遂以“闻雁”为题作同韵诗五首。其思元背景可见前文分析，作者身处江南，巧借春雁北归的场景和意象，屡屡怀念以沙塞、塞北指代的元朝，其第一首诗就以“当日銮坡客”标榜自己元翰林的身份，有趣的是第三首感慨退回塞北的元与江南兴起的明是“天命人心自有归”，既可以大雁的南北迁徙象征王朝的轮回更替，但深揣其意更像在暗指作者此刻仍然倾心于旧日的元朝。当然，尽管元朝给予了作者良好的教育和骄人的身份，但也不比身土所寄的家乡，因此在最后一首诗中，他深情回忆了当年为雁声所感决定自元朝辞归的情景。也正是这种更深层的家国意识，让其可以放下亲元心结，为忠于王国社稷，用尽一切手段去抵抗图谋政变夺权的李成桂。

奉怀金陵

天运循环出彗星[1]，金陵王气畅皇灵[2]。
右文[3]不用黄间弩[4]，向化皆归白下亭[5]。
已矣难回是流水，偶然相值似浮萍。
前朝内翰[6]催颓甚，怅望西山涕泗零。

出处

《牧隐集》，韩国首尔大学奎章阁藏1626年重刊本。

注释

1. 彗星：主除旧布新，但常预示有重大灾祸，故又称“扫帚星”。此指元朝被代，退回漠北。

2. 皇灵：指皇帝。

3. 右文：重视推行文治。

4. 黄间弩：强弩之名，即黄肩弩，因色黄体大又称“大黄”。西汉李广曾以之射杀匈奴裨将。

5. 白下亭：金陵古驿亭。历史上先后有两处，一是唐时原白石垒（唐初曾在此设白下县）白下门前驿亭，其址在今神策门外北崮山下，李白诗句“来时白下亭”（《献从叔当涂宰阳冰》）、“祖余白下亭”（《留别金陵诸公》）、“驿亭三杨树，正当白下门”（《金陵白下亭留别》）皆指此亭；一为宋时建康府城东门（白下门）外白下桥旁驿亭，其址在今秦淮区大中桥附近，王安石诗句“门前秋水可扬舲，有意西寻白下亭”（《和叔招不往》）、“东门白下亭，摧甓蔓寒葩”（《东门》），皆指此亭。作者以此历史名胜指代南京。

6. 前朝内翰：指作者曾任元朝翰林。

解读

本诗当是作者晚年应邀而作，因曾出使南京，故可“怀”之，但主题仍是兴叹元明更替，结句更是情系曾经任职效力的元王朝，实为典型的遗民情结。

［高丽］**郑摠**（1358—1397），字曼硕，号复斋，谥文愍。清州（今属韩国忠清北道）人。高丽辛禑王二年（1376），状元及第。十一年，以司艺之职主持升补试取士。恭让王时，曾任吏曹判书、政堂文学等。李成桂建朝鲜后，曾与郑道传修《高丽国史》。太祖四年（1395，洪武二十八年）十一月，以艺文馆大学士任计禀使，赴南京请颁诰命及朝鲜国印信。次年，因其公文“引用纣事，尤为无礼”，与也有表笺问题的其他使团使节和撰表人柳玽、郑成义、金若恒皆被拘押。太祖李成桂封四人为君，郑封西原君，但又按朱元璋旨意遣郑擢、权近等参与撰表之“秀才”管押赴京。其间，朱元璋陆续遣返部分被拘人员。六年（洪武三十年），因权近表现出色，值李成桂正妻康妃去世，朱元璋再赐衣遣返最后四名被拘“秀才”。陛辞时，权近穿赐服，郑摠、金若恒、卢仁度等三人则为康妃穿丧服。朱元璋大怒，仅将“看得老实”的权近遣归，其余三人皆被处死。郑摠之子郑孝忠于明正统十一年（1446）辑刊《复斋集》。

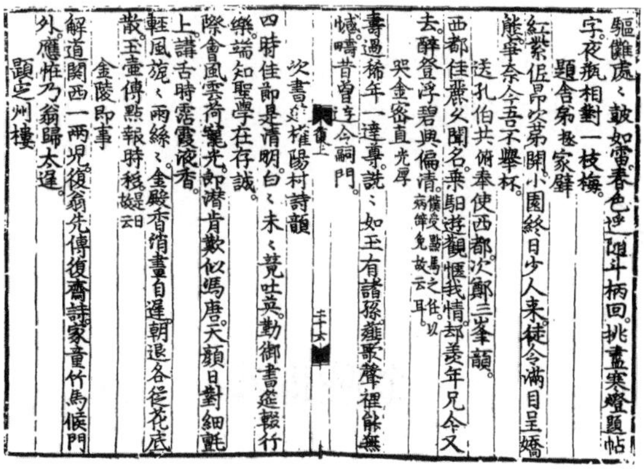
軀儺處處敲如雷。春色迎隨斗柄回。挑盡寒燈題帖
字。夜瓶相對一枝梅。
題舍弟叁家壁
紅紫佀昂次第開。小園終日少人來。徒令滿目呈嬌
態。爭奈今吾不舉杯。
送孔伯共俯奉使西都。次鄭三峯韻。
西都佳麗久聞名。乘馹遊觀愜我情。却羨年兄今又
去。醉登浮碧興偏清。僕受點馬之任以病辭免故云耳。
哭金密直光厚
壽過稀年一達尊。誂誂如玉有諸孫。薤歌聲裡無
憾。嗚昔曾之令嗣門。
復齋上
次書狀權陽村詩韻
四時佳節是清明。白白未未競吐英。勤御書筵輟行
樂。端知聖學在存誠。
際會風雲荷寵光。卽潛肯歎似馮唐。天顏日對細氈
上。講舌時霑霞液香。
輕風旋旋雨絲絲。金殿香消晝自遲。朝退各從花底
散。玉壺傳點報時移。是日故云
金陵卽事
解道關西一兩兒。復翁先傳復齋詩。家童竹馬候門
外。應怪乃翁歸太遲。
題定州樓

《复斋集》书影

乙丑十二月望夜，入直国子监，与崔同年[1]通甫达晓谈论

槐市[2]夜深人不喧，兽炉香尽火犹存。
隔窗雪月明如画，坐听书生读鲁论[3]。
士风浇薄异言喧，犹喜斯文尚得存。
千载寥寥周孔学[4]，微君谁可与评论。

出处

郑孝忠编《复斋集》，日本内阁文库摄影韩国国立中央图书馆藏刊本。

注释

1. 同年：指同榜登科。

2. 槐市：原指汉代长安诸生相聚贸易之所，因其地有槐树数百行而得名，后为国子监别称。

3. 鲁论：本指汉代鲁地所传《论语》，为汉代三大传本之一，后为传世通行本，故亦为《论语》别称。

4. 周孔学：周公、孔子之学，即儒学。

解读

乙丑即明洪武十八年。崔通甫即崔咸，字通甫，与作者为同榜进士。恭让王时曾任司宪掌令、庆尚道按廉。恭让王四年（1392），与都评议使司禹玄宝等一同被流放。由诗题可知，洪武十八年作者与崔咸俱入直最高学府国子监，二人非常珍视此次有幸进入斯文重地的难得机遇，通宵达旦坐听读书、讨论儒学。这是明初外国官员入直国子监的难得记录。

金陵即事（二首）

桃花落尽柳花飞，燕子初来客未归。
谁道金陵佳丽地，思亲无日不沾衣。

解道[1]关西一两儿，复翁先传复斋诗。
家童竹马候门外，应怪乃翁归太迟。

出处

郑孝忠编《复斋集》，日本内阁文库摄影韩国国立中央图书馆藏刊本。

注释

1. 解道：能吟。

解读

《复斋集》上卷有前后两首《金陵即事》，本书合编一处。由“桃花落尽柳花飞”可知，时为春末夏初，即三四月间。据现有资料显示，作者至少两次到过南京。本组诗作主要是抒发因长期羁留金陵而日益深重的思亲之念，故推测这是他因表笺问题被拘的最后出使，时间自洪武二十八年十一月至三十年三月，离家十六月，最终丧生异乡。

［高丽］姜淮伯（1357—1402），字伯夫，号通亭。晋州（今属韩国庆尚南道）人。高丽门下赞成事姜蓍之子。师从权近受性理之学。高丽辛禑王二年（1376）登第。十一年（1385，明洪武十八年）冬，以密直副使身份赴南京进岁贡。十四年（洪武二十一年）冬，以密直使身份率李芳雨赴朝南京。累迁政堂文学兼大司宪。与郑梦周弹劾赵濬、郑道传等，及郑梦周受诛，也被流放晋阳。李氏朝鲜开国，起复为鸡林府尹。俄迁东北面都巡问使。寻拜参判承枢府事，卒。著有《通亭集》。

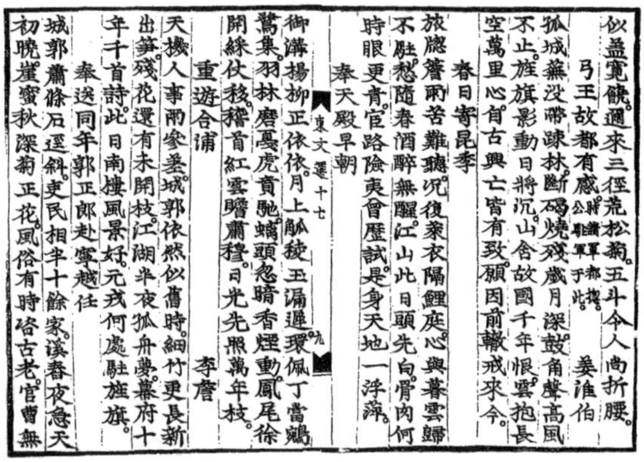
似盎寬饒。邇來三徑荒松菊。五斗令人尚折腰。
弓王故都有感 時公謫軍都于此 姜淮伯
孤城蕪沒帶疎林。斷碣燒殘歲月深。鼓角聲高風不止。旌旗影動日將沉。山含故國千年恨。雲抱長空萬里心。自古興亡皆有致。願因前轍戒來今。
春日寄昆季
旅牕簷雨苦難聽。況復萊衣隔鯉庭。心與暮雲歸不駐。愁隨春酒醉無醒。江山此日頭先白。骨肉何時眼更青。宦路險夷曾歷試。是身天地一浮萍。
奉天殿早朝
東文選十七 九
御溝楊柳正依依。月上觚棱玉漏遲。環佩丁當鵷鷺集。羽林磨戛虎賁馳。螭頭忽暗香煙動。鳳尾徐開綵仗移。稽首紅雲瞻肅穆。日光先照萬年枝。
重遊合浦 李詹
天機人事兩參差。城郭依然似舊時。細竹更長新出筍。殘花還有未開枝。江湖半夜孤舟夢。幕府十年千首詩。此日南樓風景好。元戎何處駐旌旗。
奉送同年郭正郎赴寧越任
城郭蕭條石逕斜。吏民相半十餘家。溪春夜急天初曉。崖蜜秋深菊正花。風俗有時皆古老。官曹無

收录姜淮伯诗的《东文选》书影

奉天殿[1]早朝

御沟杨柳正依依，月上觚棱[2]玉漏迟。

环佩丁当鹓鹭[3]集，羽林磨戛[4]虎贲[5]驰。

螭头忽暗香烟动，凤尾徐开彩仗[6]移。

稽首红云瞻肃穆，日光先照万年枝。

出处

徐居正等编《东文选》，韩国庆熙出版社1966年影印1478年刊本。

注释

1. 奉天殿：俗称金銮殿，为明初南京皇宫三大殿之首，用于举行包括元旦朝会大

典在内的国家重大庆典的场所。

2. 觚棱：宫阙转角，因该处瓦脊形似方角棱瓣。

3. 鹓鹭：鹓和鹭皆成行飞行，此处比喻列队的朝官。

4. 磨戛：摩擦相撞。

5. 虎贲：守御皇宫的羽林军。

6. 彩仗：旗帜、伞、扇等仪仗。

解读

本诗作于明洪武十九年二月或二十二年正月。作者先后两次担任高丽使节赴朝南京，第一次朝见明太祖是在十八年冬出发，次年二月在南京觐见明太祖，表进岁贡白黑布一万匹、马千匹。第二次是在二十一年冬出发，次年正月在南京觐见明太祖。当时高丽王辛禑因铁岭卫问题举兵反明，为李成桂等驱逐，大臣李穑等改立其子辛昌为王，作者奉命面奏明太祖，允许其权署国事王昌（即新立的幼王辛昌）入朝。

［高丽］李崇仁（1347—1392），字子安，小字蒙哥，号陶隐。京山府（今韩国庆尚北道星州郡）人。高丽恭愍王十二年（1363）登第，累迁长兴库使兼进德博士。二十一年（明洪武五年），高丽选拔文士赴明都南京应举，他名列第一，以不满25岁被留下未遣。寻授成均直讲、艺文应教，与金九容、郑梦周等皆为李穑兼任大司成的成均馆学官。高丽禑王时，任典礼总郎。因与金九容等反对迎接北元使节，被削职流放。不久复用，拜成均司成，任至密直提学。辛禑王十二年（1386，洪武十九年）冬，出使大明京师贺正。十四年春，权臣李仁任倒台后，他因姻族关系被杖流通州。夏，高丽昌王即位，召还任签书密直司事。冬，以副使随李穑、金士安再赴南京贺正。回国后拜艺文馆提学。善写文章，高丽臣事大明的表笺词命多出其手，屡得明太祖朱元璋赞赏，称其国有人物，当时学者权近就此评论其“文章简洁高古，间世挺生，中国罕有，国家词命不可不使此人掌之也”，高丽大儒、权近之师李穑也说“此子文章求之中国世不多得”。据《高丽史》载，“中原士大夫观其著述亦莫不叹服”。后以出使南京“身亲买卖与市人争利，失使臣之节”等罪名遭弹劾，流放朱峰县。未几，再次召还，任知密直司事、同知春秋馆事。又以郑梦周党削职远流。寻卒。著有《陶隐集》五卷。

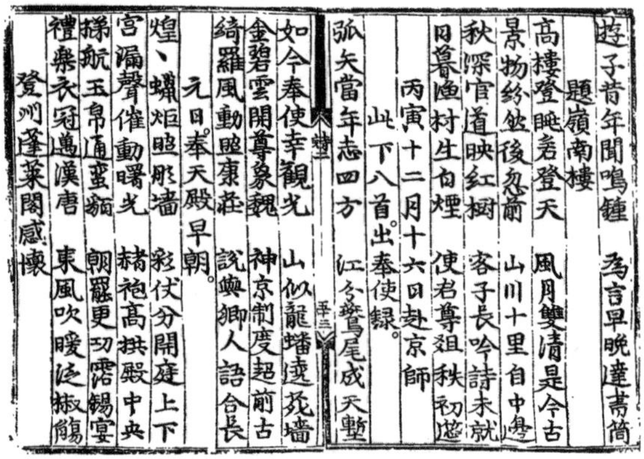
遊子昔年聞鳴鐘　為言早晩達靑簡
題嶺南樓
高樓登眺若登天　風月雙淸是今古
景物紛然後忽前　山川十里自中邊
秋深官道映紅樹　客子長吟詩未就
日暮漁村生白煙　使君尊俎秩初筵
丙寅十二月十六日赴京師
此下八首。出奉使錄。
弧矢當年志四方　江分鷰尾成天塹
如今奉使幸觀光　山似龍蟠遶苑墻
金碧雲開尊象魏　神京制度超前古
綺羅風動照康莊　說與鄉人語合長
元日奉天殿早朝。
煌、蠟炬照彤墻　彩仗分開庭上下
宮漏聲催動曙光　赭袍高拱殿中央
梯航玉帛通蠻貊　朝罷更叨霑錫宴
禮樂衣冠邁漢唐　東風吹暖泛椒觴
登州蓬萊閣感懷

《陶隐集》书影

丙寅十二月十六日赴京师

弧矢[1]当年志四方，如今奉使幸观光。
江分燕尾成天堑，山似龙蟠绕苑墙。
金碧云开尊象魏[2]，绮罗风动照康庄。
神京制度超前古，说与乡人语合长。

出处

《陶隐集》，韩国民族文化推进会编“韩国文集丛刊”第六辑1990年影印高丽大学中央图书馆晚松文库重刊本。

注释

1. 弧矢：有远大志向的男子。此句借用陆游《鹅湖夜坐书怀》诗：“士生始堕地，弧矢志四方。”

2. 象魏：宫阙。

解读

本诗作于明洪武十九年十二月。作者时任密直提学，奉命赴南京贺正节。作为饱读中华诗书的文学之士，首次观览帝京风光，又想到可向乡人娓娓夸耀，遂激动难耐，乘兴赋诗，大赞其江山险固，城池壮丽，规模更超迈历代都城。

天界寺

二十七日，百官会此，习元日朝仪。明日亦如之，盖年例也。

远客来同[1]日，皇明治定[2]时。
侧金开宝刹，立石纪雄辞[3]。
钟梵[4]清规盛，丹青肖像奇。
鸳鸾[5]皆会此，岁岁习朝仪。

出处

《陶隐集》，韩国民族文化推进会编“韩国文集丛刊”第六辑1990年影印高丽大学中央图书馆晚松文库重刊本。

注释

1. 来同：来朝。

2. 治定：政局安定。

3. 雄辞：大气磅礴之文。

4. 钟梵：佛寺敲钟与诵经之声。

5. 鸳鸾：皆属凤类神鸟，此处比喻朝官。

解读

本诗作于明洪武十九年十二月。根据洪武二年制度规定，外国使臣来京朝贡，下榻会同馆后，需先至天界寺习仪三日，再择日朝见。若是每年元日的朝会大典，贺正使要同百官一起在天界寺练习朝仪。天界寺，原为元文宗图帖睦尔以怀王出居建康（即今南京）时所居宅邸，在城中闪驾桥北。该桥位于今建邺路南，通绒庄巷，即古运渎孝义桥，后名清化桥，南宋时重建改名景定桥，仍俗称闪驾桥，明初称会同桥，清以来称鸽子桥。元文宗即位后诏改其潜邸为大龙翔集庆寺，明洪武初改名天界善世禅寺，为当时南京第一大寺，寺中设有僧录司。洪武二年曾在此设局纂修《元史》。洪武二十一年二月天界寺毁于火灾，始迁址重建于南门外雨花台西侧。习朝贺礼一事后亦改于朝天宫进行。

元日奉天殿早朝

煌煌蜡炬照彤墙，宫漏[1]声催动曙光。
彩仗分开庭上下，赭袍[2]高拱殿中央。
梯航[3]玉帛通蛮貊[4]，礼乐衣冠迈汉唐。
朝罢更功[5]沾锡[6]宴，东风吹暖泛椒觞[7]。

出处

《陶隐集》，韩国民族文化推进会编“韩国文集丛刊”第六辑1990年影印高丽大学中央图书馆晚松文库重刊本。

注释

1. 宫漏：宫中的计时漏壶。

2. 赭袍：赫黄色袍服，为天子常服，在此指代天子。

3. 梯航：梯山航海，指水陆交通。

4. 蛮貊：蛮指南方民族，貊指北方民族，连用泛指南北各族。

5. 功：《高丽名贤集》作“叨”。叨，同“饕”，贪食。

6. 沾锡：赏赐。

7. 椒觞：盛椒酒之杯。古时以椒酒向尊长拜贺新年。

解读

本诗作于明洪武二十年正月。作者与各国使节、文武百官于元旦清晨俱赴奉天殿参加正旦大朝会。明代朝贺仪以正旦、冬至及万寿圣节（皇帝生辰日，初名万寿令节）三大朝会仪式最为隆重，规模最为盛大，皇帝亲临三大殿之首的奉天殿接受百官朝贺。明初，朝贺仪的具体形式多循前代之旧，洪武二十六年后乃斟酌繁简，定为中制，颁示天下。

正月初七日出自金川门，马上咏怀

男子平生志，何曾学卧驼。
一生行地远，两眼阅人多。
经纬[1]山河大，蕃维[2]宋汉和[3]。
归来觉疏宕[4]，马上放高歌。

宋国公、汉国公领文武官，立殿庭东西。

出处

《陶隐集》，韩国民族文化推进会编“韩国文集丛刊”第六辑1990年影印高丽大学中央图书馆晚松文库重刊本。

注释

1. 经纬：治理。

2. 蕃维：蕃，通“藩”，藩维即藩国，语出萧梁沈约《封授临川等五王诏》中的“藩维广树，经朔攸属”。

3. 宋汉和：宋汉即诗末附注的宋国公、汉国公，分别为当时的文武百官之首。宋国公，即冯胜，明初“诏列勋臣望重者八人，胜居第三”，仅次于徐达、常遇春，徐、常二人当时已先后过世，故居武官之首。汉国公，即李善长，当为韩国公之误，在明初所封六大国公中排位第一，被朱元璋倚为堪比萧何的心腹助手，时任中书左丞相，居文官之首。宋汉和，意指文武百官勠力同心忠君为国。

4. 疏宕：放达不羁。

解读

本诗约作于明洪武二十年或二十二年。金川门与仪凤门并为南京北城冲要之门，西傍北水关，北与外郭中唯一设有三座门券的外金川门相对，濒临大江，置有龙江坛（凡行幸出师、亲王就藩所祀之处）、龙江市、龙江驿、望江楼、草场（粮仓），战略地位高于此地其他城门，朱棣靖难之役即由此取得内应攻入南京。正月初七为人日，古有出游登高之俗。作者在此日骑马出金川门，很可能是为了郊游，但也可能是赴龙江驿准备登船归国。

十七日早朝，上御奉天门，臣崇仁等蒙赐冠服，获与朝官列拜午门之外

黄金阙[1]角上初暾[2]，踵武[3]夔龙[4]谒至尊。

须信圣恩无内外，朱衣玉佩映端门[5]。

出处

《陶隐集》，韩国民族文化推进会编“韩国文集丛刊”第六辑1990年影印高丽大学中央图书馆晚松文库重刊本。

注释

1. 黄金阙：语出《史记》“封禅书”，指蓬莱、方丈、瀛洲三神山上的宫阙，以黄金和银制成。在此比喻宫城的午门双阙。

2. 初暾：初升的太阳。

3. 踵武：跟随别人的足迹。

4. 夔龙：比喻良相名臣。

5. 端门：皇城正门之一，在午门南、承天门北。

解读

本诗作于明洪武二十二年。据《明实录》，明太祖朱元璋于是年正月十七日御奉天门举行早朝。按常朝御门仪，奉天门早朝前，百官在宫城正南门——午门外列队等候。鼓起时，文官自左掖门入，武官自右掖门入。至金水桥南，各依品级东西序立，等鸣鞭后，依次随行至丹墀内行礼，有事者进奏，无事奏者随即入班。退朝时再卷班分由东西出。

此诗反映了使节与朝官在午门外等候时的情景。值得注意的是，洪武十九年四月，朱元璋已正式同意高丽君臣改用明制冠服，体现了认可其特殊地位的待遇。此次朝会，高丽使臣又被赐予明朝冠服，取得与朝官们一起列拜的资格。当时，来华贺正的还有安南、琉球等国使节。作者特地创作了《咏安南》《咏琉球》两诗，描写了两国使者的服饰、言语、举止、贡品等，暗示其不如高丽更开化文明。会同馆大使周嗣昌阅后邀其自咏一首，作者遂作口号诗。辞云："表里山河习俗醇，地连华夏必亲仁。千秋天锡箕畴在，神会心融岂乏人。"自信之意溢于言表。

是日，皇太子御文华殿，仪礼司序班前导，入自左掖门，列拜东宫南门之外

讴歌四域共归仁[1]，端拱[2]春坊[3]近荐绅[4]。
何幸微臣随列辟[5]，得瞻尧颖[6]类高辛[7]。

出处

《陶隐集》，韩国民族文化推进会编"韩国文集丛刊"第六辑1990年影印高丽大学中央图书馆晚松文库重刊本。

注释

1. 归仁：归于仁德之政。
2. 端拱：正身拱手，意指庄重临朝。
3. 春坊：太子宫，在此指代太子。
4. 荐绅：荐，通"缙"，缙绅指官员。
5. 列辟：百官。

6. 尧颡：尧为上古五帝之一，颡即额头。《史记》载，孔子“其颡似尧”，又说他“生而首上圩顶”。据唐宋时所绘孔子像，其额头大而前凸，故尧也是大头凸额之相。

7. 高辛：帝喾，尧之父，亦为上古五帝之一。此句当化用苏轼《次韵曾子开从驾二首》中的诗句，即“辇路归来闻好语，共惊尧颡类高辛”，通过比附上古圣君，赞美太子朱标与其父朱元璋形神相似。

解读

本诗作于明洪武二十二年。在正月十七日奉天门早朝后，作者与百官依礼赴文华殿朝见太子朱标。文华殿位于奉天门东北，前有文华门，初为朱元璋斋居、经筵及召见官员之处，洪武十年改造大内宫殿后设为太子视事之所。此诗题记录了朝见太子的程序，可补史阙。如朝官觐见天子后要退至午门外，再由左掖门入，经左顺门至东宫南门外拜候。另，由于缺乏历史记载，而且明宣德以后东宫建筑在皇宫内的位置也已调整，故后人对明初东宫建筑分布存在很多认识上的空白。此诗表明，文华殿作为太子办公的东宫正殿，其南门（文华门）即为东宫南门，门内皆属东宫范围，相关内容可补史阙。

龙江驿开船

画船挝鼓发江关，正是朝正使者还。
更向都门一回首，五云[1]飞绕紫金山。

出处

《陶隐集》，韩国民族文化推进会编“韩国文集丛刊”第六辑1990年影印高丽大学中央图书馆晚松文库重刊本。

注释

1. 五云：五色祥云，其意象也常与帝王相连。

解读

本诗作于明洪武二十二年。作者完成朝正使命，由龙江驿乘船回国。龙江驿为水马驿，位于城北狮子山外通江桥西的江岸处，沿迎宾大道南行十五里，入金川门，通宫中。明初，外国使节朝贡，俱在此驿宴飨迎送。明代张得中《南京水路歌》有云：

“金山焦山两虎踞，龙潭瓜步依江屯。观音阁下韩桥小，龙江驿上金川门。入门先到鸿胪寺，奉楮殷勤报名字。”

扬子江二首

蒙冲巨舰载熊罴[1]，百里央央见彩旗。
谁道长江限南北，君王神武耀华夷。

江流东注政[2]漫漫，日暖波光绿可餐。
堪哭六朝何事业，只[3]凭衣带[4]欲偏安。

出处

《陶隐集》，韩国民族文化推进会编“韩国文集丛刊”第六辑1990年影印高丽大学中央图书馆晚松文库重刊本。

注释

1.熊罴：黑熊和棕熊，比喻勇猛战士。

2. 政：通“征”，即长途远行。

3. 只：原书作“衹”。

4. 衣带：《南史》载，隋文帝欲讨伐偏安江南的陈朝，称：“我为百姓父母，岂可限一衣带水不拯之乎？”指天堑长江只不过像一条衣带宽的河流，不足为阻。

解读

两诗约作于明洪武二十二年。作者离开龙江，见百里江道上都是插满彩旗的强大水师，感慨仅凭长江天险偏安一隅的六朝，远不如大明天子神武。

［高丽］**权近**（1352—1409），原名晋，字可远，号阳村。谥文忠公。高丽安东（今属韩国庆尚北道）人。朱子学著名学者。其曾祖为将朱子学引入高丽的重要人物权溥，其师为朱子学大儒李穑。14岁入国学，高丽恭愍王十七年（1368，明洪武元年）中成均馆试。次年以殿试丙科第二名入仕。后明朝开高丽乡试，两度高中，均因年少不得赴京会试。高丽朝任至签书密直司事、同判会议都监事、书筵侍读、进贤馆提学等。旋因上疏救被弹劾流放的李崇仁而遭贬斥。李成桂建朝鲜，起用为检校艺文春秋馆大学士兼成均大司成，官至集贤殿大提学并判内瞻寺事、知经筵春秋馆事、世子贰师，拜吉昌君。明洪武二十二年（1389，高丽辛昌王二年）、二十九年（朝鲜太祖五年），先后代表高丽和朝鲜奉使大明国都南京。推崇改革，倡办书堂。著有《礼记浅见录》《入学图说》《阳村先生文集》等，曾参与官修《东国史略》（即《三国史略》）。

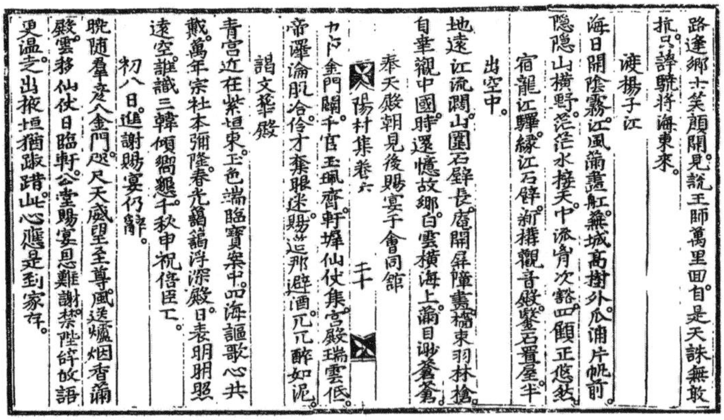
路逢鄉士笑顔開。見說王師萬里回。自是天誅無敢
抗。只誇驍將海東來。
渡揚子江
海日開陰霧。江風滿畫舡。無城高樹外。瓜浦片帆前。
隱隱山横野。茫茫水接天。中流肯次豁。四顧正悠然。
宿龍江驛。緣江石壁。新構觀音殿。鑿石置屋。半
出空中。
地遠江流闊。山圍石壁長。庵開屏障盡。檣束羽林槍。
自幸觀中國。時還憶故鄉。白雲横海上。滿目渺蒼蒼。
奉天殿朝見後賜宴于會同館
陽村集卷六 丰
九户金門闢。千官玉珮齊。軒墀仙仗集。宮殿瑞雲低。
帝澤淪肌洽。修才棄眼迷。賜筵那避酒。兀兀醉如泥。
謁文華殿
青宮近在紫垣東。玉色端臨寶案中。四海謳歌心共
戴。萬年宗社本彌隆。春光藹藹浮深殿。日表明明照
遠空。誰識三韓傾濁懇。千秋申祝倍臣工。
初八日。進謝賜宴仍辭
曉随羣彦入金門。咫尺天威望至尊。風送爐烟香滿
殿。雲移仙仗日臨軒。公堂賜宴恩難謝。禁陛辭故語
更溫。之出掖垣猶跋踖。此心應是到家存。

《阳村先生文集》书影

宿龙江驿[1]，缘江石壁，新构观音殿[2]，凿石置屋，半出空中

地远江流阔，山围石壁长。
庵开屏障尽，樯束羽林枪。
自幸观中国，时还忆故乡。
白云横海上，满目渺苍苍。

出处

权踶编《阳村先生文集》，韩国首尔大学奎章阁藏1674年重刊本。

注释

1. 龙江驿：在南京金川门外。

2. 观音殿：观音阁，位于幕府山脉的岩山头台洞附近，依岩而筑，明正统年间（1436—1449）建为弘济寺。作者称其为新构，则观音阁始筑年代当在洪武二十二年或稍早，与《金陵梵刹寺》中建于洪武初年的记载有所差异。

解读

本诗作于明洪武二十二年八月。时高丽大臣李穑借李成桂废高丽王辛禑之机，拥辛昌为王，继是年初派遣姜淮伯后，又派门下评理尹承顺于六月奉使南京，再次请求允许幼王赴京朝见明太祖，及回禀征送处女给皇子成亲之事。作者时任签书密直司事、进贤馆提学，作为副使随行。他极为珍惜观览中国的机会，“凡有接于耳目者，必记而诗之”。此诗为作者收入《奉使录》的第一首描写南京景物的诗作。按明初定制，各国使团抵达南京首日即下榻于龙江驿，由应天府同知礼待宴劳；次日至会同馆，由礼部侍郎至馆宴劳；随后习仪三日，择日朝见。

奉天殿朝见后赐宴于会同馆

中夜金门辟，千官玉佩齐。
轩墀仙仗[1]集，宫殿瑞云低。
帝泽沦肌洽[2]，伶才夺眼迷。
赐筵那避酒，兀兀醉如泥。

出处

权踶编《阳村先生文集》，韩国首尔大学奎章阁藏1674年重刊本。

注释

1. 仙仗：皇帝仪仗。

2. 沦肌洽：原书作“冾”，古同“洽”。沦肌冾，意同“沦肌浃髓”，即渗透至肌肉、骨髓，比喻程度极深。

解读

本诗作于明洪武二十二年八月。据《明实录》，高丽使节入朝上奏是在八月八日。当时，高丽接连派遣使节要求允许“权国事王昌”（即辛昌，又称高丽昌王）朝见大明皇帝。朱元璋认为高丽“国中多故，陪臣忠逆混淆”，废立自由，既囚禁其主，又要让幼主入朝，“必有隐谋不可信”，继是年正月拒绝其入朝请求之后，再次要求礼部尚书李原名谕示高丽使节：“童子不必来朝，果其国有贤智之臣，明君臣之分，妥民安国，虽数世不朝亦无所责，不然虽连岁来朝亦何益哉？”

诗中描写的朝见场景化用了唐代诗人岑参《奉和中书贾至舍人早朝大明宫》诗：“金阙晓钟开万户，玉阶仙仗拥千官。”而所述赐宴场景，按制度要由光禄司取御酒，奉旨官酌酒授予使者，同时教坊司设乐舞，作乐陈戏，故作者感念皇帝恩泽、伶人才艺，以至一醉方休。

谒文华殿

青宫[1]近在紫垣东，玉色[2]端临宝案中。
四海讴歌心共戴，万年宗社本弥隆。
春光蔼蔼浮深殿，日表[3]明明照远空。
谁识三韩倾向恳，千秋申祝倍臣工。

出处

权踶编《阳村先生文集》，韩国首尔大学奎章阁藏1674年重刊本。

注释

1. 青宫：指太子所居之东宫。因东方属木，木色为青，故名。
2. 玉色：此处是对太子容颜的敬称。
3. 日表：此处指太子仪表。

解读

本诗作于明洪武二十二年八月。按明初定制，高丽使节尹承顺、权近朝见明太祖朱元璋后，例行拜谒太子朱标于东宫文华殿，故日期当在八月八日。朱标时年35岁，协理国政已长达十二年，素以盛德仁慈闻名，因此在这首颂诗中通过“春光蔼蔼”“日表明明”之类辞藻能深切感受到作者对太子为人和蔼且明察秋毫的良好印象。

初八日进谢赐宴仍辞

晓随群彦入金门，咫尺天威望至尊。
风送炉烟香满殿，云移仙仗日临轩。
公堂[1]赐宴恩难谢，禁陛辞敀[2]语更温。
走出掖垣[3]犹踧踖[4]，此心应是到家存。

出处

权踶编《阳村先生文集》，韩国首尔大学奎章阁藏1674年重刊本。

注释

1. 公堂：此指官殿大堂。

2. 辞敀：敀，古同“迫”。辞敀，意为言辞急迫。此句反映出高丽使节谢恩时心情紧张，不能从容应对，故明太祖用更温和的语气加以抚慰。

3. 掖垣：使节与百官上朝皆由正南门——午门旁的左右掖门出入，故指正门旁的偏门墙垣。

4. 踧踖：恭谨不安。

解读

本诗作于明洪武二十二年八月。使节受到赐宴礼待后应依礼谢宴，诗题写明“初八日”，可与《明实录》记载相互印证，与上两首诗都是反映八月八日朝见明太祖之事。

闻十国（自注：秦、晋、燕、齐、楚、周、蜀、鲁、湘、潭）亲王[1]皆朝京师

列爵分茅土，仁亲庇本支。
复行封建日，斯有会同[2]时。
麟趾周宗盛[3]，龙颜汉业熙[4]。
小臣闻盛美，歌咏载成诗。

出处

权踶编《阳村先生文集》，韩国首尔大学奎章阁藏1674年重刊本。

注释

1. 十国亲王：指明太祖诸子，分别是秦王朱樉（藩地西安）、晋王朱棡（藩地太原）、燕王朱棣（藩地北平，即今北京）、齐王朱榑（藩地青州，即今山东益都）、楚王朱桢（藩地武昌）、周王朱橚（藩地开封）、蜀王朱椿（藩地成都）、鲁王朱檀（藩地兖州）、湘王朱柏（藩地荆州）、潭王朱梓（藩地长沙）。其中，蜀王朱椿奉命驻凤阳，洪武二十三年始就藩成都。

2. 会同：诸侯朝见天子。

3. 麟趾周宗盛：麟趾，指子孙昌盛；周宗，指周王朝宗室。此句似是化用南朝齐王融《三月三日曲水诗序》有“族茂麟趾，宗固磐石”之语，盛赞明太祖像周王室一样子嗣繁茂。

4. 龙颜汉业熙：龙颜，指帝王。汉业，汉朝大业。此句称誉明王朝如同汉室再兴封建之举，成就王朝大业。

解读

本诗作于明洪武二十二年八月。明初恢复周、汉封建制，于洪武三年分封诸子为亲王，九年起诸王陆续至封国就藩。据今存《皇明祖训录》钞本（学者考定为洪武十四年修订本）载，“亲王每岁朝觐，不许一时同至，务要一王来朝，还国无虞，信报别王，方许来朝”，但查《明实录》《明史》洪武年间多有诸王集体朝觐事例，其中规模较大的有：洪武十六年七月，秦、晋、燕、周、楚、齐等六王来朝。二十一年九月，秦、晋、燕、周、楚、齐、湘、鲁、潭九王来朝。二十五年正月，周王橚先来朝，晋王棡、燕王棣、楚王桢、湘王柏随后来朝。二十六年八月，秦、晋、燕、周、齐五王来朝；九

月，代、肃、辽、庆、宁五王来朝。作者记录的这一次十王来朝不见上述两书记载，这一最大规模的集体来朝也未见其他记录，故有填补空白的史料价值。另，诗中“列爵分茅土”是对明初分藩制度的误解，与周、汉两朝不同，明太祖虽以“遵古先王之制”为名，实际是参仿元代宗王出镇制，实行“分封而不锡土，列爵而不临民，食禄而不治事”的政策，诸王在封地主要行使节制军事的指挥权，并无治理地方的行政权。

初九日，朝在会同馆，钦闻驾幸颍[1]国公傅友德之第问其疾

圣主仁深礼大臣，銮舆问疾宠光新。
浑家[2]厚荷生成德，图报唯应有粉身。

出处

权踶编《阳村先生文集》，韩国首尔大学奎章阁藏1674年重刊本。

注释

1.颍：原书作“颖”。

2. 浑家：全家。

解读

本诗作于明洪武二十二年八月。傅友德（？—1394），原籍宿州相城（今安徽淮北），迁居砀山（今属安徽）。元末入红巾军，先后追随刘福通、明玉珍、陈友谅。后率部归降朱元璋，屡立战功。明朝建立，参与北伐，从定山东、山西、陕西等地。洪武三年封颍川侯。后统军平西蜀、征北元、定云贵。十七年，论平云南功，进封颍国公。二十一年，任征南将军，先后讨平东川和越州（治今云南曲靖）叛蛮，后继续留屯四川、湖广。本年七月，因病奉命还京。《明史》本传称其“自偏裨至大将，每战必先士卒”，身冒百死，战功卓著，此时已经成为地位仅次于冯胜的明军统帅。朱元璋还将九女寿春公主嫁与其子傅忠，其女也嫁给了朱元璋三子晋王朱棡的世子朱济熺。因此，朱元璋在其还京后于八月九日亲自上门慰问，成为传遍京城的盛事，此亦为正史未载的史料。但傅友德尽管善战功高，且与朱元璋结为亲家，最终还是不能善终，于洪武二十七年“坐事诛”，详情难以确考，也有史料称他是在御宴中因小过受激当庭自杀。

是日出宿龙江，时帝以王年尚幼，亦不许入朝

海国朝宗[1]志，天皇字小仁[2]。
流言空扰扰，圣训更谆谆。
出郭逾桥市，登舟宿水滨。
紫金山渐远，却望首回频。
自注：紫金山，古之钟山，今京城之镇[3]。

出处

权踶编《阳村先生文集》，韩国首尔大学奎章阁藏1674年重刊本。

注释

1. 朝宗：朝见天子。
2. 字小仁：字，抚爱。小仁，小人（童子），此指年幼的高丽王辛昌。
3. 镇：主山。

解读

本诗作于明洪武二十二年八月。当时作者已离开会同馆，宿于龙江舟中，准备回国。高丽李穑等大臣希望明太祖允许新立的幼主辛昌亲自入朝，通过谋求明廷认可其新王以阻止握有军权的李成桂掌控大局，但被朱元璋拒绝。权近在反对李成桂势力上，与其师李穑立场明显不同，所作诸诗没有使命落空的遗憾和沮丧，本诗更多地表达了对明太祖所为的理解以及对南京的留恋之情。

舟中细雨

闲倚船窗午睡余，一江秋雨碧疏疏[1]。
绿蘋红蓼汀洲静，安得披蓑坐钓鱼。

出处

权踶编《阳村先生文集》，韩国首尔大学奎章阁藏1674年重刊本。

注释

1. 疏疏：原本为“踈踈”，也作“踈疏”，指朦朦胧胧的样子。

解读

据作者文集中的《奉使录》所收诗作可知，其入贡路线走的是辽东陆路，经北平至南京皆乘舟，辗转“水驿数千里”，入长江，过仪真（今江苏仪征），经六合瓜埠渡江至龙潭，最后行舟至龙江。查《奉使录》诗篇次序，本诗与关于南京及附近地域的诗作编排在一起，若其编次大体无误，则描绘的江景当是仪真至南京这一段，创作时间也应系于明洪武二十二年八月。

渔　父

浦口[1]醒风满客舟，白头翁在白鸥洲[2]。
一江烟雨蓑衣里，笑杀征人老不休。

出处

权踶编《阳村先生文集》，韩国首尔大学奎章阁藏1674年重刊本。

注释

1. 浦口：小河入江口。
2. 白鸥洲：白鸥聚集的江洲。

解读

在《阳村先生文集·奉使录》中，本诗编排于《舟中细雨》之后。据上篇分析，则同样应当是描绘仪真至南京段江景，创作时间也当系于明洪武二十二年八月。

奉朝鲜命至京

圣主龙兴抚万方，远人来贡有梯航。
郁葱佳气皇居壮，焕赫[1]文章帝业昌。
晓雾收开仙仗日，天风吹送御炉香。
小臣获被恩荣渥，入侍丹墀近耿光[2]。

出处

权踶编《阳村先生文集》，韩国首尔大学奎章阁藏1674年重刊本。

注释

1. 焕赫：光辉。
2. 耿光：光明。

解读

本诗作于明洪武二十九年。时王氏高丽已于洪武二十五年为李成桂所代，明太祖虽承认政权更迭，赐其国号朝鲜，但因不满李成桂的夺权行为迟迟未册封其为朝鲜国王，两国关系时有紧张，以至于两次因“事大文书”（即上呈明廷的表笺文字）“轻薄戏侮”而引发外交风波。在朱元璋欲征召表笺撰述者予以严惩的情况下，作者主动请缨，七月随谢恩使权仲和以万寿圣节之机赴京，九月十一日正式入朝。其诚心事大的表现通过了朱元璋的一系列考验而深受赏识，受到赐食、赐衣及游街三日，并先后在来宾、重译等酒楼赐宴的优待。在南京期间，权近于九月十五日、九月二十二日、十月二十七日三次奉朱元璋之命创作应制诗共二十四篇，体现了作者高超的汉诗水平和深厚的慕华思想。本诗为第一次所作八首应制诗之一，这批诗作主要描述了此次朝鲜半岛的政权更替及其出使行程。

十月二十七日命题六首

听高歌于来宾[1] 楼名

万国来宾会玉京，高楼为向路傍营。
酒熏和气沦肌骨[2]，歌咽清声感性情。
风动佩环珠玉碎，香飘舞袖绮罗轻。
远人游赏知多少，争似微臣此日荣。

阅伶人于重译[3] 楼名

远客承恩出凤城[4]，天街白日马蹄轻。
上楼最爱轩窗迥，举酒贪看技乐成。
笑语诙谐诚可喜，腰肢娈转一作转变更堪惊。
如今得阅伶才巧，大醉陶然荷圣情。

引觞南市[5]，酩酊而归 南市，楼名

百尺高楼压市廛，游人登眺兴悠然。
长街万货纷交错，华屋千甍远接连。
屡引金觞看妙舞，更闻瑶瑟赋新篇。
皇恩既渥那辞醉，酩酊归来月上天。

开怀北市[6]，落魄而还 北市，楼名

钟阜山前北市楼，朱甍突兀控神州。
观光远客承恩至，度曲佳人劝酒留。
纵饮开怀真轶宕[7]，扶归落魄亦风流。
沉酣德泽曾无比，感激唯思粉骨酬。

醉仙[8]畅饮，游目于江皋 醉仙，楼名

胜日游观上醉仙，栏干徙倚向江天。
风烟缥渺连圻外，云水微茫接海壖[9]。
美酒不辞成酩酊，珍羞且得饱芳鲜。
一声清唱羁愁尽，深感皇恩祝万年。

鹤鸣[10]再坐，闻环佩而珊珊[11]

鹤鸣楼上久徘徊，环佩珊珊缓步来。
已喜清歌和宝瑟，况看纤手捧金杯。
南临帝甸山河壮，北对天门日月开。
得被内臣宣圣泽，游街三日醉扶回。

洪武丙子[12]夏，帝遣使臣征本国撰表者。臣近以与于润色，白王赴朝。帝赦不问，钦蒙恩命，随班文渊阁中，光禄赐食，内府赐衣，游街三日以赐宴。命题赋诗若干首，御制长句四韵诗三篇以赐，昭回天光，下饰微物，诚罕世难逢之异宠也。予于是又获攀附翰林学士刘公三吾，年德俱高，仰若山斗，许公观、景公清、张公信、戴公德彝诸公[13]，鸾章凤彩，飞翥[14]禁林[15]，皆不以海外小生卑鄙之，谦恭礼接，温以颜色。予每欲抠衣[16]受业，质问所疑，益学其所未知，言音殊异，又无象译，卒莫能成。一朝奉敕旨东还，追思前事，恍然若爰登天上，而觉在尘土。尚幸天章留光箧笥，所当十袭[17]珍藏，以为子孙永世宝也。洪武三十年丁丑春三月上澣，阳村权近，到本国书。

出处

权踶编《阳村先生文集》，韩国首尔大学奎章阁藏1674年重刊本。

注释

1. 来宾：楼名，为明代京城十六楼之一。明初为招待四方之客，在南京设立了置有官伎的十六座酒楼。本楼位于聚宝门（今中华门）外来宾街，专为接待外国使节，

故名。

2. 沦肌骨：指酒气沁入肌骨。

3. 重译：楼名，为明代京城十六楼之一。位于聚宝门（今中华门）外，与来宾楼相对，专为招待外国使节，故名。

4. 凤城：都城。

5. 南市：楼名，为明代京城十六楼之一。位于城内三山街皮作坊西，即今评事街附近，至今仍有南市楼巷。在诸楼中唯一留存至清代，康熙年间被知府陈鹏年改为讲堂。

6. 北市：楼名，为明代京城十六楼之一。位于城内南乾道桥东，即今红土桥打钉巷附近。《二续金陵琐事》注称，北市楼"在城内乾道桥东北，太祖时回禄不存"。《秦淮广记》因此推断："酒楼本十六，其一北市楼建后被焚。此《实录》止言增五楼也。"但据本诗，至洪武二十九年北市楼仍然无恙。

7. 轶宕：洒脱不羁。

8. 醉仙：楼名，为明代京城十六楼之一。位于三山门（即水西门）外西关中街南。

9. 海壖：沿海之地。

10. 鹤鸣：楼名，为明代京城十六楼之一。位于三山门（即水西门）外西关中街北。

11. 珊珊：玉佩声。

12. 洪武丙子：洪武二十九年。

13. 刘公三吾……诸公：刘三吾（1313—1400），初名昆，后改如孙，以字行，自号坦坦翁。湖南茶陵人。元时为广西静江路儒学副提举。明洪武十八年，荐授左赞善，累迁翰林学士。明初礼制及科举三场取士法，多由其刊定。三十年主持会试，以所中多南人，被谪戍。建文时召还。有《坦斋集》。许观（1364—1402），原姓黄，父赘许氏，故从姓，字澜伯，一字尚宾，贵池（今安徽池州）人。洪武二十四年，状元及第，成为科举史上第一位县考、府考、院考、乡试、会试、殿试均为第一名的连中六元者。二十九年，任礼部右侍郎，复原姓。建文帝时任侍中。靖难之役时全家投水自尽。景清（约1356—1403），本姓耿，讹姓景，陕西邠州（今陕西长武）人，寄养陕西真宁（今甘肃正宁）。洪武二十七年，榜眼及第，授翰林院编修。任至御史大夫。朱棣即位，谋刺失利，磔死，诛九族，株连其乡党、师友、学生数百人，称为"瓜蔓抄"。张信（1373—1397），字彦实，号城甫。浙江定海人。洪武二十七年状元，授翰林院修撰。官至侍读学士。三十年，刘三吾"南北榜"案发，参与复阅试卷，仍维持原取，被诛。戴德彝（1364—1402），字帮伦，浙江奉化人。洪武二十七年进士，累官侍讲，改监察御史。朱棣即位，哭吊被磔于市的方孝孺，并拒绝臣事新主，被杀。

14. 飞翥：飞腾。

15. 禁林：指翰林院。

16. 抠衣：提起衣襟，向前趋步，表示恭敬之意。

17. 十袭：层层包裹。

解读

本组诗作于明洪武二十九年十月二十七日，为第三批应制诗，后记文字作于次年三月。六首应制诗皆写游观酒楼之事，一楼一诗，其文辞对宴席的丰盛酒肴、伶人的曼妙歌舞及京城的繁华街景都描绘极尽。朱元璋嘉许之余也亲撰御制诗《赐朝鲜国秀才权近》三篇以回赠，分别为《题鸭绿江》《高丽古京》《使经辽左》。《东国诗话汇成》载，老译金乙玄曾告诉权近之子权踶："仆赴南京，登来宾楼看阳村诗揭板。礼部尚书李原明跋云：'近朝鲜人承命来观，应制而作，奉敕镂板云。'"据此可知，权近的应制诗还被朱元璋下令刻板，由礼部尚书亲自署名作跋，置于相应的酒楼之上。经此番诗赋往来，两国的紧张关系得以缓和，为后来建文帝册封朝鲜国王奠定了基础。作者虽擅长汉诗，但因语言不通，故欲师从刘三吾等未成，引为憾事。

另，洪武二十八年礼部刊印的《洪武京城图志》载有江东、鹤鸣、醉仙、集贤、乐民、南市、北市、梅研、翠柳、轻烟、淡粉、讴歌、鼓腹、来宾、重译、叫佛十六楼。而明万历《金陵琐事》所载洪武进士李涛《咏十六楼集句》，则有清江、石城二楼，却没有江东、叫佛二楼。但据《明太祖实录》，先令工部建十楼，至洪武二十七年八月又增建五楼，此十五楼之数与《洪武京城图志》中的"楼馆图"一致，图中唯不见叫佛楼。诸楼具体情况，据《正德江宁县志》称各楼"每座皆六楼，高基重檐，栋宇宏敞，各颜以大书名匾"。《明实录》称为接四方宾旅"令民设酒肆其间"，《客座赘语》《金陵琐事》等书皆言楼内设有官伎，民国黄濬认为这是沿袭了南唐遗俗、南宋沿用的酒楼官伎制度，南市楼、北市楼就是分别以宋代安远楼、和熙楼旧基重建的。随着明初教坊制度的衰落，至迟万历时，"诸楼尽废，独南市楼尚存"（《金陵琐事》）。

［高丽］**赵濬**（1346—1405），字明仲，号吁斋、松堂，谥文忠。平安道平壤府祥原郡（今属朝鲜）人。高丽末年登第。高丽辛昌王元年（1388，明洪武二十一年），李成桂掌权，任知密直司事兼司宪府大司宪。曾议革私田，推行科田法。恭让王三年（1391，洪武二十四年），任贺圣节使赴南京。次年，李氏朝鲜建国，奉为“开国第一功臣”，拜门下右侍中，封平壤伯。官至左政丞。朝鲜太祖六年（1397，洪武三十年），力阻权臣郑道传等借表辞不恭被责事件而欲与明绝交并入侵东北的图谋。同年，奉命撰成国家法典汇编《经济六典》。定宗元年（1399，建文元年），辞首相，以判门下府事就第。自著有《松堂集》四卷。

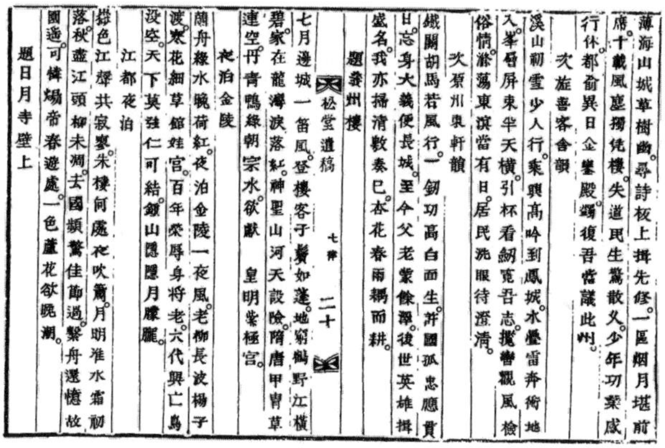
薄海山城草樹幽。尋詩板上揖先修。一區烟月堪前
席。十載風塵獨凭樓。失道民生驚散久。少年功業感
行休。都俞異日金鑾殿。獨復吾當議此州。
次旌善客舍韻
溪山初雪少人行。乘興高吟到鳳城。水疊雷奔衔地
入。峯昏屏束半天横。引杯看劒寬吾志。攬轡觀風檢
俗情。滌蕩東濱當有日。居民洗眼待澄清。
次蔡州東軒韻
鐵關胡馬若風行。一劍功高白面生。許國孤忠應貫
日。忘身大義便長城。至今父老㸔餘澤。後世英雄揖
盛名。我亦掃清數奏巳。杏花春雨耦而耕。
題夔州樓
松堂遺稿　七律　二十
七月邊城一笛風。登樓客子鬢如蓬。地窮鶻野江横
碧。家在龍灣淚落紅。神聖山河天設險。隋唐甲冑草
連空。丹青鴨綠朝宗水。欲獻　皇明紫極宮。
夜泊金陵
蘭舟綠水晚荷紅。夜泊金陵一夜風。老柳長波楊子
渡。寒花細草館娃宫。百年榮辱身將老。六代興亡鳥
沒空。天下莫强仁可結。鍾山隱隱月朦朧。
江都夜泊
粉色江聲共寂寥。朱樓何處夜吹簫。月明淮水霜初
落。秋盡江頭柳未凋。去國頻驚佳節過。繫舟還憶故
園遥。可憐煬帝春遊處。一色蘆花欲晚潮。
題日月寺壁上

《松堂集》书影

夜泊金陵

兰舟绿水晚荷红，夜泊金陵一夜风。
老柳长波杨子渡[1]，寒花细草馆娃宫[2]。
百年荣辱身将老，六代兴亡鸟没空。
天下莫强仁可结[3]，钟山隐隐月朦胧。

出处

《松堂集》，韩国民族文化推进会编“韩国文集丛刊”第六辑1990年影印首尔大学奎章阁藏1901年重刊本。

注释

1. 杨子渡：长江古渡，在扬州南门外广陵驿附近，为明初高丽、朝鲜贡使的必经之地。

2. 馆娃宫：在今苏州灵岩山，吴王夫差为西施所建离宫，后成为纵情女色而亡国的象征。金陵六朝也终结于荒淫怠政的陈后主，故以此宫为喻。

3. 语出《资政通鉴》，“其强足以结仁固义”。此处意指施行仁政方可强大。

解读

本诗作于明洪武二十四年。作者时以门下赞成事之职充任贺圣节使，于六月赴京师为明太祖朱元璋贺寿。朱元璋寿辰在九月，正是寒花（即菊花）开放的时期，故其成诗的具体时间当在即将离京返国之际。作者在数月之后就成为推动朝鲜建国的首要重臣，值此高丽末年身处六朝古都，自然流露出特殊的兴亡感触以及对仁政的强烈期待。

［朝鲜］郑道传（1337或1342—1398），字宗之，号三峰，祖籍安东奉化（今属韩国庆尚北道），生于荣州（今属韩国庆尚北道）。与郑梦周、李崇仁皆为李穑弟子。高丽恭愍王九年（1360，元至正二十年）中成均试，十二年登第。历任忠州司录等。二十年建成均馆，入馆任博士。辛禑王元年（1375），任至成均司艺、艺文应教制教，旋因反对迎北元使而被流放。后入李成桂幕，成为亲信谋臣，参与废立。恭让王四年（1392），李成桂废高丽建朝鲜，任门下侍郎赞成事、判都评议使司事、义与亲军卫节制使、奉化伯。后任至判三司事兼判义兴三军府事等，封奉化君。为朝鲜开国设计制度，推行科田法，改革军制，定都汉城（今韩国首尔）。朝鲜太祖七年（1398），在李成桂第五子李芳远发动逼迫其父禅位的政变中，与世子李芳硕一道被杀。高宗七年（1870）追谥文宪。著有《心问天答》《佛氏杂辨》《三峰集》等，编纂有《高丽史》《朝鲜经国典》等。

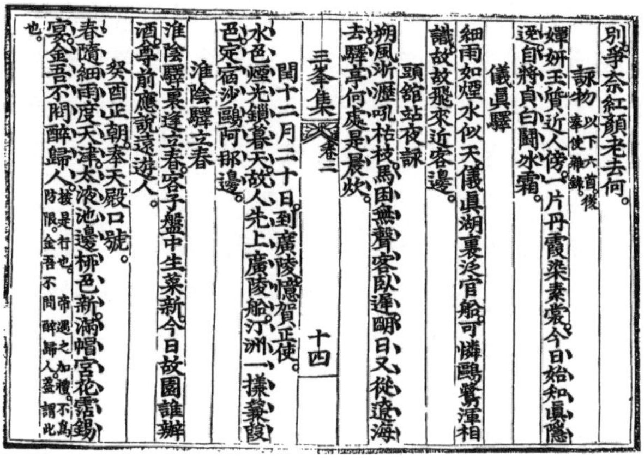

別爭奈紅顔老去何。

詠物 以下六首後奉使錄

嬋妍玉質近人傍。一片丹霞染素裳。今日始知眞隱逸。自將貞白鬪氷霜。

儀眞驛

細雨如煙水似天。儀眞湖裏泛官船。可憐鷗鷺渾相識。故故飛來近客邊。

頭舘站夜詠

朔風淅瀝吼枯枝。馬困無聲客臥遲。明日又從遼海去。驛亭何處是晨炊。

三峯集 卷二 十四

閏十二月二十日。到廣陵。憶賀正使。

水色煙光鎖暮天。故人先上廣陵船。汀洲一搩蒹葭邑。定宿沙鷗阿那邊。

淮陰驛立春

淮陰驛裏逢立春。客子盤中生菜新。今日故園誰辦酒。尊前應說遠遊人。

癸酉正朝。奉天殿口號。

春隨細雨度天津。太液池邊柳色新。滿帽宮花霑錫宴。金吾不問醉歸人。按是行也。帝遇之加禮。不爲防限。金吾不問醉歸人。蓋謂此也。

《三峰集》书影

癸酉正朝[1]奉天殿口号

春随细雨度天津[2]，太液池[3]边柳色新。

满帽宫花沾锡宴，金吾[4]不问醉归人。

按：是行也，帝遇之加礼，不为防限。“金吾不问醉归人”，盖谓此也。

出处

《三峰集》，韩国首尔大学奎章阁藏1791年奎章阁再编刊本。

注释

1. 正朝：正月一日。

2. 天津：天津桥，位于唐代东都洛阳，横跨洛水，北连皇宫。

3. 太液池：汉唐京师长安中的皇家池苑之名。

4. 金吾：负责巡视皇宫、维持京师治安的武职官员。《大明律·兵律》规定京城一更三点至五更三点（相当于晚上8时12分至次日凌晨4时12分）实行夜禁，夜宴醉归易犯此条律令。

解读

本诗作于明洪武二十六年（1393，朝鲜太祖二年）正月。时作者于上年冬，以门下侍郎赞成事之职入朝大明京师。这是作者第三次出使金陵，第一次是在洪武十七年九月，以书状官身份随郑梦周至金陵贺圣节；第二次是洪武二十三年九月，在新任政堂文学（《明太祖实录》作门下评理）之后赴南京贺圣节，据载作者此行辩明了对李成桂攻明的诬告。洪武二十五年七月，李成桂取代高丽即位称尊，随后遣知密直司事赵胖于九月至京师奏告，明太祖朱元璋即命礼部移文："从其自为声教，果能顺天道、合人心，以妥东夷之民，不启边衅，则使命往来，实彼国之福。"九月，赵胖归国传达圣旨，李成桂立即派作者赴明谢恩，并献马六十匹。

洪武二十六年正月一日朱元璋御奉天殿受朝贺并大宴群臣，作者与充任贺正使的同知密直司事卢嵩等一同入朝觐见，本诗描述的就是这一场景。天津桥、太液池本为汉唐古都的标志性象征，诗中借用为通名，以烘托南京作为盛世王朝的帝都气象。按照诗末按语（据《三峰集》题署，书中批注为郑道传师弟权近所作）的解释，"金吾不问醉归人"为此次给予使臣的特殊礼遇之一，说明朱元璋希望朝鲜保持安定，避免出现之前高丽图攻辽东的严重事件。作者为朝鲜国中慕华派的代表人物，在他主持制订的《朝鲜经国典》"礼典"一节中，以"事大以礼"的原则规定了遣使、朝会等制度，"以尽事大之诚敬"。但朝鲜在铁岭（今朝鲜咸镜南道与江原道分界岭）以北归属问题上与明朝矛盾未消，一直积极招抚女真，开疆拓土，招致朱元璋的警告，并一度拒绝朝鲜贡使入境，作者主张强硬对抗，并代撰《本朝辨明诱辽东边将女真等事表》加以解释。二十八年，朱元璋借朝鲜表辞侮慢一事征召撰表人郑道传入京，为李成桂推托。后朱元璋屡有兴兵朝鲜之意，直到三十一年李成桂之子李芳远政变夺权后，双方关系方有缓和。

谢恩日奉天门口号

五漏声高阊阖[1]开，金珰玉珮共徘徊。
君王尚轸[2]宵衣[3]虑，中使频催奏事来。

出处

《三峰集》，韩国首尔大学奎章阁藏1791年奎章阁再编刊本。

注释

1. 阊阖：汉代长安建章宫正门之名，此处借指奉天门。
2. 轸：悲痛，与虑连用即指“忧虑”。
3. 宵衣：天未明即起身穿衣，多喻勤政。

解读

本诗作于明洪武二十六年正月。据《明太祖实录》，正月元日高丽、安南等国使节皆被赐宴会同馆及受赐文绮、宝钞，故作者等依礼于谢恩之日一早即赴奉天门觐见谢恩。当时，在京的朝鲜使节共有三批，除了作者之外，还有上年十一月乙酉派遣的贺正兼贺封皇太孙使知中枢院事卢嵩、中枢院副使赵仁沃，同月丙午派遣的奏闻使佥中枢院事、艺文馆学士韩尚质。其中，韩尚质的使命是报请更改国号，朱元璋同意其请，并以“东夷之号唯朝鲜之称最美，且其来远矣”，在“朝鲜”与“和宁”之中为其择定“朝鲜”为国号。

［朝鲜］**李詹**（1345—1405），字少叔，一字中叔，号双梅堂。洪州（今韩国忠清南道洪城郡）人。赠参赞议政府事李祥熙子。少年时父母先后离世。高丽恭愍王十七年（1368）以殿试第一名赐及第，拜艺交检阅。累升至左献纳，因疏请诛权臣李仁任，被贬，寻杖流。后宥还，至恭让王时任至成均馆大司成，改右常侍，拜密直代言。恭让王四年（1392）春，又因党罪被流放。朝鲜太祖七年（1398）起为吏曹典书，升中枢院学士、同知贡举。定宗二年（1400，明建文二年）十一月，以签书三军府事奉使金陵，奏告禅位世子李芳远（即朝鲜太宗）。太宗二年（1402，建文四年）十月，以知议政府事从左政丞河仑入贺明成祖朱棣登极。次年四月使还。进阶正宪大夫。卒谥文安。文章、书法皆出众，参与修撰《三国史略》，有《双梅堂箧藏集》存世。

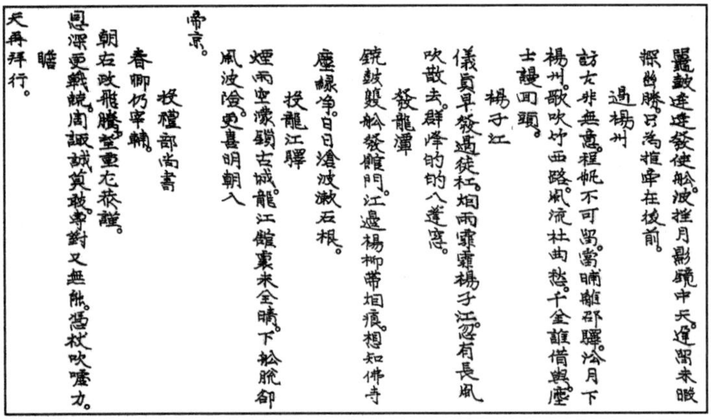
鼍鼓迭迭發使船。波推月影鏡中天。

過揚州

訪古非無意。程帆不可留。

揚州。歌吹竹西路。風流杜曲愁。

楊子江

儀真早發過徒杠。烟雨霏霏楊子江。忽有長風吹散去。群峰的的入蓬窓。

發龍潭

鐃鼓雙船發館門。江邊楊柳帶烟痕。想知佛寺塵緣净。日日滄波漱石根。

投龍江驛

煙雨空濛鎖古城。龍江館裏未全晴。下船脫卻風波險。更喜明朝入帝京。

投禮部尚書

春卿仍宰輔。

《双梅堂箧藏集》书影

发龙潭

铙鼓双船[1]发馆门，江边杨柳带烟痕。

想知佛寺尘缘净，日日沧波漱石根。

出处

李小畜编《双梅堂箧藏集》，残卷，裔孙李锡瓒藏传写本（年谱、目录、卷一至二）、金尚基藏复写本（卷二十三至二十五）。

注释

1. 双船：此次出使为朴子安和作者两位正使（详见解读），使命不同，故分别乘船。

解读

朝鲜定宗二年十一月，世子李芳远（太祖李成桂五子）再次发动政变，史称第二次王子之乱，逼迫他实际控制的权知国事李芳果（李成桂次子）禅位，并尊之为上王。据《朝鲜李朝实录》，政变成功后，“上王（李芳果）以传位世子，遣签书三军府事李詹如京师奏闻”，“上（李芳远）以袭位，遣门下评理朴子安如京师奏闻”，即两名使节分别代表前任和现任国王同时前往大明奏报禅位之事。

朝鲜使节朝贡路线与高丽末期一样，是经辽东陆路，渡渤海海峡，至山东半岛，沿运河南下入江，至南京。作者于建文二年十一月三十日渡鸭绿江，十二月二十六日至旅顺口发船，二十八日从登州（今山东蓬莱）上岸，至南京已是次年正月。《朝鲜李朝实录》载，明朝礼部正月十六日批准此次朝鲜咨文，十七日奉天门早朝时礼部正式上奏建文帝。龙潭属应天府上元县，在今南京栖霞区，为南京龙江驿下水第一站，两驿相距仅九十里。故两位使节从龙潭驿馆出发时间，当在建文三年正月十六日前数日。

投龙江驿

烟雨空蒙锁古城，龙江馆里未全晴。
下船脱却风波险，更喜明朝入帝京。

出处

李小畜编《双梅堂箧藏集》，残卷，裔孙李锡瓒藏传写本（年谱、目录、卷一至二）、金尚基藏复写本（卷二十三至二十五）。

解读

本诗作于建文三年正月。按朝贡礼制，各国使节至金陵，先宿城外龙江驿馆中，由应天府同知出面礼待，次日始引至城中会同馆，由礼部侍郎出面礼待如仪。

投礼部尚书

春卿[1]仍宰辅，朝右[2]政飞腾。
望重尤恭谨，恩深更战兢。
周诹诚莫敢，专对又无能。
凭杖吹嘘力，瞻天再拜行。
赠别无多语，临歧[3]有所思。
鹄峰[4]久不见，岂独送君悲。

出处

李小畜编《双梅堂箧藏集》，残卷，裔孙李锡瓒藏传写本（年谱、目录、卷一至二）、金尚基藏复写本（卷二十三至二十五）。

注释

1. 春卿：周朝设春官掌邦礼，后世遂为礼部尚书别称。
2. 朝右：位于朝班右列，指大臣。
3. 临歧：面临歧路，指临别。
4. 鹄峰：高峰，借喻德重才高之人。

解读

本诗作于建文三年正月，寄送对象为管辖朝贡事务的礼部尚书。据《明史》列传，建文朝的礼部尚书为陈迪（？—1402），字景道。宣城（今属安徽）人。初辟府学训导，以通经被荐，历官至云南右布政使，曾击破诸蛮叛乱。建文初，征为礼部尚书。时更修制度，沿革损益，多用其议，寻加太子少保。因宰相制度早为朱元璋废除，六部尚书已是文臣之首，又有宫保荣衔，故作者以宰辅、朝右相称。后陈迪因李景隆等讨伐朱棣数次战败，遂上陈大计，奉命督运军储。朱棣攻入南京登基称帝，召其责问，仍抗声不屈，与其子等六人皆被磔杀于市。

据《朝鲜李朝实录》记载，礼部于正月十七日早朝时就李芳远夺权继位一事上奏建文帝，得旨命礼部回复："他若果无亏天理、悖人伦的事，任他国中自主张。"礼部遂据此发给朝鲜使节咨文。由于征伐朱棣的战事吃紧，为抓紧拉拢朝鲜，故建文帝对其"辞位袭职"的变故迅速认可，不久更遣使册封李芳远为朝鲜国王。作者感念此行使命顺利达成，故在诗中特意表达对礼部尚书陈迪的敬仰与感激之情。闰三月，朴子安和作者携带礼部咨文回到朝鲜复命，李芳远特赐二人鞍马以示奖励。

次浩亭奉天门元日早朝

观光[1]来上国，锡燕[2]与新正[3]。
肃穆君臣礼，欢欣主客情。
庭分龙节[4]影，云彻凤箫声。
盛德将何报，惟知颂太平。

出处

李小畜编《双梅堂箧藏集》，残卷，裔孙李锡瓒藏传写本（年谱、目录、卷一至二）、金尚基藏复写本（卷二十三至二十五）。

注释

1. 观光：仰观盛德荣光。
2. 锡燕：赐宴。燕，古同“宴”。
3. 新正：新年正月初一。
4. 龙节：朝贡使者的符节。

解读

本诗作于永乐元年元旦。浩亭即贺登极使、左政丞河仑，作者为其副使。河仑（1347—1415），字大临，号浩亭。晋州（今属韩国庆尚南道）人。李穑门人。高丽恭愍王十四年登科。辛禑王十四年（1388），反对谋攻辽东被流放。李成桂建朝鲜，历任京畿都观察使、签书中枢院事。后助太宗李芳远夺权，历任政堂文学、判义兴三军府事、右政丞、左政丞等。曾修订《经济六典》，改革官制。太宗十四年，官至领议政。封晋山君。著《浩亭集》。作者《观光录》中有很多题署“次河仑”的诗作，但可惜的是河仑原诗已佚失不传。

元日早朝是一年最重要的朝会大典，永乐元年的这一次更是明成祖登基后的第一个元日早朝。《明成祖实录》称是日“上御奉天殿受朝贺，大宴文武群臣及四夷朝使”。按照礼制，大朝仪皆在奉天殿举行，本诗诗题作奉天门当有误。外国使节中除了常例的贺正使外，还有很多是河仑、李詹这样的贺登极使。参加元日早朝的朝鲜贺正使则是判汉城府事赵璞。

奉天门退朝作

庭燎[1]煌煌玉佩鸣，金门夜辟[2]赴钟声。
陪臣[3]咫尺闻天语，朝退东方尚未明。

出处

李小畜编《双梅堂箧藏集》，残卷，裔孙李锡瓒藏传写本（年谱、目录、卷一至二）、金尚基藏复写本（卷二十三至二十五）。

注释

1. 庭燎：殿庭内照明用的火炬。《周礼》载："凡邦之大事，共坟烛庭燎。"郑玄注："树于门外曰大烛，于门内曰庭燎。"又明宋濂作《孔子庙堂议》："古者朝觐会同与凡郊庙祭飨之事，皆设庭燎。"

2. 辟：开启。

3. 陪臣：春秋时诸侯之臣对天子的自称，后为藩属国使节沿用。

解读

据《大明会典》所载朝仪制度，奉天门早朝属常朝，用常朝御门仪。诗末"朝退东方尚未明"，即退朝时天还没亮，也说明此次早朝不是隆重的元日大朝贺，应当是永乐元年元日大典后的一次常朝。

据《朝鲜李朝实录》载，河仑等回国后向太宗李芳远汇报："帝见仑等，喜曰：'使到，翌日即来矣。'赐六表里，钞三百五锭，厚慰而送。"结合作者奉使途中的诗作，可推断，河仑等抵达南京应是十二月下旬，再经朝天宫习仪三日，而后赶上元日朝贺大典，朱棣在大典上见到朝鲜使节，即于次日早朝召见之。该实录又另文记载了朱棣召见河仑一行的讲话内容，即解释其夺权登基的原因，并特别声明是不得已而为之。后文接叙河仑等向礼部侍郎赵礼请诰命、印章，经"礼部奏闻，命锡之"。从作者在《观光录》中的诗作可知，赐诰命、印章事在正月十五日。综上，本诗所写的奉天门早朝很可能就是《李朝实录》所载的这次召见。

次立春早朝

物生无暂息，至理谅非虚。
一雨扶春至，三阳[1]逐日舒。
土牛[2]知仿佛，彩燕[3]相权舆[4]。
迎气[5]东郊上，天心见绪□[6]。

出处

李小畜编《双梅堂箧藏集》，残卷，裔孙李锡瓒藏传写本（年谱、目录、卷一至二）、金尚基藏复写本（卷二十三至二十五）。

注释

1. 三阳：指正月。十一月冬至为复卦，一阳初生；十二月为临卦，二阳方长；正月为泰卦，三阳开泰。冬尽春来，万物复生。

2. 土牛：立春习俗，以泥土堆制牛形，用以奖劝农耕。据《后汉书》载，“立春之日，夜漏未尽五刻，京师百官皆衣青衣……施土牛、耕人于门外，以示兆民”。

3. 彩燕：立春习俗，将彩绸剪成燕子形，饰于头部。据《荆楚岁时记》：“立春日悉剪彩为燕以戴之，贴‘宜春’二字。”

4. 权舆：起始，新生。

5. 迎气：古时分别在立春、立夏、立秋、立冬之时到四郊迎接四季。立春日，春气始建，天子率百官至东郊祭青帝。

6. 末句缺字，原书如此。

解读

本诗作于永乐元年正月初六日。据《明成祖实录》载，是年正月“甲申立春，上御奉天殿，文武群臣行贺礼，赐宴”，没有迎气东郊的记录。《大明会典》只记录了宫中举行的进春礼，及有司在府州县门外鞭打土牛的鞭春仪，也没有天子于立春日迎气东郊的制度。本诗所和诗题为《立春早朝》，内容却为东郊迎气场景，当属应景而非写实。

次十三日帝祀南郊，迎驾正阳门[1]外

至诚歆[2]上帝，明德有英芬[3]。
坛静宵悬磬，天晴晓辟门。
分茅封懿戚[4]，铭器报奇勋。
万国如星拱，咸知北极[5]尊。

出处

李小畜编《双梅堂箧藏集》，残卷，裔孙李锡瓒藏传写本（年谱、目录、卷一至二）、金尚基藏复写本（卷二十三至二十五）。

注释

1. 正阳门：明代南京的都城南面正门，也是京师国门，北通御道，与明皇宫的洪武门、承天门、端门、午门、奉天门、前朝三大殿、后廷乾清宫和坤宁宫以及北安门都在南北向中轴线上。清末改称洪武门，民国称光华门，抗战时损毁严重，1958年拆除。

2. 歆：使神祇享受祭品之香气。

3. 英芬：花香。

4. 懿戚：皇亲国戚。

5. 北极：北极星为最尊之星，故喻天子或朝廷。《晋书·天文志》载："天运无穷，三光迭耀，而极星不移，故曰'居其所而众星共之'。"

解读

本诗作于永乐元年正月十三日。据《明成祖实录》载，是年正月"辛卯，大祀天地于南郊，上还御奉天殿，文武群臣行庆成礼"。明初天地合祀，其礼定于洪武十年（1377），时罢方丘（地坛），以南郊圜丘（天坛）改建大祀殿，称天地坛。据《洪武京城图志》载，其位置"在正阳门外山川坛东，……严以殿宇，左右列坛，以日月星辰、岳镇海渎、风云雷雨、山川太岁、历代帝王、天下神祇及府城隍之神从祀，礼意拯殷，定为万世之制，每岁率以正月中旬亲祀，至为简当"。故正阳门为大祀天地的必经之道，百官与各国使节均在此门外迎驾。

次十五日钦蒙帝锡我国王诰命[1]印章

宝座崇金殿，天颜日御临。
宵严仙仗发，晓辟禁门深。
制度遵成宪，谋猷[2]与众心。
陪臣参下列，天听仰虚襟[3]。

出处

李小畜编《双梅堂箧藏集》，残卷，裔孙李锡瓒藏传写本（年谱、目录、卷一至二）、金尚基藏复写本（卷二十三至二十五）。

注释

1. 诰命：赐爵或授官的诏令。
2. 谋猷：谋略。
3. 虚襟：虚怀若谷。

解读

本诗作于永乐元年正月十五日。李氏朝鲜建国后，传至第三任国主李芳远时方被建文帝正式册封为朝鲜国王。朱棣发动靖难之役夺取帝位后，朝鲜希望其继续认可这一册封，并且将建文帝所颁国王印章恢复为洪武旧制，即赐给高丽国王的金印龟纽，故河仑与作者此行除了贺登基的另一个重要使命就是请求朱棣赐给国王诰命和印章。

《明成祖实录》载，洪武三十五年（1402，朱棣改元永乐之前以洪武代替建文纪年）十一月乙巳（二十六日），“朝鲜国王李芳远遣陪臣河仑等奉表朝贺贡马，命礼部宴劳之”。但据作者《观光录》中的诗作，上年十一月十八日使团才抵达栾古站（今属辽宁瓦房店），后在旅顺口准备渡海时又“阻风十日”，抵达南京时应该已是十二月下旬，故可推断《明实录》所记有误。本年是朱棣登基改元后的第一年，需要完成一系列重要的礼仪大典，延至本日始正式批准朝鲜提出的请求，给赐“朝鲜国王诰命一道、金印一颗、金印池一颗”。

上元日观灯，久雨至是乃晴

云卷长空月正团，兰灯[1]万点破春寒。
天街四面明如昼，剩得登楼自在看。

出处

李小畜编《双梅堂箧藏集》，残卷，裔孙李锡瓒藏传写本（年谱、目录、卷一至二）、金尚基藏复写本（卷二十三至二十五）。

注释

1. 兰灯：以泽兰（又名水香、兰香）子炼制兰膏作为灯油的灯。

解读

本诗作于永乐元年正月十五日。是日为上元节，又称元宵节，有观灯之俗，作者在诗中描摹了兰灯万点、天街如昼的盛景，为我们留下了一段明初南京上元灯节的珍贵记录。

奉简应天府朱教授

昨日黉堂[1]始目成，不曾要约[2]已心倾。
碧梧翠竹[3]仪容肃，霁月光风[4]道韵[5]清。
童冠横经[6]承教诲，颂弦谐律致和平[7]。
别来数日逾相忆，更向何时慰我情。

出处

李小畜编《双梅堂箧藏集》，残卷，裔孙李锡瓒藏传写本（年谱、目录、卷一至二）、金尚基藏复写本（卷二十三至二十五）。

注释

1. 黉堂：学校。
2. 要约：邀请。
3. 碧梧翠竹：比喻英姿俊朗。
4. 霁月光风：明月和风，比喻人品高洁、虚怀若谷。
5. 道韵：气韵、气质。
6. 横经：横陈经书，指受业读书。
7. 和平：乐声和谐。

解读

本诗作于永乐元年春。诗中的教授一职即应天府儒学教授，洪武十三年始设。《万历应天府志》为唯一完整存世的明代应天府志，其“历官表”中所列儒学教授名单多有缺失，建文和永乐时期更是完全空白，其“学校志”也没有记载本年春重修府学学堂一事，故本诗颇可补史志之阙。作者题诗的朱教授其名失载，据诗意元末他曾住高丽，成为作者在青少年时期的授业恩师，故作者出使金陵时不忘师生情谊特地与之会面叙旧。堪称佳话的这一段史实确有助于我们深化对中国与朝韩文化交流史的认识。

夜泊龙江船上

寒灯耿耿[1]照船窗，乡思纷纷自不降。
今夜所期何处宿，卧闻风雨浪翻江。

出处

李小畜编《双梅堂箧藏集》，残卷，裔孙李锡瓒藏传写本（年谱、目录、卷一至二）、金尚基藏复写本（卷二十三至二十五）。

注释

1. 耿耿：光亮。

解读

明初外国使节来朝，至龙江驿，皆上岸宿于驿馆，由应天府官员前往接待。使节离京返程时，鉴于龙江关对船只进出管理极为严格，为不耽误发船时间，一般直接宿于使船上，如权近《是日出宿龙江》一诗即有“登舟宿水滨”之句。作者奉使金陵的诗作在《双梅堂箧藏集》中皆汇编为《观光录》，并且基本按照行程编次。本诗虽系于第二次出使抵京后所作诸诗之前，但据此推断当作于永乐元年二月出京之日。

舟过扬子江，雨亭[1]先发落后

久客都城见雨霖，出门方值卷春阴。
荆吴[2]相接山犹隔，江汉同流水转深。
鹏翮[3]曾图南指路，雁书先报北归心。
舵楼[4]一夜思君梦，正在潮平月欲沉。

出处

李小畜编《双梅堂箧藏集》，残卷，裔孙李锡瓒藏传写本（年谱、目录、卷一至二）、金尚基藏复写本（卷二十三至二十五）。

注释

1. 雨亭：朝鲜贺正使、判汉城府事赵璞，雨亭为其号。

2. 荆吴：指春秋楚国和吴国，金陵自古称吴头楚尾，正是两国相接处。

3. 鹏翮：大鹏，传说中的神鸟，《庄子》称其能够“绝云气，负青天，然后图南”。

4. 舵楼：原书作“柂”，古同“舵”。舵楼属大船的配置，位于后舱，因空间大、重心稳，内设船客住宿区。

解读

本诗作于永乐元年二月离京之时。综合《明成祖实录》《朝鲜李朝实录》，二月甲寅（初七日）朱棣正式派遣左通政赵居任、都指挥使高得、内官太监黄俨等六人以金印、诰命及《大统历》颁赐朝鲜，朝鲜贺登极使河仑、贺正使赵璞，陪同明使赵居任等分别乘船出发。四月甲寅（初八日），抵达朝鲜国都完成使命。

[朝鲜] **李稷**（1362—1431），字虞庭，号亨斋。星州（今属韩国庆尚北道）人。高丽辛禑王十二年（1386，明洪武十九年）任至密直司右副代言。朝鲜太祖元年（1392，洪武二十五年）十二月至次年五月，以密直提学赴南京谢恩。后历中枢院都承旨、中枢院学士、大司宪、参知门下府事、参赞门下府事等。太宗元年（1401，建文三年）二月至六月，以三司右使职与右军总制尹坤赴南京谢恩。十四年（永乐十二年），以右议政奉表进贺明成祖北征瓦剌凯还。世宗六年（1424，永乐二十二年），以领议政奉表进贺明仁宗登基。八年（宣德元年），任至左议政。次年乞辞，封星山府院君。卒，谥文景。有《亨斋集》。

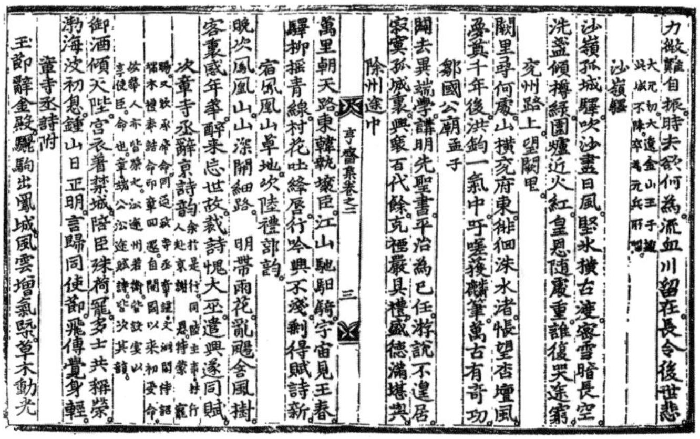
力微難自振時去欲何為流血川留在長令後世悲
大元初大遼金山王子逃此嶺不降卒為元兵所殲
沙嶺驛
沙嶺孤城驛吹沙盡日風堅氷横古渡審雪暗長空
洗盞傾樽綠圍爐近火紅皇恩隨處重誰復哭途窮
兗州路上望闕里
闕里尋何處山横兗府東徘徊洙水渚悵望杏壇風
參贊千年後洪鈞一氣中吁嗟獲麟筆萬古有奇功
鄒國公廟孟子
闢去異端學講明先聖書平治為己任游說不違居
寂寞孤城裏興衰百代餘克禋嚴具禮盛德滿堪輿
除州途中
亨齋集卷之二　三
萬里朝天路東韓執壤臣江山馳駟騎宇宙見王春
驛柳摇青線村花吐絳唇行吟興不淺剩得賦詩新
宿鳳凰山草地次陸禮部韻
晚次鳳凰山山深開細路明帶雨花亂颭含風樹
客裏感年華醉來忘世故裁詩愧大巫遣興遂同賦
次章寺丞辭京詩韻余於是行同陸主事林行人赴京謝恩特蒙寵
賜又欽承帝命同通政寺丞章謹文淵閣待詔端木禮奉誥命印章回還自開國以來初受命
故華人亦皆榮之沿途州若衛皆設宴以享使臣命也章端公沿途賦詩皆次其韻
御酒傾天陛宮衣着禁城陪臣殊荷寵多士共稱榮
渤海波初息鍾山日正明言歸同使節飛傳覺身輕
章寺丞詩附
玉節辭金殿驪駒出鳳城風雲增氣槩草木動光

《亨斋集》书影

次章寺丞辞京诗韵

余于是行，同陆主事[1]、林行人[2]赴京谢恩，特蒙宠赐，又钦承帝命，同通政寺丞章谨、文渊阁待诏端木礼奉诰命、印章回还。自开国以来初受命，故华人亦皆荣之。沿途州若[3]卫，皆设宴以享使臣，命也。章、端公沿途赋诗，皆次其韵。

御酒倾天陛，宫衣着禁城。
陪臣殊荷宠[4]，多士[5]共称荣。
渤海波初息，钟山日正明。
言归同使节，飞传[6]觉身轻。

出处

金宗直编《亨斋先生诗集》，韩国民族文化推进会编“韩国文集丛刊”第七辑影印韩国延世大学中央图书馆藏1618年重刊本。

注释

1. 陆主事：礼部主事陆颙，字伯瞻，扬州兴化人。洪武中，举明经，授礼部主事。曾两使朝鲜。永乐初，重修《明太祖实录》，任催纂兼誊写。后升礼部员外郎，转户部郎中，分治水利，董运江淮。其诗、字、画被明成祖称为三绝。有《颐光集》。

2. 林行人：鸿胪寺行人林士英，生平不详。

3. 若：及、到。

4. 荷宠：承蒙恩宠。

5. 多士：《诗经》有“济济多士”，指众多贤士，后亦指百官。

6. 飞传：驿传车马。

解读

本诗作于明建文三年四月。据《朝鲜李朝实录》，是年二月建文帝派礼部主事陆颙、鸿胪寺行人林士英赴朝鲜颁赐《建文三年大统历》一卷及文绮纱罗四十匹，随即作者奉命与其同行，赴京谢恩并请求赐封国王的诰命、印信。四月十五日礼部收到咨文，次日奏于奉天门，建文帝下旨册封李芳远为朝鲜国王，赐四角篆文的金印一颗、金印池一个，并派通政寺丞章谨、文渊阁待诏端木礼奉诰命和印章出使朝鲜。作者与两位册封使同返，沿途和韵为诗。本诗即以章谨四月离开南京时所作的“辞京”诗为韵，其诗云：“玉节辞金殿，骊驹出凤城。风云增气概，草木动光荣。禹贡山川大，尧天日月明。敢期专对毕，归骑橐装轻。”诗序当为后补。

章谨，生平不详，有学者推测他就是《名画录》所载之画家章瑾（字公瑾，号采芝，华亭人）。此行在朝鲜坚辞所馈鞍马、衣服、靴、帽、细布等物，《朝鲜李朝实录》称赞他和副使端木礼“俱有廉介、礼貌恭谨、举止不爽、国人爱慕”，朝鲜河仑、权近、李詹等文臣还应邀为其结庐采石县（今属安徽）澄心庵的叔父章同闻作诗以赠。端木礼，也未见史传。明《万历应天府志》载，溧水人翰林待诏端木孝文与弟翰林侍书端木孝思先后使朝鲜，“以清节为远人所服，立双清馆”。据朱谋垔《续书史汇要》，“端木智，字孝思，溧水人”。又《朝鲜李朝实录》载，端木智于建文四年正月至五月率监生、兽医在朝鲜负责易换马匹，因沉溺酒色、举止轻狂为其君臣所恶。综上可知，端木孝文即端木礼，礼为名，孝文为字，其弟孝思在朝鲜行为不端，故双清馆实为表彰他与章谨二人。

陪臣李稷奉次皇帝赐本国世子诗

圣人垂拱临四域，建极[1]明为天下式。
纷然万物各生成，盖缘[2]瑾瑜瑕垢匿。
重译殊方[3]百般容，梯山航海通商工。
唐虞尚有顽苗[4]梗，圣德直蹑三皇踪。
安南小蛮肯肆谲，迅雷一震真俄瞥。
衣冠济济盛朝仪，熊罴[5]外拥如环埒。
小臣随例立明廷，白日照辉乾坤宁。
锡宴丹墀已逾分[6]，况近天威咫尺行。
既饱以德醉以酒，玉山[7]入眼颓培塿。
天乐铿锵隐半空，红云绕殿凝祥久。
见舜更闻夔击石[8]，恍然不觉是何夕。
胡歌越舞共恩波[9]，阊阖晴开窈深赜[10]。
吾王述职诚于享[11]，保我生民分土壤。
世子朝天弱冠年，跋涉几多驰莽苍。
至尊嘉叹心无它，赐宠仍观学诗才。
三韩自古礼文邦，君臣大义安敢隤[12]。
仗信世守东门钥，布昭圣武除奸恶。
但愿年登万姓安，古来固国非城郭。

出处

金宗直编《亨斋集》，韩国民族文化推进会编“韩国文集丛刊”第七辑影印韩国延世大学中央图书馆藏1618年重刊本。

注释

1. 建极：建立标准、法度。
2. 盖缘：因为。

3. 重译殊方：需辗转翻译的偏远异域。

4. 顽苗：反叛的三苗部落。

5. 熊罴：喻指侍卫。

6. 逾分：指过分、超越职分。

7. 玉山：原书作“王山”，当误。玉山，指男子形体，多以“玉山颓”“玉山倒”等形容醉态。

8. 夔击石：乐官演奏庙堂雅乐。典出《尚书·虞书·舜典》，夔为乐官，舜命其典乐，夔曰：“於！予击石拊石，百兽率舞。”

9. 恩波：帝王之恩泽。

10. 窈深赜：幽远深奥。

11. 享：贡献。

12. 隤：毁坏。

解读

本诗作于明永乐六年。上年九月，朝鲜国王李芳远遣世子李禔赴南京贺正，受到超规格接待。十二月，锦衣卫指挥千户以千余骑迎入南京江东驿馆。随后入京居会同馆，内官黄俨等三人每日一至，六部尚书则依次来共进晚餐。至本年元日，如期参加奉天门正旦朝贺，祭仁孝皇后殡殿。正月二十七日，李禔辞归，明成祖朱棣亲制长诗以赐，并赐《通鉴纲目》《大学衍义》各一部及法帖、笔墨若干。据《朝鲜太宗实录》载，朱棣在诗中勉励他“读书学道勿自弃，勉旃毋使家声隤”，谆谆教导“高山可砺海可移，万古忠诚是郛郭”，并告诫随行大臣李天祐等：“朕作诗与尔世子，不是秀才诗赋，此诗有益于汝国。”使团中的鸡城君李来、提学孟思诚、奉常令李荟等还奉命和诗。后明使内官黄俨等护送李禔一行由陆路北返，途经北京，于四月二日归抵汉城。世子的成功出使轰动朝鲜，朱棣御制诗也随之在文臣中流传，本诗即作者步其诗韵之和作。

［朝鲜］**金瞻**（1354—1418），字子具，旧名九二。光州（今属韩国）人。博通经史诸子，人称“肉通证”。高丽辛禑王二年（1376）登第。历任至艺文应教。恭让王四年（1392）夏，以郑梦周事被贬窜。朝鲜定宗元年（1399）起复为奉常少卿。很快迁拜艺文馆提学兼礼曹典书。太宗四年（1404，明永乐二年）五月至十月，任计禀使赴朝南京，乞归东北面十处女真之地。转佥书承枢府事，改参政议政府事。后以闵氏党被废终身。所学驳杂，通佛道，尤积极推崇道教。因谙练典故，颇晓音律，曾参与详定仪礼，校正雅乐。

口　号

天仗[1]亲瞻日表[2]明，陪臣恩遇倍光荣。
灵犀在沼呈奇瑞，驯象当门禁扰行。
万世玉卮斟寿酒，九成韶乐[3]奏欢声。
下情上达民无憾，一视同仁享大平[4]。

出处

《朝鲜太宗实录》，首尔大学奎章阁藏本扫描件，韩国国史编纂委员会“朝鲜王朝实录”网站。

注释

1. 天仗：天子仪卫，借指明成祖。

2. 日表：皇帝仪容。

3. 九成韶乐：多用于重大庆典和祭祀活动的宫廷雅乐，需九奏而成，又称大韶、九韶或箫韶。语出《尚书·益稷》：“《箫韶》九成，凤皇来仪。”

4. 大平：太平。

解读

本诗作于明永乐二年。《朝鲜太宗实录》载，是年四月明成祖朱棣派出身女真的辽东东宁卫千户王可仁（王脩）赴朝鲜宣旨，招谕咸州（今朝鲜咸镜南道首府咸兴）迤北的溪关、叁散等十一处女真人。王可仁还亲赴其地，为设建州卫考察分界线。元末以来，从高丽至朝鲜已将势力深入该地，经营多年，朝鲜国王李芳远决定向明朝力争。五月，王可仁还，作者任计禀使携奏本及地形图随其赴南京，奏请将叁散、秃鲁兀等十处地面，即公崄镇（今属朝鲜咸镜北道吉州郡）以南所据女真人民，仍令其管辖如旧。他们抵达南京后，女真千户佟景、王可仁等诉于礼部，指咸州以北古为辽金之地，作者则辩称辽金《地理志》无上述十处地名。由于朝鲜一直积极奉行事大政策，朱棣决心放弃争地，遂表示："朝鲜之地亦朕度内，朕争何焉？今兹准请。"是日，作者侍宴奉天门时遂作本诗以志感谢。诗中"享大平"即明太祖朱元璋因反思前朝穷兵黩武政策确定的"共享太平之福"的和平外交理念，也是明代坚持三百年的基本国策，故太监黄俨在将其诗奏呈朱棣后传语作者："子之诗，帝深奖叹。"十月，作者回国复命，李芳远大悦，赐其田五十结。

［朝鲜］金宗直（1431—1492），字季温，号占毕斋。谥文忠。祖籍善山（今属韩国庆尚北道），生于密阳（今属韩国庆尚南道）。朝鲜政坛士林派领袖。16岁应举京师落榜，命除灵山训导。朝鲜端宗元年（1453），中进士，始游太学。后中别举初试。世祖五年（1459），登第。选补承文院权知副正字。成宗二十年（1489），累升至工刑曹参判兼知经筵、弘文馆提学、成均馆事。秋，以病辞，移授知中枢府事，卧病密阳田庄。作为儒学性理学大家，晚年虽多病，仍论学不辍，有弟子数百，开创岭南学派，所纂有《青丘风雅》《东文粹》《舆地胜览》等。卒后，弟子为其编《占毕斋集》《彝尊录》。

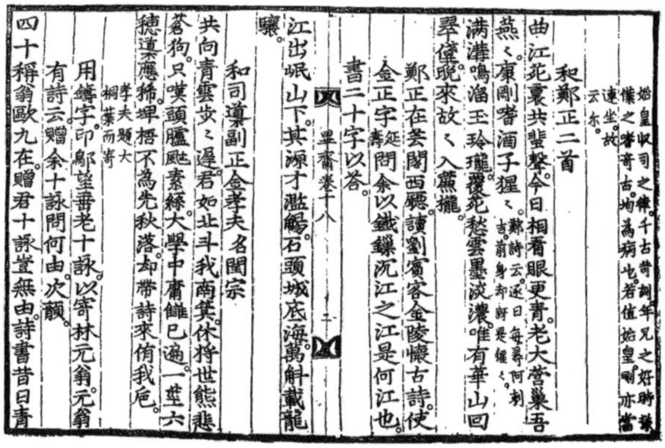

始皇收司之律千古苛刻年兄之好時鞅
僕之嗜奇古殆為病也若值始皇則亦當
連坐故云尓。
和鄭正二首
曲江苑裏共蜚聲。今日相看眼更青。老大營巢吾
燕〻。康剛嗜酒子猩〻。鄭詩云。逐日每尋阿剌吉。前身却靜是猩〻。
滿溝鳴溜玉玲瓏。覆苑愁雲墨淡濃。唯有華山回
翠嶂。晚來故〻入簾櫳。
鄭正在芸閣西廳讀劉賓客金陵懷古詩。使
金正字延壽問余以鐵鏁沉江之江是何江也。
書二十字以答。
畢齋卷十八　二十
江出岷山下。其源才濫觴。石頭城底海。萬斛載龍
驤。
和司導副正金孝夫名閏宗
共向青雲步〻遲。君如北斗我南箕。休將世態悲
蒼狗。只嘆頭顱颱素絲。大學中齋雖已過。一茎六
穗眞應稀。孝夫題大桐葉而寄 埤梧不為先秋落。却帶詩來俯我危。
用鑄字印鄭望番老十詠。以寄林元翁。元翁
有詩云。贈余十詠問何由。次韻。
四十稱翁歐九在。贈君十詠豈無由。詩書昔日青

《占毕斋集》书影

郑正在芸阁[1]西厅，读刘宾客[2]《金陵怀古》诗，使金正字[3]延寿问余：“以铁锁沉江之江是何江也？”书二十字以答

江出岷山[4]下，其源才滥觞。

石头城底海，万斛[5]载龙骧[6]。

出处

曹伟编《占毕斋集》，韩国首尔大学奎章阁藏1789年追刻年谱附录合附本。

注释

1. 芸阁：在古代中国为司典图籍的秘书省别称，在朝鲜王朝负责管理藏书的机构为弘文馆。

2. 刘宾客：刘禹锡。宾客，官名，为太子宾客省称。

3. 正字：弘文馆官员，正九品。

4. 岷山：位于今甘南川北，古人认为长江源出此山。

5. 斛：古代容量单位，南宋末一斛由十斗改五斗。

6. 龙骧：能载万斛的大船。

解读

作者初仕承文院，世祖十三年任弘文馆修撰（正六品），其晚年于成宗十三年以后又曾历任弘文馆应教、提学（从二品）。在朝鲜王朝，正字一职只有承文院和弘文馆设置，但可以读诗的芸阁为藏书机构弘文馆的别称，承文院则是负责文书事务和吏书人才的培养机构，故金延寿当为弘文馆正字。作者能书答金正字的直接问讯，应当不会是晚年位高权重之时，而应是担任弘文馆修撰之时。

［朝鲜］李石亨（1415—1477），字伯玉，号樗轩。谥文康。延安（今属朝鲜黄海南道）人。14岁，升补试居魁，入学成均。26岁，进士、生员及第，初试皆居魁。次年，生员进士两科会试再居魁，夏又魁及第。直拜承议郎，司谏院左正言，知制教。朝鲜世宗二十四年（1442）任集贤殿副校理、知制教、经筵检讨官。累升至集贤殿直提学、知制教、经筵侍读官兼春秋馆记注官。端宗三年（1455），升通政大夫，佥知中枢院事兼成均司成。世祖即位，出为全罗道观察使。后历礼曹参议、刑曹参议、公州牧使、佥知中枢院事。世祖五年（1459）春，以虎贲卫大护军修文殿提学，奉使赴北京。秋，升上护军，移汉城府尹。翌年起，历任黄海道观察使、中枢院副使、刑曹参判、司宪府大司宪、中枢院副使兼京畿都观察黜陟使、开城府留守、户曹参判、判汉城府事兼世子侍讲院左宾客。十四年，以讣告承袭使赴使北京。迁知中枢府事。睿宗元年（1469），加辅国，兼成均知事。成宗元年（1470），兼五卫都总府都总官。夏，任中枢府判事。二年，赐纯诚佐理功臣号，封延城府院君。后以疾卒于第。有《樗轩集》。

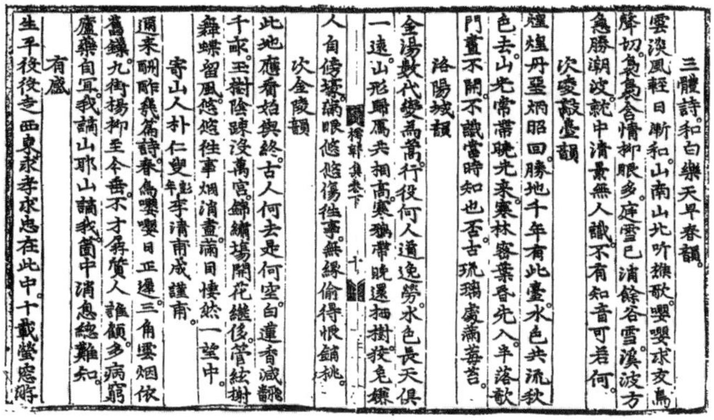
三體詩和白樂天早春韻
雲淡風輕日漸和山南山北听雛歌嚶嚶求友鳥
聲切急急含情柳眼多庭雪已消餘谷雪溪波方
急勝潮波就中清景無人識不有知音可若何
次雙鼓臺韻
煌煌丹堊炳昭回勝地千年有此臺水色共流秋
色去山光常帶曉光來寒林容葉香先入半落歡
門晝不開不識當時知也否古玩璃處滿莓苔
洛陽城韻
金湯數代變爲蒿行役何人適逸勞水色長天俱
一遠山形歸爲共拘高寒獨帶晚還栖樹投兔嫌
樗軒集卷下 十
人自傍墟滿眼悠悠傷往事無緣偷得恨錦桃
次金陵韻
此地應看始與終古人何去是何空白蓮香減翻
千畝玉樹陰疎沒萬宮錦繡場開花繼侈管弦榭
舞蝶留風悠悠往事烟消盡滿目悽然一望中
寄山人朴仁叟彭年李清甫成謹甫
邇來酬酢幾篇詩春鳥嚶嚶日正遲三角雲烟依
舊鎖九街楊柳至今垂不才舜質人誰顧多病窮
廬藥自宜我謫山耶山謫我箇中消息總難知
有感
生平役役走西東求孝求忠在此中十載螢窗府

《樗轩集》书影

次金陵韵

此地应看始与终，古人何去是何空。
白莲香减翻千亩，玉树阴疏没万宫。
锦绣场开花继侈，管弦榭舞蝶留风。
悠悠往事烟消尽，满目凄然一望中。

出处

宋汝谐编《樗轩集》，韩国首尔大学奎章阁藏1587年重刊本。

解读

作者为李朝科举史上少见的迭为状元者，且长年入值最高学术和藏书机构——集贤殿，世宗三十二年参与接待明使倪谦、司马恂，后又两次出使明朝，拥有较高的汉诗文水平。本诗所次金陵韵，实为晚唐怀古诗大家许浑的七律《金陵怀古》：“玉树歌残王气终，景阳兵合戍楼空。松楸远近千官冢，禾黍高低六代宫。石燕拂云晴亦雨，江豚吹浪夜还风。英雄一去豪华尽，唯有青山似洛中。”许浑还有七律《凌歊台》《故洛城》，作者也分别有和诗《次凌歊台韵》《洛阳城韵》。

［朝鲜］丁寿岗（1454—1527），字不崩，号月轩。罗州（今属韩国全罗南道）人。朝鲜成宗五年（1474）进士。十三年，任贺正使赴大明。后历任江原道观察使、同知中枢府事等。晚年谢事归居，优游以终。赠判书。后人辑有《月轩集》。

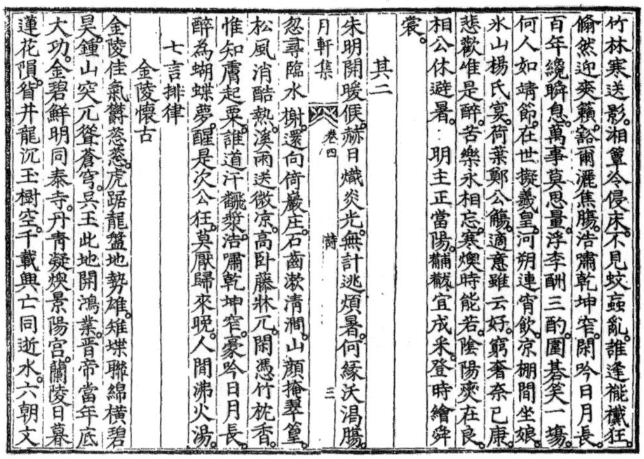
竹林寒送影。湘簟冷侵床。不見蚊蝱亂。誰逢褦襶狂。翛然迎爽籟。豁爾灑焦腸。浩嘯乾坤窄。閑吟日月長。百年饒瞬息。萬事莫思量。浮李酬三酌。圍碁笑一場。何人如靖節。在世擬羲皇。河朔連宵飲。京棚間坐娘。氷山楊氏宴。荷葉鄭公觴。適意雖云好。窮奢奈已康。悲歡惟是醉。苦樂永相忘。寒燠時能若。陰陽爽在良。相公休避暑。明主正當陽。黼黻宜戊采。登時繪舜裳。

其二

朱明開暖偎。赫日熾炎光。無計逃煩暑。何緣沃渴腸。忽尋臨水榭。還向倚巖庄。石齒漱清澗。山顏擁翠篁。松風消酷熱。溪雨送微凉。高卧藤牀兀。閑憑竹枕香。惟知膚起粟。誰道汗翻漿。浩嘯乾坤窄。豪吟日月長。醉爲蝴蝶夢。醒是次公狂。莫厭歸來晚。人間沸火湯。

月軒集 卷四 詩 三

七言排律

金陵懷古

金陵佳氣鬱葱葱。虎踞龍盤地勢雄。雉堞聯綿橫碧昊。鍾山突兀聳蒼穹。吳王此地開鴻業。晉帝當年底大功。金碧鮮明同泰寺。丹青凝煥景陽宮。蘭陵日暮蓮花隕。智井龍沉玉樹空。千載興亡同逝水。六朝文

《月轩集》书影

金陵怀古（二首）

金陵佳气郁葱葱，虎踞龙盘地势雄。
雉堞联绵横碧昊[1]，钟山突兀耸苍穹。
吴王此地开鸿业，晋帝当年底大功。
金碧鲜明同泰寺[2]，丹青凝焕景阳宫。
兰陵[3]日暮莲花[4]陨，智井[5]龙沉玉树[6]空。
千载兴亡同逝水，六朝文物尽埋蓬。
瑶阶芳草纤纤绿，阆苑[7]幽花惨惨红。
破础颓垣云黯淡，荒墟遗址月朦胧。
悲风似诉奸雄罪，禽韵如哀国祚终。
往事茫茫无处问，江流呜咽古今同。

其二

南国山川旧帝居，金陵紫气问何如。
孙吴此地曾开邑，马晋[8]当年亦驻舆。
青盖[9]已符归洛后，清谈空误渡江余。
凌歊[10]累榭藏歌舞，帖地香莲步婕好。
饿死台城[11]缘已浅，投身智井[12]计还疏。
偷安自作巢堂燕，袭迹谁监覆辙车。
六代兴亡棋变局，千场富贵梦归虚。
公侯废宅虫书篆，将相荒碑鲁缺鱼[13]。
胜势尚存今北固，名区空说古南徐[14]。
客怀何处尤难任，雁度枫桥日落初。

出处

丁玉亨编《月轩集》，韩国首尔大学奎章阁藏1773年刊本。

注释

1. 碧昊：蓝天。
2. 同泰寺：六朝名刹，与台城北垣隔路相对，梁武帝建，并多次舍身此寺。
3. 兰陵：南齐皇室祖籍地，此指南齐政权。
4. 莲花：指南齐废帝萧宝卷宠幸的后妃潘玉儿。典出《南史》：“凿金为莲华以帖地，令潘妃行其上，曰：‘此步步生莲华也。’”
5. 智井：废井。
6. 玉树：陈后主所作曲《玉树后庭花》。
7. 阆苑：神仙居住，喻指宫苑。
8. 马晋：指东晋，皇室为司马姓。
9. 青盖：帝王之车用青色车盖，借指帝王
10. 凌歊：台名，遗址在今安徽当涂，为宋武帝刘裕所筑避暑离宫。
11. 饿死台城：指梁武帝。
12. 投身智井：指陈后主。智井，枯井。
13. 鲁缺鱼：“鲁”字缺失鱼字头，比喻碑文漫漶，字迹残缺。
14. 南徐：南徐州，侨置京口（今江苏镇江）。

解读

明成化十八年（1482），作者赴大明京师贺正。其诗集中有《登广武观楚汉战场》《江都怀古》《钱塘观潮》《汨罗怀古》《白鹿洞》《剑阁》等诗作，应当是借此次出使之机南下游历。本诗为其途经南京时所作，因历史悠久且古迹众多，故以七言排律抒发怀古幽情。

新亭怀古

亭倚荒陂[1]落照边，金陵风景尚依然。
牧童此日骑吹笛，豪士当年泪洒筵。
北望山川非晋地，东来区域只吴天。
就中慷慨王公在，千载忠言耀简编。

出处

丁玉亨编《月轩集》，韩国首尔大学奎章阁藏1773年刊本。

注释

1. 陂：指山坡。

解读

同《金陵怀古》，本诗应当也作于明成化十八年作者赴明廷贺正后。新亭，位于南京西南郊，六朝时西临大江，“豪士当年泪洒筵”指周顗等南渡名士在此对泣的故事。

［朝鲜］**沈义**（1475—？），号大观斋。朝鲜中宗三年（1508），赐暇于净业院读书。曾任学官。三十一年，选为制述官，参与接待明使龚用卿、吴希孟。仁宗朝以后去世。擅文章，“可与湖阴（即郑士龙）相埒”。有《大观斋乱稿》。

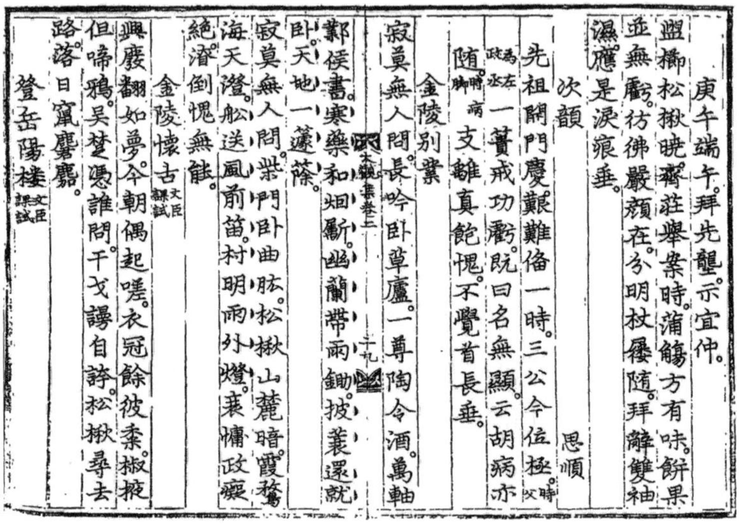
庚午端午拜先壟示宜仲
盥櫛松楸曉齋莊舉案時蒲觴方有味餅果
並無虧彷彿嚴顏在分明杖屨隨拜辭雙袖
濕應是淚痕垂
次韻 思順
先祖開門慶艱難倚一時三公今位極父時
為左政丞一費戒功虧既曰名無顯云胡病亦
隨時病脚支離真餽愧不覺首長垂
金陵別業
寂寞無人問長吟卧草廬一尊陶令酒萬軸
大觀集卷三 十九
鄴侯書寒藥和烟斸幽蘭帶雨鋤披蓑還就
卧天地一蘧篨
寂寞無人問柴門卧曲肱松楸山麓暗霞鶩
海天澄舩送風前笛村明雨外燈褰幰政癡
絕滄倒愧無能
金陵懷古 文臣課試
興廢翻如夢今朝偶起嗟衣冠餘彼黍椒掖
但啼鴉吳楚憑誰問干戈謾自誇松楸尋去
路落日窜麏麚
登岳陽樓 文臣課試

《大观斋乱稿》书影

金陵怀古 文臣课试

兴废翻如梦，今朝偶起嗟。
衣冠余彼黍[1]，椒掖[2]但啼鸦。
吴楚凭谁问，干戈谩自夸。
松楸寻去路，落日窜麏[3]麚[4]。

出处

权应仁编《大观斋乱稿》，韩国启明大学中央图书馆藏1557年刊本。

注释

1. 彼黍：《诗经·黍离》有“彼黍离离”句。该诗为追悼故国之作。

2. 椒掖：椒房掖庭，即后妃宫室。

3. 麕：古同“麇”，指獐子。

4. 䴥：同“麚”，指公鹿。

解读

本诗为课试诗。文臣课试，即朝廷对文臣进行诗赋考核。“金陵怀古”被纳入课试题目，说明它在李氏朝鲜时期已经成为经典诗题。

［**朝鲜**］**郑士龙**（1491—1570），字云卿，号湖阴。原籍东莱（今属韩国釜山）。朝鲜中宗七年（1512），别试文科以丙科状元及第。后赐暇读书（用于培养登科士子的特殊制度）。十一年，文科重试，再中状元。为天文肄习官。后历任洪州牧使、大司成、汉城府左尹、礼曹判书、刑曹判书、工曹判书等。曾于二十九年（明嘉靖十三年）、三十九年（嘉靖二十三年），两次任冬至使入朝大明，分别作《朝天录》《甲辰朝天录》诗稿。明宗九年（1554），授大提学。十三年，任工曹判书。十七年，升判中枢府事。两年后，因党争削职。博学能文，诏令奏疏和外交文书多出其手。有《湖阴杂稿》。

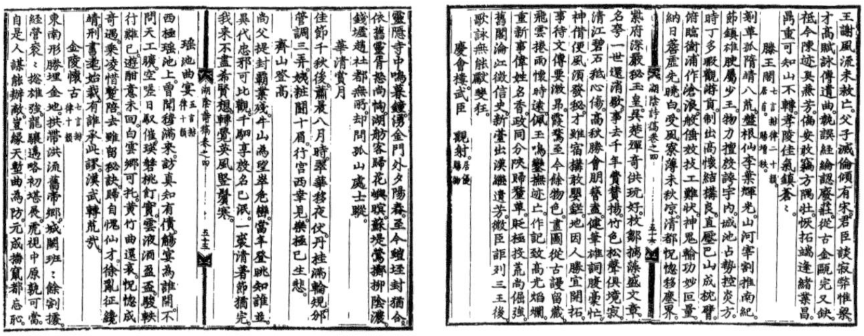
靈隱寺中鳴暮鐘湧金門外夕陽舂至今螻垤封猶合
依舊靈胥怒尚恟湖舫客歸花嶼暝蘇堤鶯擲柳陰濃
錢塘趙杜都無際却問孤山處士蹤
華清賞月
佳節千秋後蕭晨八月時翠華移夜仗丹桂滿輪規郊
管調三弄娥妝閲十眉行宮西寧見樂極已生悲
齊山登高
尚父提封霸業殘牛山爲望舉危巒當年登眺知誰並
異代忠邪可比觀千駟享茨名已泯一裘清著節猶完
我來不盡希賢想轉覺英風竪鬢寒
湖陰詩稿卷之四　五十五
瑤池曲宴 五言排律十韻
西極瑤池上曾聞穆滿來訪真知有債觴宴為誰開不
問天工曠空嗟日馭催瑛磐挑飣實雲液酒盈盃駿軼
行難已遊酣意未回白雲鄉可托黃竹曲還哀恍惚成
奇遇乘凌惜蹔陪去雖留秘訣歸自愧仙才徐亂征鑣
靖刑書耄始裁有誰承此謬漢武轉荒哉
金陵懷古 七言排律十韻
東南形勝埋金地拱帶洪流舊帝鄉城闕班班餘割據
經營袞袞總雄強龍驤邁略初堪展虎視中原孰可當
自是人謀能辦敵豈緣天塹曲為防元成播竄都忘恥

王謝風流未救亡父子滅倫傾有宋君臣談寂弊惟梁
才高賦詠傳遺曲執誤經綸認廢莊從古金甌完又缺
秖今陳迹臭兼芳偏安敢竊方隅壯恢拓端逢緒業昌
鼎重可知山不轉孝陵佳氣鎮蒼蒼
滕王閣 七言排律二十韻 居首 賜增秩
剗革孤隋靖八荒盤根仙李葉輝光山河宰割推南紀
節鎮雄胑屬少王物力撞殺誇宇內城池占勢控炎方
時丁多暇觀遊貢制出高懷結搆良直壓巴山成枕臂
俯臨衡浦作滄浪艤僊效技工難狀神鬼輸功妙叵量
納日蒼虛先曉白受風寥薄未秋凉清都恍惚移塵界
湖陰詩稿卷之四　五十六
紫府深嚴秘玉皇異楚彈奇供玩好杖鄒擒藻盛文章
名夸一世還消歇事去千年費贊揚竹色松聲俱境寂
清江碧石秖心傷高秋勝會朋簪盍健筆雄詞腹稾忙
神借便風須發秘才雖宿搆敢嬰鋒地因人勝宜開拓
事待文傳要激昂霞鶩至今餘物色畫圖從古護留藏
飛雲捲雨懷時遠佩玉鳴鑾撫迹亡作記致高尤焰爛
重新事偉姓名香政同分陝歸鰲革貶極投荒尚倔強
舊閣淪江徵信史新臺出漢繼遺芳微臣詎列三王後
歌詠無能獻斐狂
慶會樓武臣觀射 居首 賜物

《湖阴杂稿》书影

金陵怀古七言排律十韵

东南形胜埋金[1]地，拱带洪流旧帝乡。
城阙班班[2]余割据，经营衮衮总雄强。
龙骧迈略初堪展，虎视中原孰可当。
自是人谋能办敌，岂缘天堑曲为防。
元成[3]播窜[4]都忘耻，王谢风流未救亡。
父子灭伦[5]倾有宋[6]，君臣谈寂[7]弊惟梁[8]。
才高赋咏传遗曲，执误经纶认废庄[9]。
从古金瓯完又缺，只今陈迹臭兼芳。
偏安敢窃方隅[10]壮，恢拓端逢绪业[11]昌。
鼎重可知山不转，孝陵佳气镇苍苍。

出处

《湖阴杂稿》，韩国首尔大学奎章阁藏1577年活字本。

注释

1. 埋金：《景定建康志》引《图经》："昔楚威王见此有王气，埋金以填之。"

2. 班班：络绎不绝的样子。

3. 元成：晋元帝、晋成帝。前者在八王之乱时逃出邺都，后移镇建邺建立东晋；后者在位时遭遇苏峻、祖约之叛，一度被迫迁宫石头城。

4. 播窜：逃亡。

5. 灭伦：灭绝人伦。

6. 有宋：指南朝刘宋。

7. 寂：圆寂、寂灭、涅槃。

8. 梁：指南朝萧梁。

9. 废庄：东晋王坦之有《废庄论》，认为"庄子之利天下也少，害天下也多"。

10. 方隅：四方、四隅，指边侧角落之地。

11. 绪业：事业。

解读

作者由于汉诗文功底深厚，又善辞令，故于朝鲜中宗十六年、三十二年、三十四年、明宗元年等都曾接待明朝使节，其历次唱和诗后编为《皇华和稿》。中宗二十九年、三十九年还两次赴京贺冬至节，沿途"凡有所触，必发为声诗"，先后结集为《朝天录》《甲辰朝天录》。

本诗为奉朝鲜国王之命创作的应制诗。国王出题，命臣子作诗，并品评优胜者予以奖赏。作者常参与这类活动，留下二十五首诗作，编为《应制录》，其中五次居首或居优，得到赐物、赐马甚至增秩等奖励，体现了作者高超的汉诗水平。而《金陵怀古》能成为应制诗题目，也说明古都金陵在朝鲜文坛中的影响之大。

［朝鲜］闵齐仁（1493—1549），字希中，号立岩。骊兴（今韩国京畿道骊州市）人。朝鲜中宗八年（1513），中进士。十五年，登文科。选入承文院，权知副正字。累升至广州牧使、参议、弘文馆副提学、司谏院大司谏、承政院右副承旨等。三十四年，中宗因命诸臣赋诗较射，时以吏曹参议试两艺，皆居第一，遂升嘉善阶，为咸镜南道兵马节度使。后历佥知中枢府事、同知中枢府事、汉城府左尹、平安道观察使、司宪府大司宪、刑曹参判。仁宗元年（1545），升资宪阶，为大司宪、户曹判书兼同知春秋馆事，迁兵曹判书。明宗元年（1546），迁吏曹判书兼同知经筵事、弘文馆提学、艺文馆提学，封骊原君。二年，递为知中枢府事，升崇政阶，为议政府右赞成兼判义禁府事。寻又升崇禄阶，为左赞成，五卫都总府都总管。三年，因“乙巳士祸”，被削勋夺爵，谪发公州儒城之乡里。后以疾卒。有《立岩集》。

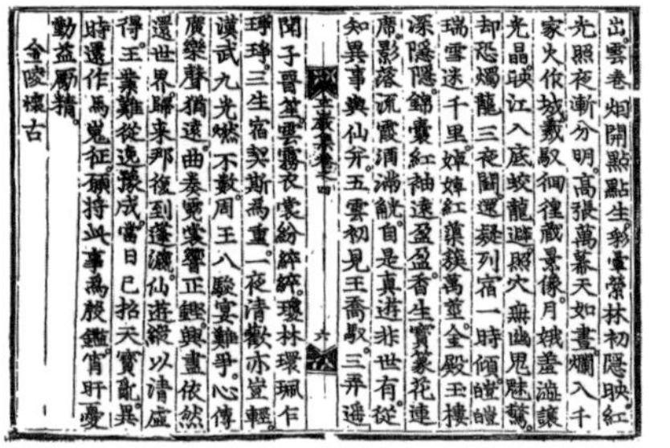
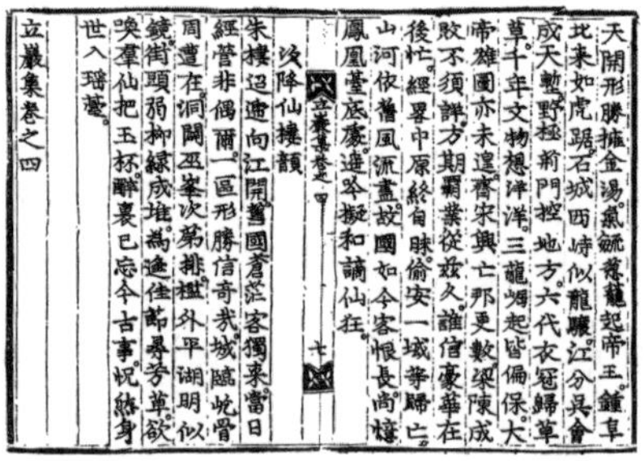

《立岩集》书影

金陵怀古

天开形胜拥金汤，气毓葱茏起帝王。

钟阜北来如虎踞，石城西峙似龙骧。

江分吴会[1]成天堑，野极荆门[2]控地方。

六代衣冠归草草，千年文物想洋洋[3]。

三龙[4]崛起皆偏保，大帝[5]雄图亦未遑。

齐宋兴亡那更数，梁陈成败不须详。

方期霸业从兹久，谁信豪华在后忙。

经略中原终自昧，偷安一域等归亡。

山河依旧风流尽，故国如今客恨长。
尚忆凤凰台底处，遥吟拟和谪仙狂。

出处

闵汝庆编《立岩集》，韩国首尔大学奎章阁藏1926年追刻本。

注释

1. 吴会：长江下游以南之地。一说原为会稽郡地，西汉时郡治本在吴县，时俗以郡县连称；一说东汉时会稽郡分出吴郡，二郡并称。

2. 荆门：指古荆州，今湖北湖南一带。

3. 洋洋：指忧思。

4. 三龙：指魏、蜀、吴三国。语出李白《留别金陵诸公》："海水昔飞动，三龙纷战争。"

5. 大帝：指吴大帝孙权。

解读

本诗年代不详。李氏朝鲜时代的文人经常创作这类怀古诗，是诗赋较艺的重要题材，优胜者可以得到丰厚赏赐甚至加官晋爵。篇幅较长的七言排律由于可以大量用典，因此尤其适合怀古，同时代郑士龙所作应制诗《金陵怀古》即为七言排律，故疑本诗也是文臣应和较艺之作，甚至可能是与郑士龙之诗同场创作的。

［朝鲜］宋纯（1493—1582），字守初，一字诚之，号企村，又号俛仰。潭阳（今属韩国全罗南道）人。朝鲜中宗八年（1513）中进士。十三年，别试，中乙科第一人。分隶承文院权知正字。次年，授艺文馆检阅兼春秋馆记事官，寻荐录弘文馆授正字，又赐暇东湖读书堂读书，皆为清望极选。三十五年，累迁至同知中枢府事兼五卫都总府副总管，转行司谏院大司谏，授司宪府大司宪。三十六年，被黜为全罗道观察使。后历汉城府右尹、光州牧使。明宗元年（1546），授同知中枢府事，并参修《中宗实录》。旋降授掌隶院判决事。同年五月，任奏闻使赴北京。二年，出开城府留守。四年，入拜大司宪，移吏曹参判。因台谏弹劾，以邪党被贬逐。六年，起复为善山都护府使。后历全州府尹、罗州牧使。宣祖元年（1568），授汉城府左尹，参修《明宗实录》。移刑曹参判。二年，特升资宪大夫、汉城府判尹，转议政府右参赞兼知春秋馆事，引疾归。卒于家。有《俛仰集》。

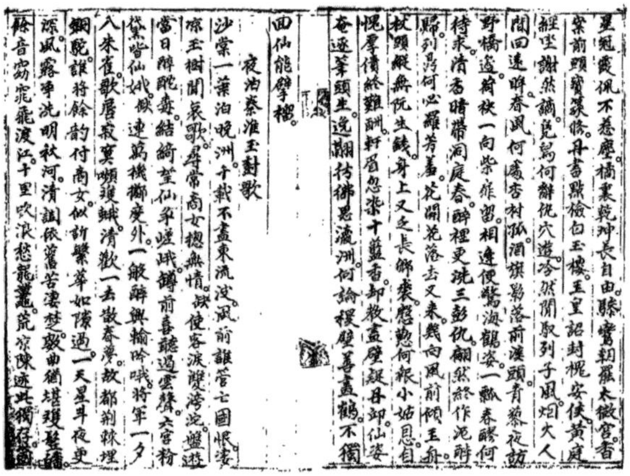

《俛仰集》书影

夜泊秦淮玉树歌

沙棠[1]一叶泊晚洲，千载不尽东流波。
风前谁管亡国恨，凄凉玉树闻哀歌。
寻常商女总无情，缺[2]使客泪双滂沱。
盘游当日醉鸩毒[3]，结绮望仙[4]争嵯峨[5]。
樽前喜听遏云[6]声，六宫粉黛皆仙娥。
缺连万机掷度外，一般醉兴输吟哦。

将军一夕入朱雀[7]，歌唇寂寞嚬[8]双蛾[9]。
清欢一去散春梦，故都荆棘埋铜驼[10]。
谁将余韵付商女，似诉繁华如隙过。
一天星斗夜更深，风露净洗明秋河[11]。
清调依旧苦凄楚，数曲犹堪双鬓皤。
余音窈窕飞渡江，十里吹浪愁龙鼍。
荒凉陈迹此独存，个中自然清愁多。
遗音莫向景阳[12]唱，古井芜没成空坡。
清晨歌罢客回棹，月林余影缺婆娑。

出处

宋在悦编《俯仰集》，韩国国立中央图书馆藏1829年活字本补1846年续集稿本。

注释

1. 沙棠：树名，其材可以造船。
2. 原集缺字，本诗下同。
3. 鸩毒：毒酒。
4. 结绮望仙：陈后主所建结绮阁、望仙阁，位于台城内。
5. 嵯峨：高高耸立。
6. 遏云：响遏行云，使云静止不前，形容歌声清亮优美。
7. 朱雀：朱雀门，隋将韩擒虎由此进入建康城。
8. 嚬：皱眉，古同“颦”。
9. 双蛾：双眉。
10. 铜驼：本指汉晋洛阳宫门前的铜铸骆驼，后以“荆棘铜驼”比喻亡国后的残破景象。
11. 秋河：银河。
12. 景阳：台城景阳楼。

解读

作者曾于明正德十六年（1521）担任承政院注书时奉命参加和明使唐皋、史道的唱和活动，嘉靖二十五年（1546）又出使北京，但未曾到过南京。本诗为七言古诗，显然根据唐杜牧的七绝名篇《泊秦淮》深度演绎，创作年代不详，或许也是课试或应制之作。

［朝鲜］金麟厚（1510—1560），字厚之，号河西、湛斋。祖籍蔚山（今属韩国），后迁长城（今属韩国全罗北道）。朝鲜中宗二十六年（1531），中成均试。三十五年（1540），擢大科。始隶承文院。赐暇于湖堂读书。拜承文院正字，转著作，博士兼世子侍讲院说书。后为养亲避祸，出为玉果县监。仁宗元年（1545），召为制述官。未几仁宗去世，移疾归，杜门田庐，累除官不起。卒于家。百年之后，追赠吏曹判书兼两馆大提学，谥文靖。少善诗赋，旁及天文、地理、医药、筮数之类，无所不通。所著《周易观象篇》《西铭事天图》已佚，今存《河西先生全集》。

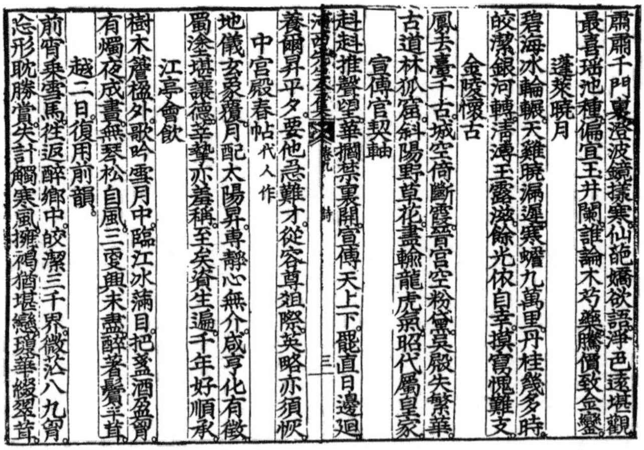

肅肅千門裏澄波鏡樣寒仙葩嬌欲語淨色逺堪觀
最喜瑶池種偏宜玉井闌誰論木芍藥騰價致金鑾
蓬萊曉月
碧海冰輪輾天雞曉漏遲寒蟾九萬里丹桂幾多時
皎潔銀河轉清濤玉露滋餘光依自幸摸寫愧難支
金陵懷古
鳳去臺千古城空倚斷霞晉宮空粉黛吳殿失繁華
古道林狐窟斜陽野草花盡輸龍虎氣昭代屬皇家
宣傳官契軸
赳赳推聲望華襴禁裏開宣傳天上下罷直日邊迴
河西先生全集 卷九 詩 三
養爾昇平夕要他急難才從容尊俎際英略亦須恢
中宮殿春帖 代人作
地儀玄象覆月配太陽昇尊靜心無介咸亨化有徵
蜀塗堪讓德莘摯亦羞稱至矣資生遍千年好順承
江亭會飲
樹木簷楹外歌吟雪月中臨江冰滿目把盞酒盈胷
有燭夜成晝無琴松自風三更興未盡醉著鬢[illegible]茸
越二日復用前韻
前宵乘雪馬往返醉鄉中皎潔三千界微茫八九胷
忩形耽勝賞失計觸寒風擁褐猶堪戀瓊華綴翠茸

《河西先生全集》书影

金陵怀古

凤去台千古，城空倚断霞。
晋宫空粉黛，吴殿失繁华。
古道林狐窟，斜阳野草花。
尽输龙虎气，昭代[1]属皇家。

出处

《河西先生全集》，韩国首尔大学奎章阁藏1802年刊本。

注释

1. 昭代：本朝美称。

解读

本诗创作年代不详。作者曾参与过迎送天使（即明朝使节）的唱和活动。

［朝鲜］俞泓（1524—1594），字止叔，号松塘、退忧堂。杞溪（今属韩国庆尚北道）人。26岁，中司马试。30岁，登第。补承文正字，荐入翰注。历典籍、知制教、修撰。以将略特除庆尚右评事。复入拜修撰、正言、持平、兵吏曹佐郎、京畿都事、校理、检详舍人、掌令、执义、应教。在台阁时，上疏犯忌讳，左迁司仆寺正。朝鲜明宗二十年（1565），以山陵都厅升通政，拜承旨。为养亲乞郡，拜春川府使，一境大治。后内历户刑曹参判、汉城府右尹、判尹、礼工曹判书、知义禁府事，外历会宁府使、开城留守、忠清等五道观察使。宣祖二十年（1587，明万历十五年），除谢恩使赴京，并为国家辩宗系之诬，恳请赐付修改后的《大明会典》，得允。次年复命，宣祖即日引见，特命官其长子，并超崇禄阶，拜议政府左赞成兼判义禁知经筵事。二十三年，拜辅国崇禄大夫、杞城府院君、行吏曹判书。翌年，替吏曹。二十五年，壬辰倭乱，扈驾至平壤。俄拜右议政。后奉护庙社主和世子光海，拜都体察使，总督诸将。宣祖还都，以右相之身份在海州扈卫中殿。二十七年，拜左议政兼领经筵事监春秋馆事，卒于海州寓舍。有《松塘集》。

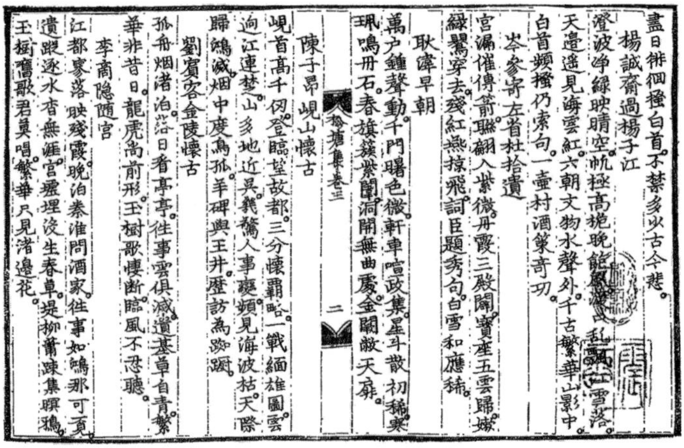
盡日徘徊搔白首。不禁多少古今悲。
楊誠齋過楊子江
澄波淨綠映晴空。帆檣高撓晚[illegible]亂飄江雪落。
天邊遙見海雲紅。六朝文物水聲外。千古繁華山影中。
白首頻搔仍索句。一壺村酒策奇功。
岑參寄左省杜拾遺
宮漏催傳箭。聯翩入紫微。丹霞三殿闕。寶座五雲歸。嫋
綠鷺穿去。殘紅燕掠飛。詞臣題秀句。白雪和應稀。
耿湋早朝
萬户鍾聲動。千門曙色微。軒車喧政集。星斗散初稀。寒
珮鳴丹石。春旗簇紫闈。洞開無曲處。金闕瞰天扉。
松塘集卷三　二
陳子昂峴山懷古
峴首高千仞。登臨望故都。三分懷霸略。一戰緬雄圖。雲
迥江連楚。山多地近吳。幾驚人事變。頻見海波枯。天際
歸鴻滅。烟中度鳥孤。羊碑與王井。歷訪為踟蹰。
劉賓客金陵懷古
孤舟烟渚泊。落日看亭亭。往事雲俱滅。遺基草自青。繁
華非昔日。龍虎尚前形。玉樹歌悽斷。臨風不忍聽。
李商隱隨宮
江都寥落映殘霞。晚泊秦淮問酒家。往事如鴻那可覓。
遺蹤逐水杳無涯。宮墟埋沒生春草。堤柳蕭疎集暝鴉。
玉樹舊歌君莫唱。繁華只見渚邊花。

《松塘集》书影

刘宾客金陵怀古

孤舟烟渚泊，落日看亭亭[1]。

往事云俱灭，遗基草自青。

繁华非昔日，龙虎[2]尚前形。

玉树歌凄断，临风不忍听。

出处

俞伯曾编《松塘集》，韩国首尔大学奎章阁藏1642年初刊本。

注释

1. 亭亭：远景，或指（日月）明亮美好。

2. 龙虎：指龙盘虎踞之形。

解读

本诗出自《松塘集》卷三。该卷收诗约二百首，卷首“次瀛奎律髓”。《瀛奎律髓》为宋末元初方回所编唐宋五言、七言律诗总集，分类选诗，并加点评，入选者有唐人一百八十余家、宋人一百九十余家，颇便于学诗者综览佳作，故能远播至朝鲜。今检全卷，实际仅有前一半为《瀛奎律髓》所选唐宋律诗的次韵诗，后一半为其他律诗。本诗所次为刘禹锡名篇《金陵怀古》。

［朝鲜］**高敬命**（1533—1592），字而顺，号霁峰、苔轩、苔槎。谥忠烈。长兴（今属韩国全罗南道）人。未冠，游学京师。朝鲜明宗七年（1552），中进士一等。十三年，殿试又擢甲科第一。历成均馆典籍、户曹佐郎、世子侍讲院司书、司谏院正言、刑曹佐郎、兵曹佐郎兼知制教、司谏院献纳、弘文馆修撰、司宪府持平等。曾赐暇读书于湖堂。又奉使关西，写进沿路所制诗。十八年，升弘文馆校理，左迁典籍。寻补蔚山郡守，未赴，罢还乡里十九年。宣祖十四年（1581，万历九年），始起废，拜灵岩郡守。又以成均馆直讲兼司宪府持平任使臣金继辉书状官，入朝大明京师。次年春，复除瑞山郡守。秋，远接使李公珥荐任从事官，拜宗簿寺佥正，迁司赡寺佥正，参与接待大明使黄洪宪等。十六年，拜汉城府庶尹，寻为韩山郡守。冬，拜礼曹正郎，辞不就。十七年夏起，历拜宗簿司仆佥正、司艺、淳昌郡守。二十一年坐罢。二十三年，历拜司赡寺正、承文院判校、知制教兼春秋馆编修官。秋，升通政阶，拜东莱府使。二十四年夏，又坐罢入京。遂还乡。翌年，值壬辰之役，日军入侵，在乡举义兵，不幸战死。赠资宪大夫、礼曹判书，兼弘文馆大提学、艺文馆大提学、知经筵春秋馆、成均馆事。有《霁峰集》。

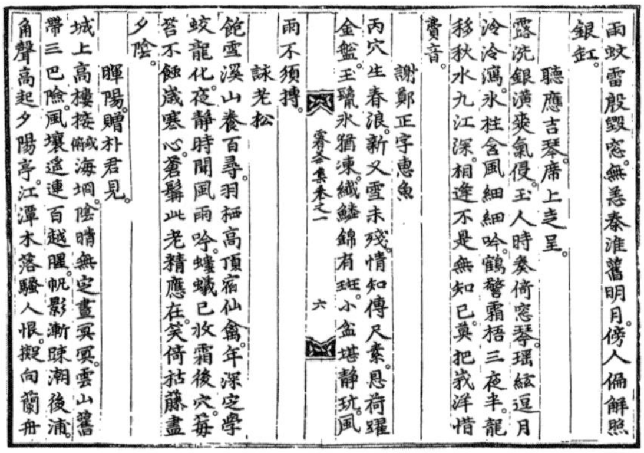
雨蚊雷殷毁窓。無恙秦淮舊明月。傍人偏解照
銀釭。
聽應吉琴席上走呈。
露洗銀潢爽氣侵。玉人時奏倚窓琴。瑶絃逗月
冷冷瀉。氷柱含風細細吟。鶴警霜梧三夜半。龍
移秋水九江深。相逢不是無知已。莫把峩洋惜
賞音。
謝鄭正字惠魚
丙穴生春浪。新又雪未殘。情知傳尺素。恩荷躍
金盤。玉鱠氷猶凍。纖鱗錦有斑。小盆堪静玩。風
霽峯集卷之一　六
雨不須搏。
詠老松
飽雪溪山養百尋。羽栖高頂宿仙禽。年深定學
蛟龍化。夜静時聞風雨吟。蟠蟻已收霜後穴。蘚
苔不蝕歲寒心。蒼髯此老精應在。笑倚袪藤晝
夕陰。
暉陽贈朴君見。
城上高樓接微海垌。陰晴無定晝冥冥。雲山舊
帶三巴險。風壤遥連百越腥。帆影漸疎潮後浦。
角聲高起夕陽亭。江潭木落騷人恨。擬向蘭舟

《霁峰集》书影

次贡父金陵怀古韵二首

金戈百战有兹江，仅一作谩为孱孙[1]办乞降。
不信舟人曾是敌，谩将天险倚无双。
春荒草木深空苑，雨长莓苔上玉窗[2]。
三百年前无限恨，且寻青幔问新缸。

金汤昔日负长江，一片残旗夜竖降。
已变市朝山自北，更无城郭阙犹双。
天阴鬼火缘回磴，夜雨蚊雷殷[3]毁窗。
无恙秦淮旧明月，傍人偏解照银缸[4]。

出处

李恒福编《霁峰集》，韩国首尔大学奎章阁藏1617年初刊本。

注释

1. 孱孙：顽劣无行不成大器的子孙。
2. 玉窗：泛指宫中之窗。
3. 殷：众多，盛大。
4. 银缸：银制灯台。

解读

贡父，即刘颁，曾参与修撰《资治通鉴》，对王安石新法颇有异议，但二人私交甚笃，其《金陵怀古》即为次韵王安石之作，题为《次韵王介甫金陵怀古》。作者与中国文士的交接主要有两次：万历九年，任朝天使金继辉书状官，到过北京，其燕行诗多收入《霁峰续集》。万历十年，又任李公珥从事官，接待前来朝鲜颁皇子诞生诏的大明翰林编修黄洪宪、给事中王敬民，与明使唱酬，用其诗最多，有《皇华和稿》，收入《霁峰集》卷四。本组诗编入《霁峰集》卷一，创作年代不详，可能是现存朝鲜汉诗中最早用王安石《金陵怀古》韵创作的诗作。

［安南］**冯克宽**（1528—1613），字弘夫，号毅斋，别号敬斋。山西石室县（今属越南河内）人。少负文名。时为安南北方莫朝与南方后黎朝对峙时期，其师为莫朝大儒阮秉谦，但他拒应莫朝科试，甚至奉命随后黎军攻莫。后黎世宗光兴三年（1580）进士及第。历任都给事、鸿胪寺卿、工部右侍郎、清华承政使。十五年，黎军占领升龙（今越南河内），莫朝大衰，偏踞西北。他以功臣赐封金紫荣禄大夫。莫朝建立时得明朝册封为安南都统使。后黎中兴后，谋求明朝重新册封，允许通贡。二十年（明万历二十五年）四月，经双方协商后，冯克宽以工部左侍郎出使明朝，获明神宗赐给世宗黎维潭安南都统使银印。因万寿圣节献诗三十一首，神宗命印版颁行，并御赐“南国状元”。次年回国后，还将中国的玉米和新型稻种传入国内。升吏部左侍郎，封梅岭侯。后历户部、工部尚书，封梅郡公。因受谮罢职刺面，贬凤眼山。著作有《使华手泽诗集》（或名《梅岭使华诗集》等）、《言志诗集》、《冯太傅诗》、《易经演义》、《兵家要旨》等。

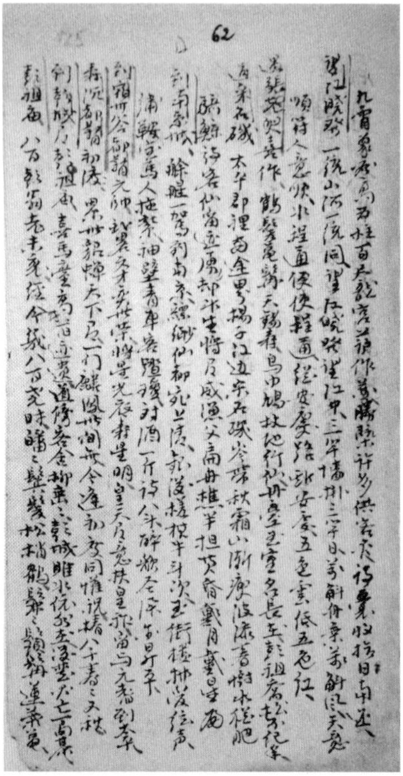

《使华手泽诗集》书影

到南京城

艅艎[1]一驾到南京，缥缈仙都宛上清[2]。
银汉[3]槎横牛斗[4]次，玉街楼拂管弦[5]声。
绣鞍宝马人拖紫[6]，油壁[7]青车客踏琼[8]。
对酒一斤[9]诗八斗[10]，醉[11]歌圣世咏升平。

出处

《使华手泽诗集》，李文馥编《周原杂咏草》，越南汉喃研究院藏钞本。

注释

1. 艅艎：吴王阖闾之舰，后泛指大船。

2. 上清：道家最高神三大天尊所居最高天界——三清境之一，比喻南京为天上之城。

3. 银汉：银河。比喻朝天之路。

4. 牛斗：牛、斗二星宿，为吴越之地所属分野。

5. 弦：《旅行吟集》作“歌”。

6. 拖紫：紫绶为公侯所配，比喻达官显贵。

7. 油壁：髹漆的车壁。《玉台新咏·钱塘苏小歌》：“妾乘油壁车，郎骑青骢马。”

8. 踏琼：在玉街上行走。

9. 斤：《旅行吟集》作“卮”，即酒杯。

10. 斗：《旅行吟集》作“首”。

11. 醉：《旅行吟集》作“酣”。

解读

本诗作于明万历二十五年。录有作者诗作的《旅行吟集》（越南汉喃研究院藏钞本）所收该诗有题注：“在应天府上元县、江陵县大胜驿。”江陵县当为江宁县之误。大胜驿位于江宁县长江上游的大城港口，在县西南三十里，上距采石驿九十里，下距龙江驿六十里，元时为大城港水站，附近有三山矶和仙人矶。《使华手泽诗集》中的诗作基本按行程次序编排。本诗之前为《过采石矶》一诗，说明其使程路线为由广西北上，乘船入长江，再顺江而下，进入应天府界，抵大胜驿后，繁华的南京城已遥遥在望，不过半日水程。明代安南朝贡频繁，但现存该时期的越南汉文燕行文献极为罕见，关于南京的诗作更屈指可数。

《旅行吟集》还收录了吟咏南京的六八体喃诗，分别系于《乌江怀古》《青溪泛舸》两诗之后。这些描写南京之诗对古城繁华倍加赞颂，历数桃渡、杏村、报恩塔、朱雀桥、乌衣巷、秦淮等名胜古迹，诗注中极言金陵“人物繁盛，乃天朝第一都会之处”。此外，诗注还提及：“黄（皇）城外即钟山，有洪武陵，规制壮丽，状貌犹存。此行经天朝旧都处。”洪武陵即明孝陵，这是明清外国使节拜谒孝陵的罕见记录。但需说明的是，《旅行吟集》为无署名的诗集钞本，虽有大量冯克宽的作品，但也有清代安南使节阮宗窐及其他佚名作者的诗作，如《乌江怀古》《青溪泛舸》即出自安南正使阮翘与副使阮宗窐的合集《乾隆甲子使华丛咏》。

［朝鲜］李好闵（1553—1634），字孝彦，号五峰、南郭、睡窝。谥文僖。其先为唐中郎将李茂，后落籍延安（今属朝鲜黄海南道）。幼有神童之称。朝鲜宣祖十一年（1578），进士大魁。十六年，廷试举第一。翌年殿试，为探花。初补成均馆权知。因文学出众，宣祖不以常规培养，命其专意学业。廷试儒臣，再居魁升资，前后应制辄为冠。二十五年，拜吏曹佐郎。值壬辰卫国战争，扈驾西出。累擢同副承旨，侍从赞益，宣祖常以职呼而不名。后历任至大司宪、都承旨兼弘文馆提学、礼曹参判。三十四年，选为义州迎慰使，接待明使学士顾天峻。翌年春，又代任远接使。明使还，拜两馆大提学。三十六年，升崇政阶，任左参赞。三十七年，策忠勤贞亮效节协策扈圣功臣、延陵君。俄进府院君，位正一品。退位归居，卒于家。有《五峰集》。

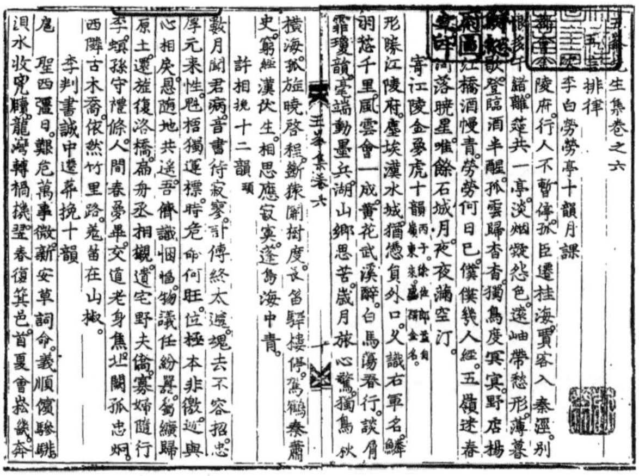
五峰先生集卷之六
排律
次李白勞勞亭十韻 月課
都會金陵府。行人不暫停。孤臣遷桂海。賈客入秦涇。別
恨多千緖。離筵共一亭。淡烟凝怨色。遠岫帶愁形。薄暮
歌初歇。登臨酒半醒。孤雲歸杳杳。獨鳥度冥冥。野店楊
江橋酒幔青。勞勞何日已。僕僕幾人經。五嶺迷春
洞落曉星。唯餘石城月。夜夜滿空汀。
寄江陵金夢虎十韻
形勝江陵府。塵埃灞水城。猶憑負外口。父識右軍名。鱗
羽落千里。風雲會一成。黃花武溪醉。白馬蕩春行。談屑
霏瓊韻。毫端動壘兵。湖山鄉思苦。歲月旅心驚。獨鳥秋
橫海。孤旋曉啓程。斷猿聞樹度。衣留驛樓停。駕鶴秦蕭
史。窮經漢伏生。相思應寂寞。蓬島海中青。
許相挽十二韻 頊
數月聞君病。音書待寂寥。訃傳終太遽。魂去不容招。忠
厚元來性。魁梧獨運標。時危命何旺。位極本非徼。遊與
心相戾。恩隨地共遙。吾儕識惆悵。物議任紛囂。蜀續歸
原土。還旌復洛橋。扁舟丞相櫬。遺宅野夫樵。寡婦隨行
李。嬪孫守禮條。人間春夢畢。交道老身焦。地闊孤忠炯。
西隣古木喬。依然竹里路。菴留在山椒。
李判書誠中遷葬挽十韻
扈聖西疆日。艱危萬事微。新安草詞命。義順饋驂騑
洄水收兇醜。龍灣轉禍機。翌春復箕邑。首夏會崧畿。奔

《五峰集》书影

次李白劳劳亭十韵月课

都会金陵府，行人不暂停。

孤臣迁桂海[1]，贾客入秦泾[2]。

别恨多千绪，离筵共一亭。

淡烟疑怨色，远岫带愁形。

薄暮歌初歇，登临酒半醒。

孤云归杳杳，独鸟度冥冥。

野店杨花白，江桥酒幔青。
劳劳何日已，仆仆[3]几人经。
五岭[4]迷春草，三河[5]落晓星。
唯余石城月，夜夜满空汀。

出处

李景仪、李植编《五峰集》，韩国首尔大学奎章阁藏1636年活字本。

注释

1. 桂海：指古代南海地区，因其地有桂而得名。

2. 秦泾：秦州、泾州，在今甘肃天水、平凉一带，地当古丝绸之路东段门户。

3. 仆仆：（道途）劳顿。

4. 五岭：指长江流域与珠江流域间的分水岭，分别为大庾岭、越城岭、骑田岭、萌渚岭、都庞岭。

5. 三河：一般指汉代的河东、河内、河南三郡地，在今黄河洛阳段南北一带。又，《后汉书·西羌传》李贤注："今此言三河，即黄河、赐支河、湟河也。"唐王维《老将行》有"节使三河募年少，诏书五道出将军"，明儒杨慎也指此为黄河、析（赐）支河、湟河。联系前文"贾客入秦泾"，此处"三河"当取后者之意。

解读

诗题有"月课"二字，即每月对学子举行的例行课试，故本诗为作者就学期间所作。李白《劳劳亭》为五言绝句，押青韵，本诗次其韵，共作十韵，为五言排律。诗意倾诉离别之恨，全仿李白原作的"别苦"之情。另，诗中提及"金陵府"，五代十国时的杨吴政权曾于武义二年（920）改昇州设金陵府，南唐昇元元年（937）又改江宁府，前后设置不过十七年的时间，因此应当不是实指历史上用过的名称，而是对金陵作为大都会的美称。

［朝鲜］李民宬（1570—1629），字宽甫，号敬亭。义城（今属韩国庆尚北道）人。朝鲜宣祖三十年（1597，明万历二十五年），中廷试第四名，选补承文院权知副正字兼春秋馆记事官。后任博士、侍讲院说书等。三十五年，任成均馆典籍兼司宪府监察，奉差王世子册封奏请使书状官赴北京。后历任典籍兼知制教、礼曹佐郎、兵曹佐郎、兵曹正郎、龙骧卫副司直、济州点马御史、知制教兼春秋馆记注官、司宪府持平、侍讲院文学、礼曹正郎、弘文馆校理兼经筵侍读官、校理兼经筵侍读官、忠武卫司果等。光海君七年（1615），因伸救相公李元翼不成，弃官归居，被削职禁锢，遂杜门屏居，专心性理之学。仁祖元年（1623，明天启三年），特差奏闻使书状官，并除宗簿寺正知制教兼春秋馆编修官、司宪府掌令。七月至北京，因有飞语离间朝鲜之使，至次年三月始得辩诬离京，四月返汉城。后任至承政院左承旨，授龙骧卫副护军。旋以疾卒。有《敬亭集》十三卷、续集四卷。

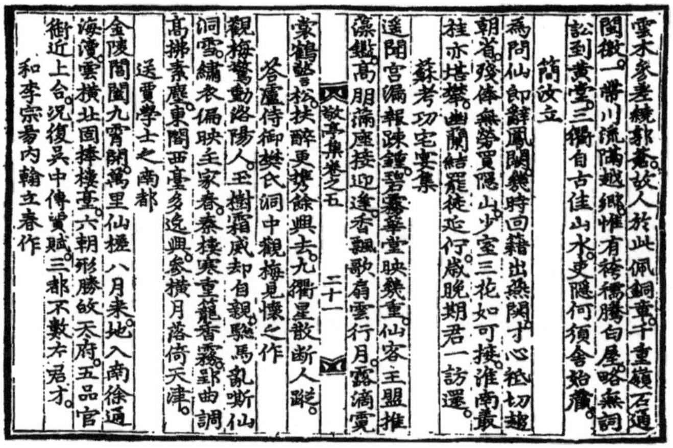
雲木參差繞郭蒼。故人於此佩銅章。千重嶺石通閩徼。一帶川流隔越鄉。惟有稽儒騰白屋。略無詞訟到黃堂。三衢自古佳山水。吏隱何須舍始篁。

簡汝立

爲問仙郎辭鳳闕。幾時回籍出燕關。寸心秪切趨朝省。殘俸無勞買隱山。少室三花如可接。淮南叢桂亦堪攀。幽蘭結罷徒延佇。歲晚期君一訪還。

蘇考功宅宴集

遙聞宮漏報踈鐘。碧霧華堂映幾重。仙客主盟推藻鑑。高朋滿座接迎逢。香飄歌扇雲行月。露滴霓

敬亭集卷之五　二十一

裳鶴語松。扶醉更携餘興去。九衢星散斷人蹤。

答盧侍御樊氏洞中觀梅見懷之作

觀梅驚動洛陽人。玉樹霜威卻自親。驟馬亂嘶仙洞雪。繡衣偏映主家春。春棲寒重龍香霧。郢曲調高拂素塵。東閣西臺多逸興。參横月落倚天津。

送賈學士之南都

金陵閶闔九霄開。萬里仙槎八月來。地入南徐通海瀆。雲横北固捧樓臺。六朝形勝故天府。五品官銜近上台。況復吳中傳賈賦。三都不數左君才。

和李宗易内翰立春作

《敬亭集》书影

送贾学士之南都[1]

金陵阊阖[2]九霄开，万里仙槎[3]八月来。

地入南徐通海渎，云横北固捧楼台。

六朝形胜故[4]天府，五品官衔近上台[5]。

况复吴中传贾赋[6]，三都不数左君[7]才。

出处

李民宬编《敬亭集》，韩国精神文化研究院藏显宗年间初刊本。

注释

1. 南都：明代南京。
2. 阊阖：本为天门，此指南都城门。
3. 仙槎：使船美称。
4. 敀：古同“迫”，接近。
5. 上台：宫廷。
6. 贾赋：贾谊之赋，鲁迅称之为“西汉鸿文”。
7. 左君：晋人左思，有传世名篇《三都赋》。

解读

作者于万历三十年、天启三年曾两次随团出使北京。第二次出使后，专门将使途所作诗编辑为《燕槎唱酬集》，并完成使行日记《朝天录》。这两部作品分别收入《敬亭集》的卷六至八和《敬亭续集》的卷一至三。本诗没有收入《燕槎唱酬集》，日记中也没有记录与贾学士的交往，而是编入《敬亭集》卷五，故推测这是第一次出使所作。贾学士，不详其人。学士必出身进士，但万历早期的数名贾姓进士皆仕履不明。疑贾氏此行为赴南京翰林院任职。明初制度，翰林院掌院者为学士，但京师北迁后，南京翰林院地位迅速下降，在两京衙门中最属清贫，尤其明代后期掌院官员已多非学士。贾若是赴职南京翰林院，则应当是当时少见的掌院学士，官五品，故称“五品官衔近上台”。

送徐主事还金陵

仙郎[1]三月发燕京，遥指南都旧帝城。
夕岸飘花添别泪，春帆细雨动乡情。
日沉隋寺宫潮暗，草绿秦淮辇路[2]平。
君去凤凰台上望，龙盘虎踞五云生。

出处

李民宬编《敬亭集》，韩国精神文化研究院藏显宗年间初刊本。

注释

1. 仙郎：旧尚书省在神仙门内，故称仙台，唐时遂以“仙郎”为尚书省各部郎官美称，此亦借喻。

2. 辇路：御道。辇，多指天子车驾。杜甫诗《玄元皇帝庙》有“辇路江枫暗，宫潮野草春”，此处颈联显然化用其句。

解读

与前诗《送贾学士之南都》一样，此诗不见天启三年的《燕槎唱酬集》，同样编入《敬亭集》卷五，故推测是其万历三十年首次出使南京时的作品。徐主事，生平不详。主事为六部司官中最低级官员，从六品。另，此卷中有不少与明朝官员的送别唱和之诗，反映了作者在华期间交游之广泛。其中，与南京相关的还有《送徐舍人使南都》。诗曰：“手捧天书出殿扉，南徐使牡咏骓骓。津亭月到愁青琐，野寺钟鸣忆翠微。天远楼台横北固，地回江汉抱南畿。一春诗社从今冷，东省何人对紫微。”

题金陵图

天坛道士谁氏子，碧眼炯炯骨清癯。
欣然倒屣如旧识，手示一幅金陵图。
金陵佳丽天下无，龙盘虎踞帝王都。
谪仙谢朓[1]留篇咏，千载脍炙令人吁。
画师不是无心人，欲砭海东[2]井蛙愚。
霏微烟雨漫长空，笔法似出营丘[3]徒。
三山二水闻已熟，指点不待傍人呼。
依依暮云北固岫[4]，历历归帆京口湖。
淮清桥畔柳弄烟，铁瓮城边月如梳。
乘流鼓枻[5]者谁子，落日沧波风袂孤。

应为归思满吴会，秋风挂席寻莼鲈[6]。
平生此景不可得，我欲飘然与之俱。
道人有术通神灵，乞我中流一叶芦[7]。
悄然神往沧洲陬[8]，嗒尔[9]隐几[10]疑非吾。
恍然一片春梦中，行尽江南千里途。
道人本是鹤上仙，脚底且有王乔凫[11]。
胡为对此融心神，终年兀坐燕山隅。
李成，营丘人，有《江南骤雨图》。

出处

李民宬编《敬亭集》，韩国精神文化研究院藏显宗年间初刊本。

注释

1. 朓：原书误作“眺”。

2. 海东：此指朝鲜。

3. 营丘：五代宋初时著名画家李成，家营丘（今山东青州），作者在诗末有自注。

4. 北固岫：镇江北固山。

5. 鼓枻：划桨。

6. 莼鲈：江南特有的莼菜羹、鲈鱼脍。语出《世说新语》，吴郡名士张翰在洛阳见秋风起，遂思“吴中莼菜羹、鲈鱼脍”，即刻辞职归乡。

7. 一叶芦：意同“一苇渡江”。

8. 沧洲陬：水滨一隅，此处指隐士居处。

9. 嗒尔：嗒然，物我两忘之境。

10. 隐几：伏于几案。

11. 王乔凫：“王乔凫舄”的省称，又称王乔履、县令凫等。王乔为东汉叶县县令，有神术，常乘双凫自县赴京，后以凫舄代指仙履。

解读

与《送贾学士之南都》《送徐主事还金陵》一样，此诗不见天启三年的《燕槎唱酬集》，而是编入《敬亭集》卷一，故推测作于万历三十年首次出使南京时。作者在天坛遇道士手示《金陵图》，对原本就耳熟能详的千载名都大为神往。据诗中所言，此图不仅有著名的三山二水、淮清桥，还有南京附近的镇江北固山、铁瓮城，地理跨度相当大，应当是一幅山水长卷。

金陵不仅是古典文学的主题，也是历代绘画的主题，金陵诗与金陵图的结合也至少可以追溯到唐代，如晚唐诗人韦庄有《金陵图》一诗："谁谓伤心画不成？画人心逐世人情。君看六幅南朝事，老木寒云满故城。"比他稍晚的还有诗僧齐己的《看金陵图》。其后，以金陵为主题的题画诗源源不断。本诗或许是现存最早的外国人所作题《金陵图》的诗了。

次王半山金陵怀古韵（七首）

昏醉当年若帝江[1]，岂知含璧[2]诣军降。
金瓯[3]可惜兵争破，玉树[4]翻添涕泫双。
叶拥秦淮侵辇路，钟鸣隋寺度禅窗。
六朝霸业空流水，一酹东风为泻缸。

衣带谁夸隔一江，孱孙无救竖幡降。
隋皇启运黄旗尽，江令[5]还朝黑鬓双。
酣饮当时忘敌国，兴亡千古属吟窗。
夜深北固山前寺，无数春灯点酒缸。

谁信北军飞渡江，王师不战望风降。
褊区[6]近与龟兹[7]伍，逸乐还追夏癸[8]双。
藓晕顽铺金扣砌[9]，蜗涎[10]巧缀绮疏窗。
兴亡百变无人管，月满秦淮酒满缸。

控连于越[11]接三江，形胜终归敌国降。
并晋功收寰宇一，吞吴势失辅车[12]双。

丘陵已没残碑石，睥睨犹存废箭窗[13]。
莫问后庭花一曲，骚人吊古泪添缸。

佳丽名都阻大江，蛮夷君长奉琛[14]降。
地经泽跨云梦九[15]，贡匭[16]名传橘柚双。
山色疑看嵩洛[17]面，橹声妨过定僧窗。
秦淮恰[18]作蒲萄[19]绿，历数英雄劝一缸。
过橹妨僧梦[20]，孙鲂《金山寺》诗句也。

弃马争舟锐渡江，南朝无策遽迎降。
王颁[21]怒眦麾兵急，张嫔[22]颦眉动戟双。
谁识坏堤由蚁穴，可怜焚燕值烟窗。
荒亡之国何须吊，消得诗人引满缸。

淮甸龙飞[23]遂济江，群雄争望义旗降。
卜年应轶姬周盛，定鼎堪夸郏鄏[24]双。
气接山河盘魏阙，云开阊阖倚天窗。
万邦咸仰皇居胜，祝上尧阶[25]万岁缸。

出处

李民宬编《敬亭集》，韩国精神文化研究院藏显宗年间初刊本。

注释

1. 帝江：天山神鸟，能识歌舞。《山海经》称其“状如黄囊，赤如丹火，六足四翼，浑敦无面目，是识歌舞”。

2. 含璧：又称衔璧，中国古代投降礼仪之一。

3. 金瓯：金制盆盂，比喻国土。

4. 玉树：陈后主作曲《玉树后庭花》。

5. 江令：陈尚书令江总，国亡降隋。

6. 褊区：指疆域褊小。

7. 龟兹：西域小国，位于天山南麓。

8. 夏癸：夏朝末代君主，名癸或履癸，谥桀。

9. 金扣砌：以金镶饰的台阶。

10. 蜗涎：蜗牛爬行后遗留的黏液。

11. 于越：指越地（今浙江一带）或吴越之地（今江浙地区）。

12. 辅车：如颊辅与牙床，或车夹木与车舆，比喻相互依存的利害关系。

13. 箭窗：箭眼、箭孔，设于城墙上。

14. 奉琛：进献珍宝，以示臣服。

15. 云梦九：古有九泽，云梦为其一。

16. 匵：箱子。

17. 嵩洛：嵩山和洛水，为洛阳附近的山水。

18. 愘：疏纵，不受约束。

19. 蒲萄：葡萄。

20. 过橹妨僧梦：唐代孙魴《题金山寺》作“过橹妨僧定，惊涛溅佛身”。

21. 王颁：字景彦，太原祁（今山西祁县）人。其父王僧辩为陈朝开国皇帝高祖陈霸先所杀。灭陈时，王颁为隋军先锋，后率旧部掘陈霸先之陵，焚骨取灰，投水而饮。

22. 张嫔：陈后主宠妃张丽华。

23. 淮甸龙飞：指朱元璋起兵。

24. 郏鄏：西周东都，在今洛阳。《左传·宣公三年》：“成王定鼎于郏鄏。”

25. 尧阶：传说尧帝所居“土阶三尺，茅茨不剪”（《尹文子》），后多用为赞美君主生活俭朴的颂圣之语。

解读

创作年代不详。王半山即王安石，字介甫，号半山，世称荆公。朝鲜诗人多有次韵中国名家的诗作，王安石《金陵怀古》就吸引了历朝不同诗人唱和，如高敬命（1533—1592）《次贡父金陵怀古韵》（贡父即刘颁，其《金陵怀古》为次韵王安石之作，即《次韵王介甫金陵怀古》）、崔锡恒（1654—1724）《次韵王荆公金陵怀古》、李令翊（1738—1780）《满月台·次荆公金陵怀古韵》等。原诗为江韵，用字江、降、双、窗、缸，共四首。怀古诗重用典，非常考验文史功底。作者一口气作了七首，特见功力。

［朝鲜］金尚宪（1570—1652），字叔度，号清阴，又号石室山人、西涧老人。安东（今属韩国庆尚北道）人，生于汉城。西人党大臣。朝鲜宣祖二十三年（1590）中进士。二十九年，廷试文科丙科及第，除授承文院副正字。累任至开城经历。光海君即位（1608），再试文科，乙科及第，赐暇读书。累任同副承旨、广州牧使等。光海君五年（1613），因牵连七庶之狱及废妃案，被罢归。光海君被废黜后，于仁祖二年（1624）拜大司谏。后西人党分化，成为清西派领袖。四年（明天启六年），任圣节兼谢恩陈奏使，赴使北京。时值后金攻朝鲜，请求明廷出兵不果，回国后力主斥和。后历任大司宪、咸镜道观察使、刑工吏礼曹判书等。十五年，坚决反对朝鲜降清，甚至手裂降书，最终因时局难挽，辞官归隐。十八年，作为斥和派之首被押解清朝国都盛京（今辽宁沈阳）。二十三年放归。屡拒拜相，隐居不出。孝宗即位，再欲拜其为相，遭清廷诘责。后卒于扬州石室别墅，追赠议政府领议政，谥文正，被时论誉为文天祥之后“东方唯尚宪一人而已”。有《清阴集》四十卷。

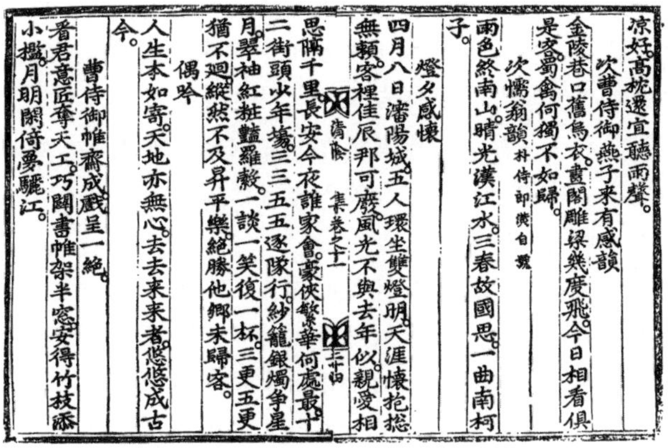
凉好高枕還宜聽雨聲。
次曹侍御燕子来有感韻
金陵巷口舊烏衣，畫閣雕梁幾度飛。今日相看俱是客，蜀禽何獨不如歸。
次懶翁韻 朴侍郎潢自號
兩色終南山，晴光漢江水。三春故國思，一曲南柯子。
燈夕感懷
四月八日瀋陽城，五人環坐雙燈明。天涯懷抱揔無賴，客裡佳辰那可度。風光不與去年似，親愛相思隔千里。長安今夜誰家會，豪俠繁華何處最。十二街頭少年場，三三五五逐隊行。紗籠銀燭爭星月，翠袖紅粧鬪羅縠。一談一笑復一杯，三更五更猶不迴。縱然不及昇平樂，絕勝他鄉未歸客。
偶吟
人生本如寄，天地亦無心。去去来来者，悠悠成古今。
曹侍御帷齋成，戲呈一絕。
看君意匠奪天工，巧鬪書帷架半窓。安得竹枝添小檻，月明閑倚夢驪江。

《清阴集》书影

次曹侍御[1]燕子来有感韵

金陵巷口旧乌衣[2]，画阁雕梁几度飞。
今日相看俱是客，蜀禽[3]何独不如归。

出处

《清阴集》，韩国首尔大学奎章阁藏1654年初刊本。

注释

1. 曹侍御：曹汉英（1608—1670），字守而，号晦谷。昌宁（今属韩国庆尚南道）人。20岁中生员试一等，游太学。朝鲜仁祖十五年，擢廷试第一名。历成均馆典籍、江原道都事、兵曹佐郎、司宪府持平。十八年冬，因被告发通明反清，与金尚宪一同被押往清都盛京。二十年春，被赦归。后累仕至京畿观察使、礼刑曹参判兼五卫都总府副总管，封夏兴君。有《晦谷集》。

2. 乌衣：指燕子。

3. 蜀禽：指杜鹃鸟，相传为蜀王杜宇所化，啼声悲切，以至喙中流血，常用杜鹃啼血形容哀痛之情。

解读

明崇祯十三年（1640，清崇德五年），被质押于清国之都盛京（即沈阳）的朝鲜世子李溰暂归省亲，改换世子嫡子入质。司宪府持平曹汉英秘密上疏，建议“宜因世子归、元孙未去时”，复通明朝，与清绝交，并条画备御之策，此举被奸细向清方告发，清廷遂下令将一贯斥和的本诗作者和曹汉英一并押抵盛京。二人虽囚于别馆，却“处困愈久，励志弥坚”，赋诗自遣，“以宣其抑塞无聊之意”。曹汉英后将他们在这一时期的诗作编为一帙，由作者撰序，并取汉使苏武被匈奴幽禁雪窖之典，命名为《雪窖酬唱集》。集中诗作今分别收入作者的《清阴集》卷十一《雪窖集》、曹汉英的《晦谷集》卷四《雪窖录》。

本诗为次韵诗，所次诗为曹汉英的《燕子来有感》：“天涯感物几沾衣，三月初看燕子飞。却恨人生不如鸟，春风好傍旧巢归。”曹诗中有“三月”云云，曹汉英赦归于崇祯十五年春，则其诗可推测创作于崇祯十四年三月，作者次韵之作也在同时。本诗将春来燕子与唐刘禹锡名篇《乌衣巷》中用以感慨今昔的燕子形象相连，痛惜鼎革之变，是对金陵意象的现实活用，比之年轻的曹汉英在诗中单纯向往自由的意境更显出胸怀家国、哀叹兴亡的历史沉重感。

［朝鲜］**赵絅**（1586—1669），字日章，号龙洲、柱峰、翯翁。谥文简。汉阳（今韩国首尔）人。朝鲜仁祖二十一年（1643），以司谏职任通信使团副使，出使日本，主张联合日本对抗后金，作《东槎录》。二十五年，任大司宪兼同知经筵。后任至判书，因力主抗清被免。孝宗时，又图谋起用，不果。最终在清使诘责的压力下，被贬至义州白马城（其址在今朝鲜平安北道）。有《龙洲遗稿》。

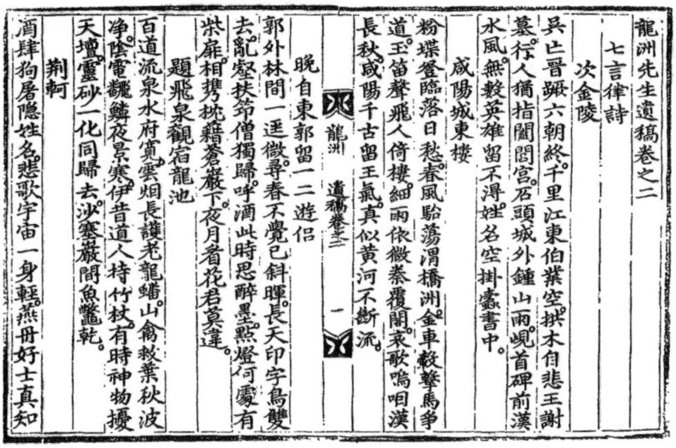
龍洲先生遺稿卷之二
七言律詩
次金陵
吳亡晋蹶六朝終。千里江東伯業空。拱木自悲王謝墓。行人猶指闔閭宮。石頭城外鍾山雨。峴首碑前漢水風。無數英雄留不得。姓名空掛蠹書中。
咸陽城東樓
粉堞登臨落日愁。春風駘蕩渭橋洲。金車轂擊馬爭道。玉笛聲飛人倚樓。細雨依微秦覆閣。哀歌嗚咽漢長秋。咸陽千古留王氣。真似黃河不斷流。
龍洲 遺稿卷之二 一
晩自東郭留一二遊侶
郭外林間一逕微。尋春不覺已斜暉。長天印字鳥雙去。亂壑扶筇僧獨歸。呼酒此時思醉墨。點燈何處有柴扉。相携枕藉蒼巖下。夜月看花君莫違。
題飛泉觀宿龍池
百道流泉水府寬。雲烟長護老龍蟠。山禽救葉秋波淨。陰電飜鱗夜景寒。伊昔道人持竹杖。有時神物攫天壇。靈砂一化同歸去。沙塞巖間魚鱉乾。
荆軻
酒肆狗屠隱姓名。悲歌宇宙一身輕。燕丹好士真知

《龙洲遗稿》书影

次金陵

吴亡晋蹶六朝终，千里江东伯[1]业空。
拱木自悲王谢墓，行人犹指阖闾宫[2]。
石头城外钟山雨，岘首碑[3]前汉水风。
无数英雄留不得，姓名空挂蠹书中。

出处

《龙洲遗稿》，韩国民族文化推进会编“韩国文集丛刊”第九十辑影印国立中央图书馆藏1703年初刊本。

注释

1. 伯：通“霸”。

2. 阖闾宫：吴王阖闾的宫殿，左思《吴都赋》曾以“阐阖闾之所营，采夫差之遗法”描述建业宫殿，故以此借指六朝台城。

3. 岘首碑：位于今湖北襄阳南之岘山。晋襄阳太守羊祜有爱民政绩，当地百姓遂于其平生游憩之所建碑立庙，岁时祭祀。因望其碑者莫不流涕，又称堕泪碑。

解读

检作者诗集，未见有燕行诗作，其生平仕履中也暂未发现出使中国的记载。本诗不知是次韵何人之作。对于精通汉诗文的朝鲜士人，金陵是知名度很高的中国古城，为其诗中常见主题。作者诗中用典准确，显见其对于金陵史事相当熟悉。

清朝·民国编

Qing Dynasty and the Republic of China

［朝鲜］李瑞雨（1633—1709），字润甫、休征，号松谷、松坡、瓘溪、溪翁。羽溪（今属韩国江原道）人。南人党成员，近畿南人学门的宗匠。清康熙十五年（1676），以书状官随正副使赴北京。后曾任嘉善大夫、大司谏、都承旨、咸镜道观察使兼兵马水军节度使、巡察使、咸兴府尹、工曹参判兼艺文馆提学等。有《松坡集》《康史》《苌山后志》《东莱胜览书后志》。

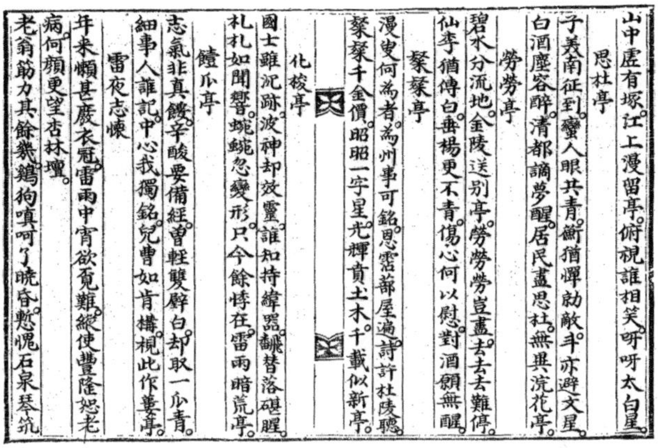

山中虛有塚，江上漫留亭。俯視誰相笑，呀呀太白星。
思杜亭
子美南征到，蠻人眼共青。銜猶嘽勍敵，手亦避文星。
白酒塵容醉，清都謫夢醒。居民盡思杜，無異浣花亭。
勞勞亭
碧水分流地，金陵送別亭。勞勞勞豈盡，去去去難停。
仙李猶傳白，垂楊更不青。傷心何以慰，對酒願無醒。
粲粲亭
漫叟何為者，為州事可銘。恩霑部屋遍，詩許杜陵聽。
粲粲千金價，昭昭一字星。光輝賁土木，千載似新亭。
化被亭
國士雖沉跡，波神却效靈。誰知持緯罟，飜替落礁腥。
札札如聞響，蜿蜿忽變形。只今餘埒在，雷雨暗荒亭。
饋瓜亭
志氣非真餓，辛酸要備經。曾輕雙璧白，却取一瓜青。
細事人誰記，中心我獨銘。兒曹如肯構，視此作蔞亭。
雷夜志懷
年來懶甚廢衣冠，雷雨中宵欲覓難。縱使豐隆怒老
病，何頻更望杏林壇。
老翁筋力其餘幾，鷄狗嗔呵了曉昏。慙愧石泉琴筑

《松坡集》书影

劳劳亭

碧水分流地，金陵送别亭。

劳劳劳岂尽，去去去难停。

仙李[1]犹传白[2]，垂杨更不青。

伤心何以慰，对酒愿无醒。

出处

《松坡集》，韩国延世大学中央图书馆藏写本影印本。

注释

1. 仙李：据晋葛洪《神仙传》，老子生于李树下，“生而能言，指李树曰：‘以

此为我姓。’”后李姓繁衍繁盛，号称“仙李蟠根”。

2. 白：诗仙李白。

解读

劳劳亭在金陵城南十五里的劳劳山（今菊花台一带冈垄）上，自古为送别之所，孙吴始建，六朝时先后名为望远楼、临沧观。李白有五绝《劳劳亭》和七古《劳劳亭歌》，使古亭之名大盛。作者以本诗致意诗仙，遣兴抒怀，因未见其有到访金陵之记载，故应该并非实地游历之作。

［朝鲜］**吴斗寅**（1624—1689），字符征，号阳谷。海州（今属朝鲜黄海南道）人。朝鲜仁祖二十六年（1648），进士发解居首，登上舍。次年，擢别试状元，例授成均馆典籍、兵礼二曹郎。屡拜司宪府持平、掌令、执义，司谏院正言、献纳、司谏，弘文馆修撰、校理。间为侍讲院司书、文学，成均馆直讲、司成，尚衣院济用监正。再兼史局，与修仁孝两庙实录。出为庆尚都事、高山察访、海运判官、北青判官、洪州牧使。显宗二年（1661），以冬至使书状官赴朝北京。八年冬，以都厅郎修理永宁殿，叙劳升通政，拜承政院同副承旨，序升至右承旨。后历光州牧使、兵曹参知、参议、承旨、同知中枢府事兼副总管、汉城府右尹、户刑二曹参判。肃宗五年（1679），以副进贺使再赴北京。后又历户参兼同知义禁府、都承旨、兵礼二参、京畿监司、工曹判书、开城留守、汉城判尹兼知义禁都总管、平安监司、知中枢府事。十五年春，拜刑曹判书。因谏废中宫被鞫问，减死，安置义州，卒于途。后谥忠贞。有《阳谷集》。

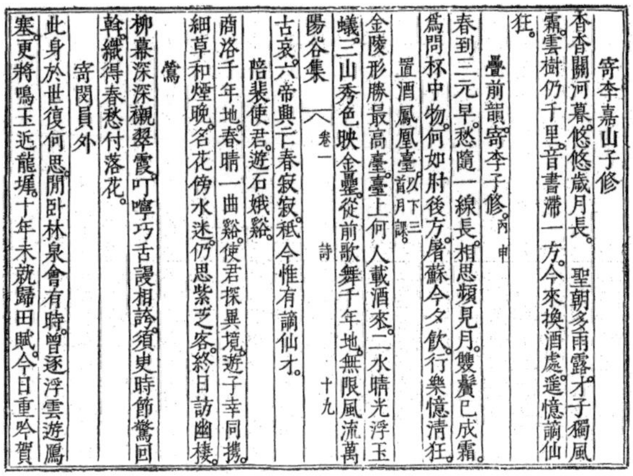
寄李嘉山子修
杳杳關河暮。悠悠歲月長。聖朝多雨露。才子獨風霜。雲樹仍千里。音書滯一方。今來換酒處。遥憶謫仙狂。
疊前韻寄李子修。丙申
春到三元早。愁隨一線長。相思頻見月。雙鬢已成霜。爲問杯中物。何如肘後方。屠蘇今夕飲。行樂憶清狂。
置酒鳳凰臺 以下三首月課
金陵形勝最高臺。臺上何人載酒來。二水晴光浮玉蟻。三山秀色映金罍。從前歌舞千年地。無限風流萬古哀。六帝興亡春寂寂。秪今惟有謫仙才。
陽谷集 卷一 詩 十九
陪裴使君遊石蛾谿
商洛千年地。春晴一曲谿。使君探異境。遊子幸同携。細草和煙晩。名花傍水迷。仍思紫芝客。終日訪幽棲。
鶯
柳幕深深襯翠霞。叮嚀巧舌謾相誇。須臾時節鶯回翰。織得春愁付落花。
寄閔員外
此身於世復何思。閒卧林泉會有時。曾逐浮雲遊鳳塞。更將鳴玉近龍墀。十年未就歸田賦。今日重吟賀

《阳谷集》书影

置酒凤凰台 以下三首月课

金陵形胜最高台，台上何人载酒来。
二水晴光浮玉蚁[1]，三山秀色映金罍[2]。
从前歌舞千年地，无限风流万古哀。
六帝兴亡春寂寂，只今惟有谪仙才。

出处

吴载维编《阳谷集》，韩国首尔大学奎章阁藏1762年芸阁活字本。

注释

1. 玉蚁：比喻酒水白沫，此处指水波浮光。

2. 金罍：黄金装饰的大型酒器。

解读

原集诗题后注称其为月课，即对学子每月例行的课试题目。朝鲜士子多学唐诗，李白有《金陵凤凰台置酒》，故学官以《置酒凤凰台》为诗题，只是李白所作为五言排律，此次月课要求为七律。作者创作时深受李白影响，“金罍”“六帝”等用词皆出自原作，“二水”“三山”则出自李白另一首七律《登金陵凤凰台》。不过作者没有游历过南京，一生也仅在清顺治十八年（1661）、康熙十八年（1679）两次出使北京，他将凤凰台称为“金陵形胜最高台”，显然是浪漫想象了。

［朝鲜］**南龙翼**（1628—1692），字云卿，号壶谷。宜宁（今属韩国庆尚南道）人。朝鲜仁祖二十四年（1646），中进士。次年参加人日试得魁。二十六年，庭试及第。历任成均馆典籍等职。孝宗六年（1655），随通信使赴日本，作纪行诗《扶桑录》。次年回国后赐暇读书。时文科重试，又状元及第。历任礼、兵、刑曹参判，成均馆大司成等。显宗七年（1666），以副使身份随谢恩兼陈奏使许绩出使清朝。后又历刑工礼曹判书、两馆大提学等。肃宗十四年（1688），任吏曹判书时，因立太子事流配咸镜道明川。四年后终于配所。后谥文宪。擅诗文、书法。曾编选古朝鲜规模最大的汉诗总集《箕雅》，收录了崔致远等四百九十名诗人的两千余首汉诗。所著有《壶谷集》《壶谷漫笔》等。

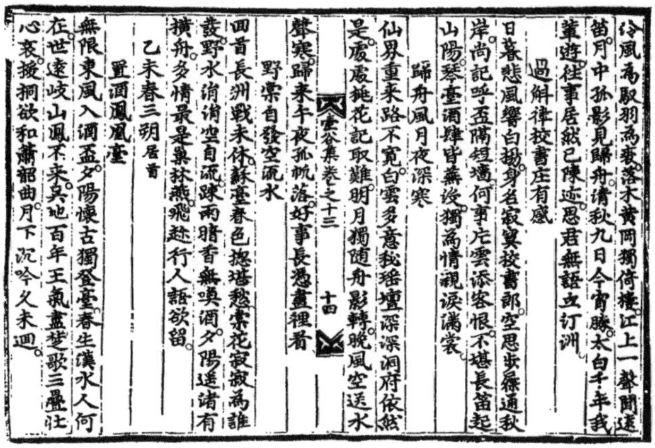
伶風為馭羽為裳落木黃岡獨倚樓江上一聲聞遠
笛月中孫影見歸舟請秋九日今宵勝太白千年我
輩遊往事居然已陳迹恩君無語立汀洲
過解律校書庄有感
日暮悲風響白楊身名寂寞校書郎空思步縣通秋
岸尚記呼盃隔短牆何事片雲添客恨不堪長笛起
山陽琴臺酒肆皆蕪沒獨為情親淚滿裳
歸舟風月夜深寒
仙界重來路不寬白雲多意我瑤壇深深洞府依然
是處處拖花記取難明月獨隨舟影轉晚風空送水
壺谷集卷之十三　十四
聲寒歸來午夜孤帆落好事長憑畫裡看
野棠自發空流水
回首長洲戰未休蘇臺春色摠堪愁棠花寂寂為誰
發野水消消空自流踈雨晴香無嗅酒夕陽送諸有
橫舟多情最是巢林燕飛趁行人語欲留
乙未春三朔 居昔
置酒鳳凰臺
無限東風入酒盃夕陽懷古獨登臺春生漢水人何
在世遠岐山鳳不來吳地百年王氣盡楚歌三疊壯
心哀援桐欲和簫韶曲月下沉吟久未迴

《壶谷集》书影

置酒凤凰台

无限东风入酒杯，夕阳怀古独登台。
春生汉水人何在，世远岐山[1]凤不来。
吴地百年王气尽，楚歌三叠壮心哀。
援桐[2]欲和箫韶[3]曲，月下沉吟久未回。

出处

《壶谷集》，韩国首尔大学奎章阁藏1695年刊本。

注释

1. 岐山：在今陕西岐山县境。《国语·周语》称“周之兴也”，凤鸣于此。

2. 援桐：指持琴。古以桐木制琴，故以桐代称琴。

3. 箫韶：古乐之名。《尚书·益稷》：“《箫韶》九成，凤皇来仪。”

解读

本诗作于朝鲜孝宗六年正月初一。时朝鲜常在四季首日课试文臣的诗文水平，作者的成绩极为优异，屡次不是居首就是名列第二。是次课试有五首诗题，他获得居首名次，源自李白诗题的《置酒凤凰台》是其中第一首，另外《泛江送客》一诗与杜甫诗同题，《南楼纵目初》则源自杜甫《登兖州城楼》中的诗句。作者为朝鲜古代著名诗人，尤以擅攻唐诗闻名，最推崇的就是李白、杜甫，称“慕其格调，思其气力”，故能以此力拔课试头筹。

［朝鲜］**金万基**（1633—1687），字永叔，号瑞石，又号静观轩。光山（今属韩国光州）人。西人党大臣。朝鲜孝宗三年（1652），中生员进士。翌年十一月，擢别试乙科，选补承文院权知副正字。历任大司成、参议、承旨、副提学等。显宗十二年（1671），其女成为世子妃（即肃宗王妃），遂升拜礼曹参判。后累擢兵曹判书，兼知春秋馆事、军器寺提调、知经筵事等。肃宗即位，例升领敦宁府事，封光城府院君，并解兵部。旋兼都总管、扈卫大将、典牲署提调，俄兼总戎使。肃宗七年（1681）春，除训练大将，协助清洗南人党，为首的领议政许积与宗室李柟、李桢等都被杀或赐死。卒，赠领议政。有《瑞石集》。

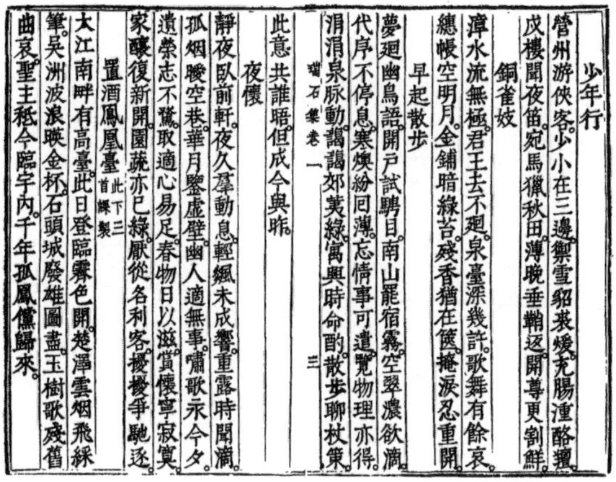
少年行
營州游俠客，少小在三邊。禦雪貂裘煖，充腸湩酪羶。戍樓聞夜笛，宛馬獵秋田。薄晚垂鞘返，開尊更割鮮。
銅雀妓
漳水流無極，君王去不廻。泉臺深幾許，歌舞有餘哀。繐帳空明月，金鋪暗綠苔。殘香猶在篋，掩淚忍重開。
早起散步
夢廻幽鳥語，開戶試騁目。南山罷宿霧，空翠濃欲滴。代序不停息，寒燠紛回薄。忘情事可遣，覽物理亦得。涓涓泉脉動，藹藹郊芙綠。寓興時命酌，散步聊杖策。
瑞石集卷一 三
此意共誰晤，但成今與昨。
夜懷
靜夜臥前軒，夜久羣動息。輕飆未成響，重露時聞滴。孤烟暧空巷，華月鑒虛壁。幽人適無事，嘯歌永今夕。遺榮志不驚，取適心易足。春物日以滋，賞懷寧寂寞。家釀復新開，園蔬亦已綠。厭從名利客，擾擾爭馳逐。
置酒鳳凰臺 此下三首課製
大江南畔有高臺，此日登臨霽色開。楚澤雲烟飛綵筆，吴洲波浪暎金杯。石頭城廢雄圖盡，玉樹歌殘舊曲哀。聖主秪今臨宇內，千年孤鳳儻歸來。

《瑞石集》书影

置酒凤凰台 此下三首课制

大江南畔有高台，此日登临霁色开。
楚泽云烟飞彩笔，吴洲波浪映金杯。
石头城废雄图尽，玉树歌残[1]旧曲哀。
圣主只今临宇内，千年孤凤傥归来。

出处

金万重编《瑞石集》，韩国首尔大学奎章阁藏1701年活字本。

注释

1. 玉树歌残：袭用唐代诗人许浑《金陵怀古》“玉树歌残王气终”之句。

解读

原书在此诗后注明“此下三首课制”，即课试中要求完成的诗作，其题目一般出自唐诗。本诗与吴斗寅、南龙翼同题诗一样，诗题都源自李白的《金陵凤凰台置酒》。除本诗外，作者集中还有《陪裴使君游石娥溪》，吴斗寅《阳谷集》也有此诗，显然都是属于课试之作，诗题则源于李白的《春陪商州裴使君游石娥溪》。

［朝鲜］李玄锡（1647—1703），字夏瑞，号游斋。谥文敏。全州完山（今属韩国全罗北道全州市）人。文科及第。肃宗元年（1675），任职工曹舟桥司。后入值禁中。七年，忤时议，由校理出补银溪邮。八年，为右承旨，被贬窜铁原。翌年正月，即蒙恩赦。十三年，任骑省参议。十四年，移安东府，拜大司宪、都承旨、工曹参判，以病不赴京。十五年，移拜庆尚监司。十八年，移任春川府。二十年为撰修《明史纲目》，辞京职，出宰清风郡（今属韩国忠清北道）。二十二年，移拜都宪。次年，还京闲居。二十四年，宰鹤城郡（今朝鲜咸镜北道金策市）。后任嘉善大夫、礼曹参判兼五卫都总府副总管，以及资宪大夫、吏曹判书等。有《明史纲目》《游斋集》。

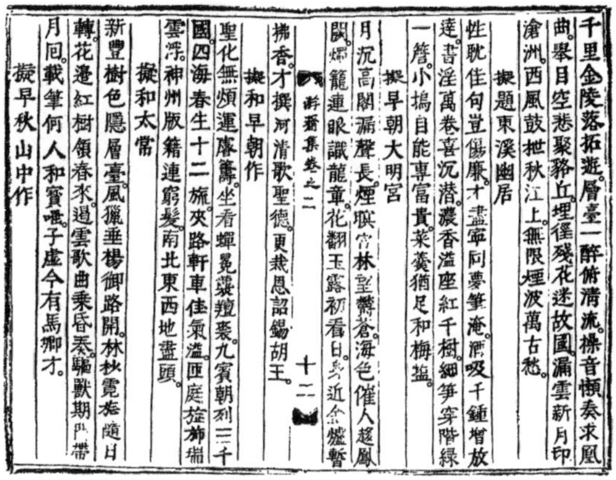
千里金陵落拓遊。層臺一醉俯清流。操音懶奏求凰
曲。舉目空悲聚貉丘。埋徑殘花迷故國。漏雲新月印
滄洲。西風鼓枻秋江上。無限烟波萬古愁。
擬題東溪幽居
性耽佳句豈傷廉。才盡[illegible]同夢筆淹。[illegible]吸千鍾增放
達。書淫萬卷喜沉潛。濃香溢座紅千樹。細筝穿階綠
一簷。小鳩自能專富貴。菜羹猶足和梅鹽。
擬早朝大明宮
月沉高閣漏聲長。煙暝宮林望鬱蒼。海色催人趨鳳
闕。[illegible]籠連眼識龍章。花翻玉露初看日。[illegible]近[illegible]爐暫
拂香。才撰河清歌聖德。更裁恩詔錫胡王。
游齋集卷之二　十二
擬和早朝作
聖化無煩運廟籌。坐看蠻[illegible]奏。九賓朝列三千
國。四海春生十二旒。夾路軒車佳氣溢。匝庭旌旆瑞
雲浮。神州版籍連窮髮。南北東西地盡頭。
擬和太常
新豐樹色隱層臺。風獵垂楊御路開。林杪霓旌隨日
轉。花邊紅樹領春來。過雲歌曲乘昏奏。騶獸期[illegible]帶
月回。載筆何人和寶唾。子虛今有馬卿才。
擬早秋山中作

《游斋集》书影

拟登金陵凤凰台

千里金陵落拓游，层台一醉俯清流。
操音懒奏求凰曲[1]，举目空悲聚貉丘。
埋径残花迷故国，漏云新月印沧洲[2]。
西风鼓枻秋江上，无限烟波万古愁。

出处

《游斋集》，韩国首尔大学奎章阁藏活字本。

注释

1. 求凰曲：司马相如为卓文君所奏之曲，其辞有“凤兮凤兮归故乡，游遨四海求其凰”等句。

2. 沧洲：水边之地。

解读

本诗收录于《游斋集》卷二《舟桥录》，大约作于朝鲜肃宗元年至六年间。作者在这一时期喜拟唐人律诗以消遣，《舟桥录》所辑约有二十首，所拟者如杜审言《春日京中有怀》、李白《题东溪公幽居》、李郢《江亭晚望》及王维《和贾舍人早朝大明宫之作》《早秋山中作》《酌酒与裴迪》等。本诗拟李白七律名篇《登金陵凤凰台》，同样押尤韵。

［朝鲜］朴泰淳（1653—1704），号东溪。罗州潘南（今属韩国全罗南道）人。曾任刑曹参议、广州府尹、大司谏、承旨、大司成知制教等职。有《东溪集》。

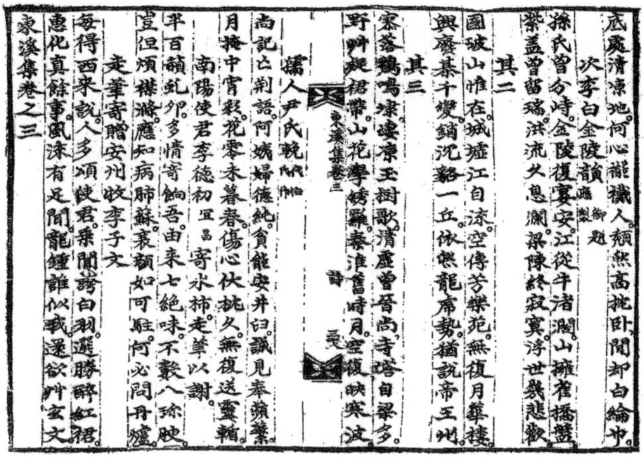
底處清涼地。何心護識人。頹然高枕臥。閒却白綸巾。
次李白金陵韻 應製 御題
孫氏曾分峙。金陵復宴安。江從牛渚闊。山擁雀橋盤。
紫蓋曾留瑞。洪流久息瀾。梁陳終寂寞。浮世幾悲歡。
其二
國破山惟在。城墟江自流。空傳芳樂苑。無復月華樓。
興廢棋千變。銷沉貉一丘。依然龍虎勢。猶說帝王州。
其三
寒落鷄鳴埭。凄凉玉樹歌。清虛曾晉尚。寺塔自梁多。
野艸疑裙帶。山花學綺羅。秦淮舊時月。空復映寒波。
東溪集卷三
孺人尹氏挽 代作
尚記亡剃語。阿姨婦德純。貧能安井臼。誠見奉蘋蘩。
月掩中宵彩。花零未暮春。傷心伏桃久。無復送靈輴。
南陽使君李德初 宜昌 寄水柿。走筆以謝
半百饑虬卵。多情寄餉吾。由來七絶味。不數八珍腴。
豈但煩襟滌。應知病肺蘇。衰顏如可駐。何必問丹爐。
走筆寄贈安州牧李子文
每得西來說。人多頌使君。乘閒誇白羽。選勝醉紅裙。
惠化真餘事。風流有足聞。龍鍾誰似我。還欲艸玄文。
東溪集卷之三

《东溪集》书影

次李白金陵韵御题应制（三首）

孙氏[1]曾分峙，金陵复宴安[2]。
江从牛渚[3]阔，山拥雀桥[4]盘。
紫盖曾留瑞，洪流久息澜。
梁陈终寂寞，浮世几悲欢。

其二

国破山惟在，城墟江自流。
空传芳乐苑[5]，无复月华楼[6]。
兴废棋千变，销沉貉一丘[7]。
依然龙虎势[8]，犹说帝王州。

其三

寥落鸡鸣埭[9]，凄凉玉树歌。
清虚[10]曾晋尚[11]，寺塔自梁多。
野草疑裙带，山花学绣罗。
秦淮旧时月，空复映寒波。

出处

《东溪集》，韩国首尔大学奎章阁藏1736年初刊本。

注释

1. 孙氏：指孙吴皇室之姓。

2. 宴安：逸乐。

3. 牛渚：长江下游要津，位于今安徽马鞍山。

4. 雀桥：朱雀桥。

5. 芳乐苑：南朝齐废帝萧宝卷以阅武堂改建的苑囿。

6. 月华楼：指陈后主陈叔宝新建的宫殿楼台。唐代李商隐《陈后宫》有“还依水光殿，更起月华楼”。

7. 貉一丘：指没有差别，同一类。

8. 龙虎势：龙盘虎踞之形势。

9. 鸡鸣埭：传说齐武帝出宫至此，鸡始鸣，故名。有两处，一在玄武湖北，巡幸琅邪城过此；一在青溪募士桥西南的城北堑附近，赴钟山射雉过此。

10. 清虚：清净虚空。道家之语，见《文子·自然》：“老子曰：‘清虚者天之明也，无为者治之常也。’”

11. 晋尚：晋朝的风尚。

解读

本诗为朝鲜国王亲自出题，次李白《金陵三首》，即分别押寒、尤、歌韵，作者应命而作。自唐代以来，以怀古为主要特点的金陵意象成为中国传统诗歌的吟诵主题，这一文化现象同样影响到盛行汉诗的邻国朝鲜，并成为上层文坛诗赋较艺的重要题目。

［朝鲜］**崔锡恒**（1654—1724），字汝久，号损窝、遁窝。谥忠简、文正。全州完山（今属韩国全罗北道全州市）人。官宦世家。朝鲜肃宗五年（1679）中进士。累升至持平，兼东学教授、校书校理。十五年，始荐入玉堂，拜副修撰。后历县令、郡守、监司、开城留守，四任大司谏，拜右尹、都承旨等，又拜吏曹参判者四、大司宪者三、大司成者再、提学者一、副提学者再。三十四年，特旨授刑曹判书。次年改吏判，后历迁刑、兵、户、礼曹判书及左、右参赞，拜判义禁，兼宗簿提调、承文提调、知经筵、内资提调、右宾客、典牲提调、奉常提调等，还曾任京畿监司、江华留守等。四十六年，景宗即位，又拜弘文提学，知春秋，判义禁，承文提调。景宗元年（1721），移拜吏曹判书，旋除左参赞。十二月，授兵判。未数日，升拜右相。三年，升左议政，兼世弟傅、奉常、司瓮都提调。次年，因痢疾去世。有《损窝遗稿》十三卷。

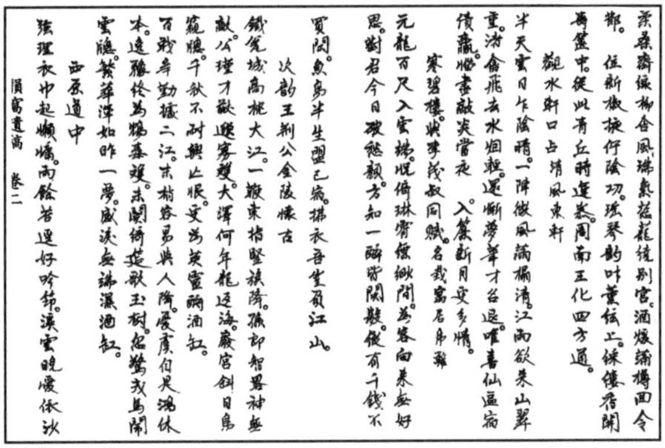
[illegible]
觀水軒口占 [illegible]
半天雲日乍陰晴。一陣微風滿檻清。江雨欲來山翠重。渚禽飛去水烟輕。還嫌夢筆才名退。唯喜仙區宿債贏。惱盡欲炎當夜入。簾新月更多情。
寒碧樓。[illegible]同賦。[illegible]
元龍百尺入雲梯。[illegible]
次韻王荆公金陵懷古
鐵瓮城高枕大江。一鞭東指竪旗降。孫郎智略神無敵。公瑾才猷邈寡雙。大澤何年龍返海。廢宮斜日鳥窺窗。千秋不耐興亡恨。更為英靈酹酒缸。
百戰辛勤據二江。末梢容易與人降。[illegible]
西原道中
[illegible]
損窩遺稿　卷二

《损窝遗稿》书影

次韵王荆公金陵怀古（二首）

铁瓮城高枕大江，一鞭东指竖旗降。
孙郎智略神无敌，公瑾才猷邈寡双。
大泽何年龙返海，废宫斜日鸟窥窗。
千秋不耐兴亡恨，更为英灵酹酒缸。

百战辛勤据二江[1]，末梢容易与人降。

忧虞自是鸿休[2]本，逸豫终为鸩毒双。
未阕[3]绮筵歌玉树，忽惊戎马闹云窗。
繁华浑如昨一梦，感泪无端湿酒缸。

出处

《损窝遗稿》，韩国国史编纂委员会藏1933年朝鲜总督府朝鲜史编修会誊写本。

注释

1. 二江：王安石《金陵怀古》有“霸祖孤身取二江”，大体相当于宋时的江南东路、江南西路辖域。

2. 鸿休：大业宏图。

3. 阕：停止。

解读

创作年代不详。王安石的《金陵怀古》影响远及海外，屡有次韵者。

［安南］丁儒完（1671—1716），字存朴，号默翁，驩州香山安邑（今属越南中部的河静省）人。后黎朝正和二十一年（1700）庚辰科二甲进士。历官尚宝寺卿、工部右侍郎。黎裕宗永盛十一年（1715，清康熙五十四年）正月，作为岁贡副使，随户部左侍郎阮公基、太仆寺卿黎英俊及另一位副使吏科给事中阮茂盎出使清朝。同年秋，抵南京。年底，至北京。次年在北京城外病逝。追赠吏部左侍郎。后其女婿工科给事中阮仲常将其出使诗文汇编为《默翁使集》，并加以注释。集内作品主要反映了作者所见的中国山川风物和人文风情。

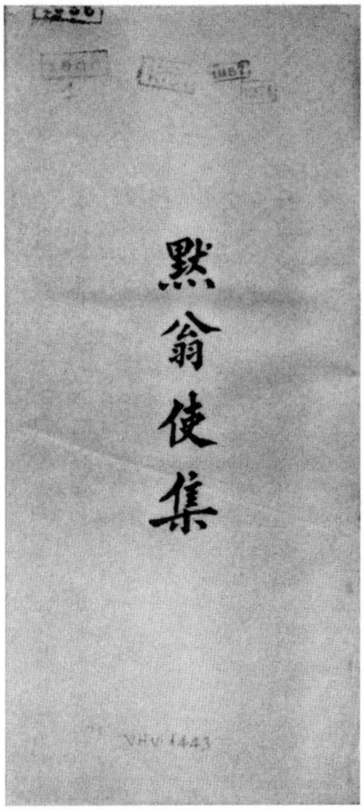

《默翁使集》书影

过南京题报恩塔

缓步初层透九层，一层浩气一蒸蒸。
育王[1]生意三乘[2]会，永乐[3]婆心[4]百尺凌。
身倚白云疑岛客，衣飘乱絮学闲僧。
明朝宝器渠孤在，蜀马堪休叫替兴[5]。

出处

阮仲常编注《默翁使集》，越南汉喃研究院藏永盛十三年（1717）钞本。

注释

1. 育王：阿育王。古印度孔雀王朝著名国王，建立了从孟加拉湾到兴都库什山脉的庞大帝国，晚年皈依佛教，曾建八万四千座佛舍利塔。

2. 三乘：小乘、中乘、大乘，泛指佛法。

3. 永乐：指明成祖朱棣，年号永乐。

4. 婆心：慈悲善心。

5. 替兴：兴亡。

解读

本诗作于清康熙五十四年秋。清朝前期，安南贡使与明朝时路线相同，由广西入境，穿越湖南，沿长江下行至南京，再由扬州进入大运河，直抵北京。其路线遍行九省，跨越几乎半个中国，而南京是其往返必经的城市。作者《楚天秋思词》诗序言“仲秋九江月下题”，《过金陵赋五言长篇八十言》又云“季秋在江南题”，故其抵达南京之时当在秋季。

明初对朝贡使节的活动有严格限制，不能随意外出和与人交往，后逐渐弛禁。清代显然更加开放，使节可以沿途游览名胜、访朋问友。这些使臣在南京期间，一般都会寻访著名的大报恩寺塔，甚至留下吟咏文字。民国张惠衣编撰《金陵大报恩寺塔志》，集诗百余首，搜罗极富，堪称大全，但这类域外诗篇惜未留意，可补其阙。关于大报恩寺塔的西方文献多受世人瞩目，述及其海外影响往往以欧美为中心，而中国周边地区的文献资料则少有发掘，古代越南属于东亚汉文化圈的重要区域，其视角尤为珍贵。

赠锦堂大顺店客

韬光晦蕊士之商，说到陶朱[1]带笑看。
双栋紫红新富贵，十朋[2]宝贝旧门墙。
闲敲豪韵非凡骨，日接佳宾有妙方。
谁是尘中卿相辨，龙云大会任舒藏[3]。

出处

阮仲常编注《默翁使集》，越南汉喃研究院藏永盛十三年（1717）钞本。

注释

1. 陶朱：越大夫范蠡别称。《史记·货殖列传》载，范蠡“变名易姓，适齐为鸱夷子皮，之陶为朱公。……乃治产积居。……十九年之中三致千金”，故富者皆称陶朱公。

2. 十朋：十朋之龟。《尔雅》："十朋之龟者，一曰神龟，二曰灵龟，三曰摄龟，四曰宝龟，五曰文龟，六曰筮龟，七曰山龟，八曰泽龟，九曰水龟，十曰火龟。"古人以这十类龟占卜决疑，故为大宝神物。

3. 舒藏：舒卷、行藏，指人物进退。晋潘岳《西征赋》："孔随时以行藏，蘧与国而舒卷。"

解读

本诗作于清康熙五十四年秋。锦堂大顺店（当为锦坊大顺店，详见《赠金陵诗翁马几先》诗的解读）当为旅舍。作者住宿于此，在店中巧遇一气质非凡的儒商，与之谈史赋韵，交谈甚欢，遂有赠诗。

游长生庵

和尚名心月。

长生生意[1]与春偕，花草双方锦半裁。
衔果禽回分叶荫，曝经院静许风开。
景非泉石宽猿怨，阁近云霄便月来。
咒钵僧闲虬树倚，袈裟懒整扫苍苔。

出处

阮仲常编注《默翁使集》，越南汉喃研究院藏永盛十三年（1717）钞本。

注释

1. 生意：生机。

解读

本诗作于清康熙五十四年。据诗集编次，为金陵诸诗中的第三首。在多部知名的清代南京文献中，未见康熙年间有关于长生庵的记载。若原诗集编次无误，则可补史料之阙。

赠金陵诗翁马几先

他有诗声。遇陪臣于大顺锦妨[1]，他求佳作，因直笔写出二首。

松虬梅瘦共徘徊，大丈[2]吾徒志气偕。
诗后数卮心事白，月中千里故人来。
藏名闲逸君真哲，浮世焦劳我不才。
既觏为光何等乐，阳关别后倒吟怀。

金陵才子非吾子，海外闲人是故人。
格律新清唐子美[3]，仪容雅重宋希文[4]。
逢君我亦奇千载，爱我君无惜一嚬。
别后相思谁解语，临诗应动少游中。

出处

阮仲常编注《默翁使集》，越南汉喃研究院藏永盛十三年（1717）钞本。

注释

1. 妨：有学者认为此字误书，当为“坊”。乾隆初年途经金陵的越南使节阮宗室在《使程诗集》中记载其住所为锦坊奎兴店，可知锦坊确有其处。南京历代方志文献未见有关“大顺锦坊”或“锦坊”的记载，但宋元以来皆记有东、西锦绣坊，则锦坊当是锦绣坊的省称。前录诗题中的“锦堂大顺店”，疑“堂”本为“坊”字，“大顺锦坊”也即“锦坊大顺店”。

2. 大丈：大丈夫。

3. 唐子美：唐代杜甫，字子美。

4. 宋希文：宋代范仲淹，字希文。

解读

本诗作于清康熙五十四年秋。马几先，字祖修，一字秋田，号香林，晚号天阙山樵。江宁人，居孝侯台（即周处读书台）侧。雍正初举贤良方正，力辞不就。曾以诗游京师，为多罗勤郡王岳端（号红兰主人）幕客，极受王士祯所重，赞其诗“幽远冲淡”。著有《敦好堂集》。《金陵通传》载，上元人哈理（字绍亭）因酷爱其诗，

“尝写数十本以赠人”，称：“吾无力付梓，藉此流传，庶几不泯。”据诗文，作者与其为故人旧识，别后重逢，或许是马氏曾随清使赴安南，遂种下因缘。

访诗画清客[1]陶文度

他于丁丑年[2]与邓少傅[3]有故旧,我访他。

知音数次访知音，既是知音讨此心。

汉海乘槎[4]人万里，剡溪泛碧[5]谊千金。

鹤翔赤壁[6]浓君兴，月淡临皋[7]滞我吟。

十九年前诗话在，旧情恋恋感人深。

出处

阮仲常编注《默翁使集》，越南汉喃研究院藏永盛十三年（1717）钞本。

注释

1. 清客：因擅长诗文书画等艺能，被人罗致为门客者。

2. 丁丑年：康熙三十六年（后黎正和十八年）。

3. 邓少傅：邓瑞（1649—1735），字廷相，号祝翁。后黎朝大臣，官至太傅。

4. 汉海乘槎：汉即星汉、天河，槎即木筏。典出晋代张华《博物志》云：“天河与海通。近世有人居海渚者，每年八月有浮槎去来，不失期，人有奇志，立飞阁于槎上，多赍粮，乘槎而去。”安南滨海，出使天朝上国如同泛海通天，故比喻奉使。

5. 剡溪泛碧：剡溪位于浙江绍兴嵊州境内。典出《世说新语·任诞》：“王子猷居山阴，夜大雪，……忽忆戴安道，时戴在剡，即便夜乘小船就之。经宿方至，造门不前而返。人问其故，王曰：‘吾本乘兴而行，兴尽而返，何必见戴？’”此处借指访友。

6. 鹤翔赤壁：典出苏轼谪居黄州所作《后赤壁赋》，文中写孤鹤飞鸣，梦化道士，寄托对于高隐世外的思慕之情。壁，原书误作“璧”。

7. 月淡临皋：黄州城南的江畔矶石上有临皋亭，亭后建水驿馆，苏轼在黄州时寓居于此，曾作名篇《临江仙·夜归临皋》。

解读

本诗作于清康熙五十四年秋。作者自称与邓瑞“义兼父子”（《忆中勇少傅邓尊台回诗呈上》一诗中有此语），故特地留意访问其早年出使清朝时相交的友人。陶文度因与邓瑞交游唱酬，结下深谊，虽相隔十九年仍保留有当年诗作，让作者油然生发“旧情恋恋感人深”的欣羡之情。

题燕子矶

寓言燕思明德，不肯降清。

闻道初阳[1]有燕山，为谁飞向止江干。
苔毛润泽风难落，石骨崚嶒雪不寒。
久宿金陵蒙卵翼，肯翔沙漠愧眉颜。
江湖饮啄非渠志，本俟河清[2]展翅搏。

出处

阮仲常编注《默翁使集》，越南汉喃研究院藏永盛十三年（1717）钞本。

注释

1. 初阳：冬至至立春。
2. 河清：黄河水清，形容天下升平。

解读

本诗作于清康熙五十四年秋。燕子矶位于观音门外，为金陵名胜，与采石矶和城陵矶并称长江三大矶。因三面临江，其形如燕，故得名。诗题小注点明了作者的创作本意。燕子为秋去春归南北迁徙的候鸟，诗以燕子矶为喻，言其因思金陵旧都的卵翼之德，飞止江干，退处江湖，静待河清之时再展翅高飞。作者因外国使节的他者身份，可以比较自由真实地表达对明清易代的内心情感。安南黎朝为明代始封的藩国，且长期深受儒家忠义文化的熏陶，入主中原的清朝又是原本同为藩属的女真部落，纠葛之下自然更多地表现出怀念明朝的立场倾向。

金陵怀古

金陵金镇[1]古名区，金气[2]淋漓几度秋。
民物已移新习尚，簪缨[3]不似旧风流。
莫愁湖窗鸦啼月，麾扇滩[4]凄薛渡楼。
天堑险存双谢[5]去，谁医百万马鞭投[6]。

出处

阮仲常编注《默翁使集》，越南汉喃研究院藏永盛十三年（1717）钞本。

注释

1. 金镇：犹金城。

2. 金气：指金陵天子气。

3. 簪缨：官员冠饰，借指显贵。

4. 麾扇滩：麾扇渡，为六朝古迹。西晋末，丹阳内史顾荣讨伐叛据建业的陈敏，断桥聚舟于南岸，使陈军不能济渡，“麾以羽扇，其众溃散”，故名。《景定建康志》称该渡在朱雀航之左，据其下文“考证”，顾荣等“断桥，尽收船于淮水南。敏自出军，临大航（即朱雀航）岸”，则其应属秦淮河渡口。元《至正金陵新志》提及阴山运粮河（即今南河）有毛公渡。明《一统志》称麾扇渡“一名毛翁渡，……今为瓦屑坝”。后世文献率皆以毛公渡、毛扇渡等指称古麾扇渡，清《金陵待征录》还推测毛公渡是因字形而讹。据民国地图，其址大体在今南河兴隆大街至梦都大街段。南河为古夹江孑遗，六朝时不可能常设浮桥，故疑顾荣麾扇处本在秦淮南岸，南河毛公渡当为后世附会。

5. 双谢：指击败苻坚赢得淝水之战的晋军指挥谢安、谢石兄弟，时丞相谢安负责总统诸军，其弟谢石为前敌主帅。

6. 百万马鞭投：前秦皇帝苻坚召集群臣商议渡江伐晋，认为长江天险不足为虑，其百万大军可投鞭断流。

解读

本诗作于清康熙五十四年秋。南京为六朝古都，安南在六朝时为其所辖之交州，作者熟稔中国历史文化，对南京的六朝典故如数家珍。除了注释已经说明的顾荣麾扇、二谢破前秦、苻坚投鞭断流，六朝乐府中的莫愁女因宋人诗词名篇已多将其与金陵相联系，故明朝时石城门外的大湖被称为莫愁湖，以附会“莫愁在何处，莫愁石城西”的诗句。

晚访南京古城

携仆扶藜访古城，晖斜钟晚苦余情。
谯楼春去杨烟泊，画角秋深戍梦惊。
洪武藩翰[1]云一翠，崇祯弓马月三更。
林园花草嗟蕉鹿[2]，夜夜长江暗咽鸣。

出处

阮仲常编注《默翁使集》，越南汉喃研究院藏永盛十三年（1717）钞本。

注释

1. 藩翰：指护国重臣或藩国。

2. 蕉鹿：指梦幻。典出《列子注》，原文曰：“郑人有薪于野者，遇骇鹿，御而击之，毙之。恐人见之也，遽而藏诸隍中，覆之以蕉。不胜其喜。俄而遗其所藏之处，遂以为梦焉。”

解读

本诗作于清康熙五十四年秋。作者留下的使行诗文，尤其是与南京相关的十余首诗中，可以明显感受到他对明清易代深感遗憾，常常流露出恋明情绪，甚至直称清朝为胡。本诗诗题“古城”二字，就其内容而言其实仅指明代旧都，不涉诗家惯常感怀的六朝。诗中提及的“洪武”和“崇祯”分别是明代开国和亡国年号，“蕉鹿”“咽鸣”更是深深寄托着伤古忧思和情感认同，体现了作者受汉文化影响之深。他在遗民情结深厚的前朝旧都南京与王蓍、陶文度、马几先等布衣文士多有交往，不谓无因。

过金陵赋五言长篇八十言

季秋在江南题

金陵今乐土，扬域[1]古名区。
金镇谁欺楚[2]，畿营剑自吴[3]。
齐陈新爽垲[4]，洪武夙涵濡[5]。
百里楼台敞，十三门阙[6]纡。
踞蟠天险堑，形胜地华腴。
钟麓红云搭[7]，扬江[8]碧练铺。
鸡鸣传左氏[9]，牛首拥门枢[10]。
地肺[11]茅山峙，仙踪玉观留。
莼[12]青千里浦，柳绿莫愁湖。
古渡歌桃叶[13]，阳楼[14]爽竹蒲。
齐针[15]纤玉手，窅舞宛巴俞[16]。
笔驿[17]江淹梦，舟湖李白游。
花园存朴趣，乌巷簇绅儒。
世事相亨蹇[18]，人谋伏觊觎。
江宁成弃土，沙漠徙皇都。
天下惟知汉，华中忽已胡[19]。
风流人不古，火瑞[20]日昏朱。
亨到人多智，机违世自愚。
辰还疑橹穴[21]，天未欲唐虞。
云暗千山暮，谁思万姓苏。
黄流龙笔[22]馁，乔木世臣[23]枯。
芳乐园[24]斜月，临春阁[25]噪鸪。
灵和烟柳[26]落，御苑雪梅癯。

碧心长干渡[27]，苍萋白鹭洲。
驿空存大胜[28]，王不复三驱[29]。
桀黠苻坚有，撑持谢石无。
新亭[30]非昔异，周顗举眸殊。
龙去长江寂，矶寒燕子孤。
堪怜新习尚，虚负古城郛。
笛步[31]萋青草，花台[32]倚碧梧。
群俭[33]苛倍虎，百姓苦于荼。
满地昏风刮，何辰旭日旴[34]。
张旌琴剑往，吊古杖藜扶。
申信怀私觌[35]，宾王[36]愧滥竽。
观光情老草[37]，怀旧武[38]踌躇。
百虑生千感，十夷还五须。
黍离[39]章碍赋，圭贽[40]马偏瘏[41]。
水驿飘孤叶，大仓[42]才一浮。
秋深愁雁影，江暝慰渔罛[43]。
得丧饶今古，青山不负吾。

出处

阮仲常编注《默翁使集》，越南汉喃研究院藏永盛十三年（1717）钞本。

注释

1. 扬域：扬州之域。扬，原书作杨，古同“扬”，故唐宋以前扬州写作杨州。

2. 金镇谁欺楚：指楚王埋金镇王气。

3. 畿营剑自吴：春秋时吴国产名剑，《周礼·考工记》将其与郑之刀、宋之斤、鲁之削并称，铸剑师干将即吴人。

4. 爽垲：宽爽干燥之地。

5. 涵濡：浸润。

6. 十三门阙：明代十三座都城城门。

7. 搭：交接。

8. 扬江：扬子江，原书作“杨”。

9. 鸡鸣传左氏：鸡鸣，即鸡鸣山、鸡笼山，今称北极阁。左氏，即《左氏春秋》。南朝宋元嘉中，立儒学，命雷次宗开士林馆于鸡鸣山。萧道成（齐高祖）就学，受《三礼》及《左氏春秋》。

10. 牛首拥门枢：牛首，牛首山。门枢，门户。牛首山古称天阙，阙为宫门前的瞭望楼，故有此喻。

11. 地肺：在道教典籍中指句容茅山。《真诰》云：“金陵者，洞虚之膏腴，句曲之地肺也。”又云：“句曲地肺，土良水清，谓之华阳洞天。”

12. 莼：多年生水草，产于江南，可食。《世说新语》有张季鹰（名翰）“见秋风起，因思吴中莼菜羹、鲈鱼脍”的故事。

13. 桃叶：王献之爱妾，曾为之作《桃叶歌》。

14. 阳楼：景阳楼，为台城华林园中的名楼。

15. 齐针：典出《舆地志》：“齐武帝七月七日使宫人集层城观穿针乞巧，因号穿针楼。”楼在台城华林园。

16. 窅舞宛巴俞：窅即南唐李后主的宫嫔窅娘，纤丽善舞。巴俞即巴渝，位于今重庆一带，其人善舞，汉高祖命乐人习之，称“巴渝舞”。指窅娘如古巴渝人一样善舞。

17. 笔驿：指《景定建康志》中的梦笔驿。典出《南史·江淹传》，江淹于冶亭梦郭璞索五色笔，才思遂尽。

18. 亨蹇：亨即通达顺利，蹇即困厄不顺。

19. 华中忽已胡：指明亡清兴。

20. 火瑞：因应火德而兴的祥瑞。《明太祖实录》载，朱元璋出生时“红光满室，……邻里遥见惊以为火”。朱元璋《与元幼主书》：“今我朝炎运方兴之时。”明刘辰《国初事迹》：“太祖以火德王，色尚赤。”按照古代王朝五行历运之说，宋朝为火德，元末红巾军起义号称复兴宋室，以大宋为国号，也尚火德。朱元璋出身红巾军，姓氏为朱，国号为明，地居南方，故明朝亦属火德。

21. 橧穴：上古时代简陋的居处，橧以柴筑成，上无覆顶，穴即洞穴。《孔子家语·问礼》：“昔之王者未有宫室，冬则居营窟，夏则居橧巢。”

22. 黄流龙笔：黄流即酒。龙笔指非凡诗文，李白《自汉阳病酒归寄王明府》有“蛟龙笔翰生辉光”之句。诗酒相伴体现了豪迈放达、至性才情的卓绝风华。

23. 乔木世臣：语出《孟子·梁惠王下》：“所谓故国者，非谓有乔木之谓也，有世臣之谓也。”在此指累世为官的显贵之族。

24. 芳乐园：芳乐苑，南齐废帝东昏侯萧宝卷以阅武堂改建，位于台城华林园西北。

25. 临春阁：陈后主所起三阁之一，位于华林园光昭殿前。三阁“各高数十尺，……瑰丽近古未有”。

26. 灵和烟柳：灵和即灵和殿，位于齐武帝以其青溪旧宅所建芳林苑中。殿前植有蜀柳数株，“三年柳成，枝条柔弱，状如丝缕”，武帝赏叹：“此柳风流可爱，似张绪少年时。”后灵和柳成为咏柳的常用典故。

27. 长干渡：指古长干渡口。明代边贡《赋得白鹭洲送柴墟储中丞》有“路转长干渡，洲传白鹭名”之句。

28. 大胜：大胜驿，位于大胜关。其地原名大城港，因朱元璋在此击败陈友谅大军的进犯，故改名。

29. 三驱：古代帝王所用狩猎制度，仅围驱左、右、后三面，前开一面，以免残忍无度赶尽杀绝。

30. 新亭：六朝建康名亭，位于城郊西南的劳劳山，近江渚。据《景定建康志》，亭去城西南十五里、江宁县西南八里，又引《宫苑记》称其上距石头城二十里，下距板桥二十里，则其遗址当在今菊花台一带的冈垄上。此处用典“新亭对泣”。《世说新语》载，官至尚书左仆射的东晋名士周顗与王导等过江人士宴饮新亭时，坐叹：“风景不殊，正自有山河之异！”众人感慨，相对流涕。

31. 笛步：邀笛步。《世说新语》载，东晋名士王徽之乘舟至建康，旧闻桓伊善吹笛而不相识，恰遇其于岸上过，令人邀其试奏，桓伊下车，为奏三调，“弄毕，便上车去，客主不交一言”。《六朝事迹编类》称其地旧名萧家渡，在城东南青溪桥之右。据清金鳌《金陵待征录》，其址在今东水关附近。

32. 花台：雨花台。《景定建康志》：“旧传梁武帝时有云光法师讲经于此，感天雨花，故赐名。”

33. 群憸：群奸。

34. 旴：古同“旭”，朝阳初升貌。

35. 申信怀私觌：申信是重申信约，私觌是私礼拜见。诸侯遣大夫朝聘天子，执圭申信，要行正式的朝觐礼，不得私觌。此处指明亡之后，安南使节借朝觐清帝之机在前朝故都凭吊旧迹，表示暗怀私觌之意，以自申其敬。

36. 宾王：诸侯或其使节往朝帝王，作其宾客，也有辅佐帝王之意。语出《易·观》：“观国之光，利用宾于王。”

37. 老草：本为憧恅，即心乱。

38. 武：足迹。《诗经·大雅·下武》：“昭兹来许，绳其祖武。”

39. 黍离：《诗经·王风》中的《黍离》，为悲悼国破家亡的经典诗歌。

40. 圭贽：指朝聘之使。

41. 瘏：因疲致病。

42. 大仓：太仓，京师粮储大库。

43. 罛：大型渔网。

解读

本诗作于清康熙五十四年九月。作者以五言长排，洋洋八十句，铺陈其金陵怀古之悠悠长思，大量典故的运用凸显其对中华文化和南京历史了如指掌。他在凭吊古迹之后，因痛感华夏巨变，哀叹百姓受苦，情难自已，故咏为长调，堪称一曲哀鸣不尽的黍离悲歌，其情可比侯景之乱时哭拜台城双阙下的百济国使。

长江怀古

秣陵[1]江畔蘸朝暾[2]，液世金埋似吐吞。
石落半疑龙渡漾[3]，芦摇还讶扇麾翻[4]。
长干桥下鸥心动，大胜滩[5]头浪气昏。
诚意遇春人已远，燕矶飞叫向谁门。

出处

阮仲常编注《默翁使集》，越南汉喃研究院藏永盛十三年（1717）钞本。

注释

1. 秣陵：南京古县名，秦朝始置，隋开皇九年（589）并入江宁县。

2. 朝暾：晨曦。

3. 龙渡漾：此为《晋书》所载“五马浮渡江，一马化为龙”的典故，指琅邪王司马睿等晋室五王渡江至金陵，其中司马睿称帝，开创东晋。《景定建康志》载，幕府山前有五马渡，为其渡江处。

4. 扇麾翻：原文为“扇挥麾翻”，“挥”与“麾”同义，疑衍，删略。其意指顾荣麾扇大破陈敏平定江东，其地遂名麾扇渡。

5. 大胜滩：大胜关江滩，朱元璋在此大破陈友谅军。

解读

本诗作于清康熙五十四年秋。诗以长江为题，故所咏怀皆为江畔古迹，如五马渡、大胜滩、燕子矶。麾扇渡当为古朱雀航附近的秦淮古渡，明清时则指赛虹桥南的毛公渡为其旧址，该处南河古为夹江。长干桥虽为城壕之桥，但也与长江关系密切，其壕水下通长江，行至西城外已是古代江道孑遗，且传诵千年的崔灏《长干曲》、李白《长干行》早已让长干就是江上人家所居地成为世人家喻户晓的认知。

答江南举人绣水轩王蓍韵

齿发风流异[1]，诗书礼让同。
九皋闻鹤唴[2]，万里入神封[3]。
短笛烟波外，孤琴雪月中。
黄晖[4]才对晤，青眼喜相逢[5]。
我似乔松翠，梢擎旭日红。
我羞濠上客[6]，风转碧涯篷。
寒暄无地白，谈笑有诗通。
吾背均仙骨，怡怡竹石翁。

出处

阮仲常编注《默翁使集》，越南汉喃研究院藏永盛十三年（1717）钞本。

注释

1. 齿发风流异：越南人源出古骆越，而古越人多有凿齿断发之俗，与汉人相异。

2. 九皋闻鹤唴：九皋，深远曲折的沼泽地。唴，惊天动地的响亮之声。语出《诗经·小雅·鹤鸣》：“鹤鸣于九皋，声闻于野。……鹤鸣于九皋，声闻于天。”常喻隐居的贤才。

3. 神封：神州大地。

4. 黄晖：黄昏。

5. 青眼喜相逢：青眼，以黑眼珠视人，与白眼相对，表示尊重、友善，常借指至友、知音。宋代司马光《同张圣民过杨之美听琵琶女奴弹啄木曲观诸公所赠歌明日投此为谢》：“呼儿取次具杯盘，青眼相逢喜无极。”

6. 濠上客：濠，濠水。据《庄子·秋水》载，庄子在濠水桥上与惠子辩“鱼之乐”，曰：“请循其本，子曰‘汝安知鱼乐’云者，既已知吾知之而问我，我知之濠上也。”此处借指逍遥江湖自得其乐之人。

解读

本诗作于清康熙五十四年秋。王蓍（1649—1737），原名尸，字宓草，号湖村。浙江秀水（今浙江嘉兴）人。随父居金陵，宅莫愁湖畔。工诗书画篆刻。曾与兄王概、弟王臬合编《芥子园画传》二、三集。传世画作有《金陵八景》《杂画合册》等。吴敬梓作《挽王宓草》，赞其“高隐五十载，画苑推耆英”。所著有《瞰浙楼集》等。王蓍虽为布衣，但在康熙朝倾力拉拢江南文士消减对立情绪的大环境下，与江宁织造曹寅等官员均有交往，江宁知府陈鹏年还曾向其咨以政事，故作者当是因政界关系得闻其名。除了本诗，作者还有同年秋所作《病中忆绣水先生着香蜡笔墨四截因和原韵》四首。由诗题、小序等可知，王蓍书斋名为绣水轩，故又称绣水先生。作者闻其风度才气，特地造访书斋索取诗句，二人虽然语言不通（即“寒暄无地白”），却能以诗相唱（即“谈笑有诗通”），结下“淡水真朋”之谊。从诗作内容可以看出，作者对王蓍极为推崇，非常艳羡其相伴竹石、仙骨风流的生活。唯“江南举人”的称谓或有误记，或仅为夸饰。

［朝鲜］任圣周（1711—1788），字仲思，号鹿门。谥文敬。祖籍中国绍兴府慈溪县，先人于元时随齐国大长公主迁高丽，赐籍丰川（今属朝鲜黄海南道）。生于忠清道清风老隐洞（今属忠清北道堤川市）。其父曾任咸兴（今朝鲜咸镜南道首府）判官。18岁时丧父，次年迁清州（今韩国忠清北道首府），专心读书。23岁时，参加司马试（即朝鲜科举制中的小科），被考官置首。朝鲜英祖二十六年（1750）任庄献世子李愃的翊卫司洗马。二十八年，迁侍直。二十九年，叙升宗簿寺主簿，移水部郎。三十年，由太庙令出为任实（今属韩国全罗北道）县监。任内，县大治。后兄弟相继去世，乃于三十四年奉母归居公州鹿门（今属韩国忠清南道），旋母亲去世。三十八年，任卫率，奉召进讲东宫。四十三年，除太仓主簿，乍出即归。四十五年，复拜卫率。四十六年，又为司饔院主簿。四十七年春，出宰杨根郡（今属韩国京畿道），治绩突出。四十九年，移判全州府，寻拜荣川郡守。五十年，除司导寺佥正，升军资监正，并不赴任。秋，拜成川府使。因遭诬陷，自请罢职，归隐鹿门。遂致力学问，讲学以终，成为韩国历史上著名的性理学大家。著作多散佚，今存《鹿门先生文集》二十六卷。

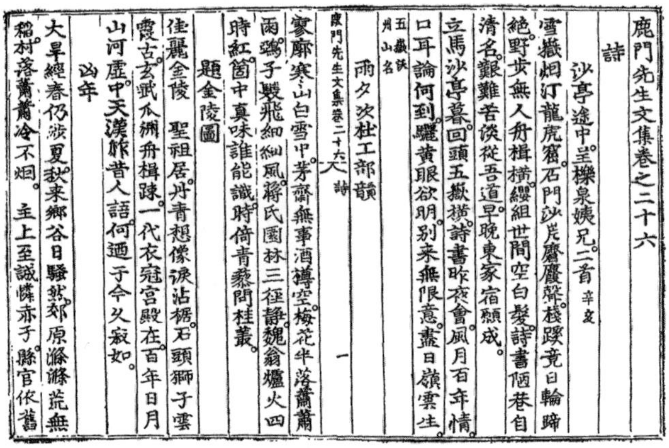
鹿門先生文集卷之二十六
詩
沙亭途中呈櫟泉姨兄二首 辛亥
雪嶽烟汀龍虎窟。石門沙岸磨礱聲。棧蹊竟日輪蹄絶。野步無人舟楫橫。纓組世間空白髮。詩書陋巷自清名。艱難苦淡從吾道。早晚東家宿願成。
立馬沙亭暮。回頭五嶽橫。詩書昨夜會。風月百年情。口耳論何到。驪黄眼欲明。别来無限意。盡日嶺雲生。
五嶽洪州山名
雨夕次杜工部韻
鹿門先生文集卷二十六 詩 一
寥廓寒山白雪中。茅齋無事酒樽空。梅花半落蕭蕭雨。鷄子雙飛細細風。蔣氏園林三徑靜。魏翁爐火四時紅。箇中真味誰能識。時倚青藜問桂叢。
題金陵圖
佳麗金陵 聖祖居。丹青想像淚沾裾。石頭獅子雲霞古。玄武瓜洲舟楫疏。一代衣冠宮殿在。百年日月山河虛。中天漢祚昔人語。何迺于今久寂如。
凶年
大旱絶春仍涉夏。秋來鄉谷日騷然。郊原滌滌荒無稼。村落蕭蕭冷不烟。 主上至誠憐赤子。縣官依舊

《鹿门先生文集》书影

题金陵图

佳丽金陵圣祖居，丹青想象泪沾裾。
石头狮子云霞古，玄武瓜洲舟楫疏。
一代衣冠宫殿在，百年日月山河虚。
中天[1]汉祚昔人语，何乃于今久寂如。

出处

任靖周编《鹿门先生文集》，韩国国立中央图书馆藏1795年活字初印本。

注释

1. 中天：此指盛世。

解读

从诗文看，此图描绘了城西石头山、城北狮子山、城北玄武湖、长江瓜洲渡、城东明故宫，应当是金陵全景图。据查，作者父亲任适（1685—1728）在雍正三年（1725）夏出任咸兴判官时，曾憩于朱德轸家，见小幅《金陵胜概图》，“不觉心目开豁”，经询问得知，是临摹商胡所售唐本。是年春，他与漂流到朝鲜的福建船商交流过，知道“金陵为第一佳丽，江山之胜，城堞之壮，宫殿楼台之宏丽，士女游观之杂沓，历历如在目中，而只恨生在海外偏邦，无以一骋目于其间矣”，于是令画师朴枝茂模写一幅尺寸更大的《金陵图》，“朝夕看玩，以寓其夙昔梦想之心”，并作《金陵图记》。本诗即作者为家藏摹本《金陵图》所作题画诗。

[安南]阮宗窐（1693—1767），号舒轩。谥岸肃。太平御善福溪（今属越南北部）人。安南四大才子之一。后黎朝保泰二年（1721）辛丑科进士二甲第三名。历官刑部左侍郎、户部左侍郎、翰林院侍读，封午亭侯。清乾隆七年（1742，后黎朝景兴三年）、十三年（景兴九年），分别以副使、正使身份出使北京。晚年被贬为民，就宅课塾。其首次北使留下了与正使阮翘的燕行诗文唱和合集《乾隆甲子使华丛咏》。《使华丛咏集》为其个人北使诗作的正式结集，分前后集。前集初成于乾隆八年夏初抵金陵时，有金陵张汉昭序；后集初成于九年夏返抵金陵时，仍有张汉昭为之序。全书后又增补厘定，有十三年金陵旧识李半村于淮阴所作序，及四十三年安南使胡士栋舟次金陵时所撰序。另著有《使程新传》《咏史诗》《五伦叙》等。

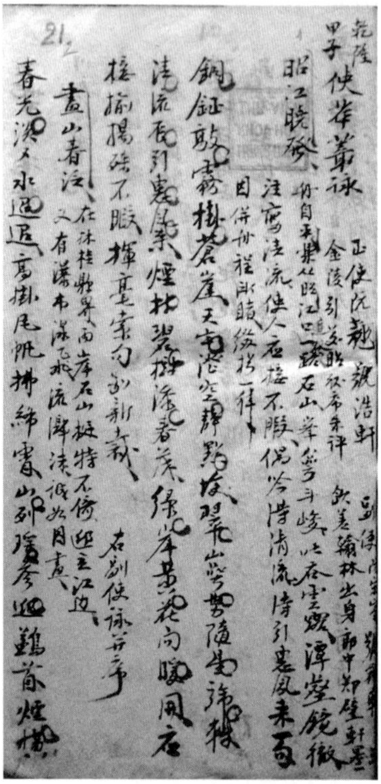

《乾隆甲子使华丛咏》书影

舟次漫成

季夏上浣[1]，舟次南京，泊江东门外北河口[2]，夹岸绿柳垂堤，荷花盛开，香气逼人，残蝉犹[3]夏，晚望隔江青山带[4]，数叶征帆如从地上行，吟思易动。

雾卷重城弄晓烟，曦轮[5]高拥半空悬。
一泓绿浸金堤柳，十里红开碧沼莲。
风拂香尘笼野马[6]，树浓晴荫噪枯蝉。
隔江北望撩人思，一带青山数叶船。

出处

《使华丛咏集》，越南汉喃研究院藏阮朝钞本。

注释

1. 季夏上浣：六月上旬。《乾隆甲子使华丛咏》作“上澣”，意思相同。

2. 北河口：今位于夹江东侧，西对江心洲，属南京市建邺区。现夹江为水源保护地，已无通航功能。明清时夹江仍为长江重要航道，北河口可驻泊上游行旅，旁有江东驿，西行由江东门入外郭，直通三山门，进入南京城，为对外交通的主要口岸。

3. 诰：《乾隆甲子使华丛咏》作“诱”。

4. 青山带：《乾隆甲子使华丛咏》作“青山一带”。

5. 曦轮：太阳。

6. 野马：蒸腾而起的水汽，或指野性犹存的马匹。

解读

本诗作于清乾隆八年六月。时作者北使，初抵金陵，以写实手法描绘了泊舟南京城外的第一印象，留下了一幅难得的外国人眼中清代盛世南京风景画。对比《乾隆甲子使华丛咏》中更早的手抄稿，诗作文字在后来重新整理编辑时又有修订润饰。如原作中“绿树垂堤”“金堤树”中的“树”字都改为“柳”字，“霜卷重城”改成“雾卷重城”。还有个别明显的错误也被订正，如“江东门”在原作中误书作“东江门”。全诗笔法纯熟，意境颇佳，在越南汉诗中堪称经典之作。据《使华丛咏集》题署，作者特邀请中国文翰之士对其诗作一一点评，参与者主要有“江南诗客卓山氏朱评，钦差翰林出身礼部郎中郑壁斋墨评，湖南王居士、胡秀才朱墨评”。本诗末附墨批：“寓疏岩于温挹，清旷于雅饬，所谓长吹如兰，幽芳袭人也。”确为的评。

作者在南京，下榻于锦坊（当为锦绣坊省称）奎兴店。当时“诗客朋来，求观诗稿”，文士高山仰、李半村、张汉昭、屈宗乾、花州居士、李本宣、吴烺等皆就其近来创作的《江州旅次》《采石清莲》《乌江晓望》《舟次漫成》诸诗次第唱和。《舟次漫成》一诗现存有淮阴监生李半村的和作。李半村与作者关系颇为亲密，还应邀为其诗集撰序。

另，安南使船停泊北河口，对于了解清代交通史也是一则宝贵记载。

金陵怀古

金陵即古建康之地，形胜甲诸镇，今为江南省[1]。其城周回一百八十里，人烟凑合，风物繁盛，但见累朝所都处，皆兔葵燕麦[2]。其朱雀桥及乌衣巷诸胜，市廛占[3]，无从查考。

虎据龙蟠一望赊[4]，六朝何处觅繁华。
长淮冷浸秦辰[5]月，胜墅[6]羞含晋代花。
朱雀虹桥空此地，乌衣燕垒属谁家。
当年多少清光色，分付秋山[7]晓[8]暮霞。

出处

《使华丛咏集》，越南汉喃研究院藏阮朝钞本。

注释

1. 今为江南省：金陵在清初被设为江宁府治，是辖域包括今江苏、安徽、上海两省一市在内的江南省省城所在，也是两江总督驻地。

2. 兔葵燕麦：兔葵即菟葵。燕麦，又名雀麦、野麦子，因燕雀所食，故名。二者都是长于荒野的草本植物。刘禹锡《再游玄都观绝句》诗序："重游玄都，荡然无复一树，唯兔葵燕麦，动摇于春风耳。"后世遂以此比喻荒凉景象。

3. 市廛占：疑有缺字，《乾隆甲子使华丛咏》作"市廛环占"。

4. 赊：渺茫。

5. 秦辰：《乾隆甲子使华丛咏》作"秦时"。

6. 胜墅：指东晋名臣谢安的东山别墅。

7. 秋山：秋日之山，风动叶落，意境凄凉。

8. 晓：《乾隆甲子使华丛咏》作"晚"。

解读

本诗作于清乾隆八年秋。作者虽为海外诗客，但早已通过历代典籍、诗文建构了对六朝古都的认知，如今行至金陵，眼见古城人烟辐辏、风物繁盛，然六朝形胜空存，历代名迹尽付草莽，或湮没市廛，无从查考，兴亡之感油然而生。

清溪泛舸

孟秋上浣[1]，值公暇，与诗客驾小舟，贯重城，入秦淮，逾七八座桥，回览光景，吟成舟字[2]。

西来爽气迎新秋，与客提携驾小舟。
晓渡霜桥光历乱[3]，暗摇烟树翠沉浮。
豪华风物供清兴[4]，歌管楼台纪[5]胜游。
人景仙流[6]堪绘画，一生几到帝王都。

出处

阮翘、阮宗室《乾隆甲子使华丛咏》，越南汉喃研究院藏《使程》阮朝钞本。

注释

1. 孟秋上浣：七月十日。古代官员十日一休沐，即每月有三个公休日，分别是初十日、二十日和三十日。上浣也可指上旬，但后文有“值公暇”，故知当指初十日。

2. 舟字：原文如此。“字”上复有朱笔涂改，难以辨识。

3. 历乱：杂乱。佚名《旅行吟集》作“历历”，即零碎的样子。

4. 清兴：清雅兴致。

5. 纪：佚名《旅行吟集》作“助”。

6. 人景仙流：人与景皆属神仙之流。佚名《旅行吟集》作“人境仙都”。

解读

本诗作于清乾隆八年七月。越南传世的佚名《旅行吟集》也收录了此诗，唯诗题“清溪”作“青溪”，并且后缀以喃文写成的六八体喃诗一篇。青溪，发源于紫金山西南，长十余里，在城中汇入秦淮河，因蜿蜒曲折，又名九曲青溪，其名始著于六朝，鼎族世家多居其上，唐宋以后逐渐湮废难寻，残余河道多经改造。今淮清桥下即为青溪、秦淮交汇处。明时朱之蕃、清康熙时高岑所选金陵四十景，皆将夫子庙贡院前的秦淮河视作青溪，其缘故在于此处垂杨夹岸、亭馆繁盛，夏秋时吴船载酒笙歌达旦，六朝风流依然不改。因此，作者游历至此，也不禁感叹其为“人景仙流”。

游紫金山

旧名钟山，在城之东北，势如龙蟠，有紫金佳气，因改是名。

秋高月朗陟崔嵬，紫气浓浮朴[1]面来。
草木精神铺地秀，山川眉目向人开。
龙蟠远势霞千岭，雉屹重城[2]玉一堆[3]。
双眼乾坤看未足，晚钟烟寺响频催。

出处

《使华丛咏集》，越南汉喃研究院藏阮朝钞本。

注释

1. 朴：通“扑”。《乾隆甲子使华丛咏》作“扑”。
2. 重城：紫金山上可见江宁府城、满城、故宫三重城墙环环相套，故称重城。
3. 玉一堆：《乾隆甲子使华丛咏》作“土一杯”。

解读

本诗作于清乾隆八年秋。《乾隆甲子使华丛咏》有此诗，编集《使华丛咏集》时对文字略有改订。远道而来的文人骚客在南京常易生发怀古之情，此类单纯描摹南京壮美景色的诗作反而更显别具一格。其风格确如张汉昭所言，有“清新俊逸之气”，诗后评语也赞其中佳句“直逼盛唐”。

到内桥宝玉坊燕山店买得水晶眼镜戏作

谁将冰片挂玲珑，岁月新添道眼容。
灯下阅书分亥豕，窗前掉[1]笔走蛟龙。
东西两曜[2]衔中岳[3]，奎壁[4]双星下九重。
几度凝眸光灼灼，恍疑唐后又相逢。

出处

《使华丛咏集》，越南汉喃研究院藏阮朝钞本。

注释

1. 掉：原文缺字，据朱批补。

2. 曜：本意为光明照耀，日、月称两曜，再加上火、水、木、金、土五星则为七曜。此指双目。

3. 中岳：指鼻子。

4. 奎壁：奎宿、壁宿，二星宿主文运。奎宿，魁星，东汉纬书《孝经援神契》："奎主文章，仓颉效象。"壁宿，又称东壁，《晋书·天文志》："东壁二星，主文章，天下图书之秘府也。"

解读

本诗作于清乾隆八年夏秋。眼镜是欧洲发明的舶来品，最初经西域地区传入中国，南京则是历史悠久的眼镜消费地。据《礼部志稿》，明初赛玛尔堪（即撒马尔罕，今属乌兹别克斯坦）、天方（古阿拉伯）的贡物中都有眼镜，赛玛尔堪所贡为哈喇石眼镜，大约属于黑曜石制成的墨镜。描绘南京市景的明代《南都繁会景物图卷》中还画有戴眼镜的老者，在坐看迎神赛会的队伍。明代后期，眼镜已开始国产化。据张萱《疑耀》一书载，"闽广之间有制眼镜者"，福建、广东一带与海外贸易交流比较密切，因此成为其早期的生产基地。眼镜价格也大大下降，据清初《砚山斋杂记》载，最初"一镜之贵，价准匹马"，山东米汁烧料的眼镜"今则三五分可得"。随着眼镜行业的成熟，至清乾嘉年间此物已经成为相当普及的商品。不过，以天然矿物水晶磨制的眼镜比玻璃眼镜更加名贵，是只能少数人拥有的高端商品。乾隆皇帝《御制眼镜》诗称："眼镜有二种，水晶与玻璃。玻璃价实廉，水晶货居奇。"他认为水晶眼镜不仅贵重，质量也好，因为"玻璃者过燥，水晶温其性"，这应该是那时的玻璃烧造技术有限所致。因此，清初行情是"水晶之墨色者，贵至七八金"（《砚山斋杂记》），堪称奢侈品。据《东西洋考》，东南亚的麻六甲（今马来西亚马六甲）早在明代就以眼镜为特产，但作者仍选择在南京购买水晶眼镜，可见南京当时闻名海外大都市的地位。

诗中蕴含的史地信息也可补城市史之阙。内桥西南临江宁府署，东南不远即为贡院，向南经三山街直通聚宝门（今中华门），明清时地属繁华之区。宝玉坊，不见方志记载，今内桥西北的白下路段旧为珠宝廊，二者或有关联。水晶眼镜价格昂贵堪比珠宝，因此吸引店家分布于此，而让安南使节欣然解囊的燕山店应当是其中的佼佼者。

咏窗前喜子[1]

移舟至燕子[2]，阻风，未即进程，忽见黄光喜子悠然[3]结构于高窗之上，睞[4]上光花可[5]爱偶作。

高窗净几共留连，耿耿丹心日月悬。
缤绎丝纶雕绣闼，铺张锦绮挂晴烟。
鹰儿逐兔劳余力，獭子欧[6]鱼失自然。
争似此君充静养，发成纬地又经天。

出处

《使华丛咏集》，越南汉喃研究院藏阮朝钞本。

注释

1. 喜子：长脚小蜘蛛的俗称，又作蟢子。
2. 燕子：参校《乾隆甲子使华丛咏》，后脱“矶”字。
3. 悠然：《乾隆甲子使华丛咏》作“悠扬”。
4. 睞：眼睛。《乾隆甲子使华丛咏》中此句作“满目光华可爱”。
5. 可：原书为“百”字，据其朱批修改。
6. 欧：同“驱”。

解读

本诗作于清乾隆八年秋。作者即移舟燕子矶，当是准备离开金陵，继续北上。因见船窗上有蜘蛛构网，遂浮想沉思，创作了一篇颇有寓意的诗作。原书批语即赞誉此诗“小中见大，可谓意中有意，情中有情”。

题金陵八首

一曰钟山龙蟠　得钟字

在府城外五里，自接东而来，突起高大一高山，由东北而达于西南，至三江[1]入大江而止，蜿蜒回抱，其形如龙，诸葛称“钟山龙蟠”是也。前代胜迹，皇陵所据，不可复考，惟碧石青林郁葱佳色；日久变态[2]。

紫金佳丽不曾封，生动天然王气钟。
绕郭蜿蜒回二水，溯江夭矫出三峰[3]。
云来石脊鳞鳞起，雨得林腰色色浓。
拥抱雄图[4]知几历，从疑骧首[5]迈宵重[6]。

二曰石城虎据　得雄字

在府治西二里，自钟山右臂而来，由西北鸡笼[7]、幕府、卢龙、马鞍以达于西，是为石头山。大石怒特[8]，孙权因山以筑城，陵徒壁立，诸葛称“石城虎据”是也。其城在旱西门[9]右，登临眺南北牛首诸山，皆在眉睫间，足为胜览。

谁设丘陵雉堞崇，压低牛首抱鸡笼。
旱西怒特重关肃，顾北嵱岈一面雄。
壮阙几经凭险势，负隅徒自凛威风。
金城漫若夸函谷，未若人工并化工[10]。

三曰燕子临流　矶字[11]

在府城西北大江之滨，山逢卢龙东下抵观音山[12]，缘崖为弘济寺，江流寄激处，屹起石矶，势耸嶙峋，回旷形如飞燕，故名。上有关圣庙、俯江亭、水云亭，江天在望，横江铁锁尚维[13]山址。

卢龙换出峙巍巍，俯瞰回渊锁夕晖。
势压江涛惊蜃吐，影横天堑讶鹏飞。

松毛耸翠遮禅院，石骨嵌空砃钓矶。

高陟水云亭上坐，天边雁字正南归。

四曰长江天堑　天字

在府治西北四十里，自岷山发源，合湘汉、豫章诸水，自西南经西北，过镇江，东流入海，波涛汹涌，魏文帝称天限南北者是也。江心空阔，一望无际。

远吞湘汉茹黔滇，南北中分万里天。

岸阔不劳矶设锁，波深何自马投鞭[14]。

苍茫云水无今古，俯仰乾坤几海田。

利涉客槎秋正早，清风皓月思悠然。

五曰白鹭春潮　齐字

在府治西南八里，周回十五里[15]，太白所称二水中分白鹭洲也。控抱上流，是为天险。旧有赏心亭、白鹭亭、二水亭踞城瞰洲，今城既恢拓，亭亦久废，惟潮汐无改耳。

荻笋芦芽[16]一望齐，江天空阔水东西。

三山影浸桃花浪，二水痕横柳树堤。

浩荡沙鸥随上下，悠扬彩鹢[17]任高低。

赏心亭古凭谁问，系缆洲头偶兴题。

六曰秦淮秋泛

在府治东南，横亘[18]城中，途武定、饮虹七八重桥，出水西关[19]入于江。乃秦始皇东巡辰所舍，名[20]。淮口有桃叶渡，即王徽之邀桓伊吹笛处。桥岸亭台交猗，栋宇临流。春秋辰，游人乘潮泛栏杆船[21]，往来如织，丝竹之声旦夕不绝，依然六朝风味。

风满垂杨月满泓，栏[22]杆一舸占双清[23]。

晓来桃渡邀桓笛，晚过虹桥问杏觥。

楼影静随摇棹影，砧声曙促叩舷声。

六朝顿改江山色，想像风流逗客情。

七曰东山胜墅

在府城东南三十里，一名土山。晋谢安旧隐会稽之东山，筑此扮之，常携妓放情一道[24]。尝与从子玄围棋至夜始还，古木崇岩祖之，山颇小而登览清旷，亦郊坰[25]之胜概。环列四野，有金石竹木诸山，八音之名咸备，此盖其一也。

卜筑谁留胜一邱，关河四塞望中收。

八音点缀山容醉，万树苍凉石径幽。

野草不愁棋局换，岩花若俟妓从游。

城头一片金陵月，却忆安玄返驾秋。

八曰报恩古寺

在府城南聚宝门外，孙权所建，实江南寺塔之始[26]。本名建初，永乐辰鼎新恢拓之，赐以今名。殿阁巍業[27]，并盖以瓦[28]。前有石桥，制甚坚巧。殿后九层塔，秀出云表，金碧琉璃，灯光炫耀，中夜照天，足称名胜。

晋苑梁台委寂寥，赤乌香宇[29]自岧峣。

星灯一炫云中塔，烟水双清柳外桥。

慧照眼穷[30]今昔果，觉钟敲散市廛嚣。

不知永乐年前事，几度慈航带得韶。

出处

《使华丛咏集》，越南汉喃研究院藏阮朝钞本。

注释

1. 三江：当为“三山”之误，在今南京西南有三山矶。
2. 变态：指空间场景发生变化。

3. 三峰：三山。此二句中的二水、三峰显然借用了李白诗句“三山半落青天外，二水中分白鹭洲”的山水意境。

4. 雄图：形胜雄伟之地。

5. 骧首：昂首。

6. 宵重：重霄，极高之天。

7. 鸡笼：原书误作“鹞”，指鸡笼山。

8. 怒特：本指体格强健的大牛，此处比喻石头山的雄奇。

9. 旱西门：原书误作“捍”。石城门俗称旱西门。

10. 人工并化工：“人工”指石头城为人力创造，“化工”指石头山为造化之工。此处意在称颂石头虎踞之雄在于人力与自然的结合。

11.矶字：原书作“矶字字矶字”，后三字当为衍文。此诗中巍、晖、飞、归，与矶字皆属微韵。

12. 观音山：原书误作“砚音山”。观音山即北郭观音门所处山岭，因门得名。

13. 维：原书误作“淮”，指维系、联结。明朱之蕃《金陵四十景图像诗咏》中的《燕矶晓望》小引有“横江铁锁尚维山趾”之句，显然被作者参考转抄。清余宾硕在《金陵览古·燕子矶》中对铁锁的实际用途做了准确解释，“沿江铁锁，维绕山趾，往者舟行至此，极为险迅，挽扶铁锁，然后得上”。

14. 马投鞭：指苻坚相信可投鞭断流渡江伐晋的典故。

15. 十五里：原书误作“五十里”。《景定建康志》：“白鹭洲，在城之西，与城相望，周回一十五里。”

16. 芽：原书以朱笔将原字“牙”改为“芽”，与《乾隆甲子使华丛咏》相同。

17. 彩鹢：指船。古时船头绘饰彩色水鸟，故名。

18. 互：《乾隆甲子使华丛咏》作“亘”。

19. 水西关：当为“西水关”，在水西门南侧。

20. 名：有缺字，《乾隆甲子使华丛咏》作“故名”。

21. 栏杆船：画舫，船周有雕花栏杆。《乾隆甲子使华丛咏》作“栏干船”。

22. 栏：原书误作“栋”。

23. 双清：指前句的风和月，不见尘俗之气。

24. 放情一道：《乾隆甲子使华丛咏》作“纵情游赏”。原书误作“放清一道”。

25. 埛：古同“坰”，指远郊之野。原书误作“均”。

26. 始：原书误作“好”。

27. 巍嶫：巍、嶫，指高峻。汉张衡《西京赋》有“状巍峨以岌嶫”之句。

28. 并盖以瓦：《乾隆甲子使华丛咏》作“并盖黄瓦”。

29. 香宇：指佛寺。

30. 慧照眼穷：《乾隆甲子使华丛咏》作“慧眼照穷”。

解读

本组诗作于清乾隆八年秋。《乾隆甲子使华丛咏》收录有第五首《白鹭春潮》至第八首《报恩古寺》，而第四首《长江天堑》名为《咏长江天堑》，仅有四句，前两句“涉客倚篷舒阔望，山连堤树水连天”注明为副使阮宗奎作，但不见于《使华丛咏集》中的《长江天堑》，后两句“岸阔不劳矶设锁，波深何自马投鞭”注明为正使阮翘作，可知阮宗奎在创作《题金陵八首》时也借用了同僚的佳句。

《题金陵八首》为吟咏金陵八景的组诗，大约是迄今所知最早由外国人以中国文人的方式评选并品题金陵胜景的诗作，其后屡有安南使节按其所选仿作八景诗，说明此举在当时的越南文学圈得到了认可。这一文化现象也仅见越南一例，以域外人的视角丰富了金陵评景文化。

一般认为以特定数字汇评胜景的做法始于宋沈括《梦溪笔谈》中记载的“潇湘八景”。南京最早的“金陵八景”始见于明初史谨的诗集中，依次为《钟阜朝云》《石城霁雪》《龙江夜雨》《凤台秋月》《天印樵歌》《秦淮渔笛》《乌衣夕照》《白鹭春波》。闽籍布衣画家黄克晦在嘉靖年间绘制的《金陵八景图》有《钟阜朝云》《石城霁雪》《龙江烟雨》《凤台夜月》《白鹭春潮》《乌衣夕照》《天印樵歌》《秦淮渔笛》。江宁画家郭仁绘于万历二十八年（1600）春的《金陵八景图》分别是《钟阜祥云》《石城瑞雪》《凤台秋月》《龙江夜雨》《白鹭晴波》《乌衣晚照》《秦淮渔唱》《天印樵歌》。可见，三个版本的八景除了名称和次序略有出入外，反映的景物内容完全一致。此外从晚明到清乾隆时还有明文徵明《金陵十景册》、明文伯仁《金陵十八景册》、明钟惺《金陵十景图》、明朱之蕃《金陵四十景图像诗咏》、清石涛《金陵十景图》、清高岑《金陵四十景图》等。

阮宗奎的八景诗，仅《钟山龙蟠》《石城虎据》《白鹭春潮》《秦淮秋泛》四景与明代金陵八景相同，而《燕子临流》《长江天堑》《东山胜墅》《报恩古寺》明显是受了朱之蕃的影响，诸景题注文字大体抄撮自《金陵四十景图像诗咏》，景名则多以作者的体验、感受加以重拟。其中《长江天堑》题注文字基本与《弘济江流》小引相同，改写景名，是因为万里舟行且熟稔历史之人对浩荡长江的天限南北最易生发感触，产生独特体验，新名比原名也更见气势。《秦淮秋泛》同样出自作者亲身经历，较之经典的“渔笛”“渔唱”更符合十里秦淮地处繁华都市的内河实际。以龙蟠、虎踞标举景名也可谓作者的创举，不见于明清各种流行版本的金陵景物汇评。可以说，这些颇具特色的景名填补了历代选景的空白。

此外，据越南《使程诗集》内容可知，寓居金陵的全椒（今属安徽）吴敬梓长子吴烺与作者有过交往，曾唱酬其《江州旅次》一诗，而之后的吴敬梓在乾隆十七年（1752）或十八年起题写了二十三首《金陵景物图诗》，对金陵景物的先后赋咏在中外文士交游的背景下似乎隐约产生了某种和鸣之意。

[安南]黎贵惇(1726—1784),原名黎名芳,字允厚,号桂堂。山南下镇延河(今属越南太平省兴河县)人。幼称“神童”,少时已有“宿儒”之名。后黎朝景兴十三年(1752)中一甲进士第二名。授翰林院侍书。二十一年至二十三年(1760—1762,清乾隆二十五年至二十七年),以翰林院侍读奉充副使,随正使陈辉淧等出使清朝,赐爵颖城伯。后升翰林承旨,转海阳道督同。旋因妻亡子幼,辞归乡里,著书讲学。二十八年又被荐起用,历任户部右侍郎兼佥都御史、吏部右侍郎等。三十四年,任陪讼(副宰相),掌督民政。不久遭贬降,一度解职。四十二年起复,历任国史馆总裁、工部尚书。卒后追赠颖郡公。时人称其“以文章冠世,三元及第,名重两国,卓然为斯文领袖”。一生著述极富,有《见闻小录》《抚边杂录》《芸台类语》《群书考辨》《黎朝通史》《北使通录》《全越诗录》《桂堂诗集》《桂堂文集》《桂堂诗汇选》等数十种,被誉为“越南封建时代最大的博学家”。

越南胡志明市黎贵惇中学内的黎贵惇雕像

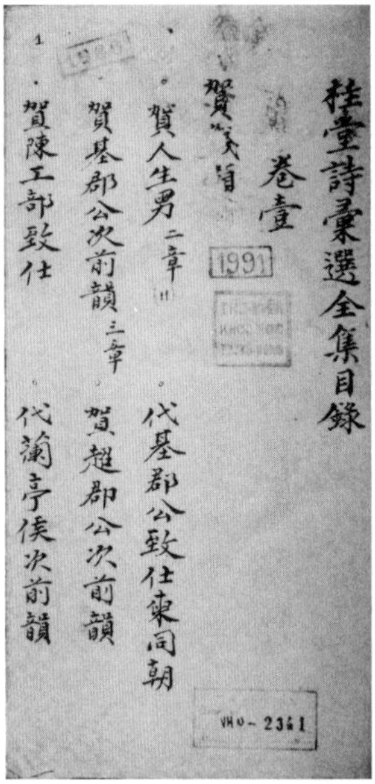

桂堂詩彙選全集目錄
卷壹
賀人生男 二章
代基郡公致仕柬同朝
賀基郡公次前韻 三章
賀超郡公次前韻
賀陳工部致仕
代蘭亭侯次前韻

《桂堂诗汇选》书影

驻江南省城

黄旗紫盖斗牛宫[1]，虎踞龙蟠气象雄。
聚宝门前金作簇，雨花台上碧成丛。
六朝五代[2]寒云外，二水三山晚照中。
永乐基图何处是，衰蒲[3]猎猎舞西风。

出处

潘霖卿、阮汤建编《桂堂诗汇选》，越南汉喃研究院藏阮朝钞本。

注释

1. 黄旗紫盖斗牛宫：黄旗紫盖为天子仪仗，在气占术中指象征天子的云气。斗牛为星宿，分野主吴越。《宋书·符瑞志》记载有汉时术士之言："黄旗紫盖，见于斗牛之间，江东有天子气。"故此句指金陵为王气之地。

2. 六朝五代：指定都金陵的六朝及五代南唐。

3. 衰蒲：当即"早衰蒲柳"之意。典出《世说新语》："蒲柳之姿，望秋而落；松柏之质，经霜弥茂。"指蒲柳（水杨）不如松柏，入秋就落叶凋零。

解读

据《清实录》载，作者一行于乾隆二十六年（1761）二月入贡北京，而诗中"寒云""衰蒲""西风"等景象常用于表现秋季，故推断此诗当作于乾隆二十五年秋，即其初至金陵时。从内容看，这是一首典型的怀古诗，准确刻画了古都金陵的沧桑意象。

游报恩寺

金陵帝王都，江南佳丽地。
彫[1]桥架虹横，高阁插云起。
光景上画图，名胜列郡志。
我自南方来，闻有报恩寺。

赤乌初创建，永乐重修理。
大殿十丈高，空塔九层峙。
筒瓦全琉璃，珠帘并翡翠。
黄金饬墙壁，白玉砌基址。
及今试登临，乃今果奇伟。
形胜殊爽朗，工巧亦精致。
雕绘类自然，一望如锦绮。
香炉可万斤，从古称法器。
绿柳萃繁阴，苍松发清吹[2]。
池塘方数弓[3]，暗香裹荷芰。
巍巍窣堵坡[4]，空中现忉利[5]。
缘级上五层，凭窗瞰城市。
浮浮晴日烟，礫礫凉飕气。
万井[6]不可辨，千树还相似。
北以望钟山，连峰何逶迤。
西顾看长江，浮练差足拟。
下塔入方丈，流览抒雅意。
寺僧出相迎，遗我好饼饵。
烹茶聊共话，落落有风致。
长干地名三老禅[7]，想此复何愧。
（此寺旧有三老僧，曰殷山、钦义、雪浪）
出门瞻御碑[8]，天章烂斐亹[9]。
星相十数家，类多究玄旨。
名画与法书，累轴满坊肆。
泛看右军帖[10]，细阅子昂记[11]。
赏心遂留连，骋目仍徙倚。
小江掉舟回，不觉日移晷。

出处

潘霖卿、阮汤建编《桂堂诗汇选》，越南汉喃研究院藏阮朝钞本。

注释

1. 彪：越南俗字，义同“飞”。

2. 清吹：清风。

3. 弓：土地丈量单位，一般一弓长五尺。

4. 窣堵坡：又作窣堵波，或省称窣堵，为梵语stūpa的音译，指佛塔。

5. 忉利：忉利天的省称，为梵语trayastriṃśa的音意兼译，也全译为多罗夜登陵舍天或怛利耶怛利奢天。意即三十三天，亦俗称天堂。在六欲天中位于第二，在须弥山顶四方各有八天城（天宫、宫城），加上中央帝释所居的喜见城天（又名善见城天、帝释殿），共三十三处，故云。

6. 万井：千家万户。

7. 长干三老禅：长干即大报恩寺所在之地，此指在大报恩寺出家的三位老禅僧，即句末所注的殷山（当为憨山之误）、钦义、雪浪。金陵周晖曾为三人编《长干三僧诗》。憨山（1546—1623），法名德清，字澄印，憨山为其号。俗姓蔡，全椒人。12岁入大报恩寺诵习经教，19岁在此出家。后四处参学，住持曹溪南华寺，宗门大盛，被尊为曹溪中兴祖师。博通三教，著作颇多，有《法华经通义》《圆觉经直解》《庄子内篇注》《老子道德经注》《中庸直指》等。钦义（？—1627），字湛怀，俗姓王。金坛（今属江苏）人。10岁出家大报恩寺，20岁壮游名山，后复归，并坐化于此。著有《焚余草》《蚓余草》等。雪浪（1545—1608），法号弘恩（一作洪恩），字三怀（一作三淮、三槐），雪浪为其号。俗姓黄。上元（今南京）人。12岁在大报恩寺出家。万历二十六年（1598）任大报恩寺住持。曾率众重修琉璃塔，并与耶稣会传教士利马窦有过辩论。著有《雪浪斋诗集》等。

8. 御碑：有两通，左碑为明永乐二十二年（1424）明成祖朱棣所立，现仅存赑屃，右碑为明宣德三年（1428）宣宗朱瞻基所立。

9. 斐亹：一作“斐亹”，指文采斐然。

10. 右军帖：王羲之官右军将军，故称右军。其书法多以书帖传世，有《快雪时晴帖》《平安帖》等，多为摹本。

11. 子昂记：赵孟頫，字子昂，常撰书碑记。

解读

诗中有“暗香裹荷芰”，故推断作于乾隆二十五年秋。大报恩寺是明清金陵名刹，琉璃塔更是传奇地标，外国人到南京一般都会登临游览，有关中外文献记载非常丰富。到访金陵的安南使节也多有题咏，但此诗是五言古长篇，为其中篇幅最长、描写也最为完整详尽的一首，具有很高的文史价值，是大报恩寺相关资料的重要补充。

游永济禅院[1]

泊舟观音山[2]，散步永济院。
院宇枕山麓，名境擅方甸。
前堂静以深，长廊三四转。
鸣磬杂松声，彗[3]香送兰辨[4]。
傍左上磴道，飞阁倚峻巘。
倚[5]观秦淮流，又似一匹练。
斜眺燕子矶，楼台互隐现。
蒲苇[6]半萧疏，竹木尚葱蒨[7]。
院右昼常閞[8]，密密小门扇。
开门忽豁然，中有行在殿[9]。
玉除[10]朱栏绕，绣槛翠帘卷。
澄泉澈玉液，丹崕叠碧藓。
奇树发峇峇[11]姿，名花出秀面。
峭壁勒宸章[12]，云日竞映绚。
闻昔默默师[13]，曾此重修缮。
位置类不俗，情趣遂所遣。
朝贤屡赏鉴，吟玩了忘倦。
满堂挂书画，韵调多清远。
九重[14]锡以诗，贞珉[15]勒奎篆。
我来访遗踪，犹得睹碑扁[16]。
岩岫爽旅怅[17]，庵观纡胜践[18]。
晚旭照溪桥，疏柳江风软。

出处

潘霖卿、阮汤建编《桂堂诗汇选》，越南汉喃研究院藏阮朝钞本。

注释

1. 永济禅院：观音岩永济寺，在观音门外燕子矶旁。其前身为明初依岩所建观音阁，岩以阁名。正统二年（1437）就阁建寺，赐名弘济。乾隆十六年刻《乾隆上元县志》卷十二《祠祀下·寺观附》正文仍作“弘济寺”，文后有小字注“今改永济”，是年乾隆皇帝南巡，为避其名弘历之讳，故改寺名。另《康熙江宁府志》所收高岑《金陵四十景图》中也题写“永济寺”，当出自嘉庆补刻本，为后人所改。

2. 观音山：观音门所在山岭。

3. 彗：扫，拂。

4. 辨：疑为“瓣”字之误。

5. 倚：原书红笔改为“俯”。

6. 蒲苇：蒲草与芦苇。

7. 葱蒨：青翠茂盛。

8. 閈：指院门闭合。

9. 行在殿：指乾隆皇帝巡行所住行宫，建于乾隆十五年。他每次南巡必定游历此寺，先后五次以《游观音山永济寺》为题赋诗，另外还创作了《永济禅院花笑轩小憩》《题永济寺别室》《永济寺》等诗，并多次题额、题联。

10. 玉除：以玉石砌成的台阶。

11. 沓：越南俗字，疑同“蟠”。

12. 宸章：御制诗文。

13. 默默师：原书作“黔黔师”，据原书朱笔改。即兴洞和尚（1651—1755），别号默默。50岁始出家。住永济寺。言语朴讷，身形清健。乾隆第一次下江南时，曾撰《赐永济兴洞和尚》诗：“不会诗文不解禅，果然默默以全天。半生尘世半生佛，可号山僧可号仙。”

14. 九重：帝王，此处指乾隆皇帝。

15. 贞珉：碑石美称。

16. 扁：古同“匾”。

17. 忲：越南俗字“怀”。

18. 胜践：胜游之地。

解读

据“蒲苇半萧疏”推断，本诗作于乾隆二十五年秋。永济寺半悬崖壁，下临江流，登眺大江，风景殊胜，东与燕子矶隔空相峙，自明代以来即为长江沿岸著名景观，明末入选为金陵四十景之一。清初新构禅堂后更加壮丽，后因江流北徙，虽奇险不如往日，而江天旷伟则堪称巨观。自乾隆皇帝下榻寺中行宫，并诗赠寺僧默默，更使其名播海内，慕名游历者不绝于途。作者在金陵共撰写了两首长篇五言古诗，此为其一，对历史上最辉煌时期的永济寺做了细致描述，包括对文献较少记载的寺内乾隆行宫也有珍贵记录，默默和尚修缮永济寺一事尤属首见。

驻江南省城[1]次韵答金陵贡生沈鉴秋湖（四首）

炎郊[2]原不外周圻[3]，轿乘何如画舫归。
一路芳游浑历历，应无山鸟怪儒衣。
（少陵诗[4]：儒衣山鸟怪，汉节野童看）

纵目长江万里遥，客船小泊九龙桥。
匆忙忽捧清新句[5]，若睹王君赋洞箫。
（王褒[6]作《洞箫赋》）

未解忘言[7]又咏犹，有情雪月上扁舟。
吴江楚水真奇绝，人景相逢两度秋。

江南才子富词华，素练轻缣[8]自一家。
三品柔毫[9]题咏遍，满城寺壁碧笼纱[10]。
（寇准题诗于寺僧，以碧纱笼之）

出处

潘霖卿、阮汤建编《桂堂诗汇选》，越南汉喃研究院藏阮朝钞本。

注释

1. 江南省城：清初以明南直隶改设江南省后，即以都城南京应天府改置的江宁府为其省城。康熙六年（1667）以江南省分设江苏、安徽两省后，苏州、安庆分别为两省省城，江宁作为两江总督驻地，江南省城之谓仍旧保留，以示尊崇，直至清末。

2. 炎郊：指越南之地。

3. 周圻：周朝疆域。据越南古籍《岭南摭怪》载，“周成王时，雄王命其臣称越裳氏，献白雉于周”。雄王为越南传说中最古王朝鸿庞氏的君主称号，入贡即表示其臣属周天子。

4. 少陵诗：指杜甫的五言排律《送杨六判官使西蕃》。所引诗句主要描述与出使地的风俗差异，汉地使节进入西蕃，因儒服装扮与土著完全不同，以致山鸟惊怪。作者反用杜诗典故，以强调越南属于中华文化圈，风俗相类。

5. 清新句：指沈鉴所赠诗。

6. 王褒：西汉文学家，通音律、善辞赋。

7. 原书在“忘言”之后本有“两度”二字，又被点除。

8. 素练轻缣：白色绢帛，此处比喻文风清新淡雅。

9. 三品柔毫：柔毫即毛笔。宋孙光宪《北梦琐言》载：“昔梁元帝为湘东王时，好学，著书常记录忠臣义士及文章之美者。笔有三品：或以金银雕饰，或用斑竹为管。忠孝全者用金管书之，德行清粹者用银管书之，文章赡丽者以斑竹管书之。”

10. 碧笼纱：碧纱笼，指用碧纱笼罩题壁诗，以防尘灰。其典故最早出自五代王定保《唐摭言》，唐代宰相王播少时孤贫，客寓扬州惠昭寺木兰院，受到寺僧戏弄。二十年后王播名高位显，出镇扬州，该寺已将其旧日题诗都用碧纱罩护。王播遂作诗讽之：“二十年来尘扑面，如今始得碧纱笼。”本诗末注引寇准事，则出自宋吴处厚《青箱杂记》所记的传说。处士魏野随寇准游历僧舍，各有题诗，“后复同游，见莱公之诗，已用碧纱笼护，而野诗独否，尘昏满壁。时有从行官妓，颇慧黠，即以袂就拂之。野徐曰：‘若得常将红袖拂，也应胜似碧纱笼。’”

解读

据诗题中的江南省城和沈鉴诗中“三年辛苦使君归”可知，此组诗当作于清乾隆二十七年作者返程途经金陵时。金陵贡生沈鉴，字秋湖，生平不详。清时，安南使节在出使中国途中与各地文士频繁的唱酬和答，是古代中越文化交流中的重要文化现象。金陵作为江南政治和文化中心，自然成为安南使节与中国文人交游的重地。作者在诗中对中国文学典故信手拈来，运用自如，无愧博学之名，也是他跨文化交往的能力体现。其答诗对象沈鉴虽非知名文士，但这一民间自发的唱和之举，却是两国人民以诗为媒促进友谊的见证。

登燕子矶

管教春日柳阴深，引得春禽满上林[1]。
依岭自存泥垒[2]意，临江非动蕨芦心。
势分叠岫差池[3]羽，响激清溪睍睆[4]音。
曾傍前朝京辇[5]处，旧时王谢惯歌吟。

出处

潘霖卿、阮汤建编《桂堂诗汇选》，越南汉喃研究院藏阮朝钞本。

注释

1. 上林：上林苑，汉武帝始建。南朝建康也有上林苑，为宋孝武帝大明三年（459）于玄武湖北兴建。后亦泛指皇家园林。

2. 泥垒：燕子衔泥筑垒，故称。

3. 差池：参差不齐。语出《诗·邶风·燕燕》："燕燕于飞，差池其羽。"

4. 睍睆：指清和圆转的鸟鸣声。语出《诗·邶风·凯风》："睍睆黄鸟，载好其音。"

5. 京辇：国都。

解读

据"春日""春禽"可推断本诗作于乾隆二十七年春，时作者归国再次途经金陵。燕子矶北临长江主航道，明清时堪称金陵江岸最负盛名的地标景观，让往来船客寓目神往。石矶得名源于它形如"绝势欲飞"的燕子，刘禹锡的经典名句"旧时王谢堂前燕，飞入寻常百姓家"，又使堂前燕子成为著名的六朝象征，而六朝兴亡系于长江天堑，因此濒江名胜燕子矶对文人骚客很容易产生吊古伤今的吸引力，清初遗民诗词中已经可见这种意象关联。深受中国历史和文化浸润的作者往返北京，必过燕子矶，遂有心登临远眺，面对山川形胜与沧桑世事自然产生同样的感慨联想。

［安南］**阮辉𠐓**（1713—1789），乂安德光府罗山县（今属越南河静省）人。后黎朝纯宗龙德元年（1732），领乡荐第一名，授长庆（今属越南谅山省）知府。显宗景兴九年（1748）以一甲第二名登第。累主科举，并曾执掌国子监。官至吏部左侍郎，封都御史。年七十致仕，赠工部尚书。据传世燕行文献《奉使燕京总歌并日记》《北舆辑览》《燕轺日程》可知，景兴十年（清乾隆十四年）和二十六年其均以正使身份赴清入贡。

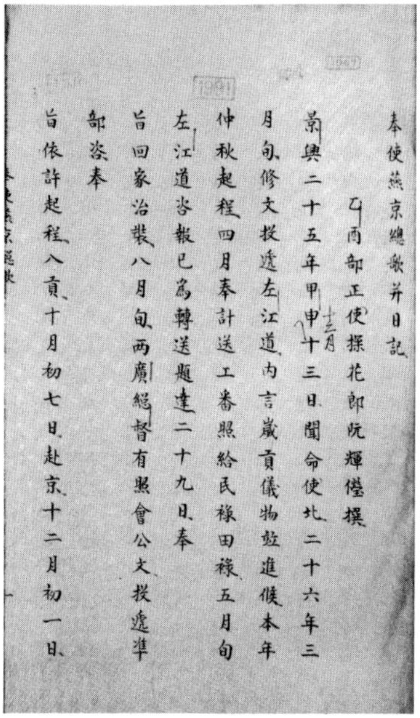
奉使燕京總歌并日記
乙丙部正使探花郎阮輝𠐓撰
景興二十五年甲申十二月十三日聞命使北二十六年三
月旬修文投遞左江道內言歲貢儀物並進候本年
仲秋起程四月奉計送工番照給民祿田祿五月旬
左江道咨報已爲轉送題達二十九日奉
旨回家治裝八月旬兩廣總督有照會公文投遞準
部咨奉
旨依許起程八貢十月初七日赴京十二月初一日

《奉使燕京总歌并日记》书影

奉使燕京总歌（节录）

顺流效[1]过巡关，江东门口仍弯[2]使船。
南京古号冲繁[3]，春潮白鹭龙蟠钟山。
冥迷高下[4]栏杆，云留几阁[5]花攒[6]帘栊[7]。
家家盆养青松，桌排古董炉烘龙涎[8]。
书房[9]坊缎庯[10]蝉毽[11]，广洋杂货辽燕药材。
笙歌声闹秦淮，潮盈聚宝风回清凉。
鸡鸣敕建道场，报恩古塔昂藏[12]连云。
暂留月又一旬，扬船仍复照循旧规。
饱风掠燕子矶，仪征四闸[13]霎时经过。

出处

《奉使燕京总歌并日记》，越南汉喃研究院藏钞本。

注释

1. 效：效核，检验。

2. 弯：靠岸泊船，停泊。

3. 冲繁：地当要冲，事务繁重。

4. 冥迷高下：高低迷茫，模糊难辨。语出唐代杜牧《阿房宫赋》："高低冥迷，不知西东。"

5. 几阁：又作"几格"，指橱架。

6. 攒：聚集。

7. 帘栊：又作"帘笼"，指窗帘和窗牖，也泛指门帘、窗帘。

8. 龙涎：龙涎香，产自抹香鲸的名贵香料。

9. 房：疑为衍文。

10. 庯：越南俗字"铺"。

11. 䏈：越南俗字"联"。

12. 昂藏：高大。

13. 仪征四闸：仪征至扬州运河入江口水利工程，分别为响水闸、通济闸、罗泗闸、拦潮闸。

解读

本诗为六八体长篇汉诗的代表作，全长四百七十句。六八体汉诗是18—19世纪越南在传统汉诗基础上自创的民族诗体。本书节录部分反映了乾隆三十一年（1766）作者抵达金陵后的见闻。据后文日记可知，安南使船"经乌龙巡关，从河口塘（当指大胜关附近的南河河口，今为秦淮新河河口）转入小江（当指大胜关下游的夹江）"，于九月十三日抵达江宁府，停泊于江东门门口的石桥外。九月二十五日，又"换船移就旱西门七星桥下"。十月二十一日继续开船北上，二十五日"出上河，越杨子大江（即扬子江）"，至此离开金陵地面。前后停留时间较长，诗云"月又一旬"，实际超过了四十天。诗中提及白鹭洲、钟山、秦淮、聚宝门、清凉山、鸡鸣寺、报恩寺塔、燕子矶等诸多名胜古迹，可能是作者亲历，有的在其后日记部分又有专门的诗篇吟咏。比较少见的是，作者专门描写了南京人家培植盆景、陈列古董和使用熏香的雅致生活，以及书坊、缎铺、药材等各类百货业的繁荣市景。有意思的是，作者诗题以"燕京"称呼清朝首都北京，而诗中以明朝旧都之名"南京"称呼已降为江南省城的金陵（后面的诗文也多次使用"南京"名号），似乎微妙暗示了他的立场。

金陵日记并诗（一）

江南古金陵建京之地，覆舟山阻其后，聚宝山[1]当其前，石头三军[2]踞其右，秦淮横亘其中（秦人凿淮以压脉[3]，故名秦淮）。城周回一百八十里，内开十三门。百货悉有，书坊可百余家，有织造坊。游船如织，船有栏杆、食卓[4]，丝竹之声喧阗间巷。俗好盆景，家养或至百盆以售客。城中总督、布政、盐道、粮道、府协[5]，与江宁、上元二县同任。旧有八景，曰[6]钟山龙蟠、石城虎踞、燕子临流、长江天堑、秦淮秋泛、白鹭春潮、东山胜墅[7]、报恩古寺。自此入[8]京可二千二百二十六里。

城西南有清凉山，岭上有皇亭[9]，山版[10]有清凉寺，扁“教阐莲峰”。山前有菩庆庵[11]、扫叶楼。从三山街书缎庯[12]至城北，是鸡鸣山。山有寺，中堂记志公像，扁[13]“鸡鸣古迹”。俗传齐后主与宫女夜游秦淮[14]，每至此已是鸡鸣时候，故名。城南聚宝门外，有报恩寺，吴孙权所建[15]。塔高九层，层层四面[16]，各悬灯笼。佛前香炉三副，每重可万斤。内多寓星相者。秦淮上有乌衣巷，俗传是王谢旧宅。其运粮船通计各省，欠半只而满万，亦造为半船之样。因置公货缎细，留住一月一日，有：

江南八景作

一壶[17]光景十三门，媚色分来上晓暾[18]。
天堑长江连虎踞，报恩古寺拱龙蟠。
燕矶流掠秦淮水，鹭渚波摇胜墅根。
淡隔晴漪千古迹，有怀难与俗人言。

题报恩寺塔

聚宝门前叩老僧，抠衣[19]稳步最高层。
慈云每向危栏拥，玉乳常于翼瓦凝。

袅袅烟浮千古鼎，星星焰吐万笼灯。
题名韵事传今古，朝代从来几废兴。

金陵怀古

从天[20]万马认来踪，地辟南京王气钟。
持宝六朝空惴惴，埋金一吕[21]自忡忡。
龙蟠山麓松楸长，虎踞城边草树秾。
自信天心[22]开正統[23]，土绵[24]未可恨江东。

出处

《奉使燕京总歌并日记》，越南汉喃研究院藏钞本。

注释

1. 聚宝山：雨花台，在聚宝门外，故名。
2. 三军：第三围，指与覆舟山、聚宝山共同将古金陵围合在内。
3. 压脉：镇压地脉，即破坏风水。
4. 卓：古同“桌”。
5. 府协：指江宁城守协副将。
6. 原有衍字“龙”，删去。
7. 东山胜墅：原缺“墅”字。
8. 入：原书误作“八”。
9. 皇亭：指翠微亭，内有乾隆御制诗碑。
10. 版：为“坂”或“阪”字之误。
11. 菩庆庵：待考，近代清凉山前龙蟠里有普渡庵。
12. 书缎庯：书坊、缎铺。
13. 扁：古同“匾”，指匾额。
14. 俗传齐后主与宫女夜游秦淮：齐后主当为齐武帝之误，也非夜游秦淮，而是“早游钟山射雉，至此鸡始鸣”（《建康实录》），或是“齐武帝数幸琅邪城，宫人常从早发，至湖北埭，鸡始鸣”（《南史》）。
15. 吴孙权所建：报恩寺非孙吴大帝孙权所建，明清时多认为该寺前身为孙权时期的建初寺，故作者有此说。

16. 层层四面：误记，实为八边。
17. 一壶：道家语，比喻仙境。
18. 晓暾：朝阳。
19. 抠衣：提起衣服前襟。
20. 从天：顺从天意。
21. 一吕："吕"字本义为脊椎骨，此处当指一整套。
22. 天心：天意。
23. 統：本为"旒"的异体字，此处或为越南俗字，对应当为"统"字。
24. 土绵：意指国力薄弱。

解读

题目《金陵日记并诗（一）》为编者所加。本组三篇诗作为作者于乾隆三十一年九月十三日抵达南京后创作的第一组诗。前有大段日记，纪行状景，也可视为诗引。诗文相映，比精炼的总歌有了更加详细的描绘。第一首总述八景，景名完全是二十多年前阮宗室的版本，可见其在越南的影响。第二首即写大报恩寺塔，表明了这一建筑奇迹的重要地位和强大吸引力，重达万斤的香炉、寓居寺中的星相家等细节为了解寺塔提供了更多的史料和印证。第三首仍是传统的《金陵怀古》。自康熙末年的丁儒完、乾隆初年的阮宗室以降，此三大主题几乎是18世纪游历金陵的安南使节程式性的吟诵内容，当然多数人仅涉及其中某一或某两大主题，只有阮辉僜是全部涉猎。

金陵日记并诗（二）

九月二十五日，换船移就旱西门七星桥[1]下。十月二十一日，开船，经观音山寺，寺名永济，扁"云山月海"。山上有亭，扁"空江独立"。过通津桥，是燕子矶。初上水云亭，顶上大江亭[2]。

题永济寺一律

繁花此地有林泉，傍倚云根[3]辟大千[4]。
霜后芙蓉多作态，冬来杨柳欲为烟。
风幡[5]般若传僧偈，香火三生证客缘。

可是幽奇能索句，山看楼外雨晴天。

题燕子矶一律

交交[6]帆影自西东，水白山苍画未工。
村坞参差青柳外，梵家隐约翠松中。
和霜芦带三分雪，隔岸风传半里钟。
鹚首纷纷鸥作对，随波共笑信天空。

出处

《奉使燕京总歌并日记》，越南汉喃研究院藏钞本。

注释

1. 旱西门七星桥：旱西门即石城门的俗称，门外桥名石城桥，疑七星桥为其俗称。
2. 大江亭：俯江亭。
3. 云根：山石。
4. 大千：佛家语，全称“三千大千世界”。
5. 风幡：风与旗幡。出自《景德传灯录》的禅宗公案，即二僧争论风动还是幡动，六祖慧能曰：“风幡非动，动自心耳。”
6. 交交：错杂交加。

解读

题目《金陵日记并诗（二）》为编者所加。本组两篇作于乾隆三十一年十月二十一日离开南京之际。由于清帝南巡时屡次驻足登临并为之赋诗，当时的永济寺和燕子矶已经跻身最著名的金陵名胜之列。两处景点的自然风光本就足堪吟诵，故作者的焦点也不再是常见的咏史怀古。诗前日记提及永济寺和观音山亭的匾额以及燕子矶前的通津桥，都是史籍罕见的记载，足可补史。

金陵日记并诗（三）

三月二十七日，回到南京，复到住江东门口，有：

东门舟作

石头城下又维舟，烟雨秦淮忆旧游。
初晓霞光明到枕，乍晴山色翠盈眸。
满城花共佳人艳，围寺松连宝塔秋。
极目西南飞鸟外，白云深处是驩州[1]。

四月初四日换船，以公货未完，留驻。二十二日，钦差日夜督关。遂庸[2]小船，入三山街光霁书店，取上年所寄私装搬运就船。并办祭江礼，稍为缓计。四月二十三日开船，有：

开舟喜赋作

才出江南数客程，寻披旧志按寰瀛[3]。
望乡路上归鞭熟，折竹阶前喜气生。
绿浦潮音时抖擞，白云烟与晓分明。
欲思拖地宽闾望[4]，万里乘风一棹轻。

出处

《奉使燕京总歌并日记》，越南汉喃研究院藏钞本。

注释

1. 驩州：古越南地名。隋唐始置，隶属于交州，在今越南河静省和义安省南部。作者家乡古属该州。

2. 庸：古同“佣”。

3. 寰瀛：疆域。

4. 闾望：门闾之望，指父母思念子女。

解读

题目《金陵日记并诗（三）》为编者所加。两诗作于乾隆三十二年暮春，作者返回南京之后。作者两至金陵，前后盘桓两月，留下详记日程的诗文，为后人了解越南燕行使在南京的行程和活动提供了时空结合的难得标尺。使节到达南京，均泊舟江东门门口，因所乘船只有行驶区间的限制，故要例行换船才能开始下一段旅程。在此期间，他们往往要花费大量时间采购公私货物，说明当时南京的商贸流通业相当发达，而且南京的书店还能为客人提供长达半年、跨越年关的寄存服务，体现了灵活的经营手段。由于经年累月在外漂泊，作者此时已是归心似箭，表达了强烈的思乡情绪，这种长途漫漫的旅行感受恐非今人所能轻易理解的。

［安南］**武辉珽**（1731—1789），初名仲恭，字温奇，号颐轩。海阳唐安县慕泽社（今属越南海阳省平江县）人。后黎朝景兴十五年（1754）甲戌科进士。三十二年（清乾隆三十六年）被任命为出使清廷的使团甲副使，次年春正式启程，至后年冬回国，升兵部侍郎兼国子监祭酒，封红择伯。使华期间，“触兴吟题，诗凡千百首”，编为《华程学步集》。今存其弟子宁逊于西山阮朝光中三年（1790）书序的《华程诗集》，收诗一百四十余首，记录了使程沿途所见景观及人事见闻，并依时间顺序编排，后附赠答之作。

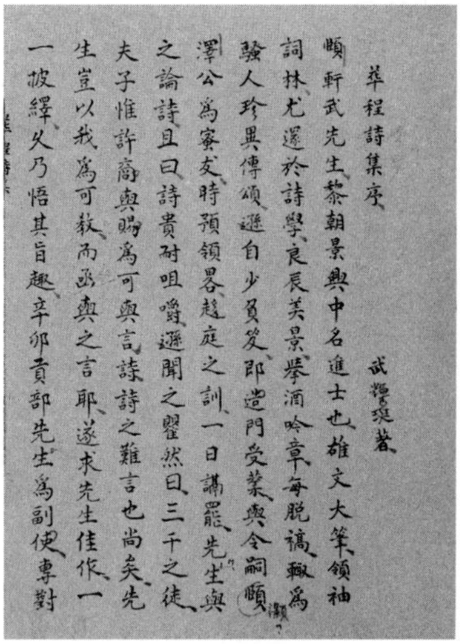
華程詩集序
頤軒武先生黎朝景興中名進士也雄文大筆領袖
詞林尤邃於詩學良辰美景舉酒吟章每脫稿輒爲
騷人珍異傳頌遜自少負笈即造門受業與今嗣頤
澤公爲審交時預領畧趨庭之訓一日講罷先生與
之論詩且曰詩貴咀嚼遜聞之矍然曰三千之徒
夫子惟許商與賜爲可與言詩詩之難言也尚矣先
生豈以我爲可教而亟與之言耶遂求先生佳作一
一披繹久乃悟其旨趣辛卯貢部先生爲副使專對

《华程诗集》书影

金陵怀古

江东旺气正依然，虎踞龙蟠体势[1]全。
数百载都曾几代，十三门砌又何年。
豪华风物犹廛俥[2]，游赏宫台已海田。
秋色惟余淮[3]上月，几临乌巷竹丝延。

出处

《华程诗集》，越南汉喃研究院藏钞本。

注释

1. 体势：形势、形态。
2. 廛俥：街市。廛，城邑民居。俥，《集韵》释“大貌”，此处或指肆。
3. 淮：秦淮河。

解读

据其使华行程及“秋色惟余淮上月”之句，可推断本诗作于乾隆三十七年（1772）秋。作者延续这一时期越南使华诗的惯例，以“金陵怀古”为题，追怀六朝古都，但并无此类题材常见的伤感，而是强调金陵之气依然旺盛，虎踞龙蟠的地势也没有变化，宫台虽逝，风物犹存。此诗很好地展现了域外人士目睹仍旧繁华壮丽的清代金陵城所生发的独特感触。

金陵八景

其一　钟山龙蟠

在府城[1]外东北。其山自摄山而来，至此突起，高大蜿蜒回抱，其形如龙，诸葛称“钟山龙蟠”也。

摄山登足势峥嵘，八望蜿蜒宛若生。
石脊崚嶒侵九汉[2]，岩腰环抱壮重城。
楚金埋向灵[3]奚损，晋马彫来化易成。
陵谷几经尘劫换，郁葱王气尚分明。

其二　石城虎踞

在府城西，自钟山右臂而来，经鸡笼、马鞍[4]诸山，以达于西，即为石头山。孙权因筑长城，势如虎负，诸葛称“石城虎踞”是也。城南有山双峙，曰牛首山。

因山翌[5]自建吴城，隐若威风壮有形。
高压马鞍雄蹲特[6]，平欺牛首凛峥嵘。
险依曾保三州[7]固，嵎负常资半壁宁。
莫把江东绵薄视，驱秦却魏[8]几蜚声。

（七八[9]视之眈眈[10]。）

其三　燕子临流

在府城西北大江之津，江流湍[11]激处屹起一石矶，两边石翅[12]撑开，形似髭燕。

不是穿花度柳群，巉岩丰骨屹然身。
傍髭肯向乌衣巷，卓立长于碧水津。
荫密[13]树毛容宿鸟，矶间石喙狎游鳞。
长江万古涵清影，夕兔朝乌[14]送[15]主宾。

（通天形容点缀出燕子来，真可羽翼葩经，颉颃诗史，读之不觉手之舞之矣。）

其四　长江天堑

一带洪波势薄空，天然习坎[16]固江东。
北南宝域成严限，今古汤池属化工[17]。
望骇几番胡骑却，险资六代鼎图隆。
客槎最是兴怀处，水色秋天又好风。

其五　白鹭春潮

在府治西南八里，周回十五里许，即太白所称“二水中分白鹭洲”也。旧有赏心亭[18]，今久废。惟潮汐无有改耳。

鱼凫鹦鹉总寻常，障遏长波控汉湘。
雪雨洲浮江两派，桃花浪[19]涨日三阳[20]。
鸥迷旧渚东西泛，鬫[21]趁[22]平流[23]上下翔。
借问谪仙题品日，赏心亭上几乘凉。

（五六寻常点缀，自见精神。）

其六　秦淮秋泛

在府城途七八里桥[24]，出水西关[25]，入于江。乃秦皇东巡时所凿，故名。淮口有桃叶渡，即王徽之邀桓伊吹笛处，夹岸亭台相接。春秋时，游人乘潮泛舸，往来丝竹间发，殊为胜赏。

长淮秋霁水澄空，客舸夷犹兴不穷。
数棹晓开桃叶渡，双航[26]晚带桂花风。
亭台影接金堤[27]畔，歌管声喧锦浪中。
何处渔舟吹笛短，依稀桓子弄商宫[28]。

（三四天然妙致，不费思量，七八清庙之瑟，有遗音者矣。）

其七　东山胜墅

在府城东三十里，一名土山。晋谢安旧隐会[29]稽之东山，筑此拟之，常携妓[30]游赏，与从子玄[31]围棋，至夜始还。其处四野环列，有金石竹木诸山，八音之名完备。

谢家台观几莱芜[32]，胜墅风流独未殊。
山有八音环雅趣，尘无一点宛清壶[33]。
花谙挟妓[34]迎人笑，鸟惯围[35]棋向客呼。
谁访会稽图旧隐，试看景色异同无。

（五六风流佳话，七八东晋语咏东晋人。）

其八　报恩古寺

在府城南聚宝门外，孙权所建，是江南寺塔之始。本名建初，永乐时益恢拓之，赐以今名。殿阁巍嶪[36]，并盖黄瓦。寺中三尊像金身极大，坐前各悬香笼，其制用香一株，长数十余尺[37]，层层环屈，红锦相牵，上狭下广，状如覆笼，香头一点，日夜延著不绝，谓之万年香。寺前有石桥，制甚坚巧。殿后九层塔，秀出云表，灯光炫耀，中夜烛天。又寺外左边土山上有雨花台，乃梁武讲经之所。

翌经吴创又明因，江左无蓝[38]自昔闻。
九[39]级塔灯高慧炬，万年香霭荫慈云。
石桥路有轮蹄集，钟阁声无陇市分。

客里[40]登临看不尽，雨花台外又斜[41]曛。

（三四空即是色，色即是空）

出处

《华程诗集》，越南汉喃研究院藏钞本。

注释

1. 府城：原书误作“城府”。
2. 九汉：当是九天、霄汉合称，意指天空。
3. 原钞本“灵”字前有“金”字，为朱笔点除。
4. 马鞍：山名，在定淮门内，南接石头山。
5. 翌：辅翼。
6. 蹲特：蹲卧的公牛。
7. 三州：指孙吴政权所辖扬、荆、交三州。
8. 原钞本“魏”字前有“魁”字，为墨笔点除。
9. 七八：指第七、八句。下同。
10. 眈眈：如虎目威视。
11. 湍：原书作“端”字。
12. 翅：进，飞。原书作“趐”。
13. 密：原书作“蜜”，同“密”。
14. 夕兔朝乌：夕兔为月亮代称，朝乌为日出即散之鸟，此处连用代指日夜。
15. 原钞本“送”字后有衍字“迭”。
16. 习坎：指险阻。
17. 化工：大自然造化之工。
18. 赏心亭：原书作“赏亭”，应缺“心”字。
19. 桃花浪：桃花汛，汛期在桃花盛开的春季。
20. 三阳：指春季。
21. 鸀：疑应为“鹚”字，水鸟名。
22. 趁：追逐。
23. 平流：平缓的水流。
24. 桥：衍字，或作“七八座桥”。
25. 水西关：当为西水关。
26. 原书多“航”字，以朱笔点除。
27. 堤：原书作“提”。

28. 商宫：即宫商，此指乐曲。
29. 会：原书为“桧”字，据朱笔改。
30. 妓：原书作“之”。
31. 玄：原书为“炫”字，据朱笔改。
32. 莱芜：荒芜。
33. 壶：疑当为“壸”字。
34. 妓：原书作“枝”。
35. 原书“围”字后有衍字“基”。
36. 巍業：原书在其前尚有一“巍”字，以朱笔点除。
37. 原书“尺”字后有衍字“丈”。
38. 蓝：伽蓝省称，即佛寺。
39. 原书“九”字后有衍字“给”。
40. 客里：客居他乡期间。
41. 原书“斜”前多“科”，以朱笔点除。

解读

本组诗当作于清乾隆三十七年秋。武辉珽是自三十年前阮宗窐之后已知的第二位创作同题组诗的越南使节，其八景题注与阮宗窐的大体相同，多数更加简略，甚至缺注（即《长江天堑》），唯《报恩古寺》之注较前更详，特别是记述了寺中所供“万年香”的情况，在历代文献中极为罕见。诗句内容二者也比较相似，多吟咏题注提及的典故、景观。现存两组《金陵八景》诗，加上稍早阮辉僜的《江南八景作》，构成了十八世纪越南文坛品题金陵八景的有趣现象，成为古代金陵文化在海外传播的独特案例。

金陵皇宫吊古

明初定鼎，于西南角倚钟山建皇城以居。自永乐迁都北直[1]，久经荒废。今皇城与宫殿故基，及午门尚存。门楼有极大洪钟一颗，字刻洪武年制。登高凭吊，不胜黍离之感。

闲步皇宫访故人，惟余瓦砾委斜曛。
门楼钟簴[2]垂洪武，朝殿台基失建文。

沟卧石洪红[3]寒浸月，城芜堞雉冷凝云。
钟山不管时今古，依旧龙蟠翠色分。
（可谓江山不平，寒月冷云，便有荒凉之[4]意。）

出处

《华程诗集》，越南汉喃研究院藏钞本。

注释1

1. 北直：北直隶省称。
2. 钟簴：以猛兽为装饰，悬挂大钟的格架。
3. 石洪红：疑“红”为衍字，石洪或指大石块。
4. 原钞本“之”后有“志”字，为朱笔点除。

解读

本诗当作于清乾隆三十七年。时金陵明故宫位于满城之中，但仍允许外国使节造访。城中宫殿早在康熙时已经拆除，仅剩台基，废墟瓦砾，一片荒凉，唯见午门之上尚存钟楼，内悬洪武大钟。钟楼现已消失，作者的凭吊诗句可谓难得的实录。

赠江宁三山街缎铺[1]武举[2]候补分府[3]哈品南

才业[4]宁惟武服供，试看经纬见通融。
描花刺绣家机袖[5]，贯甲争袍世冶弓[6]。
五彩[7]堪施虞后[8]绘，七衮[9]奚改帝孙[10]工。
理丝制锦其余事，阛阓[11]休将一例同。

出处

《华程诗集》，越南汉喃研究院藏钞本。

注释

1. 缎铺：原书误作“锻铺”。

2. 武举：武科中的乡试及第者。

3. 候补分府：听候同知补缺的官员。

4. 才业：才学。

5. 袖：原文如此。

6. 冶弓：弓冶，指父子世代相传的事业。

7. 五彩：指衣服上的五种文采。《书·益稷》称，舜帝命禹“以五采彰施于五色，作服”，即以五种文采制成天子、诸侯、卿、大夫、士等不同等级的衣服。

8. 虞后：虞舜、舜帝。

9. 衮：帝王或三公所穿礼服。

10. 帝孙：星名，即织女星。

11. 阛阓：市肆、街道，借指店铺或民间。

解读

本诗作于清乾隆三十七年作者初至江宁府城，或三十八年归途重返时。明清时的三山街南通聚宝门，西达水西门，位于当时南京城的东西和南北的轴线交汇处，西北近府署，东南望贡院，为城中最为繁华的商业街区，店铺鳞次栉比，游客川流不息。

哈品南为三山街缎铺店主，从作者的诗句内容可以看出，其所营刺绣锦缎品质优良。稍后数年另一位安南使节也有诗称颂哈姓缎坊，说明其盛名在外，故能吸引外国使节成为固定客户。至于哈品南的武举身份、候补分府官衔，当是他通过捐纳所得。因清代捐官风行，故富裕商贾常捐输功名和官衔，以提升社会地位。

哈氏不是常见的汉族姓氏，多来源于蒙古族和回族。三山街有清真寺，回族人口较多，绸缎业也是南京穆斯林涉足较多的行业。据《南京回族伊斯兰教史稿》记载，南京回族世家有哈氏，明代迁入，始祖为哈尔布丁；清末民初，距三山街以北不远的内桥湾清真寺（大约始建于康熙朝）有前后多任掌教（伊玛目、阿訇）皆为哈氏。因此，乾隆年间在三山街经营缎铺的哈氏应当属于回族。本诗有助于丰富对清代中期南京商贸史、民族史的认识。

［安南］胡士栋（1739—1785），字隆甫，号瑶亭、竹轩。艺安琼流还厚（今属越南乂安省）人。后黎朝景兴三十三年（1772）壬辰科进士，高中会元、庭元（相当于状元）。三十八年（清乾隆四十二年）任副使，出使清朝。次年秋抵北京。后年秋返回国都升龙（今越南河内）。累升户部左侍郎、权府事，封侯。后任顺化督同。任满，改武官都指挥使、权府事。卒赠工部尚书，封班郡公。所著有诗集《花程遗兴》，收录出使诗作，翰林院校理兼国史纂修汝慎斋点评。

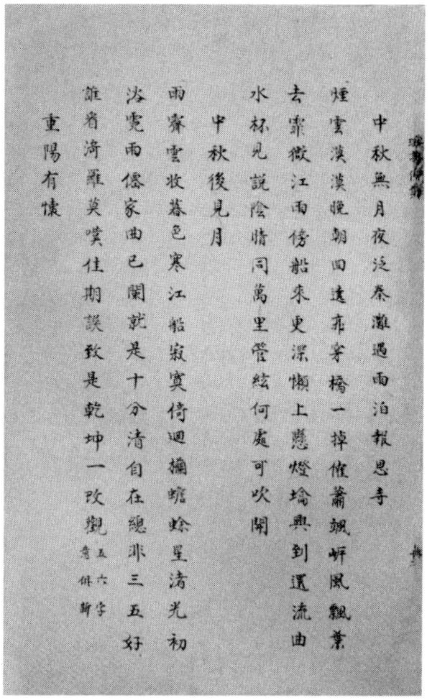
中秋無月夜泛秦灘遇雨泊報恩寺
煙雲漠漠晚朝回遠乖穿橋一棹催蕭颯野風飄葉
去霏微江雨傍船來更深懶上懸燈埼興到還流曲
水杯見說陰晴同萬里管絃何處可吹開
中秋後見月
雨霽雲收暮色寒江船寂寞倚廻欄蟾蜍星濤光初
浴霓雨儂家曲已闌就是十分清自在總非三五好
誰肴漪羅莫嘆佳期誤致是乾坤一改觀 五六字意併斬
重陽有懷

《花程遗兴》书影

金陵怀古

六朝所都，明为南京，今江南省江宁府。金陵王气，楚埋铁以镇之，秦凿怀[1]，古绕城外，横亘城中。

当初埋凿竟徒然，衰旺谁非造化权。
人物繁花[2]今此地，帝王更迭古何年。
赤乌寺塔[3]秋风里，洪武钟楼[4]落照边。
感慨无穷千载事，惟余葱郁旧山川。

（三四无限俯仰）

出处

《花程遗兴》，越南汉喃研究院藏钞本。

注释

1. 怀：疑误，当为“淮”。
2. 繁花：繁华。
3. 赤乌寺塔：清时，多认为大报恩寺前身即孙吴赤乌年间所立建初寺，故称。
4. 洪武钟楼：当指明故宫午门钟楼，详见前诗武辉珽《金陵皇宫吊古》解读。

解读

诗中提及“秋风”，则本诗当作于清乾隆四十三年（1778）秋。金陵怀古几乎是越南使节的必咏主题。作者从最脍炙人口的金陵王气传说生发感慨，着眼于朝代更迭，将初创王朝的遗痕赤乌寺塔与最近王朝的象征洪武钟楼并列，一首一尾，勾勒出物是人非的沧桑脉络，读来令人怆然涕下。

中秋无月夜泛秦淮[1]遇雨泊报恩寺

烟云漠漠晚朝回，绕郭穿桥一棹催[2]。
萧飒岸风飘叶去，霏微[3]江雨傍船来。
更深[4]懒上悬灯塔，兴到还流曲水杯。
见说阴晴同万里，管弦何处可吹开。

出处

《花程遣兴》，越南汉喃研究院藏钞本。

注释

1. 淮：原书误作“滩”。
2. 一棹催：原书误作“一掉催”。
3. 霏微：指雨雪微小。
4. 更深：更为夜间计时单位，一夜五更，更深即半夜之后。

解读

记中秋之诗，当作于清乾隆四十三年八月。据诗题，作者所泛秦淮实指聚宝门（今中华门）外护城河，大报恩寺在其南岸，故可泊舟避雨。报恩寺塔是当时域外人士到南京的必游之处。寺塔夜晚灯火通明，景色壮观，越南使节特于中秋夜乘舟穿桥，绕行城郭，至其处赏景。

贺江南将军辅国公

蕃宣[1]自古重亲贤，玉节牙旗号令新。
龙虎秀钟千里地，带裘坐扇一方春。
冰壶[2]清操悬秋月，宝树[3]余辉照远邻。
安勉乐瞻熙代化，匿将嘉祉[4]颂周麟[5]。

出处

《花程遣兴》，越南汉喃研究院藏钞本。

注释

1. 蕃宣：蕃，通“藩”，指藩篱；宣，通“垣”，指墙垣。即捍卫屏藩。

2. 冰壶：原书误作“冰壶”。喻品德高洁。

3. 宝树：喻杰出的子弟。此句语出唐代王勃《滕王阁诗序》云：“非谢家之宝树，接孟氏之芳邻。”

4. 嘉祉：福祉。

5. 周麟：《诗经·周南》有《麟之趾》：“麟之趾，振振公子，于嗟麟兮。麟之定，振振公姓，于嗟麟兮。麟之角，振振公族，于嗟麟兮。”该诗赞颂周文王子孙繁衍、多出贤者。此处借喻将军出身之皇室宗族昌盛人物贤明。

解读

本诗作于清乾隆四十三年或四十四年。江南将军辅国公即江宁将军嵩椿（1724—1795），出身宗室，隶满洲镶蓝旗，乾隆六年袭辅国公爵（一等公）。历任将军、都统等要职。乾隆三十七年以正红旗蒙古都统授江宁将军，四十六年改授绥远城将军。后任至盛京将军、内大臣。卒谥勤僖。嵩椿是统领江南驻防八旗的最高统帅，官居二品，虽然低于从一品的两江总督，但作为一等公的宗室成员，身份高贵。他任江宁将军九年，却事迹不详，作者与其唱酬往来的诗作是难得一见的史料。

和　答（辅国公题赠）[1]

笔势请情总大方[2]，春风态度极温良。
百朋叨荷[3]心中贶[4]，披讽[5]还如对越裳[6]。

出处

《花程遣兴》，越南汉喃研究院藏钞本。

注释

1. 原书中录有《辅国公题赠》，本篇《和答》附其后。括注为编者所加。
2. 大方：识见广博者，也谓没有拘束。
3. 叨荷：承受。
4. 贶：赐赠。
5. 披讽：翻阅吟诵。
6. 越裳：古国名。据《后汉书》载，在“交趾之南”。此处指代安南国。

解读

本诗作于清乾隆四十三年或四十四年。作者先题诗《贺江南将军辅国公》，江宁将军、辅国公嵩椿也作诗题赠：“圣治文明被万方，舟车极处有才良。且看贡使聯题翰，风雅应饶古越裳。”大意是称赞作者虽然来自“舟车极处”的偏远国度，却是展现了越南风雅文明的贤良才士。作者又依礼和答回应，称颂将军的温良大方。作者还集中收录了与朝鲜使节在北京交往时的赠答诗作。这些人物身份不同，也非汉民族，却选择汉诗作为重要的社交载体，是古代汉文化圈文化交流的独特景象。

和　答（江宁张见齐赠）[1]

旅情多少在城东，杯酒诗篇谁与同。
率土[2]未分铜界表[3]，普天仍在圣经[4]中。
礼遵执贄[5]叨衔命，技愧雕虫苦用工。
捧接郢笺[6]春雪涸，喜看桃李满街红。

出处

《花程遣兴》，越南汉喃研究院藏钞本。

注释

1. 原书中录有《江宁张见齐赠》，本篇《和答》附其后。括注为编者所加。

2. 率土：普天之下，四海之内，犹指全国。安南作为清朝的臣属藩国，故亦属率土之地。

3. 铜界表：东汉将军马援平定交趾（今越南中北部）后所立铜柱，作为汉朝南部边界的标志。

4. 圣经：此指儒家经典。

5. 执質：疑为“执贽”，即谒人时的见面礼。

6. 郢笺：指江宁张见齐题赠的诗笺。郢为楚都，南京旧为楚地，故以代指。

解读

从诗句中的“春雪”“桃李”等可知，本诗作于清乾隆四十四年春。张见齐为江宁士人，本名、生平待考。其赠诗曰：“煌煌旌节驻江东，潇洒精神迥不同。臭味芝兰形迹外，论爻风雨画舟中。诗歌不让青莲句，辞命休夸白物工。欵颂丰仪难得似，梅花香里一枝红。”从二人赠答内容看，他们在城东同游画舫，饮酒赋诗，都很欣赏对方。而作者“率土未分铜界表，普天仍在圣经中”的诗句，则表达了一种文化认同的态度。

赠三山街缎坊[1]哈姓

陶朱何事五湖[2]东，自有财源浩不穷。
尽许市城[3]称吏隐[4]，且看经纬[5]极人工。
桂山[6]香发丹连宛，荆宅花开紫满丛[7]。
他日凤毛[8]皆国器，纡拖[9]元已具藏中。

出处

《花程遣兴》，越南汉喃研究院藏钞本。

注释

1. 缎坊：原书误作“瑕玚”。

2. 五湖：指隐居之地。典出《国语·越语》称范蠡功成之后，辞别越王勾践，“乘轻舟以浮于五湖”。

3. 市城：城市。

4. 吏隐：指淡泊利禄甘为隐者的官员。

5. 经纬：指织物的经纬线。

6. 桂山：指隐士居处。典出《楚辞·招隐士》：“桂树丛生兮山之幽”。

7. 荆宅花开紫满丛：旧以紫荆树喻兄弟相亲，以紫荆花喻兄弟同枝共荣。

8. 凤毛：指子孙。

9. 纡拖：纡青拖紫的省称，原意佩带公卿印绶，形容官爵尊显。

解读

本诗作于清乾隆四十三年或四十四年。此前，安南使节武辉珽于乾隆三十七年在南京作有《赠江宁三山街缎铺武举候补分府哈品南》。此处的缎坊哈氏与缎铺哈品南应当为同一人或属同一家族。从与两任安南使节的深厚交往来看，哈氏家族作为缎坊世家相当成功，多次为安南使节供货，以至名闻海外。作者在诗中对哈氏不吝褒扬，深赞他是财源不竭的陶朱、无意官场的隐士。

当时，安南使节常利用出使机会买卖谋利，故与中国商人多有交集。有意思的是，作者在此次出使中因走私问题屡陷风波。先是其仆从陈廷暄、阮文富以剃发易服私越边境的方式以图贩货谋利，在广西被拿获。安南国王表示待他回国后将以不能钳束手下对其加以处分。后两江总督萨载又奏报他“自江宁乘船，……该贡使营利，借本与船户杨聚锦贩卖私盐。买盐七百七十包，每包重均系五十斤，装入贡使船内”。贩私盐历来属于重罪，但因其外邦身份仍交安南国处置。不过从作者后来的仕途看，似乎这两件事并没有产生严重影响。

赠三山街陈姓

游历多年涉我圻[1]，故园今始赋旋归。
义方[2]庭有芝兰[3]馥，善庆家中孝悌肥。
南极一星[4]天外耀，人间七衮[5]古来希。

回轺他日逢初度[6]，陪坐高堂看舞衣。

出处

《花程遣兴》，越南汉喃研究院藏钞本。

注释

1. 坼：裂。此指偏据南国裂土封疆的安南。
2. 义方：指教子有方。
3. 芝兰：香草，比喻杰出的子弟。
4. 南极一星：南极老人星，主寿。
5. 袠：或为越南俗字，当作“袠”，通秩，指十年。
6. 初度：生日。

解读

本诗作于清乾隆四十三年或四十四年。家住三山街的陈姓老人曾游历多年，到过安南，刚刚回到故土。恰逢他七十大寿，作者遂上门祝寿并一同观舞。这类应酬活动体现了安南使节不拘身份，与中国官员、士子、平民的广泛交游。

［日］古贺朴（1750—1817），字淳风，号精里，通称弥助。日本肥前佐贺郡古贺村（今属佐贺县）人。世仕佐贺藩。明治时期著名学者石川鸿斋推其为日本文章八大家之一。黄遵宪《日本国志》称其作为日本汉学中的古文学者“卓然能成一家言”。初学阳明，后宗朱子学。江户幕府招任儒官，为宽政（1789—1800）三博士（或宽政三助）之一，参与主持圣堂（即昌平坂学问所，又称昌平黉，幕府直辖的最高学府）教席，设书生寮，扩建校舍，弟子众多。著有《中庸章句纂释》《大学诸说辨误》等。文政二年（1819），弟子将其生前诗文汇编成《精里集抄》。

《中庸章句纂释》书影

拟金陵怀古

龙蟠虎踞到如今，谁使东南王气沉。
六代繁华犹在眼，千年豪杰自伤心。
春田麦满楼台址，天堑[1]波鸣鼙鼓[2]音。
处处寒烟松柏色，墓陵其奈牧樵侵。

出处

《精里集抄》，转引自《日本汉诗溯源比较研究》，商务印书馆2011年版。

注释

1. 天堑：指长江。
2. 鼙鼓：骑兵用的小鼓。此句化用“渔阳鼙鼓动地来”，比喻北军南侵。

解读

本诗大约作于18世纪后期。唐宋诗人多有以《金陵怀古》为题的五言绝句或七言律诗，前者如刘禹锡，后者有王安石。作者此诗为仿作，故冠以“拟”字，并非实地到访南京。诗中将龙盘虎踞、东南王气、天堑、鼙鼓等典故运用自如，可见作者对南京乃至中国历史熟稔于心。该诗历来被视为日本汉诗佳作。

［日］衣笠济（1830—1897），生平不详。南画家。南画承袭中国文人画，画风与院画相对。明治六年至九年（1873—1876）奉日本政府之命来华，游历中国南北，绘制山川地图（一说在华九年）。

金陵杂咏·桃叶渡

乌衣巷畔与谁酬，桃叶渡头花绕楼。
才子佳人难再会，高名随水到今流。

出处

川口久雄编《幕末·明治海外体验诗集》，日本大东文化大学东洋研究所1984年版。

解读

本诗作于清同治十二年至光绪二年（1873—1876）间。时距清军克复南京不过十年左右，但作者之诗并未提及这一战乱对古城的破坏。桃叶渡位于十里秦淮与青溪交汇处，属于古都南京最为繁华的核心地带，因此成为优先重建的地区。两江总督曾国藩为振兴商业，甚至“效管仲之设女闾也，因令于青溪设妓院……遂复承平之盛”（《清稗类钞·娼妓类》）。作者到桃叶渡寻访六朝遗迹时，目睹的已是“桃叶渡头花绕楼”这样的祥和景象，联想的是历代传颂的才子佳人王献之与桃叶的爱情故事，似乎难觅残酷的战争遗迹了。

莫愁湖

湖边不见莫愁家，徐步出城村路斜。
香色引人登水阁，凉风多处爱荷花。

出处

川口久雄编《幕末·明治海外体验诗集》，日本大东文化大学东洋研究所1984年版。

解读

本诗作于清同治十一年至光绪二年间。莫愁湖在水西门外，是近代以来金陵最著名的古迹名胜之一。曾国藩第二次总督两江时，于同治九年对其景观做了大规模修复，建成胜棋楼、郁金堂、湖心亭等。次年曾国藩去世，郡人特绘其像悬挂于胜棋楼中。作者登临的水阁正是数年前重建的新建筑。“凉风多处爱荷花”，说明他游览莫愁湖时正是最佳的赏荷消夏时节。

永宁庵

雨花台峙大江南，风送稻香入佛龛。
怀古幽吟感何极[1]，老僧独卧永宁庵。

出处

川口久雄编《幕末·明治海外体验诗集》，日本大东文化大学东洋研究所1984年版。

注释

1. 何极：无穷无尽。

解读

本诗作于清同治十二年至光绪二年间。永宁庵，位于雨花台东北之梅冈。宋时，高座寺又名永宁寺，后分为两寺。明时，僧古渊于梅冈重建永宁寺，与雨花台高座寺俱为中刹。寺后有方正学祠，祭祀建文忠臣方孝孺。附近还有木末亭、啸风亭、松风阁、中孚井。寺左永宁泉为金陵名泉，号称江南第二泉。清末时，有永宁庵茶社，又名二泉茶社，知名一时。永宁庵地势较高，适合登临远眺，故作者来此不仅为了怀古，也有观察地势的用意。本诗首句即点明山水关系，无意间透露了作者的关注要点。

［日］志水直（1849—1929），字号不详。爱知人。初为陆军军官。1879年（明治十二年）6月（日本已废旧历，概以公历纪月日，下同不注），作为陆军大尉，入选军方首批十一名留学中国的研究型军官，受参谋本部派遣赴上海学习并负责留学军官的联络和监督工作，还赴内地调查，编撰完成《蜀道指掌》。后升步兵少佐。十七年，随陆军卿大山岩赴欧洲各国考察军制。二十二年，任陆军省代理副官。次年升中佐，补副官并兼同省参事官。三十年至三十四年，任名古屋市长。

金陵书感

秦淮花月白门[1]歌，梦里光阴一瞥过。
昨夜凄风吹客枕，莫愁湖上雨声多。

出处

川口久雄编《幕末·明治海外体验诗集》，日本大东文化大学东洋研究所1984年版。

注释

1. 白门：本为六朝建康都城南门的俗称，后成为南京别称。

解读

作者于清光绪五年（1879）来华留学，按照规定学习期限为三年，第一年专研汉语，后两年调查各地兵要地志。本诗当作于其留学考察期间。全诗晓白流畅，表明作者虽为军官，但有较好的汉诗文基础，这应当是他能被首批派遣入华的重要原因。

［日］**副岛种臣**（1828—1905），本姓枝吉，初名龙种，别号苍海，通称次郎。肥前国佐贺藩（今日本九州佐贺县）人。出身藩士家族，与父兄皆主张尊王攘夷。曾赴京都学习。后任藩校国学教谕。安政六年（1859），因父亲去世，出继给同藩藩士作婿养子，改姓副岛。元治元年（1864）赴长崎掌管藩学稽古所（佐贺藩的英语学校），开始学习英语和西方制度、经济、法律。庆应三年（1867），与大隈重信向江户幕府倡言大政奉还，被遣返本藩。四年，入仕明治政府，曾参考西方制度起草政府组织法《政体书》。明治二年（1869）任参议，四年任外务卿。六年，兼任特命全权大使赴华交涉琉球船难民在台湾被杀事件。回国后因与西乡隆盛等主张“征韩论”，被天皇否决，辞职下野。次年，与板垣退助成立日本首个政党——爱国公党，主张设立民选议院。九年至十一年，来华漫游各地。十二年召任宫内省御用挂，为天皇讲授儒家经典。十七年颁布华族令，以维新之功受封伯爵。后历任宫中顾问官、枢密顾问官、枢密院副议长、内务大臣。二十五年，辞内务大臣职，仍为枢密顾问，并出任主张亚洲主义的东邦协会会长。其言论在当时影响很大，时人编有《副岛先生苍海闲话》《苍海副岛种臣先生讲话》《精神教育》等，后人又搜辑其诗文编印了《苍海全集》。

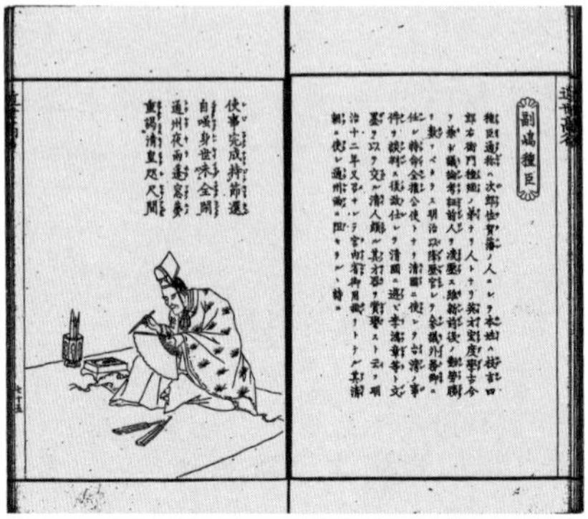

《近世遗勋高名像传》中的副岛种臣画像

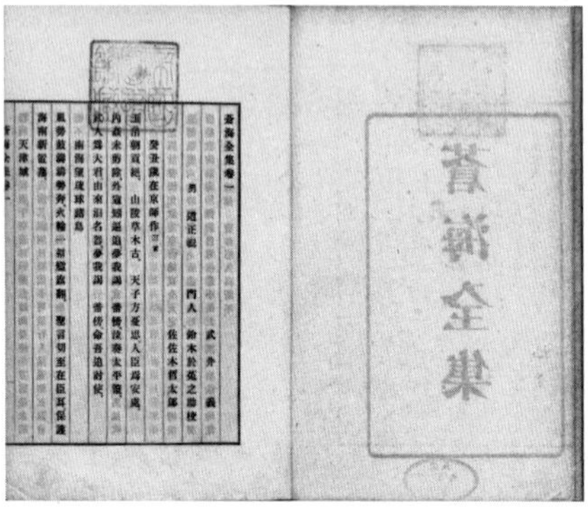

《苍海全集》书影

江南哢[1]三首

由来江北燕，还向江南归。

江南佳春气，金陵是王畿。

江南与江北，春艳何处那。
江北桃千树，不及江南多。

金陵莺花[2]盛，自古帝王州。
悉论江南地，兹边在上游。

出处

副岛道正辑《苍海全集》，日本国立国会图书馆藏大正六年（1917）版。

注释

1. 江南哢："哢"本指鸟鸣声，也引申为乐声，此处同"弄"，"江南哢"即"江南弄"。"江南弄"为乐府《清商曲》名，初为梁武帝所制。作者还作有《江南弄》："杨柳弱丝风自多，从来春恨可如何。夫游塞北长留剑，妇在闺中数掷梭。果寄一枝凭驿送，闲睐万缕抚婆娑。江南弹曲新珠哢，花絮起时苏小歌。"

2. 莺花：莺飞花开。南朝梁文学家丘迟任临川王咨议参军兼记室时，曾撰《与陈伯之书》，内有"暮春三月，江南草长，杂花生树，群莺乱飞"之句。

解读

作者下野后，于光绪二年至四年（1876—1878）客游中国，探访名胜，揽抚古迹，"朝往燕南暮齐北，于越于吴何奔忙"。其在江南逗留时，留下诸多诗作，尤以描写上海、杭州一带为多。其中《次韵吊项羽答曾根俊虎》一诗，文曰："鸣雁枯芦天欲霜，乌江暮色正茫茫。沛公孙子今予在，鼓棹中流吊项王。"乌江在江浦、和县间，表明他曾深入长江，并经过南京附近。全集里的诗作大体按时间排序，此次旅华诗作集中收入卷一，但未见有专咏南京之作。本诗系于卷三，由于排列其后的《升伯爵作》《闻佛军侵台湾有怀示平井西昌》两诗皆作于明治十七年，故推测本诗是19世纪80年代初其在日本时所作。

冶春杂诗（十三首之四）

六代豪华建业城，故宫往往水烟生。
时移王谢无人问，唯有桃根[1]专美名。

出处

副岛道正辑《苍海全集》，日本国立国会图书馆藏大正六年（1917）版。

注释

1. 桃根：古乐府《桃叶歌》之二曰："桃叶复桃叶，桃树连桃根。相怜两乐事，独使我殷勤。"据宋张敦颐《六朝事迹编类》之"桃叶渡"篇，"桃叶者，王献之爱妾名也，其妹曰桃根"。唐代李商隐《燕台四首·冬》也有"桃叶桃根双姊妹"之句。此处也可理解为以"桃根"代指桃叶、桃根姐妹二人。

解说

作者游春时围绕春日主题，以杭州苏小家、苏州真娘墓、湘阴湘君祠、西湖白堤、嘉兴烟雨楼等中国名胜、丽人典故或纯粹的李桃杏柳等花树景象入诗，共有绝句十三首，此为其一。上述名胜都是他在江南游历所经，结合前文的《江南呀》，可知作为江南省城的南京也是其旅次之地。

［日］**桥本宁**（1844—1884），字静甫，号蓉塘、慎斋。京都人。西京三才子之一。其诗宗奉白居易、陆游，在日本属香奁体（神韵派）。早年就读立命黉（学校）。明治五年（1872），入东京的宫内省任职。七年，森春涛在东京组织以崇尚清诗著称的茉莉吟社（小江湖社）。作为其门下弟子，参与组社，被誉为四天王之一。后授三等掌典补兼式部三等属。有《琼矛余滴正续编》《蓉塘诗钞》。

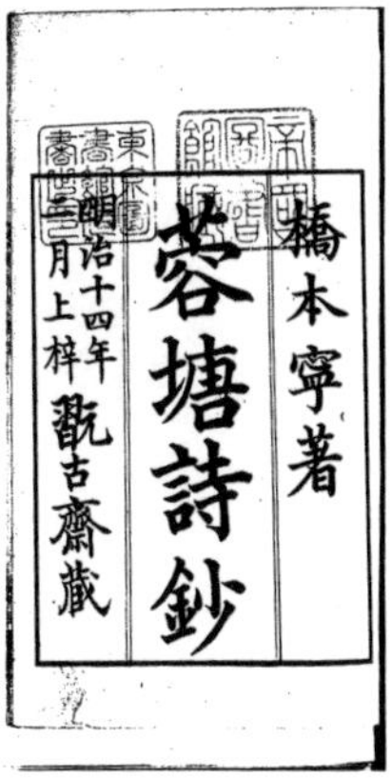

《蓉塘诗钞》书影

题秦淮水阁[1]图六首录五

为虎为龙迹已陈，清淮依旧绿鳞鳞。
江山屡阅刀兵劫，楼阁犹吹裙屐尘。
剩粉残金空六代，片风丝雨又残春。
凭谁问著沧桑感，逝矣桃花扇[2]底人。

结绮临春[3]已寂寥，有人来吊旧娇娆。
折残杨柳影空瘦，劫后花枝香未消。
流水栖乌阿男句[4]，珠帘明月嫩儿箫[5]。
总将当日兴亡事，附于秦淮上下潮。

潋滟湖光开镜奁，阿谁赋别[6]续江淹？
六朝梦共暮云断，南浦恨同春水添[7]。
花外轻寒侵半臂，酒边明月逗重帘。
莫愁歌又无愁曲，付与佳人一笑盐[8]。

当日婵娟[9]几个存？青帘[10]犹认酒家门。
东风芳草绿千里，夜雨桃花红半村。
邀笛步[11]寻名士迹，影梅庵[12]吊美人魂。
残山剩水无穷恨，呼起阿谁重讨论？

楼外红桥桥外楼，秦淮犹见旧风流。
梅花明月春人笛，桃叶烟波古渡舟。
后主[13]有歌翻玉树，老公无策护金瓯[14]。
于今丁字帘[15]前水，呜咽如含六代愁。

出处

《蓉塘诗钞》，日本国立国会图书馆藏明治十四年（1881）版。

注释

1. 秦淮水阁：秦淮河边的河厅河房。最知名的是丁家水阁，清初钱谦益曾著《就医秦淮寓丁家水阁绝句三十首》。

2. 桃花扇：有桃花图案的扇子，一般为女子所持。清代魏秀仁《花月痕》第五二回："慵妆淡抹多风韵，好似桃花扇底人。"

3. 结绮临春：台城内的结绮阁、临春阁。据《陈书》载，皆陈后主于至德二年（584）所起，"阁高数丈，并数十间"，大量使用沉檀香木，"饰以金玉，间以珠翠"，奢华瑰丽，"近古所未有"。

4. 流水栖乌阿男句：栖乌，晚归栖宿的乌鸦。阿男，即金陵女诗人纪映淮的小字，嫁杜氏，其夫死于抗清，遂终身寡居，有《真冷堂词》。清王士祯《秦淮杂诗》中有"栖鸦流水空萧瑟，不见题诗纪阿男"之句。诗中的栖鸦即出自纪映淮《咏秋柳》"栖鸦流水点秋光"。

5. 珠帘明月嫩儿箫：明末清初金陵有名妓沙嫩儿，名宛在，以字行，自称桃叶女郎。以善吹箫著称于时，亦能诗，有《蝶香集》。王士祯《秦淮杂诗》中有一首专咏沙嫩儿，诗云："傅寿清歌沙嫩箫，红牙紫玉夜相邀。而今明月空如水，不见清溪长板桥。"本句用典也当出于此。

6. 赋别：南朝文学家江淹有《别赋》。

7. 南浦恨同春水添：《别赋》写情侣之别，有“春水渌波，送君南浦，伤如之何”。

8. 笑盐：相互吟唱笑乐。典出《世说新语》，谢安问儿女辈：“白雪纷纷何所似？”兄子谢朗曰：“撒盐空中差可拟。”兄女谢道韫曰：“未若柳絮因风起。”谢安大笑。

9. 婵娟：此指美人。

10. 青帘：酒家门前的青布幌。

11. 邀笛步：金陵六朝旧迹，位于青溪桥侧。东晋桓伊在此为素不相识的名士王徽之吹笛三调，传为佳话。

12. 影梅庵：明末冒辟疆娶金陵旧院名妓董小宛，感情笃厚。相处九年后，董小宛以劳瘁早逝，冒辟疆葬之于如皋影梅庵侧，并写下悼亡名篇《影梅庵忆语》。

13. 后主：陈后主陈叔宝，曾创作《玉树后庭花》，被后世视为亡国之曲。

14. 金瓯：指国土。语出《南史·朱异传》：“（梁武帝）尝夙兴至武德阁口，独言：‘我国家犹若金瓯，无一伤缺。’”

15. 丁字帘：地名，在秦淮河利涉桥畔，为明时乐户聚居地。清初钱谦益关于秦淮丁家水阁的诗句有“夕阳凝望春如水，丁字帘前是六朝”，为本诗第七、八句所翻用。

解读

《蓉塘诗钞》成书于明治十四年，所收诗作从甲子至己卯（即元治元年至明治十二年），以编年为序。本组诗排在该书下卷之末，为己卯年与人交流赏画时所作。作者因通晓汉文，善为汉诗，与清朝驻日本公使馆随员姚文栋交往密切。二人有一次见诸笔墨的交往，即1883年3月3日，森大来（槐南）等六名日本汉学家与姚文栋修禊于大阪的墨江，留有唱和诗集一卷。作者不仅参与了此次雅集活动，还为诗集作了序。姚文栋于清光绪七年（1881），即明治十四年赴日，奉公使黎庶昌之命应接日本文人，驻日六年间，广泛交游，勤搜资料，编撰有关日本书籍达九种，为清末日本研究之重要专家。

［日］**小牧昌业**（1843—1922），字伟卿，号樱泉，通称善次郎。萨摩藩（今日本九州西南鹿儿岛县）人。藩士之子。明治二年（1869）起，任行政官史官试补、少史、权大史。四年，作为第一期清国留学生被日本太政官内务卿选派中国，先后在上海、香港学习语言和时文。曾参与琉球事件的谈判工作。次年回国。七年，随全权办理大臣大久保利通赴北京。九年，随全权办理大臣黑田清隆赴朝鲜。累任至开拓使权大书记官。十五年起，历任太政官大书记官、文部大臣秘书官、农商务大臣秘书官、内阁总理大臣秘书官等。二十一年至二十二年，任内阁书记官长（内阁官房长官前身）。后任奈良县知事兼帝国奈良博物馆长、爱媛县知事、枢密院书记官长、文官普通试验委员长等。三十一年，敕选贵族院议员。去世时为临时帝室编修局御用挂、宫中顾问官。晚年所译《大学》《中庸》，收入和刻《国译汉文大成》。

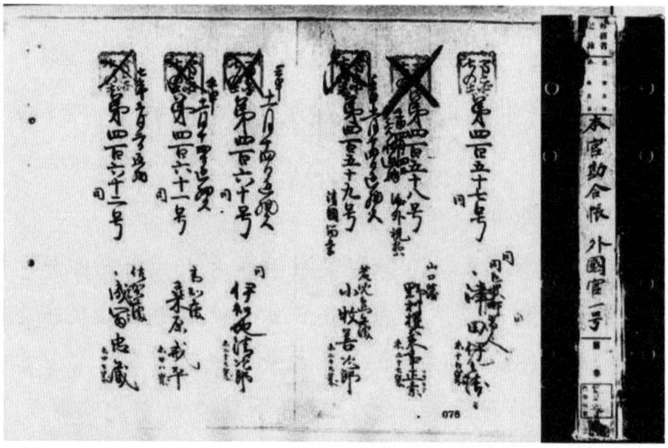

1871年，首批官派清国留学生勘合帐（即护照记录），其中的小牧善次郎即小牧昌业

金陵怀古（二首）

江水回城一道长，紫金山色锁苍苍。
曾资剧寇[1]营东窟，枉把名都作战场。

明代遗宫空蔓草，秦淮旧榭剩斜阳。
吾侪不管沧桑事，也自黍离多感伤。

出处

川口久雄编《幕末·明治海外体验诗集》，日本大东文化大学东洋研究所1984年版。

注释

1. 剧寇：指太平军。

解读

作者于清同治十年至十一年（1871—1872）来华留学，先至天津，后南下上海、香港，但未见到南京的记载。光绪十一年（1885）又曾被派赴中国，游历各地，本组诗或作于此时。南京曾为太平天国首都天京，十余年残酷的围城战使一代名都几成废墟，虽经数十年经营仍难以恢复战前的繁盛规模。作者作为较早来访且有汉学基础的日本人，亲睹沧桑巨变，感触尤深。

［日］**足立忠八郎**，生卒年不详。初在兴亚会支那语学校学习，与著名汉语教育家宫岛大八（1867—1943）、著名驻华外交官小田切万寿之助（1868—1934）是同学，年龄应当相仿。明治十五年（1882）该校解散，足立与多数同学一并转东京外国语学校汉语学科。十七年，被外务省选派为第二期清国留学生，赴上海学习南京官话、官牍。次年，经申请转赴汉口学习。毕业后，在驻华各领事馆等处工作十余年。后从事汉语教学，任东京高等商业学校清国语教授，一度兼日本医疗团体同仁会首任常务理事（1902—1904）。三十三年私立台湾协会学校在东京创立后，又兼任该校中国语教员八年。同时，自三十五年至四十二年陆续编有《清国时文辑要》《清国时文辑要总译·卷之壹》《北京官话：支那语学捷径》《北京官话：实用日清会话》《北京官话：翻译必携》（与马绍兰合著）及《新撰清国时文辑要》《北京官话：日清商业会话》等。所著汉诗集有《清朝漫游杂咏》。

金陵述怀

建业古都秋叶埋，六朝名迹动襟怀。
翻看一卷《红楼梦》，说起金陵十二钗。

出处

川口久雄编《幕末·明治海外体验诗集》，日本大东文化大学东洋研究所1984年版。

解读

作者于清光绪十年（1884）起长期在华学习和工作。十一年五月在上海向日本外务省申请变更留学地点后，转至汉口留学。沪汉交通，需要经长江航道乘船往来，途中多经停南京。本诗出自是年的《清朝漫游杂咏》，应当就是作者由上海赴汉口途中所作。以后他在“清国各口公署，办务十有余年”，也都有经过南京的机会。

以小说《红楼梦》入诗，在日本汉诗界各类金陵诗中颇为罕见，除了体现该书在当时的海外影响力，也揭示了作者对金陵认知的一个重要来源。

［日］**永井久一郎**（1852—1913），名温或匡温，通称久一郎，字伯良或耐甫，号禾原、来青阁主人。尾张鸣尾（今日本名古屋）人。出生藩士之家。初从青木树堂、鹫津毅堂习儒，又从汉诗大家森春涛、大沼枕山学诗。后入庆应义塾习西学。明治四年（1871）入选名古屋藩（即尾张藩）贡进生，赴美学习，六年回国。历任东京国立图书馆馆长、内务书记官、帝国大学书记官、文部大臣秘书官、文部省会计局长等职。1897年（明治三十年）4月转入商界，任日本邮船株式会社上海支店长，1900年2月转任横滨支店长。在华期间，壮游苏州、南京等地，并与李伯元、文廷式等中国名士往来唱和，著有《西游诗稿》一卷（附《声应气求集》一卷）及《续稿》二卷、《再续稿》一卷。返日后筑来青阁于东京，内饰中国书画，森槐南等中日诗人常在此宴集。三十五年，旨在东亚国家发展医疗事业的日本同仁会成立，任监事。四十三年，以横滨商务总会特别会员身份随赴清实业团访华，曾参观南京举办的南洋劝业会，并著有《观光私记》。去世后，其子现代文学大家永井荷风将父亲诗作编为《来青阁集》十卷出版。他还有在美国、吕宋（今属菲律宾）百日游历时创作的诗集《雪炎百日吟稿》一卷。

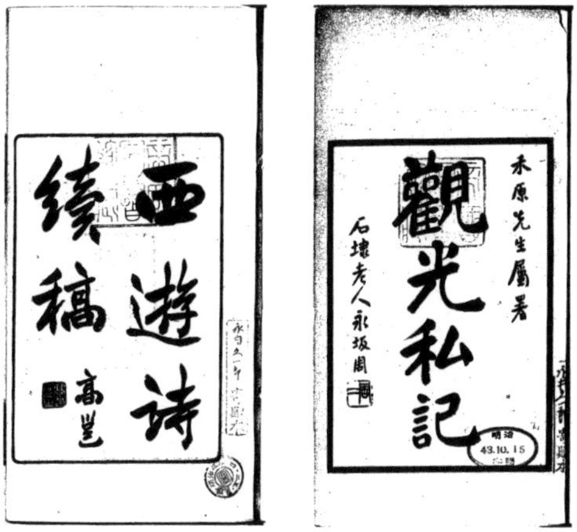

《西游诗续稿》和《观光私记》书影

雪晓骑驴过秦淮（二首）

蹇驴[1]冒雪度陂塘，路近青溪转断肠。
生怕晓寒难障得，家家暖阁[2]护鸳鸯。

满江飞絮[3]不胜寒，绣阁无人起倚栏。
只有风流驴背客，秦淮晓色雪中看。

出处

《来青阁集》，日本大正二年（1913）排印本。

注释

1. 蹇驴：脚跛腿弱的驴子。
2. 暖阁：冬季设有暖炉的小阁间。
3. 飞絮：比喻飞雪。清代沈德潜《风雪途中口号》有“漫天飞絮送归程”之句。

解读

本组诗作于清光绪二十四年（1898）。光绪二十一年中日《马关条约》允许日本经营中国内河航运后，日本邮船株式会社开辟了上海至汉口的长江航线，南京是其重要停靠点。作者时任该会社上海支店长，由武汉返回，途经南京登岸办事。为拜谒明孝陵，他于雪日清晨骑驴前往，经过有无数风流故事传颂的秦淮，却因晓寒不见倚阁佳丽，只能想象藏身暖阁的鸳鸯男女。金粉传说与晨雪晓寒形成强烈反差，在诸多吟咏秦淮的诗作中独树一帜。其中第二首用语洗炼，意境超绝，堪称精品，常被各家日本汉诗集选录。

冒雪过明故宫次西村子俊时彦韵

几回欲去又低徊，血石[1]碑残事可哀。
辇道草荒云淰淰[2]，北风如刃雪频来。

出处

《来青阁集》，日本大正二年（1913）排印本。

注释

1. 血石：方孝孺血迹石，传说是靖难之变时忠于建文帝的方孝孺被明成祖朱棣刑杀，其血溅地留痕。据清末陈作霖《炳烛里谈》载："明故宫午门内丹墀有血迹石，……相传为成祖戮方正学颈血所溅。……左文襄公因建祠其地，以祀正学，并立其石而筑亭覆之。"左宗棠于光绪七年任两江总督后，认为奉天殿遗址前的血迹石被行人随意踩踏，"非所以康诸先生之灵"，就把四块血石竖起，建亭保护，并刻"明靖难忠臣血痕碑"，成为近代南京名胜。

2. 淰淰：散而不定。

解读

本诗作于清光绪二十四年。西村子俊，名时彦，为《大阪朝日新闻》记者。光绪二十三年十一月入华，至上海，赴武汉面见张之洞。十二月二十三日（1898年1月15日），由武汉东下抵南京下关。他租小舟由水西门入城，与同由武汉返回的作者不期而遇。据西村时彦《江汉溯洄录》载，在南京的第二日正是大雪，"禾原跨驴谒明孝陵，予坐轿游清凉寺"；第三日"雪霁，禾原回沪，予跨马而出"，游明孝陵、明故宫、毗卢寺、旷观亭；第四日，"命轿出聚宝门"，谒方孝孺墓，游莫愁湖。以游程有期，淹留四日后离宁。若此文所记无误，则作者与西村时彦并未同游金陵名胜，几篇"次韵"诗作可能是后来在上海见到西村时彦的《明故宫》《登金陵旷观亭》等诗后才以追忆方式创作的。"冒雪过明故宫"应当是十二月二十四日谒访明孝陵或返回途中之事，虽然当时风雪如刀，但作者因哀感方孝孺之死而徘徊良久。

登金陵旷观亭，同子俊作并次其韵

南都风物入双眸，白鹭洲边二水流。
宝气云蒸钟阜脊，天花雨散[1]石城头。
牵羊[2]终见降王辱，栖燕安知少妇愁[3]。
万里离家无限感，投书谁复问沈[4]浮。
石头城北有投书渚[5]。

出处

《来青阁集》，日本大正二年（1913）排印本。

注释

1. 天花雨散：典出南宋张敦颐《六朝事迹编类》。其叙雨花台时称：“梁武帝时，有云光法师讲经于此，感得天雨赐花，天厨献食。”

2. 牵羊：古时国君出降礼仪中的重要环节。《晋书·王濬传》载，晋将王濬由石头城攻入吴都建业，吴主孙皓“乃备亡国之礼，素车白马，肉袒面缚，衔璧牵羊”，亲赴晋军垒门向王濬投降。

3. 栖燕安知少妇愁：唐沈佺期《古意呈补阙乔知之》有“卢家少妇郁金堂，海燕双栖玳瑁梁”的诗句，卢家少妇即梁武帝《河中之水歌》所云“十五嫁为卢家妇”的洛阳女儿莫愁。燕子筑巢门梁，春来冬往，古人常于诗中以其寄托闺妇对远行夫君的思念。如明胡应麟《娇女诗》：“莫愁年少女，十五嫁卢家。雕梁双紫燕，白日坐飞花。”

4. 沈：同“沉”。

5. 投书渚：《世说新语·任诞》：“殷洪乔作豫章郡，临去，都下人因附百许函书，既至石头，悉掷水中，因祝曰：‘沉者自沉，浮者自浮，殷洪乔不能作致书邮。’”殷洪乔即东晋名士殷羡，自建康出任豫章太守，至石头，将都城友人请他代送的书信全部投入水中。投书处在金陵石头城北，一说在江西南昌赣水西岸的石头渚。

解读

本诗作于清光绪二十四年。金陵旷观亭，旧址在今北极阁上。清代吴敬梓《金陵景物图诗·鸡笼山》小序称：“鸡笼山……前明为钦天山，于山巅置仪表以观象纬，为观象台。中叶迁仪器于顺天，此台遂废。……康熙中南巡，御书‘旷观’匾额，至今称旷观亭，在山最高处。”据前诗解读，本诗所次韵为西村时彦的《登金陵旷观亭》，作者登亭时间也应当是光绪二十三年十二月二十四日谒访明孝陵后，与西村的寻访路线大体一致，由朝阳门返回城中，经明故宫，过大行宫折而北上，登此亭，极目四顾，金陵山水尽收眼底。

莫愁湖次子俊韵

官湖似明镜，一面绝尘氛。
遥山照眉黛，近树浸鬟云。

美人没抔土，名士空遗文。

郁金堂[1]已朽，余香散水渍[2]。

出处

《来青阁集》，日本大正二年（1913）排印本。

注释

1. 郁金堂：梁武帝《河中之水歌》，描述莫愁婚后所居“卢家兰室桂为梁，中有郁金苏合香”，郁金、苏合为名贵香料，故后世称莫愁居室为郁金堂。清马士图《莫愁湖志》载，莫愁湖胜棋楼后相传是郁金堂故址，乾隆五十八年（1793）李尧栋赴任江宁知府后重建，“临水而北，在华严庵内，与胜棋楼相通”。

2. 水渍：水边。

解读

本诗作于清光绪二十四年。据西村时彦《江汉溯洄录》，作者于光绪二十三年十二月二十五日回沪，故其游览莫愁湖的时间也应当在二十四日，即登北极阁旷观亭之后。本诗也是“次子俊韵”之作，但遗憾的是西村时彦原作没有收入《硕园先生遗集》。

送人之江南

送客江南路，征帆一片孤。

水平桃叶渡，柳细女儿湖[1]。

万里春将尽，六朝人已无。

夕照空如梦，花飞满旧都。

出处

《来青阁集》，日本大正二年（1913）排印本。

注释

1. 女儿湖：泛指江南之湖。如明高启《刘松年画》曰：“载书百卷酒十壶，日斜出游女儿湖。……此乐除却江南无。”明欧大任《闻吴孝甫游杭州》云：“江梅居士宅，烟草女儿湖。”

解读

本诗出自《来青阁集》卷四，编排顺序在50岁时所作诗《忆江南》之后，《辛丑八月将重游清国有作》之前，则其创作年代当在日本明治三十四年。全诗文辞浅白，景致饱满，以六朝古都为江南象征，用典、琢字与其人文意境自然贴合。

和长冈云海贵爵[1]护美 隔江看花七绝八章即用原韵（之一）

绮思柔情未有涯，烟波荡桨送飞花。
秦淮十里凝脂水，舟是桃根桃叶家。

出处

《来青阁集》，日本大正二年（1913）排印本。

注释

1. 贵爵：对有爵号者的尊称。

解读

本诗编排位次与《送人之江南》相同，应当也是创作于日本明治三十四年。

长冈云海（1842—1906），名护美，字云海。熊本藩（即今日本九州岛熊本县）第十代藩主细川齐护之子、第十一代藩主细川庆顺之弟。日本颁《华族令》后，列为华族中的男爵，后晋子爵。曾赴美留学，后转英国剑桥大学学习法学。任职外务省，为敕任御用挂。1880年（明治十三年）11月，与渡边洪基创立兴亚会，任会长（三年后改为亚细亚协会，仍为会长）。同年任驻荷兰特命全权公使兼驻比利时、丹麦公使。明治十五年归国，任元老院议官，改贵族院后为议员。三十一年，东亚同文会成立，任副会长。其汉诗诗集有《长冈云海诗草》《云海诗钞》等。

作者和韵长冈赏春之诗共八首七绝，多以江南春日风物为主题，显见其是受到了不久前刚结束的上海任职三年及壮游江南经历之影响。而六朝桃叶渡及相关的桃叶故事在其诗中也屡次出现，体现了这一典故与景观在这位日本诗人心中的独特魅力。

辛丑八月将重游清国有作（二首）

倦客归家才隔年[1]，征帆重挂夕阳边。
拟过燕北齐东地，更到吴头楚尾天。
乱后山河新感慨，愁中文字旧因缘。
凤凰台上那堪望，满目浮云一黯然[2]。

一曲骊歌[3]酒易空，旗亭烛晕怯冥蒙。
古都历劫犹无主，奇策匡时未奏功。
笑我说诗兼说剑，任他愁水又愁风。
揭来欲走扶桑外，秋满沧溟龙气雄。

出处

《来青阁集》，日本大正二年（1913）排印本。

注释

1. 此句后，作者自注“余因事流寓清国三年，客载三月回国”。指作者在华担任日本邮船株式会社上海支店长三年，1900年3月始归国，距此次重游相隔仅一年多。

2. 凤凰台、浮云等，皆化用李白《登金陵凤凰台》诗意。

3. 骊歌：古时送别之歌。

解读

本诗作于辛丑年（1901，即清光绪二十七年、日本明治三十四年）秋，时为阳历8月。清光绪二十六年，因列强欺凌，维新失败，中国危机日甚，清廷借义和团之起与八国宣战，反致北京沦陷，慈禧与光绪离京西逃，史称庚子国难。经长达数月的议和谈判，至本年5月，慈禧被迫按照“人均一两”的数额同意赔款白银四亿五千万两。双方代表随后开始商议《议和大纲》（即《辛丑条约》）的文本细节。作者在这一背景下准备重返中国，故有“乱后山河”之慨。虽然日本是组成八国联军的列强之一，《辛丑条约》的直接受益者，但欧美势力在日益深化对中国的殖民掠夺之际，唇亡齿寒的危机感、忧惧感在不少日本人中间也随之弥漫。本诗的忧时伤感和图谋匡救正体现了这种复杂心态。

下关舟次望金陵

钟阜凌空云气腾，画中光景记吾曾[1]。
钟声度水南朝寺，树色如烟古帝陵。
鸿雁未来秋雨急，荷花已落晚波澄。
兴亡无数秦淮上，旧院[2]风流怅不胜。

出处

《来青阁集》，日本大正二年（1913）排印本。

注释

1. 记吾曾：指记录我曾经如何如何，古诗中多见。如宋范成大《隐静山》：“题名记吾曾，醉墨疥丹垩。”

2. 旧院：金陵风月场所。据明刘辰《国初事迹》，明初建富乐院，以处教坊司乐工、官妓，只许商人出入。其址先在乾道桥，后因火灾移建武定桥等处。明《洪武京城图志》称，南京有两处富乐院，“一在武定桥东南，旧鹿苑寺基；一在聚宝门外东街”。至晚明时，武定桥附近的富乐院旧址成为最负盛名的艳冶之所，称为旧院。据清余怀《板桥杂记·雅游》载：“旧院，人称曲中，前门对武定桥，后门在钞库街，妓家鳞次，比屋而居。”

解读

本诗作于清光绪二十七年秋。是年七月辛丑条约签订，作者为了解在庚子事变中以“东南互保”违抗清廷诏命，并日渐成为中国新政改革策源地的南方诸省动向，自日本重返中国，经朝鲜入境，过辽东半岛，南下上海，西行至武昌会晤湖广总督张之洞，返回途中至江宁拜访两江总督刘坤一。其溯行长江时，泊舟下关，远眺金陵，遥想当年曾旧游此地，遂起诗兴。

淮阴侯[1]练将台

战垒旗门背水开，淮阴毕竟是奇才。
沛中不见新丰社[2]，江上长存练将台。

出处

《来青阁集》，日本大正二年（1913）排印本。

注释

1. 淮阴侯：指辅佐刘邦建立汉朝的大将军韩信，先后受封齐王、楚王。汉高祖六年（前201），被告谋反，贬为淮阴侯。汉高祖十年，因牵连陈豨叛乱事件被诛杀。

2. 新丰社：据《西京杂记》载，汉高祖刘邦之父、太上皇刘执嘉因思念沛县丰社的乡村生活，“居深宫，凄惨不乐”，高祖令匠人在长安营建新丰社，将原来的乡里故人都迁来，“并移旧社，衢巷栋宇，物色惟旧”，太上皇乃悦。

解读

本诗作于清光绪二十七年秋。淮阴侯练将台即古浦口城墙上的中敌台，又称韩信点将台，位于今南京农业大学浦口校区南侧的浦子山。据明顾起元《重修浦口城记》载，该台“基高丈余，方广四五丈，空其中，甃石为券，纵横交错，通达往来。上有楼三楹，重檐飞宇，户牖通明”。此文夹注称其“相传为韩侯台，台下即其藏兵处”，并认为这种说法很荒诞。项羽兵败垓下，为韩信追至乌江（在今南京市浦口区与安徽交界处），自刎而死，虽然早在晚明就有把中敌台认作韩侯台的传说，但其作为明代所修浦口城墙的附属设施，显然与韩信无涉。中敌台踞山临江，是长江北岸的重要地标，《江浦埤乘》称其为“浦口第一名胜”，台上旧有清代大学士高晋所题“江表壮观”、江浦知县项维正所题“江山雄丽”以及“尺五天”等匾额。清咸丰年间（1851—1861）毁于战火，光绪七年重修浦口城时一并重建，1945年又坍塌，现仅存台基和明万历四十七年（1619）《重修浦口城记》石碑一通，1992年被列为南京市级文物保护单位。诗中，作者所见练将台重建仅过了二十年，依然是江中可眺的雄伟建筑。

汉口客舍送文芸阁[1]学士之南湘，曩约同游洞庭湖，学士先余发沪，道出金陵，留连二旬，其来汉口时余已自湘回，不能无憾

有约未能陪胜游，孤吟已过岳阳楼。
烟波恨我归程急，翰墨羡君随处留。
打桨人迎桃叶渡，莫愁家住石城头。
客衫只湿秦淮酒，忘却洞庭明月秋。

出处

《来青阁集》，日本大正二年（1913）排印本。

注释

1. 文芸阁：文廷式（1856—1904），字道希，号芸阁、芗德、罗霄山人、纯常子等。江西萍乡人，生于广东潮州。清光绪十六年以榜眼授编修。二十年翰詹大考，以第一名升翰林院侍读学士兼日讲起居注，故称学士。维新派重要人物，曾倡议组织强学会，并主张“君民共主”。擅诗词，有《云起轩词抄》《文道希先生遗诗》等。

解读

本诗作于清光绪二十七年秋。早在戊戌变法失败时，文廷式避走上海，与日本人多有接触，参与了东亚同文会的诸多活动，光绪二十六年正月即由该会资助出访日本近两月，广泛交游东瀛的政界、文坛。八国联军侵华期间，参与唐才常在上海召开的否认清政府统治中国之权的“中国国会”。不久唐才常谋划自立军起义失败，乃往来萍乡与沪宁之间，留心著述。作者此前在上海任职时，撰《西游诗续稿》，曾请文廷式作序，并对其诗作一一评点教正。本年，二人在上海相约同游洞庭湖，九月文廷式

先行出发，至金陵，住著名词人陈三立家，逗留两旬，错过约定，再遇汉口时只能惜别。这一时期的文廷式除了游走江湖，便是潜心著述，三年后病逝萍乡家中。

访刘岘帅坤一金陵制府[1]，力疾[2]延见，谈及时事，有所深感，退后赋此

余波[3]照邻土，仰德远来过。
报国心偏功，忧时泪又多。
永嘉[4]思旧渡，建业入悲歌。
负鼎[5]知谁任，千秋事若何。

出处

《来青阁集》，日本大正二年（1913）排印本。

注释

1. 金陵制府：两江总督或两江总督署。制府原指唐宋时的宣抚使、制置使或其衙署，南宋时宣抚使、制置使一般管辖数路军政事务，明清时的总督与之类似，故时人以“制府”尊称之。

2. 力疾：抱病坚持。

3. 余波：遗风德泽。

4. 永嘉：西晋年号。时因八王之乱，匈奴反叛，攻陷京师洛阳，掳获怀帝司马炽，大批士民南渡避祸，史称永嘉之祸、永嘉南渡。此处比喻因八国联军入侵被迫签订《辛丑条约》的清王朝陷入了如同永嘉乱世的悲惨境遇。

5. 负鼎：治国辅政。

解读

本诗作于清光绪二十七年秋。作者由汉口东下，至金陵拜访两江总督刘坤一（字岘庄，故称岘帅）。庚子事变后，清廷宣布实行新政。是年夏，刘坤一与湖广总督张之洞先后联名呈上《江楚会奏变法三折》，谋划新政方案，基本为清廷接受，影响深远。晚年的刘坤一声望日著，但身体已江河日下，因推行新政需要日本的帮

助，故仍抱病接见东瀛访客。他的忧心报国和勉力撑持政局的担当给作者留下了深刻印象。

秦淮杂诗十首

古渡垂杨藏晚鸦，六朝金粉旧繁华。
东瀛诗客风流甚，走马先寻陆八家院名。

长板桥[1]边载酒过，闲情绮梦夜来多。
劫余更见烟花盛，六院新声百翠娥。

金陵旧院皆已废绝。今有三和、陆八、李三、韩义、小狮、刘琴六院，妓女一百余名。

何处当年江总[2]家，青溪门巷日将斜。
南朝旧事茫如水，一艇烟波四壁花。
何老老画舫匾额有此一句。

流水年华去不回，秦淮空胜旧楼台。
新词谁续红鹦鹉，今日难逢双玉[3]才。

清淮残柳冷蒙蒙，紫玉红牙[4]往事空。
流水栖鸦秋寂寞，六朝山色夕阳中。

北里[5]繁华事事殊，李三陆八出名姝。
尊前谁说顿杨[6]事，白发十娘[7]今已无。

画舫名花照烛看，千金一刻一宵残。
青青抱抱寻常话，莫使红妆醉倚栏。

吾友樵堂剧赏[8]王小红校书[9]，兴豪频劝酒，辞曰“青青抱抱”的是秦淮俗语，谓以手抱额上之青筋，即大醉觉头疼之意也。

江南风气一番新，打桨争迎万国宾。
置酒金陵春[10]阁上[11]，大餐人饱四方珍。

酒酣夜半未知寒，一叶兰舟歌欲残。
忆得当年驴背句，秦淮晓色雪中看。

戊戌初春[12]，骑驴过秦淮，时风雪，得诗，有“只有风流驴背客，秦淮晓色雪中看”句。

依旧莫愁湖色青，美人名士太零星。
年来吾亦伤情者，绝代风流忆阮亭[13]。

出处

《来青阁集》，日本大正二年（1913）排印本。

注释

1. 长板桥：秦淮地名，又称长桥。东连迥光、鹫峰二寺，前为中山东花园（今属白鹭洲公园），后为秦淮河，西去数十步即旧院院墙。明末朱之蕃评选的“金陵四十景”中即有“长桥艳赏”。

2. 江总：南朝梁陈时的著名文学家，陈后主时官至尚书令，权宰朝野，但不问政务，“日与后主游宴后庭”，终至亡国。

3. 双玉：秦淮名妓范云。清初王士禛《秦淮杂诗》有：“北里新词那易闻，欲乘秋水问湘君。传来好句红鹦鹉，今日青溪有范云。”末注：“范云字双玉，有《红鹦鹉》诗最佳。”一名珏，清余怀《板桥杂记》有记，“喜画山水，摹仿史痴、顾宝幢，槎枒老树，远山绝涧，笔墨间有天然气韵，妇人中范华原（即北宋著名画家范宽）也”。

4. 紫玉红牙：紫玉即箫笛，紫竹所制，故名。红牙即拍板，红檀所制，故名。

5. 北里：唐代长安妓院云集的著名里巷，即平康里，因位于城北故又名北里，后成为风月场所的代称。

6. 顿杨：指明代秦淮名妓顿文、杨玉香。顿文，字少文，琵琶顿老之孙女，擅琴，又字琴心，有《翠拥楼词》。杨玉香，杨又环之女，故字小环，善琵琶。见清王士禛《秦淮杂诗》之二："旧院风流数顿杨，梨园往事泪沾裳。"

7. 十娘：脱十娘，见清王士禛《秦淮杂诗》之二："樽前白发谈天宝，零落人间脱十娘。"其《池北偶谈》又称，"金陵旧院有顿、脱诸姓，皆元人后没入教坊者"，清顺治（1644—1661）末年他在江宁时，"闻脱十娘者年八十余尚在，万历中北里之尤也"。故脱十娘为明万历（1573—1620）中期当红秦淮旧院的名妓。

8. 剧赏：极为赞赏。

9. 校书：旧时士人以此雅称通达诗文的妓女。

10. 金陵春：近代南京的著名西菜馆，亦兼治中菜，清末民初徐寿卿《金陵杂志》称其"西菜尤首屈一指"。位于贡院大街，相传是淮军张统领创办。

11. 此句后有作者注"金陵新开藩菜馆称金陵春"。

12. 戊戌初春：据西村时彦《江汉溯洄录》，作者第一次至秦淮是明治三十一年1月15日，即光绪二十三年十二月二十三日，应当是丁酉季冬。明治时期，日本改用格里历（即西历），作者用中国干支纪年时仅仅作了简单转换，未考虑农历与公历的"时差"。

13. 阮亭：王士禛（1634—1711），去世后为避雍正庙讳先后改士正、士祯，字子真，一字贻上，号阮亭，又号渔洋山人，世称王渔洋。谥文简。山东新城（今山东桓台）人。清顺治十五年（1658）进士。次年起任扬州推官五年。曾多次至金陵。官至刑部尚书。工诗词、书法，为清初文坛领袖。著述极富，有《带经堂集》《渔洋诗集》《池北偶谈》《古夫于亭杂录》《香祖笔记》等。

解读

本诗作于清光绪二十七年秋。作者由汉口入江宁省城，专程游历仰慕已久的金粉秦淮，寻妓院、游画舫，弥补了上次在风雪中匆匆而过的遗憾。从诗句内容看，作者基本是仿作王士禛的《秦淮杂诗》。清顺治十八年，时任扬州推官的王士禛赴游秦淮，借居丁氏河房，听丁继之讲述曲中故事，创作了著名的《秦淮杂诗》二十首，追慕繁华往事，蕴含故国之思，哀感易代人非。日本江户时期通过南京船的舶来文献不断受到清代诗歌的影响，王士禛是其中极为重要的诗坛人物，因此作者对王氏主要作品耳熟能详并不奇怪。本组诗以域外人士的眼光借用秦淮冶艳典故，实录清末新景，颇有资于考史。如清末民初《金陵杂志》"妓馆"条，记载了六家头等妓馆，分别是：三合堂，妓女四十人；双福堂（即韩起发家），妓女三十六人；四喜堂

（即六八子家），妓女三十二人；双桂堂（刘琴家），妓女二十六人；兴桂堂（即小狮子家），妓女二十二人；庆云堂（即李三子家），妓女十六人。作者所记三和、陆八、李三、韩义、小狮、刘琴等六家妓院，虽名称不尽相同，但均有对应："三和"即"三合堂"，和、合同音；"陆八"即"四喜堂（六八子家）"，南京话中陆、六同音；"李三"即"庆云堂（李三子家）"；"小狮"即"兴桂堂（小狮子家）"；"刘琴"即"双桂堂（刘琴家）"；剩下"韩义"应当就是"双福堂（韩起发家）"，都是韩姓。而《金陵杂志》记六家妓馆合计有妓女一百七十二名，与作者诗中的"妓女一百余名"也基本相合。对"金陵春"菜馆的记录，则有助于考证这家至今名号仍存的老字号历史，注中标记的"新开"二字为推测其开业年代提供了宝贵证据。

舟将发金陵，买铸秋汝镜设离筵赋此留别

雁影笛声思黯然，江干相遇即离筵。
无端愁与秋潮满，白下凉风送客船。

出处

《来青阁集》，日本大正二年（1913）排印本。

解读

本诗作于清光绪二十七年秋。买铸秋，名汝镜，以字行。回族，原籍河南汝南，其家族于清道光年间迁南京，近代实业家。曾于民国十一年（1922）入股创办大同面粉有限公司（今南京有恒面粉公司前身），下关清真寺也是由其作为主要捐赠者之一于民国六年集资创立。但买铸秋的主业为轮船运输业。民国初年，他与日本人合资经营上海日清轮船公司（即日清汽船株式会社）南京分公司，负责浦口至南京城的渡江客运，所据下关二号码头因此又称"买家码头"。民国十二年又以日本人堀田的名义在该码头独资创办泰丰轮船公司（中华人民共和国成立后，辗转并入公私合营的南京轮船公司）。从本诗内容看，买铸秋与作者相熟，而作者所在的日本邮船株式会社和日本大阪商船株式会社、大东汽船会社及湖南汽船会社在日本政府的支持下于光绪三十三年合并长江航运业务，共同成立日清汽船会社，以增强竞争实力。因此，买氏

后来得以经营日清公司在南京的业务，应当源于他早先与日本邮船株式会社的关系，他很可能曾是该会社的重要买办。

庚戌五月将游清国，招友来青阁，设筵留别

迎宾话别醉何嫌，万里行吟掀皓髯。
老境未忘周览好，十年重渡壮心添。
沈阳烟树新诗料，楚甸[1]晴波旧镜奁。
最爱江南佳丽地，秦淮画舫定留淹[2]。

出处

《来青阁集》，日本大正二年（1913）排印本。

注释

1. 楚甸：先秦楚国所辖地区，后为长江中下游一带的别称。
2. 留淹：淹留，逗留之意。

解读

本诗作于清宣统二年（1910）夏。明治末年，日本上下为拓展中国市场，极为重视加强与中国实业界的联系。是年6月5日在南京开幕的南洋劝业会成为重要契机，日本工商界以考察商务及参观南洋劝业会为名，由日本邮船株式会社社长近藤廉平于5月5日率日本赴清实业团共十二人由马关出发，从中国东北的沈阳至江南的上海深入考察中国工商业，至6月24日结束行程。南京的劝业会集聚了各地的主要产品，是考察团预定的主要目的地。作者作为考察团成员，因感念昔日在秦淮留下的美好回忆，情不自禁地表露出了“定留淹”的重游愿望。

入金陵

驱车先占嫩阴凉，得得[1]进城忘路长。
远客偏怀香帅[2]德，两行官柳抵甘棠[3]。

出处

《来青阁集》，日本大正二年（1913）排印本。

注释

1. 得得：马蹄声，说明作者是乘坐马车进城的。

2. 香帅：张之洞，号香涛，官至总督，故时人以此称呼。

3. 甘棠：官署美称。《史记》载，周初“召公巡行乡邑，有棠树，决狱政事其下”，从不失职，后人“思召公之政，怀棠树不敢伐”，并作《甘棠》之诗歌咏他的德政。旧时常以“甘棠遗爱”比喻离去的地方官员勤政爱民。

解读

本诗作于1910年6月。早在1895年，署理两江总督的张之洞主持修筑了南京近代史上首条马路——江宁马路，起自城外的下关码头，至仪凤门入城，经鼓楼直达两江总督署，大大改善了进城的交通条件。此时，张之洞已经去世近一年，曾与之有过交往的作者在诗中借此德政感怀香帅，并以中国赞誉循吏的传统美称“甘棠”指称他曾经入驻的总督署。

张安圃制军[1]人骏邀宴于督署之宝华庵，酒间赋此以呈，兼赠樊樊山方伯[2]增祥

接人襟度信宽哉，今日佳筵叨一陪。
劝业有方开赛会[3]，兴文此地养贤才。
弦歌如雨庭前起，花草成丛座上栽。
烂漫[4]主情难答得，趋风千里泛槎[5]来。

出处

《来青阁集》，日本大正二年（1913）排印本。

注释

1. 制军：总督别称。
2. 方伯：布政使别称。
3. 赛会：指南洋劝业会。
4. 烂漫：无拘无束，随意尽兴。
5. 泛槎：乘船。

解读

本诗作于1910年6月。日本赴清实业团抵达南京后，两江总督张人骏（号安圃）在江宁布政使樊增祥（号樊山）陪同下亲自宴请近藤廉平一行于督署内的宝华庵。宝华庵，庵同盦，故又作宝华盦。该建筑为前任两江总督端方所建，建筑风格中西合璧，主要用于收藏书籍、古玩等。因其位于总督署西花园——煦园之西，也称西花厅。端方离任后，改为外宾接待所，后孙中山在此宣誓就任中华民国临时大总统，因此今称临时大总统办公室。本诗所述是宝华庵用于接待外宾的一个实例。

莫愁湖次鹿山韵

胜棋人逝剩楼台，依旧天然图画开。
欲为湖山题句去，荷花时节客重来。

出处

《来青阁集》，日本大正二年（1913）排印本。

解读

本诗作于1910年6月。鹿山，即赴清实业团团员铃木总兵卫，时任名古屋商业会议所副会头。作者第一次赴南京时曾游历莫愁湖，作《莫愁湖次子俊韵》，故曰“客重来”。

雨花台次鹿山韵

两腋清风茶一杯，天花散尽古台隤[1]。
东坡遗韵今犹在，欲试名泉我亦来。

出处

《来青阁集》，日本大正二年（1913）排印本。

注释

1. 隤：崩塌。

解读

本诗作于1910年6月。雨花台自古出名泉，明代有甘露泉、高座寺茶泉等，清末时名声最著者为雨花台东岗的江南第二泉，为南宋诗人陆游品题。北宋文豪苏轼曾携带宫廷名茶“小龙团”专程赴无锡惠山品尝天下第二泉，留下七律《惠山谒钱道人烹小龙团登绝顶望太湖》，诗中有“独携天上小团月，来试人间第二泉”之句。本诗所言“东坡遗韵”即指苏轼当年佳话，雨花台之泉恰好也名“第二泉”，学问与性情“兼有晚唐北宋之懿者”的作者遂起而效仿。

江苏咨议局诸员设席凤凰台下胡家花园，招饮赋此，聊言余怀

往事茫茫二水流，佳招冒雨晚登楼。
凤凰去后台还废，太白来边我亦游。
宾主东南箭金[1]美，园林日夕石泉幽。
百年长计诸公在，何用独先天下忧。

出处

《来青阁集》，日本大正二年（1913）排印本。

注释

1. 箭金：银箭金壶的略称，古代的滴水计时器。

解读

本诗作于1910年6月。江苏咨议局于清宣统元年成立，局址在南京城北的丁家桥，为新建的西式洋楼。南洋劝业会第一次会议即以此为会所，于本年6月5日正式开幕。江苏咨议局议长张謇本就是著名的实业界领袖，局中许多议员也出身工商业，故对日本实业团的到来隆重其事。胡家花园为清末民初的金陵名园，位于城南凤凰台遗址，李白的千古名篇《登金陵凤凰台》就是在此创作的。追慕唐宋大家的作者因此油然生发怀古幽情。诗末则引用北宋大臣范仲淹"先天下之忧而忧"的名言称颂咨议局诸员。

驻留金陵日本官商诸君子
招饮于秦淮画舫，酒间作之

二千年后忆英雄，王气销沈[1]与梦同。
淡粉轻烟[2]人不见，临春结绮迹还空。
柳深一曲青溪上，歌起六朝明月中。
风雅于今犹未歇，满船灯火影摇红。

出处

《来青阁集》，日本大正二年（1913）排印本。

注释

1. 销沈：销沉、消沉，指消逝。
2. 淡粉轻烟：楼名，即淡粉楼、轻烟楼，皆属明初所建十六楼，内置官伎。

解读

本诗作于1910年6月。清末驻留金陵的日本人主要有日本领事馆官员、日资企业人员、受雇于新式学堂的日籍教官、东本愿寺僧侣等。南京作为晚清中国南方最重要的区域政治中心和交通枢纽，是当时日本人非常关注并访问不断的主要城市，在此投资的除了日清轮船公司这样的大型运输企业，也有衍生的旅馆、照相馆等服务行业。招待作者一行的官商人员应当是以领事馆官员和在此设立分支机构的日企高管为主。以风流客自许的作者在诗中以王气和风月为主题，这不仅是他的兴趣所在，也是近代日本记认南京的主要标识。

［日］**西村时彦**（1865—1924），字子俊，号天囚，后号硕园。种子岛（今属日本九州南端的鹿儿岛县）人。自幼习儒，16岁后师从著名汉学家重野成斋、岛田篁村。明治十六年（1883）入东京帝国大学文学部古典讲习科，四年后因废止官费制度而退学。历任《大阪公论》《大阪朝日新闻》记者。三十年（光绪二十三年）青岛教案后，随陆军参谋次长川上操六首次入华，调查清方动态，曾向张之洞呈交《联交私议》，主张“同洲同种同文同教而同仇同舟”。三十二年至三十五年，再度赴华研究中国问题，曾住南京。四十五年，重建大阪汉学塾怀德堂，任讲师。大正五年（1916），兼任京都帝国大学文学部讲师。八年从大阪朝日新闻社退职，任公爵岛津家临时编辑所编辑长。十年任职宫内省。有《日本宋学史》《怀德堂考》《金陵胜概》《硕园先生遗集》等。

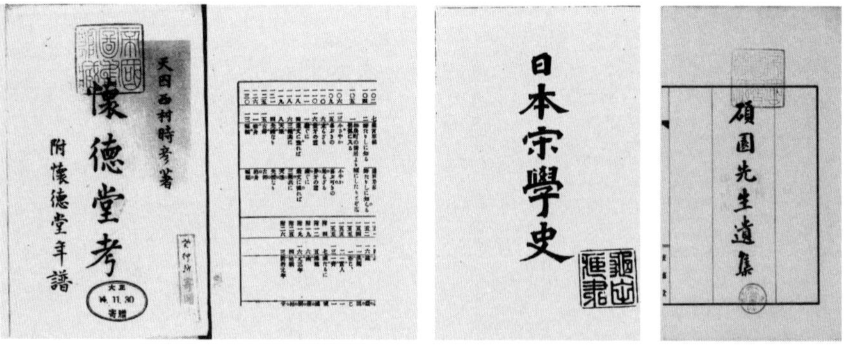

《怀德堂考》《日本宋学史》《硕园先生遗集》书影

金陵客舍与永井禾原不期而会

天涯未必叹离群，萍水相逢共论文。

今夜三人一灯雨[1]，他年何处对床闻[2]。

出处

冈山源六编《硕园先生遗集》，日本怀德堂昭和丙子（1936）刊本。

注释

1. 一灯雨：表示畅怀夜谈。宋汪梦斗《山阳寄陈月观》有“一灯风雨夜谈迟”。
2. 对床闻：表示聚首谈欢。唐韦应物《示全真元常》有“宁知风雪夜，复此对床眠”。唐白居易《雨中招张司业宿》有“能来同宿否，听雨对床眠”。

解读

本诗作于清光绪二十三年十二月（1898年1月）。据作者《江汉溯洄录》载，他借德国霸占青岛的胶州湾事件之机赴华，周游江汉，以宣传其日清两国“互蹈公道，相依相益，以同享太平偕乐昌运”的“善邻大计”。本年十二月二十三日（1898年1月15日），他由武汉抵达南京城，入住旅舍时，与“数日前溯江至汉”的日本邮船会社支店长永井久一郎（字禾原）不期而遇。二人虽非同辈，年龄相差十四岁，职业也不相同，但皆早年习儒，又好汉诗，更对南京历史文化有相同兴趣，遂对床倾谈。后来他们因为行程原因，没有一同出游，不过寻访的南京古迹却大体一致，显然二人对此有所交流，永井久一郎还依韵唱和，这既是两人友情的体现，也是他们面对南京历史人文景观的共鸣。

明故宫

胜朝[1]遗迹几低徊，五凤楼[2]前冻雀哀。
恨杀当年御沟水，寻常百姓灌园来。

出处

冈山源六编《硕园先生遗集》，日本怀德堂昭和丙子（1936）刊本。

注释

1. 胜朝：被当今政权取代的前朝。
2. 五凤楼：原为唐、五代、宋时洛阳宫城正门之名，明时延用为午门俗称。

解读

本诗作于清光绪二十三年十二月。作者于是月二十五日，雪霁之日，跨马出游，先凭吊明孝陵，返回时经过明故宫，见“残础败瓦点点于黍离麦秀中”，参观祭祀景清、铁铉、练子宁的三公祠和祭祀方孝孺的方文正公祠，以及祠前血石亭，遥想方孝孺等人“一死十族名节卓然”，作者在飕飕北风中“如闻当时谩骂悲恸声，毛发悚然”。这是他在《江汉溯洄录》中写下的对明故宫的主要印象，但在诗中面对悲壮动人的靖难史事却似失语，无一字着墨，只是深深叹息御沟水被百姓用来浇灌菜园的沧桑变迁，反倒是永井久一郎在《冒雪过明故宫次西村子俊韵》中感慨“血石碑残事可哀”。

登金陵旷观亭

雪后登眺放寸眸，绕城江水向东流。
雨花台古临桃叶，牛首山高对石头。
金粉销残六朝梦，沧桑阅尽一亭愁。
长声玉笛知何处，暮霭收时雁影浮。

出处

冈山源六编《硕园先生遗集》，日本怀德堂昭和丙子（1936）刊本。

解读

本诗作于清光绪二十三年十二月。旷观亭，位于北极阁山巅观星台旧基。清康熙二十三年（1684），圣祖玄烨登观星台望玄武湖，赐题“旷观”二字。两江总督王新命勒碑建亭。太平天国战争后，江宁布政使许振祎（1886—1890年在任）重建该亭，亭中置有因兵火受损的残碑一道，碑文仅存“观”字。作者于当年十二月二十五日游览明故宫后，经毗卢寺北上，登览北极阁旷观亭，将雨花台、桃叶渡、牛首山、石头城等金陵形胜、历代名迹一览无遗，不由感叹“江山辽落，王气所钟，历历集于眉睫矣”。

入金陵

白门[1]关外又维船，满目江山依旧妍。
多谢春风解迎客，城中新柳翠于烟。

出处

冈山源六编《硕园先生遗集》，日本怀德堂昭和丙子（1936）刊本。

注释

1. 白门：原为南朝建康都城正门宣阳门的俗称，后指代金陵。

解读

本诗作于清光绪二十六年春。作者受朝日新闻社派遣，于上年冬第二次来华任特派员，常驻中国。是年春重至南京，应当是为参与并见证南京同文书院开张的大事。

志贺矧川自江西到金陵次其见示诗韵

题名南岭[1]最高层，怜汝归来瘦似僧。
我亦天涯多病客，风尘犹滞古金陵。

出处

冈山源六编《硕园先生遗集》，日本怀德堂昭和丙子（1936）刊本。

注释

1. 南岭：泛指广东、广西和江西、湖南交界处的群山山系，为长江水系与珠江水系的分水岭，也是地理分界线，湘赣在其北，两广在其南，也称岭南。

解读

本诗作于清光绪二十六年春。志贺矧川（1863—1927），名重昂，号矧川或矧川渔长。生于冈崎藩（今日本爱知县冈崎市）康生町。出身藩士之家，父为儒学家，奠定了他的儒学基础和汉学素养。少时就读于海军预备学校“攻玉社”，学习英语和西方科学。明治十七年，札幌农业学校毕业。后随日本军舰考察南洋，著有《南洋时事》。二十一年，受聘东京英语学校教授地理学，因反对明治藩阀政府实行极端欧化政策，组织政教社，创办机关杂志《日本人》，倡导国粹主义。二十七年，出版代表作《日本风景论》。是年，志贺作为地理学家，考察南岭后，由江西赶赴金陵。作者与其年龄相仿，均有较高的汉学素养，又同时羁旅中国，因同文书院在南京落成之缘，而有次韵诗作之举。

南京同文书院告成，因邀中外名士宴于妙相庵[1]，予亦与焉，乃赋长句二章以呈（二首）

钟山郁郁是龙蟠，文物江南称壮观。
风气更开新学术，邦交益睦旧衣冠。
兴亡千古金汤固，离合几场诗酒欢。
回首劫尘[2]犹满地，危机谁克转为安。

千里论交万感添，一堂觞咏独掀髯。
同文况有同舟谊，异地原无异教嫌。
从古楚才堪晋用[3]，于今西势奈东渐。
唯须共醉披肝胆，中外贤豪宾主兼。

出处

冈山源六编《硕园先生遗集》，日本怀德堂昭和丙子（1936）刊本。

注释

1. 妙相庵：位于鼓楼薛家巷（今汉口路），北临基督医院（今鼓楼医院）。寺庵创于清初，嘉庆年间庵僧改建屈子祠，并“广治池亭”（《金陵园墅志》）。其西有蔬圃数十亩，“池塘竹树，颇饶野趣”（《道光上元县志》）。道光至咸丰初年成为文人雅集之所，每逢梅雨季节即来品茶，形成“五月雨集妙相庵”的传统（陈作霖《可园备忘录》）。太平军入城，为石达开府第，俗称翼园，故太平天国时期城中广墅名园皆平毁，“惟妙相庵独完”（《清稗类钞·祠庙类》《弢园笔乘》）。战后仍为达官贵人游宴之所，雨集活动也随之恢复。

2. 劫尘：兵火余烬。

3. 楚才堪晋用：典出《左传·襄公二十六年》：“虽楚有材，晋实用之。”指使用他国人才。

解读

本诗作于清光绪二十六年夏。中日甲午战争后，日本国内部分知识分子提出“中国保全论”“日清提携论”乃至“兴亚论”等，即反对列强瓜分中国领土，在日本的主导下，同受儒家文化影响、使用汉字的中、日、韩三国联合对抗西方扩张。清方内部也有人希望学习日本的强国经验，共同合作。因此，两江总督刘坤一于上年三次接见日本代表，最后与日本驻上海总领事小田切万寿之助和东亚同文会会长近卫笃麿商定在南京成立同文书院，招收中日两国学生同院就读，学制三年。本年5月，书院成立并开学，东亚同文会干事长佐藤正、根津一先后兼任院长。首届学生十九名。8月，因受义和团运动影响，书院师生因刘坤一的建议东迁上海避风，次年3月正式落户上海，更名东亚同文书院。“树中国富强之基，固中日合作之根”是书院的兴学要旨之一，在实践中也一定程度上促进了中日文化交流，部分师生还成为中国革命的助力者。但作为日方主办的教育机构始终要服务其国家利益，主张侵略的右翼分子逐渐占据其主导地位，因此书院在后来的发展中日益成为日本实现侵华国策的重要工具。

作者是中日合作的鼓吹者，早在三年前就向张之洞提议中日联手的《联交私议》，诗中“同文况有同舟谊，异地原无异教嫌”就是他一贯认为的联合基础。在“于今西势奈东渐”的紧迫局势下，“危机谁克转为安”？南京同文书院的成立让他深感欣慰，双方“唯须共醉披肝胆”，这是他的真诚期待。本诗呈给在座的双方主事者，作者能游刃其间，说明他的观点在一定程度上代表了促使双方合作的共识基础。

与云海子爵、富卿领事同登扫叶楼[1]，用富卿溯江舟中韵

牛首山高树影幽，石头城古水声愁。
江南半壁犹无恙，佳丽金陵十二州[2]。

出处

冈山源六编《硕园先生遗集》，日本怀德堂昭和丙子（1936）刊本。

注释

1. 扫叶楼：位于城西清凉山，清代、民国时为登眺江山之名胜。

2. 十二州：传说尧舜时分天下为十二州，即《书·舜典》所谓“肇十有二州”。后世遂以十二州指代中国。

解读

本诗作于清光绪二十六年夏。云海子爵，即长冈护美（1842—1906），时为东亚同文会副会长，生平见前文。富卿领事，即小田切万寿之助（1868—1934），字富卿，号银台，在中国有时又用“田盛大”之名。米泽藩（今属日本山形县）人。出身藩士之家。幼习汉学。明治十五年，入兴亚会附设支那语学校（旋归并东京外国语学校）就读。为学习中文曾自费赴北京留学。十九年考入外务省。二十九年，升至驻杭州领事。次年，兼上海领事。三十一年起，历任驻上海代理总领事、总领事。三十八年因病离职不久任横滨正金银行总裁。袁世凯向五国善后借款时，任日方代表。

长冈护美是资深外交官，日本早期亚洲主义代表人物，主张以日方为主导实行保全中国共抗西方的策略。小田切万寿之助是当时极为活跃的新锐外交官，特别注重结交中国南方的实权督抚，在庚子事变中是促成东南互保的重要人物。本年，东亚同文会成立南京同文书院得到了日本外务省的大力支持，二人作为同文会成员，也是此事的重要推动者，故得以与作者同游南京。作者另有《呈长冈云海子爵》诗，对长冈护美的风采颇为倾慕，称赞他为“少年忧国名公子”，经常“万里泛槎”“谈笑济艰”。

秦淮夜饮和云海子爵韵（二首）

秦淮雨霁晚凉生，载酒兰舠[1]气味清。
最是多情留客醉，吴娃惯弄月前筝。

水上娇歌处处生，满船明月若霜清。
零脂剩粉肠堪断，六代烟花一曲筝。

出处

冈山源六编《硕园先生遗集》，日本怀德堂昭和丙子（1936）刊本。

注释

1. 舠：小船。

解读

本诗作于清光绪二十六年夏。时作者随东亚同文会副会长长冈护美子爵夜游秦淮画舫。既为和韵，则长冈护美吟咏在前，惜其诗暂未寻见。

送云海子爵赴鄂叠用前韵

隔江烟树望幽幽，帆影依稀天际愁。
别后风清月明夜，随君一梦过黄州[1]。

出处

冈山源六编《硕园先生遗集》，日本怀德堂昭和丙子（1936）刊本。

注释

1. 黄州：府名，治黄冈，今属湖北黄冈市。位于长江中游北岸，自下游溯江赴湖北省会武汉，必经此地。

解读

本诗作于清光绪二十六年夏。长冈护美离开南京转赴湖北，应该是去拜会张之洞。作者所用诗韵与《与云海子爵、富卿领事同登扫叶楼，用富卿溯江舟中韵》相同，故称“叠用前韵”，疑长冈护美离宁与登扫叶楼是同日。

送富卿回沪叠用前韵

白门关外晓烟幽，劫后天涯奈别愁。
举目中流挂帆去，江山寂寞古神州。

出处

冈山源六编《硕园先生遗集》，日本怀德堂昭和丙子（1936）刊本。

解读

本诗作于清光绪二十六年夏。南京同文书院既告成立，长冈护美赴湖北，代理驻沪总领事小田切万寿之助返回上海，作者以同韵之诗分送二人，似说明他们同时离开南京。作者此行留下的这批诗作有助于深化对该书院的认识。

［日］**森槐南**（1862—1911），名大来，字公泰，号槐南小史，通称泰二郎，别号秋波禅侣。尾张一宫（今属日本名古屋）人。汉诗大家森春涛之子。幼承家学，少时即能作汉诗词。16岁即创作传奇《补天石》，被黄遵宪赞为“天才秀发”。20岁以后，随父交游清朝驻日使馆。明治十四年（1881）后曾任内阁官内大臣秘书等职。二十三至二十八年兼任东京专门学校文学科讲师，讲授中国俗文学。先后主盟星社、随鸥吟社等诗社，是日本明治时期诗坛领袖，被誉为诗圣。三十一年首相伊藤博文辞职，森槐南也罢官追随他游历清韩两国。次年3月，将旅途诗作结集为《浩荡诗程》由鸥梦吟社刊印出版。同年受聘东京大学任讲师，首次为日本最高国立高校引入词曲传奇课。三十五年东京专门学校改为早稻田大学，再度受聘，专讲中国文学。四十二年，伊藤博文在哈尔滨遇刺身故，作为陪同者他也同时受伤。四十四年授文学博士，旋即去世。作为近代日本研究中国文学的先驱，有《唐诗选评释》《李诗讲义》《杜诗讲义》《韩诗讲义》《词曲概论》《槐南集》等。

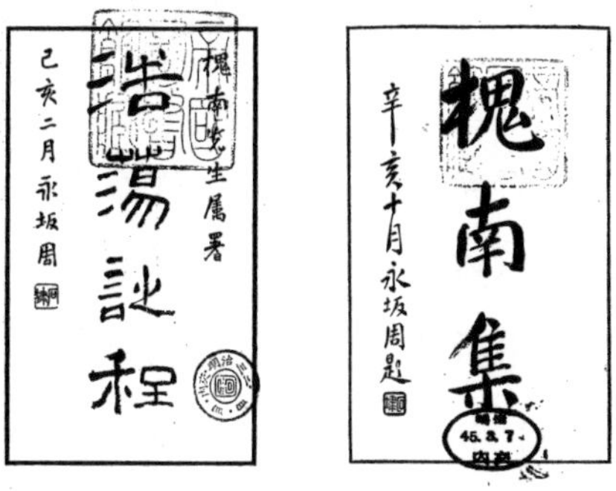

《浩荡诗程》《槐南集》书影

拥被一觉，已过金陵，东方渐白，遥回望钟山于烟霭模糊中[1]

蒋山[2]烟树晓葱茏，拥被空闻白下钟。
怪底秋风秣陵水，流侬残梦到吴淞。

出处

《浩荡诗程》，日本东京鸥梦吟社明治三十二年（1899）排印本。

注释

1. 原诗集目录中诗题为《已过金陵回望钟山》。

2. 蒋山：钟山古称，孙权为逐盗钟山而死的汉秣陵尉蒋子文立庙并封侯，同时改山名。

解读

本诗作于清光绪二十四年（1898）秋。是年六月，日本首相伊藤博文辞职后赴清游历，作者追随他一同来华。十月，伊藤南游长江，先后会见湖广总督张之洞、两江总督刘坤一。伊藤一行由上海搭乘日本邮船会社的轮船，溯江而上直赴武汉，作者晨晓梦醒才发现南京已过，遂作此诗。

金陵偶占

眼看龙蟠虎踞雄，大江东去六朝空。
可怜燕子桃花恨，浑与临春结绮同。
半里桥残垂柳碧，最高峰迴夕阳红。
梅村[1]乐府南厢叟[2]，泪堕鸡鸣十庙[3]中。

出处

《浩荡诗程》，日本东京鸥梦吟社明治三十二年（1899）排印本。

注释

1. 梅村：吴伟业（1609—1672），字骏公，号梅村。江南太仓（今属江苏苏州）人。师从复社张溥。明崇祯四年（1631）中榜眼，授编修。曾讲读东宫。十三年迁南京国子监司业。后因党争辞职。弘光时任少詹事，以马士英、阮大铖当权，两月即乞假归。入清，主持东南文社。顺治十年（1653）被迫应诏出仕，授秘书院侍讲，寻升国子监祭酒。十四年借口辞归。因奏销案几至破家。以仕清为耻，悔之终身。临终遗命以僧服入殓，题“诗人吴梅村之墓”。工诗，为江左三大家之一，尤长于七言歌行，称“梅村体”。有《绥寇纪略》《太仓十子诗选》《梅村家藏稿》，以及传奇《秣陵春》、杂剧《通天台》《临春阁》等。

2. 南厢叟：吴伟业所作五言古诗《遇南厢园叟感赋八十韵》。时为顺治十年，吴氏北上仕清，途经南京时寻访他曾任职的前朝国子监旧址，在衙舍南厢遇园叟指认丘墟，又北望功臣庙，忆及亡国离乱，遂赋此诗。

3. 十庙：明初在国子监北侧的鸡鸣山（今北极阁）兴建的历代帝王庙、国朝功臣庙、北极真武庙、都城隍庙、五显灵顺庙、汉寿亭侯庙、蒋忠烈庙、卞忠贞庙、刘忠肃庙、曹武惠庙、卫忠肃庙等十余座祠宇。

解读

本诗作于清光绪二十四年秋。作者初至金陵这座闻名史籍的中华古都，触动他的都是历朝兴亡遗事。江户后期日本盛行清诗，清初诗坛领袖吴伟业是其中颇受推崇的大家，其咏史之作《遇南厢园叟感赋八十韵》能被作者引用，足见影响。

下关江口待安庆轮船不至赋此排遣

形胜金陵旧所闻，南朝烟草尽芳芬。
福王[1]社稷莺花尽，洪逆[2]疮痍玉石焚。
燕子矶高红带日，卢龙塞[3]远白连云。
顺流却觉帆来晚，容易江山怕落曛。

出处

《浩荡诗程》，日本东京鸥梦吟社明治三十二年（1899）排印本。

注释

1. 福王：朱由崧，明神宗朱翊钧之孙，明光宗朱常洛之侄，崇祯十七年明思宗朱由检自杀殉国后，被南逃诸臣拥立为帝，在南京登基，年号弘光，次年失败被俘。

2. 洪逆：太平天国天王洪秀全。

3. 卢龙塞：狮子山古称，因晋元帝见其形势险要如塞北卢龙山，故名。

解读

本诗作于清光绪二十四年秋。时作者准备离开南京重返上海，在下关码头等待安庆来船时，乘暇赋诗遣兴，仍是咏史状景叹兴亡。

［日］**本田种竹**（1862—1907），名秀，字实卿，号种竹山人，通称幸之助。阿波国德岛（今属日本四国德岛县）人。早年师从隐居京都的著名诗人江马天江。曾先后任职东京递信局、东京府、农商务省。参与创建明治时期重要诗社——星社。明治二十五年（1892）任东京美术学校（东京艺术大学前身）历史教师。二十九年起，历任文部大臣官房秘书兼文书科勤务、内务大臣官房秘书。三十一年至三十二年游访中国，曾至江南。三十七年辞官，专事写作。三十九年，创办并主持自然吟社。与森槐南、国分青厓并称明治三大诗圣。著有《戊戌游草》《怀古田舍诗存》《梅花百种》等诗集。

《怀古田舍诗存》书影

金陵怀古节录（二首）

形胜控荆扬[1]，千年此建康。
大江限南北，天意鉴兴亡。
难保唯宗社，频绍[2]几帝王。
那如能恃德[3]，险堑总荒凉。

霸图何在哉，城阙但尘埃。
天玺[4]传神谶，坤宫[5]酿祸胎。
祖龙[6]望气叹，五马[7]渡江来。
一片秦淮水，繁华去不回。

出处

《怀古田舍诗存》，日本东京日清印刷株式会社大正元年（1912）排印本。

注释

1. 荆扬：原文作“杨”，指荆州和扬州。
2. 频绍：接连继承。

3. 恃德：成败在德不在险是历代推崇的观点，早在东汉高诱注《淮南子》时即称："明周公恃德不恃险也。"唐末五代时的王贞白看待六朝之亡也是如此，其《金陵怀古》诗云："恃险不种德，兴亡叹数穷。石城几换主，天堑谩连空。"

4. 天玺：《三国志·吴书》载，吴郡临平湖边"得石函，中有小石，青白色，长四寸，广二寸余，刻上作皇帝字"，孙吴末帝孙皓认为天降神谶，天命归吴，于是改元天玺，时为公元276年，此年号仅使用了六个月。孙皓又刻碑纪念，名《天发神谶碑》，又名《天玺纪功颂》。

5. 坤宫：地上的宫殿，代指孙吴政权。

6. 祖龙：秦始皇。

7. 五马：西晋永嘉大乱，中州士女纷纷避乱江左，琅邪、西阳、汝南、南顿、彭城等司马氏五王也南渡建邺，史称五马渡江。

解读

1899年（清光绪二十五年）9月作者来华，先至北京，曾赴李鸿章在贤良寺寓邸举办的宴席，随后南下江浙。十二月初二，即公历新年次日（1900年1月2日）杭州领事署招宴内外宾客，应邀赴会并赋诗。在华期间又溯江旅行，历游皖赣湘鄂诸名城胜地，有赠湖广总督张之洞诗。其在南京的诗作留存不多，据《怀古田舍诗存》卷末所附诗历，有《莫愁湖祠堂题壁》二首、《胜棋楼》和《金陵怀古》十首，遗憾的是作者手定《怀古田舍诗存》时正式收入的仅是《金陵怀古》两首。《怀古田舍诗存》正文将其在华诗作皆系于己亥年，诗历则分系于己亥、庚子两年，但其中包括金陵诗在内的大部分诗作都归属庚子年，各诗的具体编排次序皆前后错乱，难为确据。从正文看，己亥年诗有《当涂县》《过太平府有人谈发逆之事因以志感》《彭泽县怀陶靖节》等反映秋季南京上游皖赣之内容，而被诗历归于庚子年诗的南京周边安庆、镇江诗作，反映内容也是秋季时节，故本诗创作年代当在光绪二十五年或二十六年秋。

［日］**股野琢**（1838—1921），字子玉，号蓝田，又号邀月楼主人。生于播州国龙野藩（今日本兵库县龙野市）。出身儒学世家。弱冠时游学大阪。后入江户（今东京）儒学最高学府昌平黉，拜儒学大家安积艮斋为师，并在汤岛圣堂（即东京孔庙）研学。明治维新时入职教部省，后历任太政官大书记官、宫内省书记官、内阁记录局长、帝室博物馆总长、内大臣府秘书官长、临时帝室编辑官长、宫中顾问官等。擅书法、诗文，为著名诗社——花月社的主要成员。明治四十一年（1908）告假后，经朝鲜游历中国，由北而南，最后从上海返回长崎。在南京期间，曾受到两江总督端方的特别款待。回国后，他将途中逐日记录的三千余里行程见闻，编为《苇杭游记》。还著有《介寿集》《邀月楼存稿》《饶歌余响》等。

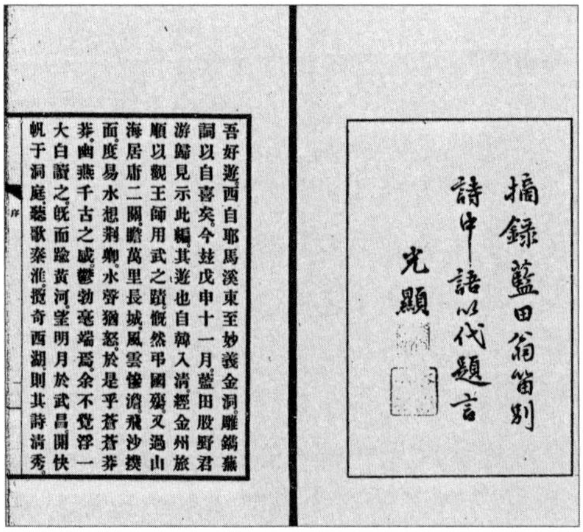
摘錄藍田翁留別詩中語以代題言
光顯

吾好遊西自耶馬溪東至妙義金洞雕鏤蕪
詞以自喜矣今茲戊申十一月藍田股野君
游歸見示此編其遊也自韓入清經金州旅
順以觀王師用武之蹟慨然弔國殤又過山
海居庸二關瞻萬里長城風雲慘澹飛沙撲
面度易水想荊卿水聲猶怒於是乎蒼蒼莽
莽幽燕千古之感鬱勃毫端焉余不覺浮一
大白讀之既而瞰黃河望明月於武昌開快
帆于洞庭聽歌秦淮探奇西湖則其詩清秀

《苇杭游记》书影

游南京（五首）[1]

廿九日晚碇于芜湖，二时余而发，十一时半抵南京城外狮子山下。领事馆员来迎，乘汽车二里余，入城中蓬莱馆[2]小憩。抵领事馆，井原领事[3]命马车俱观明朝城址[4]及方孝孺血痕石。盖宫殿石阶中央雕石也，有若血痕斑驳者，使人一见，不觉起敬。左宗棠建碑，题曰“明靖难忠臣血痕碑”。

热血千秋泣鬼神，丰碑彰表有情人。

燕师靖难当时恨，印石斑痕磨不磷[5]。

秦淮一小渠耳，疏柳断桥无些[6]风情，而今犹有画舫载阿娇[7]而游者云。

城阙荒残古帝州，山川历劫夕阳愁。

六朝脂粉秦淮水，遗恨千秋凝不流。

卅日介[8]井原领事，通刺[9]于两江总督端方氏求会见。总督喜延客馆，壁挂水拓《瘗鹤铭》，共午餐。出示其所藏古铜古玉诸器、碑版书画，鉴赏至五时辞去。迂路过鸡鸣寺，上北极台[10]。昆明池[11]在脚下，小屿点在，风物荒凉，暮色苍然而至，乃归寓。

昆明池水冷荷菱，北极台高云几层。

龙鹢[12]不游丝管寂，秋风吹满古金陵。

卅一日午前九时，驱车一里，登雨华[13]台。梁武帝时僧说法，有雨华之瑞云。有一院，今充兵营，四面唯见土坟垒垒耳。抵莫愁湖。湖畔有阁，倚栏眺望，似昆明池而小，败荷残柳，狼藉池心。隔湖有冈，上有石头城墟，仅见残壁。

梁武伤心和者多，千年遗恨莫愁歌。

湖边曾洒美人泪，奈此败荷残柳何。

午后二时，复过总督府，观三代以下秦汉古印三千余颗，多出直隶、河南、山东、山西、陕西五省，而直隶省其形极小云。下庭，观石佛、古棺及汉碑、唐碣。庭前有池，池心叠石，状似舫，扁曰“不系船”[14]。池畔作怪岩，筑书房于其上，颇有雅趣。赋一诗，表谢意而还。

绮壁[15]先观水拓铭，果知鉴古眼光灵。

汉碑唐碣藏神品，商鼎周彝爱伟形。

槛外凿池横石艇，岩头通路架书亭。

连朝玩赏辱殊遇，博雅余论倾耳听。

此夕，总督赠以绍兴酒一瓶及埃及石像拓[16]本二幅。十一月一日午前八时发，铁路到码头，转乘沪[17]宁铁车。总督遣人买办铁路符票，固辞不肯，可谓周挚恳到矣。

出处

《苇杭游记》，日本东京凸版印刷株式会社分工场明治四十二年（1909）排印本。

注释

1. 诗文节选于游记中，题目为编者所加。

2. 蓬莱馆：旅馆名，位于城中，详情不知。清末民初的重要旅游类文献，如《金陵杂志》《金陵杂志续集》《南京游览指南》《新都游览指南》等均缺载。

3. 井原领事：日本驻南京领事井原真澄，资深外交官荒川巳次的学生。明治三十七年任职上海总领事馆，次年成为首任长沙领事兼岳州领事。1908年5月至1911年1月任南京领事。

4. 明朝城址：原文作“城趾”，此指明故宫宫城。

5. 磨不磷：语出《论语·阳货》：“不曰坚乎？磨而不磷。”朱熹集注称：“磷，薄也。”

6. 无些：毫无。

7. 阿娇：指歌妓。

8. 介：凭借、通过。

9. 刺：名刺，相当于名片。

10. 北极台：当为北极阁。

11. 昆明池：本为汉武帝凿设于长安城郊的湖沼，用于训练水师。此处借指六朝时也曾被用于阅武练兵的玄武湖。

12. 龙鹢：龙舟。鹢为白鹭之类的大型水鸟，古代船头绘饰其首。《淮南子·本经训》有“龙舟鹢首，浮吹以娱”。

13. 华：通“花”。

14. 不系船：当为不系舟。

15. 绮壁：精美的墙壁。

16. 拓：原书作“榻”。

17. 沪：原书作“湖”。

解读

本组诗作于清光绪三十四年（1908）秋。时作者已在帝室博物馆（由文部省博物馆改设，今为东京国立博物馆）任总长八年，是年9月特地告假壮游中国，历时近两个月，行程三千余里。10月29日抵南京，已近其此行尾声，由于有官方身份，故得到日本驻南京领事馆的大力协助，两天中基本阅遍明故宫、秦淮河、北极阁、雨花台、莫愁湖等城内外主要景点，并两次参访总督署，受到两江总督端方的款待。其诗皆为附于游记正文的配诗，没有题目，若以诗为主体，则正文可权作诗序一观。在作者笔下，即便经历晚清新政的大规模建设后，南京景物的主色调仍是“败荷残柳”“风物荒凉”，著名的秦淮河也仅是“一小渠耳，疏柳断桥无些风情”，与此前日本访客哪怕是意图表现沧桑美、残缺美的作品也大相径庭。通过甲午战争和庚子事变清晰展现的中国衰落对日本国民心理产生了反转性冲击，连具有深厚汉诗文素养，与中国交往密切的日本文化精英也已对曾经仰慕的中国文化地标渐渐产生轻视心态。

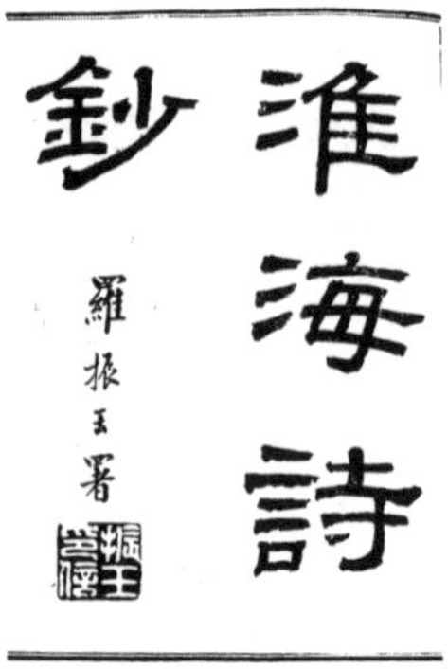

《淮海诗钞》书影

［日］田冈正树（1863—1936），字子长，号淮海。土佐（今日本四国岛高知县）藩人。维新志士田冈正躬之子。先后就读高知海南学校、东京明治义塾、东京第一高等中学校等。日本明治三十六年（1903）来华，在上海东亚同文书院任教员。数年后被聘为保定陆军学堂教习。四十二年曾游西安。次年赴大连，任“南满洲铁道株式会社”（简称“满铁”）顾问。大正二年（1913），满铁在大连开设教员讲习所，任中国时文讲师。擅长汉诗，在大连组织日本侨民诗社——浩然社。十一年，刊《清风明月集》（收录该年秋中日诗友赤壁纪游诗）。十三年，在大连创办《辽东诗坛》，任主编。后一度停刊。十五年，南游四川、湖南、湖北及江苏等地。同年，杂志又复刊。他在大连去世后，《辽东诗坛》也彻底停刊。其在华三十余年，“通邑大都，古迹名胜，涉历略遍，皆系以诗”，有《游杭小草》《楚南游草》《汴洛游草》《台湾游稿》《乘槎稿》《沪上游集》《保定杂诗》《燕北小稿》《长安纪行》《燕齐游草》《槿域游草》《入蜀诗纪》《归东诗记》等，其中前三种被编为诗集《淮海诗钞》，有汉诗一百九十五首，曾多次刊印。

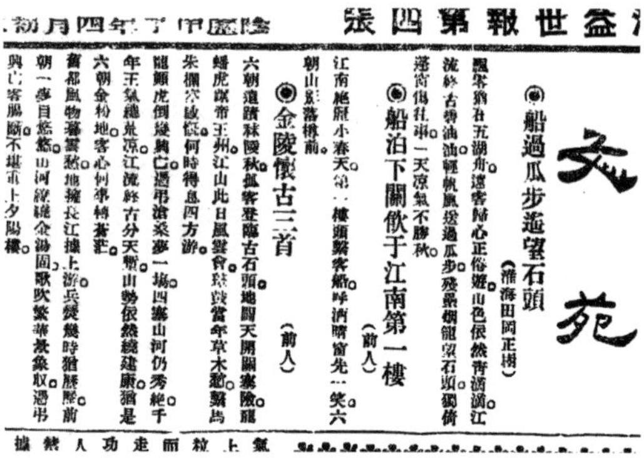
益世報第四張　陰曆甲子年四月初

文苑

◉船過瓜步遥望石頭（淮海田冈正樹）

飄零猶在五湖舟。遠客歸心正倦遊。山色依然青滴滴。江流終古碧油油。輕帆風送過瓜步。殘壘烟籠望石頭。獨倚篷窗傷往事。一天凉氣不勝秋。

◉船泊下關飲于江南第一樓（前人）

江南絕好小春天。第一樓頭繫客船。呼酒晴窗先一笑。六朝山影落樽前。

◉金陵懷古三首（前人）

六朝遺跡秣陵秋。孤客登臨古石頭。地闢天開關塞險。龍蟠虎踞帝王州。江山此日風雲會。鼓戰當年草木愁。繫馬朱欄空感慨。何時得息四方遊。

龍顛虎倒幾興亡。憑弔滄桑夢一場。四塞山河仍秀絕。千年王氣總荒凉。江流終古分天塹。山勢依然繞建康。猶是六朝金粉地。客心何事轉蒼茫。

舊都風物暮雲愁。地擁長江據上游。兵燹幾時猶歷歷。前朝一夢自悠悠。山河縱繞金湯固。歌吹繁華轉眼收。憑弔興亡客腸斷。不堪重上夕陽樓。

1924年5月5日《天津益世报》所登田冈正树的诗作

船过瓜步[1]遥望石头

飘零犹在五湖舟[2]，远客归心正倦游。
山色依然青滴滴，江流终古[3]碧油油。
轻帆风送过瓜步，残垒烟笼望石头。
独倚篷窗伤往事，一天凉气不胜秋。

出处

《淮海诗钞》，民国周善培壬申（1932）题诗本。

注释

1. 瓜步：在今南京六合区东南，属雄州街道瓜埠中心社区。有瓜步山，古临长江，六朝时为控江要隘，兵家必争之地，明清时还在瓜步镇置巡检司，后渐淤积成陆。

2. 五湖舟：典出《国语·越语下》，范蠡在灭吴功成之后，向越王辞行，“遂乘轻舟以浮于五湖，莫知其所终极”。

3. 终古：自古以来。

解读

本诗作于1905年（清光绪三十一年）11月，后公开发表于1924年（民国十三年）5月5日的《天津益世报》。时作者在上海东亚同文书院任教，是年11月率七十余名学生赴湘汉考察，12月返沪。据其此行所作《发上海》诗中“满载诗囊无别物，秣陵烟雨洞庭涛”，说明金陵是行程计划中的重要一站，并在此留下了三十多首诗。从本诗内容看，作者似乎有些郁郁不得志的情绪，大概是因为长期漂泊异乡又没有成就辉煌功业的失落，他在南京创作的其他诗歌也大多基调凄凉，可能目睹南京的沧桑景象极易强化这种心情。

船泊下关饮于江南第一楼

江南绝丽小春天，第一楼头系客船。
呼酒晴窗[1]先一笑，六朝山影落樽前。

出处

《淮海诗钞》，民国周善培壬申（1932）题诗本。

注释

1. 晴窗：明亮的窗户。

解读

本诗作于1905年11月，后公开发表于1924年5月5日的《天津益世报》。江南第一楼为清末民初南京的著名酒楼，位于下关码头，临江而立，兼营中西菜肴，同时也是旅馆和茶楼。

金陵怀古三首

六朝遗迹秣陵秋，孤客登临古石头。
地辟天开关塞险，龙蟠虎踞帝王州。
江山此日风云会，鼙鼓当年草木愁。
系马朱栏空感慨，何时得息四方游。

龙颠虎倒几兴亡，凭吊沧桑梦一场。
四塞[1]山河仍秀绝，千年王气总荒凉。
江流终古分天堑，山势依然绕建康。
犹是六朝金粉地，客心何事转苍茫。

旧都风物暮云愁，地拥长江据上游。
兵燹几时犹历历，前朝一梦自悠悠。
山河缭绕金汤固，歌吹繁华景象收。
凭吊兴亡客肠断，不堪重上夕阳楼。

出处

《淮海诗钞》，民国周善培壬申（1932）题诗本。

注释

1. 四塞：四方天险屏障。

解读

本组诗作于1905年11月，前两首后分别刊发于1922年3月22日和4月17日的《顺天时报》，两年后即1924年5月5日的《天津益世报》将三首合璧同刊。由于受中国文化的影响，南京是令历代日本诗人追慕不已的具有独特气质的六朝古都。作者精通汉诗又在华侨居已久，多年后将原本一气呵成的怀古诗作又陆续公开发表，可见南京之游对其诗兴触动之深。

登雨花台有感而作

金陵佳气郁葱葱，又见沧桑往事空。
白涌碧翻云树[1]外，龙飞凤舞帝城中。
苍茫终古兴亡恨，俯仰千年魄力雄。
独上高台愁极目，颓垣断瓦送悲风。

出处

《淮海诗钞》，民国周善培壬申（1932）题诗本。

注释

1. 云树：高耸入云的大树。

解读

本诗作于1905年11月。雨花台高踞金陵古城南门之外，非常适宜眺望全城，可极登临之胜。

江宁客楼题壁

苍烟澹澹[1]雨潸潸，客路添愁鬓欲斑。
千载兴亡何处吊，栏前一枕夕阳山。

又

水荡秦淮半涕零，六朝金粉奈娉婷。
秋风吹醒繁华梦，惟有钟山依旧青。

出处

《淮海诗钞》，民国周善培壬申（1932）题诗本。

注释

1. 澹澹：颜色浅淡。

解读

本组诗作于1905年11月。清代于金陵设江宁府，诗题中的江宁即为府城之名。壁上题诗是中国传统的诗歌文化，所题之壁有风景名胜地的石壁，也有寺、观、宫、庙、亭、园、塔、桥、驿站、酒楼等各类公共建筑物，以篇幅短小的文学形式借用公共媒介实现自我表达和隔空对话。作者在所居客楼墙壁上题诗两首，此举在异国诗人中颇为罕见。一方面体现了诗人在汉诗之乡以诗述情的强烈交流愿望，一方面也是对自己汉诗水平抱有自信。

题金陵图志[1]

锦绣山河放览时，六朝遗迹使人思。
青溪烟雨秦淮月，不为销魂便有诗。

出处

《淮海诗钞》，民国周善培壬申（1932）题诗本。

注释

1. 金陵图志：指南京地方文献。《至正金陵新志·修志本末》曰："金陵图志存者惟唐许嵩《建康实录》、宋史正志《乾道志》、宋吴琚《庆元志》、宋周应合《景定志》。"

解读

本诗作于1905年11月。旅行考察是东亚同文书院特有的教学模式，作者作为书院教员，此行就是率学生深入长江沿线进行考察。这种考察的一大重要手段就是搜集并阅读当地的图志文献，除了用作资料留存和汇总外，还可以指导并对比实地观察。作者在饱览金陵山河之时，再翻阅地方图志，不由诗思泉涌，遂落笔题志，也为东亚同文书院的旅行考察留下诗证。从作者创作的大量南京行旅诗作中也可以看出，他们在南京的考察游览非常细致，参观了很多一般日本游客少有涉足的景点，其收集的图志应当在此发挥了重要作用。

读《莫愁湖志》

撼地鼓鼙何处楼，残山剩水墨痕留。
无愁天子[1]莫愁妓，添得游人万古愁。

出处

《淮海诗钞》，民国周善培壬申（1932）题诗本。

注释

1. 无愁天子：本指北齐后主高纬。《北齐书·幼主纪》：高纬“乃益骄纵，盛为《无愁》之曲，帝自弹胡琵琶而唱之，侍和之者以百数。人间谓之‘无愁天子’”。袁枚《莫愁湖》名句“天子无愁妓莫愁”当为本诗化用出处。

解读

本诗作于1905年11月。《莫愁湖志》是作者一行在南京旅行考察时搜集的金陵图志类文献之一，当时该志版本主要有清嘉庆二十年（1815）马士图《金陵莫愁湖志》和光绪十四年（1888）三山二水吟客在前书基础上完成的《添修莫愁湖志》。

金陵杂诗五首

一局兴亡弹指[1]间，漫言天堑拥重关。
六朝如梦行人恨[2]，满地斜阳马首山[3]。

飞来燕子谶言应，抔土未干悲[4]废兴。
猜忌滥诛何有福[5]，青山荆[6]棘吊[7]皇陵。

自注：相传，明丞相刘基，善为图谶言。金陵城告成，太祖与基视之曰：“城高如此，谁能入之？”基曰：“然，惟有燕子能飞入耳。”太祖崩，靖难之变作。燕王棣入而篡[8]位。燕王，太祖第四子，燕子盖谓燕王也。第一句故言。

秦淮尚咽去来潮，楼外垂杨接画桥。
有客伤心千载下，残山剩水认[9]前朝。

竟令半壁困王师，尚说洪杨肇乱[10]时。
休把兴亡[11]谈往事，荒烟落日使人悲。

雨雨风风送岁华，不堪飘泊滞天涯。
茫茫劫梦愁如海[12]，欲补情天问女娲。

出处

《淮海诗钞》，民国周善培壬申（1932）题诗本。

注释

1. 弹指：1922年3月22日《顺天时报·艺林栏》作“转瞬”。
2. 行人恨：同上引《顺天时报·艺林栏》作“浑前事”。
3. 马首山：马首所对之山。
4. 悲：《顺天时报·艺林栏》作“哀”。
5. 何有福：《顺天时报·艺林栏》作“宁有后”。
6. 荆：原书误作“荆”。《顺天时报·艺林栏》即改为“荆”。
7. 吊：《顺天时报·艺林栏》作“访”。
8. 纂：原书作“纂”，也可通“缵”，有继承之意。
9. 认：《顺天时报·艺林栏》作“常”。
10. 洪杨肇乱：指太平天国革命。
11. 兴亡：《顺天时报·艺林栏》作“兵凶”。
12. 劫梦愁如海：《顺天时报·艺林栏》作“劫灰愁如梦”。

解读

本组诗作于1905年11月，后发表于1922年3月22日的《顺天时报》，但不少文字又经重新推敲修订。作者继三首《金陵怀古》七律后，又连作五首以金陵为题的七绝，可见南京在其心中的重要地位。他在20世纪20年代多次发表早年所作金陵之诗，盖因其作为辽东日侨的诗坛领袖，在第一次世界大战前后形成的大亚洲主义思潮的影响下，秉持以双方文人学士都擅长的汉文学亲善两国邦交的理念，积极组织中日汉诗社的交流，还创办《辽东诗坛》作为中日诗人的发表平台。而“金陵怀古”为中国古典诗词中的重要母题，尤其在动荡不安的乱世之中，吟咏金陵的诗作很容易引起双方诗界的共鸣，这可能是激发作者重新将其发表的一个重要原因。

金陵杂感二首

高低埤堄[1]树梢明，形胜居然是上京。
山势空留三国色，江流犹作六朝声。
烽烟劫火当年梦，苑址宫尘此日情。
王气销沉无讨处，夕阳望里百愁生。

酡红[2]酒醉镜中颜，休道新霜鬓已斑。
幽梦欲吞三楚[3]水，愁心又对六朝山。
飘零身逐孤帆远，潦倒魂随匹马还。
回首十年书剑老，故乡何日锁柴关。

又

千古恩仇付逝潮，兴亡棋局欲魂销。
凄寒酒醒愁凭槛，暮雨潇潇似六朝。

出处

《淮海诗钞》，民国周善培壬申（1932）题诗本。

注释

1. 埤堄：女墙、城堞。
2. 酡红：酒后脸上的红晕。
3. 三楚：西楚、东楚、南楚，原属战国时期楚国疆域，范围涵盖长江中下游，北至淮河流域。

解读

本组诗作于1905年11月。这是作者继《金陵怀古》《金陵杂诗》之后又一组以“金陵”为题的组诗，原为两首，意犹未尽，又吟一首，依然是悲凉凄哀的怀古基调。稍有不同的是，他将前途不彰命运多舛的愁苦心绪融入诗中，借愁述愁。特别是第二首，继《江宁客楼题壁》的“鬓欲斑”，再叹“鬓已斑”。此时作者年已四十，从诗中透露的信息可知，他在外闯荡十年，还只是一名书院教员，当年的书剑意气，换来今日的“飘零”“潦倒”，到了王气销沉的古都金陵，触景生情，蓦然哀从中来，一发不可收拾。

冈部领事[1]招饮，与根津前辈[2]同饮公署

陶然一醉小书楼，远客如今未倦游。
二十年来魂梦绕，南都风月赏心酬。

出处

《淮海诗钞》，民国周善培壬申（1932）题诗本。

注释

1. 冈部领事：冈部三郎，外交官，曾派驻韩国。明治三十九年起，先后任驻清国安东领事官、外务书记官、驻美国大使馆二等书记官等职。

2. 根津前辈：根津一（1860—1927），号山洲，幼名传次郎。山梨县人。明治十年考入陆军教导团。毕业后就读陆军士官学校、陆军大学。二十年，由陆军炮兵第二联队调入参谋本部支那课。二十三年，奉派赴华，协助荒尾精领导谍报机构——汉口乐善堂，并共同创立另一个著名谍报机构——日清贸易研究所。不久因荒尾精回国筹措经费，接手主持在华两大机构。二十五年，根据乐善堂历年搜集的调查资料编成《清国通商总览》，由日清贸易研究所出版。次年归国。中日甲午战争时曾奉召加入参谋本部工作。三十三年，任东亚同文会干事长，并成为在南京创设的东亚同文书院院长。曾主持编纂《支那全省别志》《支那经济全书》等。大正十二年辞职，退隐京都。

解读

本诗作于1905年11月。冈部招饮（三郎）的公署，即日本领事馆，始设于光

绪二十七年，初为上海总领事馆南京分馆，三十三年升格为南京领事馆（时称领事府）。故冈部三郎负责的还只是分馆，其职务也是领事官补，低于领事官。领事馆馆址初在中正街（今白下路），东邻上江考棚（1905年废科举，改为上江公学，即今南京市第六中学），光绪三十六年后迁址鼓楼西侧。据本诗可知，日本领事馆有小书楼，可招待宾客，宴饮小聚。又“二十年来魂梦绕”句，表明作者早在二十年前就对金陵有萦怀思慕之情。

孝　陵即明太祖陵

劫余神道半榛荆，满目荒凉石兽横。
一代风云三尺剑，千年事业百重城。
安[1]知祸乱萧墙起，终至[2]英雄[3]朔漠生。
来吊空山陵寝地，夕阳白草独伤情[4]。

出处

《淮海诗钞》，民国周善培壬申（1932）题诗本。

注释

1. 安：1922年3月22日《顺天时报·艺林栏》作“何”。
2. 至：同上引《顺天时报·艺林栏》作“致”。
3. 英雄：指清太祖爱新觉罗·努尔哈赤。
4. 白草独伤情：《顺天时报·艺林栏》作“如血不胜情”。

解读

本诗作于1905年11月，后发表于1922年3月22日的《顺天时报》，文字有修订。作者凭吊明孝陵时，感叹一代雄主创立的基业，最终毁于内乱，以致外敌入主。虽然是咏史诗，但却像是对时局的隐喻，近代中国内乱和革命频仍，列强环伺之下国家和民族前途未卜，以中国为中心的东亚藩属体系早已崩塌，作者所在的日本则强势崛起，一如当年在中国内乱中起兵朔漠的枭雄。

刘　园即明相刘基[1]故宅

一片荷池映小轩，清华水木亘乾坤。
留侯[2]恨阙仙游[3]事，谁把残樽酹[4]毅魂。

出处

《淮海诗钞》，民国周善培壬申（1932）题诗本。

注释

1. 明相刘基：字伯温，明代开国功臣，授弘文馆学士，封诚意伯，但未曾任丞相职务。

2. 留侯：汉高祖刘邦谋臣张良，功封留侯。据《明史》载，朱元璋视刘基为张良，“常呼为老先生而不名，曰：‘吾子房也。’”。

3. 仙游：飞升成仙。据《史记》载，张良“乃称曰：‘……愿弃人间事，欲从赤松子游耳。’乃学辟穀，道引轻身”。但此举为吕后所阻，故作者称“恨阙”，并以此隐喻刘基虽欲退隐却不能善终。

4. 酹：洒酒祭奠。

解读

本诗作于1905年11月。刘园，即又来园、雨花山庄俗称，位于府城南门外雨花台北侧。其地原为元初隐士刘叔亮墓，其友赵孟頫有《金陵雨花台遂至故人刘叔亮墓》诗，后世称其墓为刘公墩。光绪八年，南京人刘文陶在此购地，拓建园墅，成为近代金陵名园之一。民国时因失修而破败不堪，后修筑京芜铁路时地被征用，园遂不存。作者称其为刘基故宅，系误传。

过半山有感而作

朋党纷争国步[1]艰，经纶事业奈间关[2]。
苍生泣命今犹古，唤起当年老半山。

出处

《淮海诗钞》，民国周善培壬申（1932）题诗本。

注释

1. 国步：国运。
2. 间关：曲折。

解读

本诗作于1905年11月。半山，即王安石故居，因其地处宋代金陵城与紫金山之间，各七里，遂名半山园，王安石亦自号半山。王安石变法及其晚年退居金陵，很早就为日本人熟知，相当于明代初年的五山禅僧就对此事时有吟咏诗作。如观中中谛（1342—1460）《赞王荆公》："雇役经纶九鼎成，赵家王爵鬓丝轻。饥肠一夜钟山雨，脐噬平生吕惠卿。"月溪中珊（1377—1443）《赞王荆公》："公实宋朝经济臣，相权执巧法皆新。钟山投老少知己，云竹霜松是故人。"江西龙派（1375—1446）《荆公访僧图》："青田法了隐金陵，雪竹爽松记我曾。知识难逢莫求外，苏家幸有水云僧。"总体而言，他们受到中国主流观点的影响，对王安石是弹多于赞。近代以来，出于变法图强的现实需要，中日两国对王安石变法的历史都更加重视，评价也日趋肯定。明治三十六年，日本史学家吉田宇之助所撰《王安石》出版，这是世界第一部王安石研究专著，该书对王安石完全是正面评价，称其为历朝无人可比的大政治家。光绪三十四年梁启超撰写的《王荆公》出版，大赞其变法是"世界史上最有名誉之社会革命"。因此，近代以来，在经明故宫出城至明孝陵的途中，绕道游览王安石故居，成为有心访古者的一个附加项目。作者是其中较早参访并吟咏半山古迹的日本人。

扫叶阁即兴

楼窗饱受夕阳风，爽气飘飘荡碧空。
白鹭洲遥何处是，三山仿佛有无中。

出处

《淮海诗钞》，民国周善培壬申（1932）题诗本。

解读

本诗作于1905年11月。扫叶阁，即扫叶楼，为清初画家、诗人龚贤故居。因其位于城西清凉山，故为登临远眺的胜地。如清代文学家管同《登扫叶楼记》云："及其上登，则近接城市，远挹江岛，烟村云舍，沙鸟风帆，幽旷瑰奇，毕呈于几席。虽乡之所谓奇胜，何以加此？"金陵西郊古迹最著者莫过于李白《登金陵凤凰台》诗中的白鹭洲和三山，故作者登楼后极目遥望这两处名胜，但由于沧桑变迁，清末时的白鹭洲早已连成陆地，三山矶则远在二十公里外，自然是"仿佛有无"了。

秦　淮

灯火如星列画甍，桥头垂柳绿丝萦。
一船风旆[1]歌楼[2]酒，十里珠帘旧院[3]笙。
和月寒烟笼夜水，映波妆阁倚秋晴。
沧桑几阅山河改，醉后凭栏客子[4]情。

出处

《淮海诗钞》，民国周善培壬申（1932）题诗本。

注释

1. 旆：旗旒。
2. 歌楼：有歌舞表演的伎楼。
3. 旧院：又称曲中，明代秦淮的风月场所，位于武定桥和钞库街之间。
4. 客子：游子。

解读

本诗作于1905年11月。秦淮是在日本认知度最高的金陵名胜之一，自然是作者一行的必游场所，他除了这首专咏之作，在其他诗中也多次提及，而反复出现的桥、月、杨柳等则是他认知秦淮的标志性元素。在作者笔下，南京的古迹景观多以现状荒凉体现风云沧桑，唯有此首秦淮诗是以现世繁华感触往昔历史。

莫愁湖二首

莫愁湖畔夕阳晴，无限伤心一笛横。
山势崚嶒围故国，涛声寂寞打空城。
当时歌舞春游地，此日榛荆野望情。
远客初来思句立，峰青潮白隔帘明。

春灯唱罢著骅骝[1]，王气金陵一夕收。
风雨湖山秋寂寂，英雄儿女梦悠悠。
梁宫陈苑苍烟合，虎埠鸥江落照愁。
欲卜兴亡输一子，莫将残局问棋楼。

又得二绝句

霜点芦花万顷秋，六朝金粉水东流。
湖云如梦无聊赖，来往栏前绾客愁。

灯火渔庄古渡头，棹歌几处夜悠悠。
分明一幅晴湖水，半写兴亡半写愁。

出处

《淮海诗钞》，民国周善培壬申（1932）题诗本。

注释

1. 骅骝：周穆王八骏之一，泛指骏马。

解读

本组诗作于1905年11月。除了以金陵为题的三组诗作，这是作者在南京就某处名胜专门创作的唯一组诗。另外他还有一首《读〈莫愁湖志〉》，可见莫愁湖在其心中的特殊地位。大约湖名尤其令他感触，故诗中多以愁字为眼。

秦淮酒馆题壁

劫后秦淮呜咽潮，秋风白下欲魂销。

美人名士[1]皆黄土，只有青山似六朝。

出处

《淮海诗钞》，民国周善培壬申（1932）题诗本

注释

1. 美人名士：有辑选日本汉诗的书在注释中指美人为李香君、名士为侯方域，大约注者认为此句借自清代李元度《韩淦泉都督殿爵属题李香君遗像》中的“美人名士皆黄土，犹占风情二百年”，但清代张问陶《金陵阻风即目》也有“过江名士皆黄土，只剩涛声似六朝”，更像是作者所本。细究诗中内容，美人名士其实未必实指具体人物，泛指六朝人物似乎更贴切。

解读

本诗作于1905年11月。诗中除了三四句借用中国诗人之作，一二句中的“秦淮呜咽”“秋风白下”也都是古诗词中的常见语，如宋韩驹《次韵金陵赵德夫使君上元三绝·其二》“卧听秦淮呜咽声，起看江月暮潮平”，清王士禛《再过露筋祠·其一》“千载秦淮呜咽水，不应仍恨孔都官”，元圆至《送建昌黄绮秀才逾淮教授》“秋风白下沾巾别，落日青淮照影过”，明郑瑛《次南安同寄从弟新建令希肃》“白下秋风怜并桂，淮中暮雪忆同舟”，等等。这说明作者对中国古典诗词的熟悉程度相当高。

明故宫址

国破山河澒洞[1]空，千秋只见大江东。

西风最是销魂处，一片斜阳照故宫。

出处

《淮海诗钞》，民国周善培壬申（1932）题诗本。

注释

1. 澒洞：大水汹涌，弥漫无际。

解读

本诗作于清光绪三十一年十一月。清末时的明故宫仅剩残垣断基，周边荒凉至极，堪当“国破”之证，夕阳斜照尤能动人心魄。

明故宫址观方正学遗迹有感，赋长句

北来烟尘蔽空黄，叔藩[1]底事心如狼。
不学周公学管蔡[2]，更有帷幕助跳梁。
千里鼓行鹏张翼，漫道[3]靖难[4]清君侧。
望风诸路无一障，飞渡大江势迫逼。
龙蟠虎踞帝王州，其奈降旗出石头。
自逐成王[5]夺黼黻[6]，武成[7]瓜蔓[8]快恩仇。
忠义不见衣冠列，公乎独奋挺挺节[9]。
矫矫真是人中龙，以死殉君何壮烈。
燕贼篡[10]位书投翰，墨痕淋漓沥心肝。
腕可断诏不可草，骂声震殿贼胆寒。
性醇学正无偏促[11]，一死先民期绍续。
高揭纲常天地间，足立懦夫励末俗。
九族已戮身草菅，狴[12]前何用泪潸潸。
取义成仁千载后，华表柱头到家山[13]。
啮齿喷血血溅石，石面犹见痕晕碧[14]。
我来慷慨酹一杯，仿佛长天留毅魄。

公受刑处草不生，正阳门[15]外乱云横。

夕阳一抹钟山路，遥望孝陵风雨鸣。

呜呼！南渡末路何孤苦，万乘之君[16]如奴虏。

独公之学与公之节，烈烈轰轰炳万古。

自注：洪武门内有方正学血痕石，相传草诏时齿血所溅，雨后拭之，血痕宛然。又传，正阳门外，有地不生青草，为正学当日受刑处。

出处

《淮海诗钞》，民国周善培壬申（1932）题诗本。

注释

1. 叔藩：燕王朱棣，为建文帝叔叔，故名。

2. 管蔡：管叔鲜、蔡叔度，与周公旦皆为周武王之弟。武王之子成王即位，周公摄政，管蔡挟殷纣之子武庚叛乱，为周公平定。

3. 漫道：别说。

4. 靖难：平定祸乱。朱棣起兵夺位，即以“清君侧，靖国难”为名，史称靖难之役。

5. 成王：周成王，此喻建文帝。

6. 黼黻：此指帝王之服。汉荀悦《汉纪·武帝纪六》：“天子负黼黻，袭翠被。”

7. 武成：武力取胜。

8. 瓜蔓：瓜蔓抄。据《明史·景清传》，忠于建文帝的大臣景清刺杀朱棣失败，不仅被“磔死，族之”，还“籍其乡，转相攀染，谓之瓜蔓抄”。

9. 挺节：坚守节操不屈挠。

10. 篡：见《金陵杂诗》注释，原书作“纂”。

11. 偏促：疑为“褊促”之误。

12. 狴：兽名，常绘于狱门上，故代指牢狱。

13. 家山：家乡。

14. 碧：忠臣之血化成碧玉。《庄子·外物》：“苌弘死于蜀，藏其血，三年而化为碧。”

15. 正阳门：明代南京都城城门，位于正南方的皇城中轴线，地位重要，号称国门。民国时称光华门，今已不存。

16. 万乘之君：指天子。

解读

本诗作于1905年11月，后发表于1931年《辽东诗坛》第六十七期。近代明故宫内除了残破的宫城遗迹外，可以一观的景点就是清末新建的方孝孺祠及传说中的血迹石，故当时参观明故宫的日本游人常以方孝孺事迹入诗。他们在诗中普遍推崇忠臣方氏，贬抑朱棣篡位，本诗作者的立场尤为鲜明，甚至直斥朱棣是“燕贼”，“心如狼”，这也与明治时期颁布《教育敕语》强调忠君思想的氛围一致。

另，方孝孺受刑地，据《明史》本传称“成祖怒，命磔诸市”，《明儒学案》则称“磔之聚宝门外”，正阳门外为其受刑处的记载出自清代著名地方文献甘熙《白下琐言》。作者将甘氏所记写入汉诗，可见此书也是其搜集的文献之一。

登北极阁

危栏百尺放吟眸[1]，白涌碧翻天尽头。
千古潜溪[2]记文在，风光此处阅江楼。

出处

《淮海诗钞》，民国周善培壬申（1932）题诗本。

注释

1. 吟眸：指诗人之眼。

2. 潜溪：明开国文臣之首宋濂（1310—1381），字景濂，号潜溪。曾主修《元史》。官至学士承旨知制诰。因其长孙牵连胡惟庸案，全家受谪，卒于夔州。明洪武七年（1374）春，明太祖朱元璋诏建阅江楼，并亲撰记文，在朝文臣也都奉命同作，其中最著名的传世篇文就是宋濂所撰的《阅江楼记》。

解读

本诗作于1905年11月。明初朱元璋诏建的阅江楼位于城北狮子山，下临长江，但并未建成，只有他与宋濂的三篇《阅江楼记》传世，故有记无楼，今山顶之楼为2001年新建。北极阁位于城中鸡笼山，旧时登阁仅可依稀眺江，作者将其与狮子山混淆。

终日骑驴，历游古迹名园，日暮归城，寒月[1]已在半天矣二首

归来驴背夕阳倾，遗迹游寻万古情。
犹是前朝清朗月，光连客路倍空明。

满目西风暮色催，垂鞭古道且徘徊。
秦淮河上今宵月，曾照南朝艳丽来。

出处

《淮海诗钞》，民国周善培壬申（1932）题诗本。

注释

1. 寒月：清寒之月。

解读

本诗作于1905年11月。作者在南京之行创作了大量汉诗，仅收入诗钞的就有三十四首，这是其中难得一篇吟诵考察之行的诗作。从“终日骑驴”和其他日本游人的诗作可知，以驴代步是当时在南京游览的主要交通方式。而“日暮归城”反映了作者每日游览时间之长，加上其所咏涉及的名胜古迹和对相关历史背景的了解超过一般日本诗客，足见此行并非常规游览，而是具有调查研究性质的深度考察。

［朝鲜］金泽荣（1850—1927），字于霖，号沧江，又号云山、韶濩生、云山韶濩堂主人，晚年自称长眉翁。开城（今属朝鲜）人。17岁通过成均馆初试。光绪十七年（1891），在增广成均会试中以诗拔进士。先后任中枢院参书官兼内阁记录局史籍课长、弘文馆纂辑所文献备考续撰委员等，升正三品通政大夫。三十一年，因日本强行将朝鲜（时称大韩帝国）划作保护国，愤而辞职，携妻女避居中国。在上海拜会张謇后，定居通州（今江苏南通），在翰墨林书局任编校，潜心著述和文献整理。民国二年（1913）入中国籍。在张謇去世八个月后，贫病交加、痛失老友又忧愤时局的他吞鸦片自尽，就葬狼山。擅汉诗文，与李建昌、黄弦、姜玮并称“韩末四大家”。编著和出版了《合刊韶濩堂集》《沧江稿》《东史辑略》《韩国历代小史》《韩史綮》《丽韩十家文钞》等三十种文史著作。

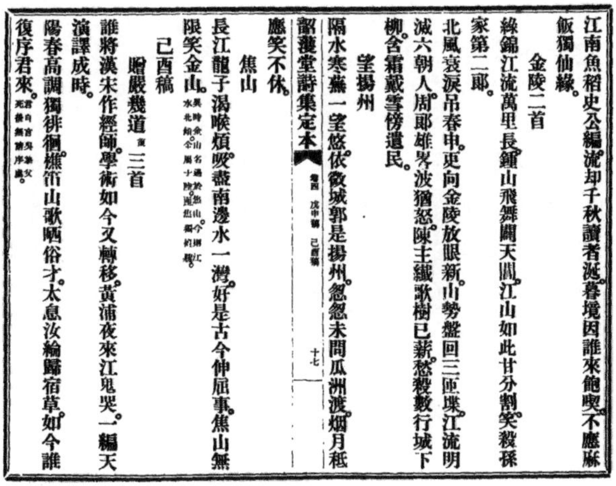
江南魚稻史公編，流却千秋讀者涎。暮境因誰來飽喫，不應麻飯獨仙緣。
金陵二首
綠錦江流萬里長，鍾山飛舞闢天閶。江山如此甘分割，笑殺孫家第二郎。
北風衰淚吊春申，更向金陵放眼新。山勢盤回三匝堞，江流明滅六朝人。周郎雄略波猶怒，陳主纖歌樹已薪。愁殺數行城下柳，含霜戴雪傍遺民。
望揚州
隔水寒蕪一望悠，依微城郭是揚州。怱怱未問瓜洲渡，烟月秪
韶濩堂詩集定本 卷四 戊申稿 己酉稿 十七
應笑不休。
焦山
長江龍子渴喉煩，吸盡南邊水一灣。好是古今伸屈事，焦山無限笑金山。
己酉稿
贈嚴幾道 三首
誰將漢宋作經師，學術如今又轉移。黃浦夜來江鬼哭，一編天演譯成時。
陽春高調獨徘徊，樵笛山歌陋俗才。太息汝綸歸宿草，如今誰復序君來。

《韶濩堂诗集》书影

金　陵二首

绿锦江流万里长，钟山飞舞辟天阊[1]。
江山如此甘分割，笑杀孙家第二郎[2]。

北风衰泪吊春申[3]，更向金陵放眼新。
山势盘回三匝堞，江流明灭六朝人。

周郎[4]雄略波犹怒，陈主[5]纤歌树已薪。
愁杀数行城下柳，含霜戴雪傍遗民。

出处

《合刊韶濩堂集》，韩国国立中央图书馆藏中国南通翰墨林书局民国刊本。

注释

1. 天阊：天门。
2. 孙家第二郎：孙坚次子吴大帝孙权。
3. 春申：上海别称。
4. 周郎：东汉末年名将周瑜。
5. 陈主：陈后主叔宝。

解读

本组诗录自《韶濩堂诗集》卷四“戊申稿”，其自撰年略称光绪三十四年曾游历金陵，是年即戊申年，故为此次金陵之行留下的诗作。此时作者已流亡中国三年，朝鲜作为日本羽翼下的保护国，国家早就名存实亡，故其末句自称遗民。金陵历来就是凭吊兴亡的哀伤之城，亡国诗人在此极易产生丧国之痛的哀怨共鸣。

［日］田边华（1864—1931），字碧堂、秋谷，通称为三郎。备中国浅口郡长尾村（今属日本冈山县浅口郡玉岛市）人。幼年受业于私塾，青年时因病休学。从事实业，为郡中知名企业家。明治二十九年（1896），运营上海至苏州航运的日本大东轮船股份公司成立，任董事长。四十年参与创立日清汽船株式会社，任监察。后又从政。擅诗画，尤以绝句自夸，大正三年（1914）将此前诗作汇编为《碧堂绝句》正式刊印。十年孟秋，自朝鲜入中国东北，历燕、齐、鲁，溯游长江，泛洞庭湖，至三峡，洄游江浙。历时四月，行程三万华里，“登临山水，凭吊古迹”，成诗三百九十余首，皆七言绝句。十三年，编为《凌沧集》，由中华书局刊印。昭和二年（1927），又由嚼冰道人加评释，在东京出版。所著还有《碧堂先生山水画册》等。

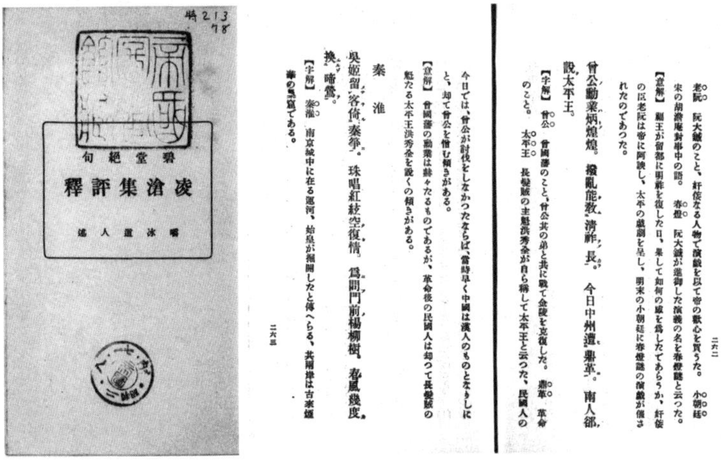

碧堂絕句
凌滄集評釋
嚼冰道人

二六二

老阮　阮大鋮のこと、奸佞なる人物で演戲を以て帝の歡心を買うた。　小朝廷　宋の胡澹庵封事中の語。　春燈　阮大鋮が進御した演義の名を春燈謎と云つた。

【意解】　福王が留都に明祚を復した日、果して如何の感を爲したであらうか、奸佞の臣老阮は帝に阿諛し、太平の戯劇を呈し、明末の小朝廷に春燈謎の演戲が催されたのであつた。

曾公勳業炳煌煌。撥亂能教清祚長。今日中州遭鼎革。南人郤說太平王。

【字解】　曾公　曾國藩のこと、曾公其の弟と共に戰て金陵を克復した。　鼎革　革命のこと。　太平王　長髮賊の主魁洪秀全が自ら稱して太平王と云つた、民國人の今日では、曾公が討伐をしなかつたならば、當時早く中國は漢人のものとなりしにと、却て曾公を憎む傾きがある。

【意解】　曾國藩の勳業は赫々たるものであるが、革命後の民國人は却つて長髮賊の魁たる太平王洪秀全を說くの傾きがある。

秦　淮

吳姬留客倚秦箏。珠唱紅絃空復情。爲問門前楊柳樹。春風幾度換啼鶯。

【字解】　秦淮　南京城中に在る運河、始皇が掘開したと傳へらる、其兩岸は古來繁華の巢窟である。

二六三

《凌沧集评释》书影

自镇口[1]抵南京

长江万里日东流，敝尽征衣我欲愁。

北固[2]南徐容易过，春风又上秣陵舟。

出处

查屏球编著《甲午日本汉诗选录》，江苏凤凰出版社“中国近现代稀见史料丛刊”2017年版。

注释

1. 镇口：实为镇江。

2. 北固：镇江北固山，与金山、焦山并称京口三山。

解读

本诗选自《甲午日本汉诗选录》，但该书没有提供诗作的原始出处。作者流传于世的常见诗集主要是《碧堂绝句》和《凌沧集》。据本诗文句可知，他当时由镇江上溯南京，正值春季，与民国十年（1921）专程游历中国时的秋冬季节不同，故本诗显然不是出自《凌沧集》。而《碧堂绝句》收录的是1914年以前创作的七言绝句，他进入中国开办航运企业是在中日甲午战争以后，故推测本诗的创作年代在清末。

台　城

清凉山色绿芊绵[1]，花落燕支[2]古井前。
玉树歌残人不见，莺声啼破六朝烟。

出处

查屏球编著《甲午日本汉诗选录》，江苏凤凰出版社“中国近现代稀见史料丛刊”2017年版。

注释

1. 芊绵：形容草木繁盛。

2. 燕支：胭脂。

解读

推测本诗与《从镇口抵南京》是同一次游历的产物。清末时，六朝台城已经渺然无迹，时人所指台城实为鸡鸣寺附近明代所筑的废墙断壁，陈后主携妃藏身的胭脂古井也是位于鸡鸣寺中附会的六朝遗迹。它们虽非原景原物，但也是年代久远的古迹，为后人遥想六朝提供了起兴咏古的凭据。

明太祖陵

孝陵石马太萧萧，春草无边雉兔骄。
一角钟山青不闭[1]，夕阳深处吊前朝。

出处

查屏球编著《甲午日本汉诗选录》，江苏凤凰出版社“中国近现代稀见史料丛刊”2017年版。

注释

1. 闭：遮蔽。

解读

本诗也创作于春季，且诗中所言“前朝”大多指上一个朝代，与《自镇口抵南京》《台城》等诗一样可能是清末同一次游历的产物。明孝陵是近代南京最易勾人游兴的明代都城遗迹，熟悉中国历史的日本诗客更是常去吊古。

浦　口

日映帆樯晓色[1]新，金陵咫尺水成津。
青峦翠巘旧相识，山到江南如故人。

出处

田边碧堂原作、嚼冰道人评释《凌沧集评释》，日本东京合资会社工业杂志社昭和二年（1927）印行本。

注释

1. 晓色：晨曦。

解读

本诗作于民国十年秋。作者早年经营航运公司，长江航线是日清汽船株式会社的主要客运线路，南京下关码头及其对岸的浦口位于此条航线的重要节点，因此他很熟悉这一段的山川形胜。旧地重游，遂有“旧相识”“如故人”之叹。

南　京（十八首）

钟山秀色想神封，何处秦皇驻跸踪。
虎踞龙盘不须问，秋天净插玉芙蓉。

建业山川想战勋，乔家二婿[1]本超伦。
金陵今日轻肥[2]客，不说英雄说美人。

丝竹东山第一流，谢公逸兴更无俦。
如今谁抱苍生望，柳绕石城空自秋。

华林园里夜凭栏，远客忧心借酒宽。
天上妖星[3]光射地，恐教烽火照长安。

萧梁殿阁已寒灰，梵呗无声秋草堆。
不见破禅天子[4]过，一牛鸣上雨华台。

清凉山下独徘徊，玉树歌残人不回。
惆怅燕支井[5]边夕，南朝明月满苍苔。

钟山一路夕阳空，古寺萧条蔓草中。

不是铜驼坊[6]里者，金仙[7]几度泣秋风。

荒郊十里蹇驴从，行入钟山日已春。
路上人沽故宫瓦[8]，云中僧打破楼钟。

结绮临春御路荒，台城空见柳丝长。
千年玉树花飞尽，夜听钟声忆景阳[9]。

六朝如梦柳萧萧，佳丽山川金粉销。
一夜行人听不耐，新亭寒雨白门潮。

美人劝醉倚鸣弦，忆在金陵上酒船。
太白诗中三月柳，清明画出六朝烟。

衣上流尘感逝秋，白门无树荫青楼。
谁怜六代垂杨柳，都作飞花过石头。

妓家杨柳影微澜，露叶烟条湿不干。
尚是六朝歌袖色，石城翠到小长干。

六代青山阅冕旒，帝家无迹水空流。
尊前欲续苏公咏，剩有江南数斛愁[10]。

草堂[11]开在白云隈，小小柴门漠漠苔。
忆得诗人王介甫，看山时复跨驴来。

金川门[12]外柳枝残，一片秋光上马鞍。

香火无人供老佛[13]，钟山夕照至今寒。

留都拥立羽书仍，此日君王感不胜。
老阮[14]谀呈太平戏，小朝廷里演春灯[15]。

曾公[16]勋业炳煌煌，拨乱能教清祚长。
今日中州遭鼎革，南人却说太平王[17]。

出处

田边碧堂原作、嚼冰道人评释《凌沧集评释》，日本东京合资会社工业杂志社昭和二年（1927）印行本。

注释

1. 乔家二婿：指东汉末年乔家二女婿，大乔之夫为孙策，小乔之夫为周瑜。

2. 轻肥：轻裘肥马的简称。

3. 妖星：指长星（彗星）。此诗用典出自《幽明录》："晋太元末，长星见，孝武心恶之，夜在华林园中饮酒，因举杯属星曰：'长星，劝尔一杯酒，自古亦何时有万岁天子耶？'帝亦寻崩也。"

4. 破禅天子：指梁武帝。

5. 燕支井：胭脂井，位于鸡鸣寺侧，传说为六朝遗物。

6. 铜驼坊：汉都洛阳在宫南四会之道立有铜驼二枚，后泛指都城中的繁华之区。

7. 金仙：汉武帝铸造的金铜仙人，以手捧盘承接甘露。唐诗人李贺作《金铜仙人辞汉歌序》称："魏明帝青龙元年八月，诏宫官牵车，西取汉孝武捧露盘仙人，欲立置前殿。宫官既拆盘，仙人临载，乃潸然泪下。"后以此典故喻指朝代更迭。

8. 故宫瓦：此指明孝陵黄琉璃瓦，清末时有人以贩瓦为业。

9. 景阳：六朝台城景阳楼，齐武帝因深宫中难以听闻端门鼓漏声，故置钟于景阳楼上。

10. 数解愁：苏轼《次韵宋肇惠澄心纸二首》中有"分我江南数解愁"。

11. 草堂：茅草屋。南朝齐孔稚圭《北山移文》有"钟山之英，草堂之灵"。此处指王安石故居半山园。

12. 金川门：明代南京都城北门之一，外通全城最重要的水陆要津龙江驿。

13. 老佛：指从金川门逃出落发为僧的建文帝。

14. 老阮：阮大铖。
15. 春灯：阮大铖所编传奇剧《春灯谜》（《十错认春灯谜记》）。
16. 曾公：指曾国藩。
17. 太平王：指太平天国天王洪秀全。

解读

本组诗作于民国十年秋。作者以《南京》为题，连作十八首咏史绝句，足见其对南京历史的了解之深，从秦始皇驻跸金陵到曾国藩镇压太平天国革命，他以悲哀沧桑的总体基调吟述了江山鼎革的沉痛历史，叹惜那些著名人物和事迹都如过眼云烟，转瞬成空。最后一首实录的就是当下史的转折，曾国藩本被清廷视为延续清朝统治的中兴名臣，到了中华民国时期，洪秀全得到高度评价，“南人却说太平王”说明其中表现最明显的还是最早爆发辛亥革命的南方各省，也是太平天国革命主要波及的区域。

秦　淮（六首）

吴姬留客倚秦筝[1]，珠唱红弦[2]空复情。
为问门前杨柳树，春风几度换啼莺。

第四桥[3]南维酒船，青楼灯火动秋涟。
枣花帘[4]外了鬟[5]立，乞取游人白打钱[6]。

画舫棹过珠市[7]傍，天寒噤杀紫鸳鸯[8]。
秦淮三十六心曲，长似阿侬[9]愁绪长。

貂裘换酒入苏家[10]，小女十三娇髻了。
猜得春风红已破，镜中人面似桃花。

旖旎垂杨罨画[11]山，看郎宝马去摇环。

鹦哥巧作烟华主[12]，偎傍帘栊[13]唤阿鬟。

银烛珠帘老自怜，吹箫人在月明船。
白门一树垂垂柳，隔着春风二十年。

出处

田边碧堂原作、嚼冰道人评释《凌沧集评释》，日本东京合资会社工业杂志社昭和二年（1927）印行本。

注释

1. 秦筝：古筝，始盛于秦地，传为秦将蒙恬所造，故名，常与齐瑟并称。

2. 珠唱红弦：珠圆歌声与红色丝弦。语出唐杜牧《羊栏浦夜陪宴会》：“红弦高紧声声急，珠唱铺圆袅袅长。”

3. 第四桥：其名不知何解。其南停泊酒船，说明该桥为东西向，内秦淮河上最符合这两个特征的当是淮清桥。它的南边为秦淮河利涉桥至东水关一段，河岸南北分别是钓鱼巷和长板桥，清末民初为妓馆、画舫的集中区。

4. 帘：原书作“廉”，当为“簾”字。

5. 了鬟：头发结鬟的少女，此指雏妓。

6. 白打钱：原书注释称类似日本的寺钱，即寺院通过提供经营场所收取的租金。此处当指酒船、青楼为雏妓揽客提供场所，并收取费用。

7. 珠市：明末南京冶游地之一。清余怀《板桥杂记》称：“在内桥傍，曲巷逶迤，屋宇湫隘，然其中有丽人。”内桥跨城内秦淮河北支。

8. 紫鸳鸯：比喻妓女。

9. 阿侬：吴语，指我。

10. 苏家：指代妓家，借用钱塘名妓苏小小之名。

11. 罨画：杂彩色画，此处形容山色绮丽。

12. 烟华主：豪客。

13. 帘栊：门窗帘子。

解读

本组诗作于民国十年秋。秦淮之名早已通过《板桥杂记》等闻名日本，作者到了金陵自然慕名冶游。最后一首“隔着春风二十年”暗示此番是旧地重探，初至秦淮的时间当在光绪末年南京开埠以后不久。如今他虽然年近花甲，却仍然不脱风流诗客的本色，连题六首，咏唱秦淮，足见这一烟花胜地在其心中的分量。诗中描摹的乞取白打钱等一些细节丰富了人们对近代秦淮青楼文化的认识。

秦淮五艳（五首）

揭籍[1]烟花亲彩翰[2]，秦淮曲里强为欢。
能诗伯谷[3]风流甚，自就妆楼[4]见画兰。马湘兰[5]

绛云楼[6]上伴清娱，唱和诗成字字珠。
兰蕙逢霜善知劲，谁知小字是蘼芜。柳如是[7]

柔情如水画兰时，珠翠丁星[8]玉漏迟。
一自玉京道人[9]去，梅村词客[10]鬓成丝。卞玉京

烟华[11]南部本名流，箫局[12]筝船日日游。
教画幽兰清兴在，尚书[13]缓带[14]住眉楼。顾横波[15]

秦淮艳曲博奇文，公子风流画史勋。
纨扇留红春有色，桃花憨杀李香君[16]。李香

出处

田边碧堂原作、嚼冰道人评释《凌沧集评释》，日本东京合资会社工业杂志社昭和二年（1927）印行本。

注释

1. 揭籍：隶籍。
2. 彩翰：彩笔。

3. 伯谷：王穉登（1535—1612），字伯谷。号广长庵主、松坛道人、长生馆主、解嘲客卿等，苏州长洲（今属苏州）人。一生未仕。明万历二十二年（1594），曾奉召参与修国史。诗文书法俱绝，属吴门派代表人物，在文徵明之后主词翰之席三十余年。明史有传，称其"嘉、隆、万历间，布衣、山人以诗名者十数，俞允文、王叔承、沈明臣辈尤为世所称，然声华烜赫，穉登为最"。有《王伯谷集》《弈史》《吴郡丹青志》《吴社编》《燕市集》《客越志》及传奇《彩袍记》《全德记》等。眷恋名妓马湘兰，与之交往亲密，曾为其诗集《湘兰集》作序，并著有《马姬传》。他七十大寿时，马氏"买楼船，载婵娟数十"，到苏州飞絮园为其"置酒称觞，吴中啧啧夸盛事"。

4. 妆楼：女子居室。

5. 马湘兰（1548—1604）：本名守真，小字玄儿，又字月娇，号湘兰，排行第四，故称四娘。生于金陵。姿首如常人，但歌舞一流，又吐辞流盼，能巧伺人意，且为人豪侠。多才艺，能诗，尤工画兰，清逸有致，名闻海外。晚年礼佛。有《湘兰集》。

6. 绛云楼：钱谦益、柳如是所建藏书楼，位于常熟虞山，清顺治七年（1650）初冬不慎焚毁。

7. 柳如是（1618—1664）：本名杨爱，改名柳影，小字影怜、蘼芜，号如是，又称河东君。浙江嘉兴人。苏州盛泽名妓徐佛收为养女。后被吴江的大学士周道登纳为侍妾。周氏死后再度流落江南，得与诸多名士交往。明崇祯十四年（1641），成为钱谦益侧室。清顺治二年，钱谦益降清，柳如是留南京拒绝北上。顺治四年，将受黄毓祺反清复明案牵连的钱谦益营救出狱，并联络资助抗清义士。清康熙三年（1664），钱谦益去世，为护其家产悬梁自尽。有《湖上草》《戊寅草》《红豆村庄杂录》《我闻室梅花集句》《东山酬唱集》等。

8. 珠翠丁星：珠翠，指珍珠、翡翠等饰物。丁星，与星光相对。语见唐温庭筠《春江花月夜》："珠翠丁星复明灭，龙头劈浪哀笳发。"

9. 玉京道人：卞玉京（约1623—1665），名赛，一曰赛赛，字云装，自号玉京道人，习称玉京。南京人。因家道败落，流落乐坊。知书，工小楷，善画兰、鼓琴。年十八，曾游吴门，侨居虎丘，寻归秦淮。清兵入南京，复游吴。依良医郑保御，筑别馆以居。长斋绣佛，持戒律甚严。死后葬于惠山柢陀庵锦树林。

10. 梅村词客：吴伟业（1609—1672），生平见本书森槐南《金陵偶占》注释。明崇祯十六年，与卞玉京相识，一见倾心。不久李自成陷北京，清兵南下，两人失散。清顺治七年，因钱谦益牵线，始得其音信，作《琴河感旧》诗倾诉思念。次年，决意出家的卞玉京着道袍相见以此示别，遂作《听女道士卞玉京弹琴歌》以赠，又填《临江仙·逢旧》，痛感"薄幸萧郎憔悴甚，此生终负卿卿"。

11. 烟华：画眉染料，比喻佳丽云集之地。

12. 篝局：带笼罩的薰炉。

13. 尚书：龚鼎孳（1616—1673），字孝升，号芝麓。合肥人。与吴伟业、钱谦益并称江左三大家。明崇祯七年进士，官兵科给事中。李自成陷北京，自杀未死，任直指使。清军入京，又降，授吏科给事中，累官至刑部尚书、兵部尚书、礼部尚书。有《定山堂集》。

14. 缓带：解带。

15. 顾横波：顾媚（1619—1664），又名眉，字眉生，号横波。南京人。通文史，善画兰，追步马守真，而姿容胜之，时人推为南曲第一。所居称眉楼。明崇祯十四年，被龚鼎孳纳为侧室，改名徐善持。因正室童夫人独居合肥拒受清室诰命，顾横波遂得受封。有《柳花阁集》。

16. 李香君：李香（1624—1653），原姓吴，人称"香扇坠"。苏州人。东林党人之女，其家为阉党所破。8岁时被秦淮名妓李贞丽收为养女，习诗文、琵琶诸艺，尤工琵琶词。为人侠义，聪慧俊美，调笑无双。居媚香楼。明崇祯十二年与侯方域相识，以宫扇为定情物。阮大铖欲结交侯方域，被其劝止。弘光朝时，又拒阮大铖重金邀见，因反抗田仰劫取，不惜坠楼，血溅桃花扇。后避居栖霞山葆真庵为尼。清顺治二年，侯方域携归家乡商丘，纳为妾。孔尚任以侯、李二人故事为蓝本，创作了名剧《桃花扇传奇》。

解读

本组诗作于民国十年秋。历史上有众多秦淮名妓，经典青楼著作《板桥杂记》"丽品"中就著录了二十多位。流行至今最著名的"秦淮八艳"，大约始自善于编创人物像传的叶衍兰于清光绪十八年（1892）刊印的《秦淮八艳图咏》。八艳如传统的八景，只是文人惯用的凑数之举，叶氏按照自己的标准或兴趣挑选了马湘兰、卞玉京、李香君、柳如是、董小宛、顾横波、寇白门、陈圆圆等八位名妓绘像、作传，为秦淮青楼文化留下了新的经典作品。作者可能直接或间接受到了叶氏影响，但按照自己的喜好择取其中五位加以歌咏，排列次序也不相同，标记了他的个人风格。

南京赠深泽领事

金陵官兴日应浓，时引诗人杯酌同。
窈窕钟山云里路，骑驴几度学荆公[1]。

出处

田边碧堂原作、嚼冰道人评释《凌沧集评释》，日本东京合资会社工业杂志社昭和二年（1927）印行本。

注释

1. 荆公：王安石，因受封荆国公，故称。

解读

本诗作于民国十年秋。深泽领事，名暹，字立三。资深外交官。中华民国建立后，曾历任驻杭州领事事务代理、驻长沙领事代理（副领事）、驻吉林领事代理（次年升领事）、驻汕头领事。民国十年（大正十年）九月任驻南京领事。十二年起任驻吉林总领事代理、中日合资中东海林公司理事长等。通汉诗文，昭和九年东京秋丰园发行其译著的《完译西厢记》。作者作为曾长期在华经营的企业家，与驻华领事有着密切交往。

扬子江（二首）

西出岷峨[1]连楚泽[2]，土肥九谷[3]风蕃滋[4]。
汤汤[5]扬子江流水，涵养富源无尽期。

天惠群黎[6]品物丰，平原东与海潮通。
中华为重坤舆上，不外长江万里功。

出处

田边碧堂原作、嚼冰道人评释《凌沧集评释》，日本东京合资会社工业杂志社昭和二年（1927）印行本。

注释

1. 岷峨：岷山、峨眉山。
2. 楚泽：云梦泽等楚地湖泊。

3. 九谷：谷物总称。
4. 蕃滋：增长繁育。
5. 汤汤：水流盛大的样子。汤，通“荡”。
6. 群黎：百姓。

解读

本诗作于民国十年秋。扬子江为长江下游的别称。此诗在原书中系于《南京赠深泽领事》与《发南京》之间，猜测是作者在南京下关码头眺望江景时所作。一般描写长江的诗作多着眼于自然风光、历史感怀，此篇视角则偏重经济地理，反映了作者实业家的本色。

发南京

回首秣陵秋色空，白鸥飞去树茏葱。
一声钟忆南朝寺，隐隐青山残照中。

出处

田边碧堂原作、嚼冰道人评释《凌沧集评释》，日本东京合资会社工业杂志社昭和二年（1927）印行本。

解读

本诗作于民国十年秋。时作者结束了在南京的行程，到下关码头准备乘船东下，所咏内容展现了受到中华文化熏陶后自然流露的感触和情结。

［日］伊藤谦（1860—1937），字士兼，号鸳城。日本广岛人。1913年（大正二年）春至6月间，自日本北九州门司港出发，先至上海、杭州、南京等吴越之地，再沿江上溯，深入游览庐山、江汉、洞庭、三峡，最远抵达奉节、万县，7月返回日本。侨居大阪。江南吟社渡边蕃（字白峰）偶见其“江南实探诗画三十图本”，遂选其诗画编为《江南游藻》，又名《江南三十图诗画》，卷首录有画家吴昌硕（老缶）、南画家吉嗣拜山、汉学家内藤湖南、诗人木苏牧等中日友人的题词、题诗，卷末有京都汉学家、艺术家长尾甲所书跋语，于1916年6月正式印行，刊行本共收诗六十二首、画三幅。

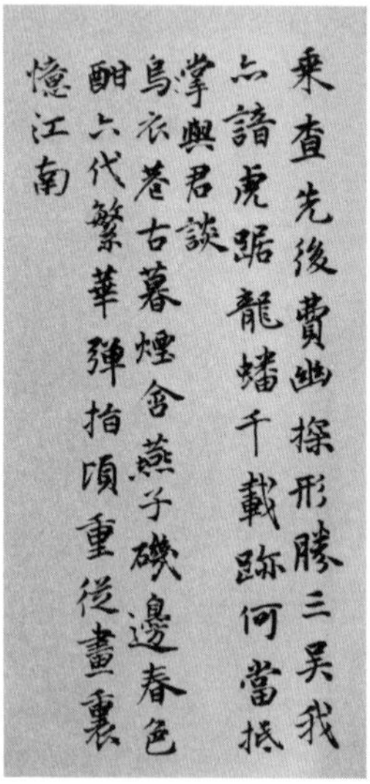

内藤湖南为《江南游藻》所题诗

吴昌硕为《江南游藻》所题字

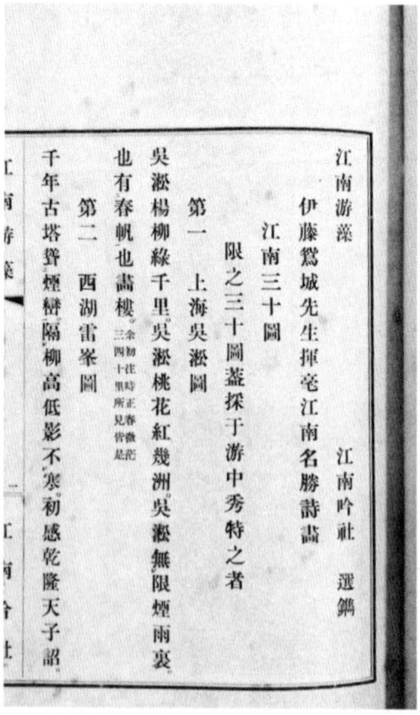

《江南游藻》书影

第十三　莫愁湖亭图

石头城下草萧萧，终日亭前燕燕[1]飘。

古壁空寻画图面，一奁老绿不堪娇。

壁画即卢家少妇[2]像。

出处

渡边蕃编《江南游藻》，日本大阪江南吟社大正五年（1916）刊本。

注释

1. 燕燕：燕子。

2. 卢家少妇：指“十五嫁为卢家妇”的莫愁。

解读

本诗作于民国二年（1913）春。此诗作为“秀特”之佳作入选“江南三十图”，排序第十三。按照该书编辑设想，本应一诗一画，但不知何故，在大正五年的正式刊行本中只收有第六山阴兰亭图、第九倪云林故宅图、第二十庐山九奇峰图三幅画作，其他二十七图均有诗无画。

据旧志记载，郁金堂中供莫愁画像。另光绪二年（1876）淮北朱柏容因“旧有石刻莫愁小像”阙失未补，“爰以昔临古本重经摹勒上石”，现莫愁湖公园郁金堂南的苏合厢墙壁上仍嵌有此刻石。本诗中提及的莫愁女壁画，或许指的就是这个石刻莫愁像。

入南京

鼓楼当面左回辕，古道春风万柳间。
明日买轿何处去，千年金粉六朝山。

出处

渡边蕃编《江南游藻》，日本大阪江南吟社大正五年（1916）刊本。

解读

本诗作于民国二年春。古都南京历史悠久，对熟读中国诗文的日本人而言是凭吊古迹的圣地，近代的战乱更加剧了它的沧桑之感。作者自苏杭抵南京，从本诗的内容看，其心情相当激动，以“金粉”“六朝”知名的一代古城就在眼前。在这个诗材遍地极易生发万千思绪的城市，不知他咏成多少汉诗，今人得见的是收入《江南游藻》中的四首。

秦 淮

欲听佳人碧玉箫，一帘暮雨隔春潮。
此间纵有莫愁妓[1]，忍以沧桑话六朝。

出处

渡边蕃编《江南游藻》，日本大阪江南吟社大正五年（1916）刊本。

注释

1. 莫愁妓：莫愁本为卢家妇或卢家女，后讹为妓。如《康熙江宁府志》："莫愁湖在三山门外，相传旧有伎卢莫愁居此，因名。"

解读

本诗作于民国二年春。因受余怀《板桥杂记》、王士禛《秦淮杂诗》等影响，江户、明治时期的日本对秦淮积累了很多香艳想象，此诗又将莫愁妓的传说代入秦淮意象中，似乎就是来自《秦淮杂诗》。

北极阁

晓登北极台，耿耿观斗魁[1]。
众星皆拱揖，白气贯三台[2]。
旸谷[3]日初出，山河洵美哉。
谓是帝都地，历朝争宝器。
几为逐鹿场，杀戮岂天意。
昨我上石头，经躔[4]画九州。
今日又来此，古感何悠悠，
帝王公将相，虎貉同一丘。
俯仰覆载[5]内，惟仁不可废。

勿读天官书，台斗[6]有时碎。

中原犹未隤，要待高明才。

愿僦[7]万黎手，先僵[8]北极台。

出处

渡边蕃编《江南游藻》，日本大阪江南吟社大正五年（1916）刊本。

注释

1. 斗魁：北斗，象征帝王。

2. 三台：星官名，象征位居三公的大臣。《元史》："七月十五日夜，白气贯三台，帝问何祥，忠良对曰：'三公其死乎！'未几，太保刘秉忠卒。"

3. 旸谷：日出之处。

4. 经躔：日月星辰运行轨迹。

5. 覆载：天覆地载，指天地。

6. 台斗：三台星和北斗，比喻宰辅大臣。

7. 僦：租，雇。

8. 僵：扑倒。

解读

本诗作于民国二年春。北极阁观象台建于明初，时称"钦天台"，清康熙七年（1668）废弃，后建康熙御碑亭——旷观亭，其旁建北极阁。经历太平天国战争后，同治十年（1871）重建旷观亭、北极阁。辛亥革命时，江宁将军铁良等驻北极阁，曾遭民军炮击。作者来时，距离革命结束不过一年多。诗中感慨南京因为是"帝都地"，"几为逐鹿场"，但历朝历代成为帝王将相的都是一丘之貉，天地之内"惟仁不可废"，希望高明之人率领百姓推倒北极台，拯救中原，暗示了他对共和革命的拥护。

［日］**内藤湖南**（1866—1934），本名虎次郎，字炳卿，号湖南，别号忆人居主、湖南鸥侣、雕虫生闷闷先生。南部藩鹿角郡（今日本秋田县鹿角市）人。秋田师范专科学院毕业。初任缀子小学训导，后赴东京历任《明教新志》《东京电报》《日本人》《万朝日报》《大同新报》等报社记者。明治二十六年（1893）赴大阪任《朝日新闻》政论记者。三十二年首次来华游历，著《燕山楚水》。后十多次访华，搜求文献、交往名流，也协助外务省进行军事调查。四十年被聘为京都帝国大学文科大学讲师，四十二年升教授，逐步开创倡导实证主义的东洋史学京都学派。四十三年获授文学博士。曾首次将敦煌文书价值向日本学界介绍。大正十五年（1926）退休，终老京都南郊。唐宋变革论和文化中心移动说是其影响最大的学术观点。所著有《日本文化史研究》《支那绘画史》《支那史学史》《清朝史通论》《清朝衰亡论》《日本学人中国访书记》等，并结集有《内藤湖南全集》十四卷。

题伊藤鸳城《江南游草》

乘查[1]先后费幽探，形胜三吴[2]我亦谙。
虎踞龙蟠千载迹，何当抵掌与君谈。
乌衣巷口[3]暮烟含，燕子矶边春色酣。
六代繁华弹指顷，空[4]从画里忆江南。

出处

《内藤湖南汉诗文集》，广西师范大学出版社2009年版。

注释

1. 查：古同“楂”，木筏，后代指船。
2. 三吴：原指晋时以吴地分设吴兴、吴郡、会稽三郡，后泛称长江下游一带。
3. 口：伊藤鸳城《江南游藻》卷首写作“古”
4. 空：伊藤鸳城《江南游藻》卷首写作“重”。

解读

伊藤鸳城《江南游草》即为《江南游藻》，故本诗当作于1913年7月伊藤归国至

1916年6月此书刊印前的这一段时间。此言“游草”，似非误书，该书之首有渡边白峰撰于大正五年初夏的题识，文末之诗也有“游草一篇”之语，可能《江南游草》为其初名，付梓时正式定名《江南游藻》。

本诗作者曾十余次访华，江南是其常来之地，故曰“形胜三吴我亦谙”。最早一次在1899年，其间逗留南京五日四夜，游遍古城山水。伊藤的诗画勾起了作者江南旅行的记忆，有意思的是诗中所忆江南符号“虎踞龙蟠”“乌衣巷”“燕子矶”，全是他亲历过的南京形胜古迹，似乎表明南京就是他心中的江南代表。

［日］**松田敏**（1845—？），号淞雨。出云（今属日本岛根县）人。出身士族。明治八年至九年（1875—1876），曾在岛根县松江、鸟取法院任民刑裁判。晚年退隐，开馆授徒。大正四年（1915）三月，应侨居上海的亲戚高野氏之邀游历中国。抵上海后乘轮船沿江西上，直达三峡，归途乘船至南京、镇江，转火车游苏杭，六月自上海返日，前后行程八十五天。后集此行诗作一百四十多首，编为《禹域游草》，大正九年排印。

南京怀古（七首选三）

辞岳阳舰[1]游南京，高野、小笠原、羽田三氏送到蓬莱馆[2]。舰中所相知崎川工学士追至，请同游，乃僦马车及译官同发。

黍离麦秀[3]感何胜，王气难终几废兴。
自有春风无限恨，落花吹乱古金陵。

明太祖庙

金粉雕残庙貌荒，无言翁仲倚荒凉。
落花芳草春空老，独有钟山对夕阳。

明故宫

断墙花笑为谁娇，世换无人守庙祧[4]。
四百楼台[5]今不见，空蒙烟雨绘南朝。

出处

《禹域游草》，孙东临编著《日人禹域旅游诗注》，武汉出版社1996年版摘录。

注释

1. 岳阳舰：指岳阳丸，为日清汽船株式会社造于明治三十九年的大型客轮，载重三千二百九十八吨，额定载客三百二十六人，专用于长江航线。1937年（民国二十六年）8月国民政府封锁长江时作为敌轮扣押，转交招商局，改名“江汉”号。1949年后，经改造扩大载客量，再改名为东方红2号。20世纪80年代报废。

日清汽船株式会社的岳阳丸客轮

2. 蓬莱馆：清光绪三十四年（1908）帝室博物馆总长股野琢到访南京，也下榻此处。仅知其位于城中，但具体位置不明，能接待日本高官，说明其属于豪华旅馆。

3. 黍离麦秀：指周大夫过西周宗庙宫室故址所作的《黍离》，箕子过殷墟故址所作的《麦秀》，皆为悲叹亡国的诗作。

4. 庙祧：祖庙，按宫城前左祖右社的规制，明初其址在明故宫外西南处。

5. 四百楼台：金陵为南朝之都时佛寺繁多，唐杜牧《江南春绝句》有名句云：“南朝四百八十寺，多少楼台烟雨中。”

解读

本组诗作于1915年4月4日。《禹域游草》今藏美国哈佛燕京图书馆、日本国立国会图书馆、岛根县立图书馆等处，笔者未见原书。据《日人禹域旅游诗注》载，此组诗原有七首，选注其三，依序分别题名《南京怀古》《明太祖庙》《明故宫》。既为组诗，则后两首之名当为诗前小注。

是日，作者乘岳阳丸客轮至南京，随即率翻译“驰马车观明故宫及谒太祖陵，遍探诸胜，夜宿蓬莱馆”（《禹域游草》自叙），次日出发赴镇江。其行程虽然仓促，在宁仅有一天，但仍然创作了七首组诗，包括咏秦淮河夫子庙的《宣圣庙》等。

[日]**前田慧云**（1857—1930），幼名多闻，号含润、止舟斋，伊势国桑名（今属日本本州岛三重县）人。出身学术世家。入京都净土真宗的西本愿寺为僧。明治十三年（1880），任伊势市西福寺住持。二十一年，与大内青峦一起组织西本愿寺尊王奉佛大同团。二十四年，任西本愿寺法主大谷光瑞的学事主监。又任东京帝国大学、东洋大学、高轮佛教大学讲师。三十六年，以《大乘佛教史论》获文学博士学位。因主张"大乘非佛说"，一度削除僧籍。后历任高轮佛教大学、东洋大学、龙谷大学校长。1917年（大正六年）10月至12月来华，沿江游历沪苏皖鄂湘一带，有诗集《吴越游草》。与中野达慧等编有《大日本续藏经》（金陵杨仁山曾协助搜辑），所著有《天台宗纲要》《三论宗纲要》《真宗学苑谈丛》《本愿寺派学事史》《止舟斋诗钞》等。

明孝陵

石人无语立寒芜[1]，五百余秋一梦徂[2]。

犹剩当年典型[3]在，环陵霜叶灿如朱。

出处

《吴楚游草》，《文献》2014年第五期胡晓明著《"偶像破坏时期"的江南意象——哈佛燕京所见近代日本江南纪游诗四种述略》摘录。

注释

1. 寒芜：深秋乱草。
2. 徂：逝去。
3. 典型：旧范。

解读

本诗作于民国六年（1917）秋。时任西本愿寺顾问的作者，于是年10月由神户至上海，先游苏嘉杭，后抵南京。由于日本学者受汉诗文长期浸淫形成文明认同，因此参观明孝陵这样的古都名胜更易产生令中国人熟悉的兴亡之感。

莫愁湖

残柳枯荷乱拥坡，六朝遗迹[1]雨声多。
莫愁纵是湖名好，奈此荒凉秋邑何。

出处

《吴楚游草》，《文献》2014年第五期胡晓明著《“偶像破坏时期”的江南意象——哈佛燕京所见近代日本江南纪游诗四种述略》摘录。

注释

1. 六朝遗迹：莫愁湖形成于宋元以后，明代始见记载，仅因得名于六朝莫愁女的传说，故被后人视为六朝遗迹。

解读

本诗作于民国六年秋。曾令日本仰视的强盛中国衰落已久，建立民国之后又陷入南北对峙、军阀混战的状态。作者游访南京名胜，却徒见荒凉，一方面让他产生禅风影响下对残破意境的独特审美，一方面也是格外契合与现实相映的历史沧桑。

浦口望韩信台

禹域如今谁将将[1]，多多益善亦无才。
萧萧落木中原冷，残日秋风韩信台。

出处

《吴楚游草》，《文献》2014年第五期胡晓明著《“偶像破坏时期”的江南意象——哈佛燕京所见近代日本江南纪游诗四种述略》摘录。

注释

1. 将将：统领将帅。典出《史记·淮阴侯列传》，韩信与汉高祖刘邦谈论军事才能优劣时，表示他带兵多多益善，刘邦笑问：“多多益善，何为为我禽？”他回答：“陛下不能将兵，而善将将，此乃信之所以为陛下禽也。”

解读

本诗作于民国六年秋。浦口韩信台即韩信点将台，位于长江南京段西北岸，晚清时为南京江上名胜，所咏在秋风时节，故推测本诗是溯江上行赶赴汉口时所作。作者以追怀大汉初兴时的英雄史迹，深叹当下中国的败落无人，营造了强烈的时代感。

［日］**铃木虎雄**（1878—1963），字子文，号豹轩，别号药房。新潟县西蒲原郡（位于日本本州岛中北部）人。出身汉学世家。幼于长善馆从其父惕轩习诗。明治三十三年（1900），毕业于东京帝国大学汉学科，任日本新闻社记者。三十六年，任台湾日日新报社汉文部主任。三十八年起，历任东京高等师范学校讲师、教授。四十一年，任京都帝国大学副教授。大正五年（1916）由文部省派赴中国留学。八年任京都帝国大学教授，获文学博士学位。昭和十四年（1939）退休，敕任帝国学士院会员。他以日本第一部研究中国古代诗史的《中国诗论文》获文学博士学位，青木正儿、吉川幸次郎等著名汉学家皆为其弟子。有日本近代中国文学第一人之称，著作等身，最著者有《支那文学研究》《赋史大要》《禹域战乱诗解》《白乐天诗解》《玉台新咏集注》等，并首次全译《杜少陵诗集》。所作汉诗、和歌多达上万首，分别辑为《豹轩诗钞》《药房主人歌草》《豹轩退休集》等。

《豹轩诗钞》书影

船到下关小泊望金陵有感

狮子山边落晚潮，金陵王气未全消。
休言江水分南北，东逝应归一统朝。

出处

铃木教授还历记念会编《豹轩诗钞》，日本东京弘文堂书房昭和十三年（1938）刊本。

解读

1917年（民国六年）7月张勋复辟，段祺瑞率军进京讨逆，正在北京留学的作者于叛乱平定后出京游历，先后至晋陕豫冀鄂湘等地，然后沿江东下，直到上海。本诗即作于是年秋，客船经停南京下关码头之时。作者因南京是五年前中华民国的开国之地，故言“金陵王气未全消”；南北和谈后清室退位，国家避免了分裂状态，重归一统，遂有“休言江水分南北”之咏。但此时，张勋虽复辟失败，孙中山等已在广东建立非常国会，开启护法战争，因此本诗并非单纯的怀古之作，也有对时事的映射和期许。

明故宫址

江南佳丽帝王居，古址萧条浩劫余。
玉殿[1]坼砖童子卖，芳园种菜野人[2]锄。
衣冠影向龙桥[3]尽，剑佩声随雉堞虚。
独有紫金山上月，清光依旧满城渠。

出处

铃木教授还历记念会编《豹轩诗钞》，日本东京弘文堂书房昭和十三年（1938）刊本。

注释

1. 玉殿：指明故宫。
2. 野人：村野之民。
3. 龙桥：指五龙桥。

解读

本诗作于1918年。作者在上海度过新年后，继续寻访江浙一带的名城古迹。上年经过南京只是在下关码头稍做停留，这次是他首次真正进入南京城。从《明故宫址》《半山亭》《孝陵》《台城址》《景阳井》这几首诗题看，其游览选择的是当时最常规的路线。包括明故宫在内的明代皇城在清代改作了驻防八旗的满城，又经过太平天国革命、辛亥革命、二次革命（讨袁之役）等近代战争的洗礼，明故宫已经极为荒凉残破。当时的政府不仅无暇保护，还允许原驻满城的旗民坼砖变卖以维生计，更是加剧了对古迹的破坏。作者在诗中对这一现状做了如实描述，为怀古诗平添了一份沧桑之感。

半山亭

王安石故宅，在钟山麓。

无声涧水拥门庭，排闼遥峰送旧青。

仿佛幽人高士[1]迹，白林疏石半山亭。

出处

铃木教授还历记念会编《豹轩诗钞》，日本东京弘文堂书房昭和十三年（1938）刊本。

注释

1. 幽人高士：幽居之士、隐者。

解读

本诗作于1918年。半山亭，在今后宰门海军指挥学院王安石半山园旧址，两江总督陶澍与江宁副都统奎光于清道光年间始建，咸丰时毁，同治九年（1870）由署两江总督魁玉重建，宣统间重修。对王安石的重视，不仅因为他是南京历史上少有的名人，也与中国近代急于变法图强的社会心理相契。日本在推行明治维新的过程中，同样对在中国历史上曾经遭受非议的改革家王安石的评价迅速拔高。故作者过明故宫游览明孝陵途中，专程寻访半山园并赋诗以纪，对王安石的倾慕之情蕴藉笔端。

孝　陵

朱家陵墓对城闉[1]，残阙凄凉惨怆神。

驰道方生银苜蓿，荒郊久卧石麒麟。

蟠龙踞虎消王气，玉树金莲[2]非旧春。

六代繁华俱灭绝，岂唯明社[3]惜湮沦[4]。

出处

铃木教授还历记念会编《豹轩诗钞》，日本东京弘文堂书房昭和十三年（1938）刊本。

注释

1. 城闉：层层重门，泛指城郭。

2. 玉树金莲：玉树，即陈后主所作《玉树后庭花》。金莲，指齐废帝凿金为莲，装饰地面，“令潘妃行其上，曰：‘此步步生莲华也。’”

3. 明社：明朝社稷。

4. 湮沦：埋没。

解读

本诗作于1918年。与上年在下关小泊眺望南京时的诗作基调完全不同，深入南京游览后，作者似乎观感大变，“金陵王气未全消”被“蟠龙踞虎消王气”所取代，全篇词句极为凄凉。

台城址

迢递丘峦带寺墙，朱楼翠殿迹茫茫。
多情偏是台城柳，要待春风放旧黄[1]。

出处

铃木教授还历记念会编《豹轩诗钞》，日本东京弘文堂书房昭和十三年（1938）刊本。

注释

1. 春风放旧黄：指春日柳芽再度新生，因其为嫩黄色，故称柳黄。

解读

本诗作于1918年。作者受当时流行的错误观点影响，以为北极阁附近的城墙为台城旧址，首句“寺墙”即指鸡鸣寺。唐代诗人韦庄的“无情最是台城柳”（《台城》）早已是脍炙人口的名句，作者唱起反调，偏用“多情”，亦同样营造了沧海桑田的效果。

景阳井

鸡鸣月落晓烟平，结绮临春次第明。
一曲后庭[1]犹未了，景阳楼上已钟声。

出处

铃木教授还历记念会编《豹轩诗钞》，日本东京弘文堂书房昭和十三年（1938）刊本。

注释

1. 后庭：陈后主所作《玉树后庭花》。

解读

本诗作于1918年。景阳井，即台城景阳楼之井，陈后主与二妃为避隋兵藏身井中，又称胭脂井。清代以来，一般都以为鸡鸣寺以北的一段废弃城墙为六朝台城城垣，鸡鸣寺内的古井也被误指为胭脂井。

方正学墓

雨花台北旧坟遗，宿草荒凉没断基。
蜀道[1]风云犹抱怨，金门[2]烟鸟更添悲。
青山一片留香骨，碧血千秋溅玉墀。
残虐徒劳瓜蔓抄，燕王篡夺匹夫知。

出处

铃木教授还历记念会编《豹轩诗钞》，日本东京弘文堂书房昭和十三年（1938）刊本。

注释

1. 蜀道：方孝孺任汉中府学教授时，曾被蜀王朱椿聘为世子之师，并为其居处亲题“正学”匾。

2. 金门：唐代金明门，门内为当时翰林院之所在。方孝孺生前为明代建文朝翰林侍讲学士，故以金门代指翰林院。

解读

本诗作于1918年。近代日本人对方孝孺的忠节事迹评价很高，对朱棣夺权多持负面看法，因此很多日本诗家经过明故宫时都会凭吊方孝孺祠。但作者不仅歌颂方孝孺，还痛斥朱棣篡位，态度如此激烈则比较少见。

秦　淮

烟雨青山六代愁，吴宫晋苑邈难求。
潺湲[1]唯有秦淮水，长向石头城下流。

出处

铃木教授还历记念会编《豹轩诗钞》，日本东京弘文堂书房昭和十三年（1938）刊本。

注释

1. 潺湲：水流不绝。

解读

本诗作于1918年。受《板桥杂记》等影响，近代日本文士对秦淮的印象多与金粉旧院相连，而像作者这般追念六朝感怀兴亡的则颇为罕见，事实上其在南京留下的诸多诗作没有一首谈风论月。

鸡鸣寺

鸡鸣寺下水云晴，翠袖红衣菡萏明。
梁帝赏秋何处是，长堤十里古台城。

出处

铃木教授还历记念会编《豹轩诗钞》，日本东京弘文堂书房昭和十三年（1938）刊本。

解读

本诗作于1926年。8月12日，作者由神户乘船再度来华，先至江浙，上溯江汉，再北上，辗转郑州、北京、济南，由青岛乘船抵大连，入朝鲜，9月16日归国。南京是其间隔八年后的第二次来访，上次还是以官派留学生的身份，此次却已是京都帝国大学教授。

胭脂井二首

在鸡鸣寺下，即张孔二贵嫔藏身之处。

陈主[1]荣华散作烟，胭脂残井独堪怜。
请看花泣虫鸣处，尽在临春结绮边。

池谷观海[2]曰：陈主豪奢，遗许多诗料，来而哀艳之，咏成矣，兴亡亦妙哉，呵呵。

胭脂井冷碧花浓，望幸深宫恨几重。
镜里绿鬟云扰扰，晓风残月景阳钟[3]。

出处

铃木教授还历记念会编《豹轩诗钞》，日本东京弘文堂书房昭和十三年（1938）刊本。

注释

1. 陈主：陈后主陈叔宝。

2. 池谷观海：日本近代诗人，文久二年（1862）生，骏州田中（今属静冈县）人。有《观海诗钞》四集。

3. 景阳钟：台城景阳楼，内置钟，每日五鼓（拂晓）和三鼓（子夜）敲钟。《南史》：“宫人闻钟声，早起装饰。”

解读

本诗作于1926年8月。这是作者第二次吟咏胭脂井，八年前的诗题为《景阳井》，陈后主的故事极易让其有感而发。

访东南大学即目

学制，男女共学。

红袖青衿[1]槐陌逢，挟书成对语雍雍[2]。

元嘉三学开天六，教地何曾有若容。

宋元嘉中，置玄学、史学、文学于鸡笼山下，即东南大学所在。六，谓长安六学[3]。

出处

铃木教授还历记念会编《豹轩诗钞》，日本东京弘文堂书房昭和十三年（1938）刊本。

注释

1. 红袖青衿：红袖指女学生，青衿指男学生。

2. 雍雍：形容和谐和乐。

3. 长安六学：唐代长安所设国子学、太学、四门学、律学、书学、算学，皆属国子监。

解读

本诗作于1926年8月。东南大学所在为明国子监旧址，元嘉三学的具体位置则难确考，但作者仍将其追溯为东大文脉之始，足见对六朝作为文化源头的高度认可。二战前日本学制普遍为男女分校，故东南大学“红袖青衿”男女共学的和洽场景，在作者看来虽自古未有，但颇可欣羡。

清凉山忆晋元帝旧事

清凉山望雨花台，东北峰峦[1]一带堆。

王气千秋终不灭，何时五马渡江来。

池谷观海曰：音吐爽朗，藏英气于流丽中，特为可爱诵。

出处

铃木教授还历记念会编《豹轩诗钞》，日本东京弘文堂书房昭和十三年（1938）刊本。

注释

1. 东北峰峦：位于清凉山东北方的幕府山一带的山丘。

解读

本诗作于1926年8月。宋张敦颐《六朝事迹编类》引《寰宇记》：“晋元帝自广陵渡江，建康城荒落，以府第居县北山下，因以幕府山为名。”《景定建康志》则引《舆地志》曰：“晋元帝自广陵渡江，丞相王导建幕府于此山，因名焉。”该志又称，幕府山前五马渡，为晋元帝与彭城王等五王渡江地。作者南望雨花台，北眺幕府山，或许回想起八年前在明孝陵前感赋“蟠龙踞虎消王气”，又提出金陵王气“终不灭”。时国共合作的国民革命军正迅猛北伐，作者在末句设问“何时五马渡江来”，似乎是感到时局将变。

又书感

龙蟠虎踞[1]旧王庭，如此江山付[2]白丁。
权策不兴朱四蛰，天心仿佛弃生灵。
朱四，谓明太祖。

出处

铃木教授还历记念会编《豹轩诗钞》，日本东京弘文堂书房昭和十三年（1938）刊本。

注释

1. 踞：原书误作“郁”。
2. 付：原书误作“附”。

解读

本诗作于1926年8月。时南京为军阀孙传芳所据，虽然他将奉系军阀逐出苏皖，自称五省联军总司令，控辖东南，拥兵自重，但作者显然不认为他有朱元璋之雄图大略，直视其为白丁。

莫愁湖

十里清风菡萏秋，重来复上胜棋楼。
不论人物真将假，湖水佳名是莫愁。

楼在湖畔，徐中山[1]与太祖赌棋处。梁武帝句云：洛阳女儿名莫愁。莫愁固非此地女也。

出处

铃木教授还历记念会编《豹轩诗钞》，日本东京弘文堂书房昭和十三年（1938）刊本。

注释

1. 徐中山：徐达，死后追封中山王。

解读

本诗作于1926年8月。作者此前来南京时也曾登楼赏景，但未见有诗传世。与相信莫愁为秦淮妓的诗人相比，作者不仅质疑其身世，还特地通过诗注引证莫愁来历，体现了学者的较真本色。

朝天宫

明代百官习朝仪之所，曾文正[1]平发贼[2]，废为学宫，有碑记之。今兵卒舍焉。

清晨钟鼓习朝仪，化作学宫弦诵稀。
文正丰碑荆棘里，丹楹狼藉挂戎衣。

出处

铃木教授还历记念会编《豹轩诗钞》，日本东京弘文堂书房昭和十三年（1938）刊本。

注释

1. 曾文正：曾国藩，赐谥文正公。
2. 发贼：指太平军，以拒绝清朝剃发留辫之制故名。

解读

本诗作于1926年8月。朝天宫原为道观，明初改建为官员练习朝贺礼仪之所。太平天国时，改为制造火药的“红粉衙”。清同治五年，两江总督曾国藩以其地建文庙，迁江宁府学于此。光绪三十二年（1906）废科举后，两江总督端方在朝天宫设立音乐传习所，以保存国乐。据民国七年出版的《金陵杂志》，当时的朝天宫已成为区立第三高等小学校校址，该校为南京城内四所高小之一。而此诗则披露了在孙传芳统治下，学校已征用为兵营。

明故宫址

秋风禾黍[1]孰知悲，卖瓦年年减殿基。

偏是紫金山色好，五龙桥畔立多时。

钟山，一名紫金山。宫前有五龙桥[2]。

池谷观海曰：直叙其事而使人想其荒废处，是公得意家法。

出处

铃木教授还历记念会编《豹轩诗钞》，日本东京弘文堂书房昭和十三年（1938）刊本。

注释

1. 禾黍：象征一代宫室名胜败落为荒丘废墟的常用诗典。典出《诗经》中的《黍离》篇，《毛诗序》称“周大夫行役，至于宗周，过故宗庙宫室，尽为禾黍”，因悲悯“周室之颠覆，彷徨不忍去，而作是诗也”。

2. 五龙桥：在明故宫宫城内，即午门与奉天门之间，原诗小注称在宫前，不够准确。

解读

本诗作于1926年8月。作者八年前到南京，留下同题律诗一首，同样写到卖宫殿砖瓦，写到远处的紫金山以及所立的五龙桥，八年后的绝句字数更少，表现手法更含蓄。只是残破荒废的遗址景象依旧，就像拥有这片土地的城市和国家，依然衰弱落后，缺乏令人欣喜的变化。

将赴孝陵途上望白垩馆[1]

仆人云近者议筑孙中山陵，馆为视事地。

民为国主恐难凭，剥复[2]无穷机可乘。

已见孝陵没荆棘，何人新起中山陵。

出处

铃木教授还历记念会编《豹轩诗钞》，日本东京弘文堂书房昭和十三年（1938）刊本。

注释

1. 白垩馆：此处借用了日语中的汉字词，意即白色房屋。

2. 剥复：指剥卦和复卦，比喻此消彼长，盛衰往复。前者为坤下艮上，意味阴盛阳衰。后者为震下坤上，意味阴极阳复。

解读

本诗作于1926年8月。中山陵建造工程于是年1月15日动工，3月12日举行陵墓奠基礼。作者参观明孝陵时，建陵工程已开工大半年。他在途中望见一白色建筑，仆人告知为议筑者的“视事地”。当时的陵园建设方为孙中山先生葬事筹备处，办公地在上海，本诗提及的“白垩馆”应当是筹备处在陵园建设地设立的现场办公点。孙中山提出三民主义，并创建了东亚第一个共和制国家，被称为中国民主革命的伟大先行者，但作者作为君主制国家的文化精英立场守旧，表示“民为国主恐难凭”，而且对中山陵的建设也持消极悲观的态度，暗示它将如明孝陵一样没入荆棘。另外，民国时期一般称孙中山先生陵墓、总理陵园、中山陵园、中山墓等，本诗可能属于最早简称中山陵的文献资料了。

［朝鲜］天友，笔名，生平不详。

无　题[1]

北极高楼挹雨清，金陵王气依然晴。
薜萝[2]古木参差极，一曲琴湖万里情。

出处

《从上海到汉城》，日据时期韩国杂志《开辟》第四号1920年9月。

注释

1. 原诗附于纪行文中，没有单独的题目。
2. 薜萝：攀缘植物薜荔、女萝。

解读

本诗发表于1920年（民国九年）9月出版的《开辟》第四号，为描写由上海回汉城的纪行文配诗。文中提及1920年7月中旬的直皖战争，当时直系军阀江苏督军李纯和皖系军阀浙江督军卢永祥也发生交战，影响到作者从上海乘火车到南京的旅程，由此推定此文与诗撰于7月之后。

当时，作者离家到江南盘桓数月，游历了上海、苏州、杭州、南京等地，感受了莫愁湖的夏日细雨、秦淮夜泊的送情美酒，返程时正赶上战事停歇交通局部恢复，在上海乘夜快车到南京，逗留一日，于第二天赶到浦口车站，乘车北上，沿途开窗欣赏金陵风景时情不自禁地创作了本诗。

近代以来，韩国遭受日本侵略，经历亡国巨变，这一过程中陆续有韩人辗转中国，或留学或流亡，南京是其落脚点之一，居留或途经的韩人不少。但笔者孤陋，很少见到他们所作关于南京的汉诗，故本诗与此前的名家金泽荣诗作皆可谓珍贵。另知民国时日据朝鲜僧人朴汉永（朴鼎镐）《石颠诗钞·南游草》有《金陵鸡鸣寺》《秦淮河茶楼》《访金陵刻经处参杨仁山塔呈怀》等三首南京诗作，录此存目。

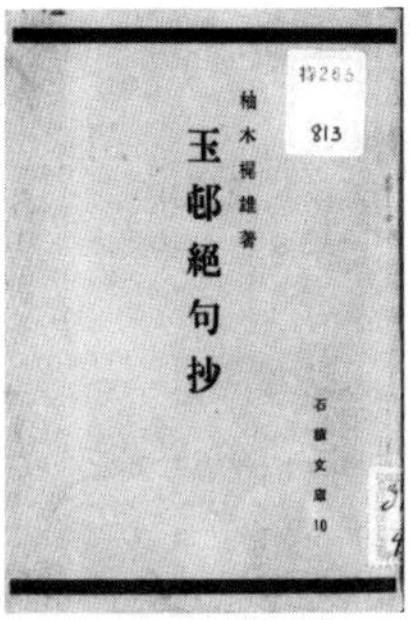

《玉邨绝句抄》书影

［日］**柚木梶雄**（1865—1943），名方启，字子爰，通称梶雄，别号小锄云馆主人、琼岛仙客、双璧斋主人等。冈山县备中玉岛（今属日本冈山县仓敷市）人。东京帝国大学农科毕业。曾任第八十六国立银行社长。日俄战争前后任冈山县农会干事。中年以后辞去公职。爱好广泛，如诗文、书画、篆刻、茶事、盆栽等，又好交友、旅行。大正十年（1921）赴中国旅游，前后四个月，行程三万里。后任泰东书道院冈山支部长，并成为诗坛权威组织艺文社名誉会员等。著有《人工孵卵之实验》《蔷薇栽培》《小锄云馆茶说》《玉邨画话》《双璧斋琐谈》《玉邨绝句抄》等。其绘画学晚清胡铁梅，有画谱《琼馆仙岛画存》《双璧斋画存》等。

南　京

江山六代迭兴亡，结绮临春迹已荒。
剩得齐梁金碧色，万株杨柳乱斜阳。

出处

《玉邨绝句抄》，日本冈山市吉备文书研究会昭和十四年（1939）刊印本。

解读

本诗作于民国十年（1921）。时作者来华游历，初至六朝古都南京，不见六代遗迹，照例感慨兴亡。结绮、临春二阁作为六朝灭亡的象征，在日本知名度很高，许多描写南京的东瀛汉诗都会提及。稍有不同的是，作为擅长文人画的作者，不用史典，而是以色彩、景致的描写，让诗境融入画意，反衬沧桑之变。

秦　淮

春酒绿如江水青，秦淮十日醉难醒。
石城佳话莫愁妓，忆杀题诗王阮亭[1]。

出处

《玉邨绝句抄》，日本冈山市吉备文书研究会昭和十四年（1939）刊印本。

注释

1. 王阮亭：清初诗人王士禛。

解读

本诗作于民国十年。秦淮是当时客游南京的必到之处。王士禛有著名的《秦淮杂诗》，在日本极为知名，与《板桥杂记》一并成为构建很多日本人心中秦淮意象的重要作品。作者在秦淮逗留长达十日，前人笔下的秦淮印象仍是他心头的深刻烙痕，特别是莫愁虽非秦淮佳丽，但因《秦淮杂诗》有专篇吟诵，又有专属的湖景遗留，因此成了金粉想象中的代表人物。

［日］**吉川幸次郎**（1904—1980），字善之，号宛亭，兵库县神户市人。出身商贩家庭。1923年（大正十二年）入读京都帝国大学哲学文学科，师从京都学派创始人狩野直喜教授。三年后毕业。1928年（昭和三年）4月，赴北京大学留学。1931年2月回国后，受聘京都帝国大学任教，并任东方文化研究所研究员。1947年任京都大学文学部教授，并获文学博士学位。20世纪四五十年代陆续撰写追忆留华经历的随笔，结集为《中国印象追记》。1967年，在京都大学人文科学研究所所长任上退休，改聘名誉教授。1975年，率日本政府文化使节团访华。1979年再次应邀访华。著有《元杂剧研究》《读杜札记》《唐宋传奇集》《中国诗史》《中国文学史》《宋元明诗概说》《东方研究所汉籍目录及作者书名索引》《我的留学记》《吉川幸次郎全集》等。

1970年，吉川幸次郎（前排右三）在意大利举行的"17世纪中国思想研讨会"上

南京怀旧绝句

下关南京城入口[1]

山围故国晓峥嵘，津吏讥诃问姓名。
莫怪貂裘蒙海客，三年襆被[2]在燕京。

交通部

直指台城堤筑沙，春寒宫柳未藏鸦。
惊看楼殿凌云起，云是交通第一衙。

春节夫子庙书店

雪后江山剧可怜，恰逢废历[3]入新年。
笙歌寂寞秦淮岸，好向书坊问蠹编[4]。

中央大学西边黄侃宅（二首）

车冲春雪涉沮洳[5]，大学西边黄子居。
窗下蜡梅香寂寂，饱聆磊落说虫鱼[6]。

向我怜君眼暂青，卅年旧事思冥冥。
谷梁音义豪芒[7]析，始觉中原存典型。

在黄侃宅谒吴梅（二首）

词客哀时吴瞿庵[8]，漫将吹笛老江南。
书生何幸成倾盖[9]，人日[10]草堂春酒酣。

若不蓄髯疑是僧，倚声[11]余事尽多能。
山阳载记[12]当扬榷[13]，未许官儒恣爱憎。

出处

《南京怀旧绝句》，南京出版社《金陵物语》2014年版。

注释

1. 本组诗的诗题均为本书编者所加。
2. 襆被：行李。襆，同“幞”。

3. 废历：阴历。中华民国肇建，临时大总统孙中山即下令改用阳历，但阴历未废，新旧并存。南京国民政府成立次年即发起“废历运动”，大力推动旧历的彻底废除。民国十九年（1930），政府颁布《推行国历办法》，下令废历新年不许放假。作者到南京时为1931年初，正值第一个旧历新年，作为民国首都自然严格遵循政令，禁过阴历春节。

4. 蠹编：古籍。

5. 沮洳：低湿地。

6. 磊落说虫鱼：作者在诗前引用韩愈《读皇甫湜公安园池诗书其后二首》诗句：“尔雅注虫鱼，定非磊落人。”认为这句话对黄侃“却是不适用的”。磊落，指慷慨坦荡。

7. 豪芒：毫毛尖，比喻极其细微。豪，通“毫”。

8. 吴瞿庵：吴梅（1884—1939），字瞿庵，一作瞿安，号霜厓，江苏长洲（今苏州）人。清末在苏州东吴大学堂、存古学堂任教。民国以后，在南京第四师范、上海民立中学、北京大学任教。民国十七年至二十六年先后任东南大学、中央大学教授。全面抗战爆发后，辗转内徙，病逝于云南。著有《顾曲麈谈》《曲学通论》《中国戏曲概论》《元剧研究》《南北词谱》等及十余种传奇、杂剧。

9. 倾盖：初次相见。

10. 人日：正月初七，时为1931年2月23日。

11. 倚声：按谱填词。

12. 山阳载记：指《山阳公载记》，晋著作郎乐资著，专载汉末灵献二帝时的历史，颇为严谨可信，多为裴松之引用，以补正《三国志》正文阙误。山阳公，为汉献帝刘协在曹丕代汉后获授的封爵。

13. 扬榷：评论。

解读

《南京怀旧绝句》一文作于1959年，内容是追忆辛未夏历正月（即1931年初）到南京游历并拜访国学大师黄侃的情形，内容很翔实，限于篇幅和体例，本书仅节录了其中的诗歌部分。

黄侃（1886—1935），字季刚，又字季子，号量守居士。湖北蕲春人。武昌文普通中学堂肄业。光绪三十一年（1905），留学日本，师从章太炎。归国后参与辛亥革命。民国初年主持《民声日报》。后历任北京大学、武昌高等师范、北京师范大学、中央大学、金陵大学等校教授。殁于南京。擅长音韵训诂，兼通文学，与其师并称“章黄二学”。著有《音略》《说文略说》《尔雅略说》《集韵声类表》《文心雕龙札记》《日知录校记》《黄侃论学杂著》等。

据作者回忆，见面前他非常惶恐，因为黄侃是“时人普遍公认的国学第一人，与此相应，他的傲慢，也普遍遭到别人的反感”，但没想到自己虽是外国年轻学生，却“受到了热情的接纳”。经过面对面的交流，作者对黄侃的学问极为敬仰，称：“我在中国留学三年，似乎第一次遇到了像学者样的学者。”数天后，黄侃又邀请戏曲大家吴梅与作者一起小酌。吴梅静如僧人，虽为名士，对其也毫无架子。两位学者的风度、才华给作者留下了深刻印象。

附录

Appendix

［荷］约翰·尼霍夫（Johan Nieuhof，1618—1672）。荷兰探险家。生于德国的于尔森。擅长诗歌、绘画和音乐。1640年离家，作为水手长远游巴西。后任职荷兰东印度公司。1653年，清军占领广州，许诺荷兰人自由通商，要求他们晋谒清廷。1655年，东印度公司派遣侯叶尔、凯塞尔率使团赴北京。尼霍夫作为管事随行，并负责描绘沿途所见景象。使团从广州北上，水陆兼行，穿越江西，于1656年5月9日抵达南京。他们拜访了当地的满汉官员，参观了报恩寺，并接受了耶稣会士的宴请，于18日离开南京北上。完成使命后，于11月21日再返经南京，在补充物资、夫役后，12月10日继续南下。尼霍夫在南京创作了多幅图画，最著名的莫过于大报恩寺塔。后来，他给公司董事会提交了一份旅行报告和一幅中国地图，又给住在阿姆斯特丹的哥哥亨利留下了关于此行的旅行笔记和素描稿。1665年，阿姆斯特丹书商梅尔斯率先出版了尼霍夫中国游记的荷文版和法文版，引起轰动。以后尼霍夫中国游记的各种版本、译本层出不穷，成为欧洲人突破耶稣会的垄断，客观了解中国的另一个重要知识来源。1672年，尼霍夫在马达加斯加岛探险时失踪。

明故宫[1]

嗜血的战神啊！当你用那黑色的火炬点燃起战火，

世上的万物将荡然无存！

又一个特洛伊在此地被烈炎并吞，

帝王遁逃，帝系被斩草除根。

出处

荷文版：约翰·尼霍夫给荷兰东印度公司阿姆斯特丹分部的旅行报告，1658年。

中文版：［荷］包乐史，庄国土著《荷使初访中国记研究》，厦门大学出版社1989年版。

本诗译者庄国土。

注释

1. 原诗无题，为编者所加。

解读

清顺治十三年（1656），作者初至南京，在几名“鞑靼女子”的引导下参观了明故宫。当时的明故宫在十二年前还是南明弘光皇帝的宫殿，进行过修缮，整座城市基本没有经历战火洗礼就向清军投降了，因此宫殿格局和重要建筑尚未遭到严重破坏。作者在报告中讲述了他所见到的情况，包括高大的砖砌宫墙、宽大的石砌通道、硬石柱础、小溪流水（御河）以及巨大的午门洪钟等，并且提及占据明故宫的驻防八旗避开了宫殿核心区，在其西南方向修筑了大量茅屋以供居住。作者除了带走一些瓦砾碎片留作纪念，还在故宫的墙上题写了本诗，这是西方人在明故宫留下的最早题诗。面对利马窦也曾盛赞过的伟大建筑及其主人的命运，在作者的历史认知中似乎只有古希腊名城特洛伊的易手可堪比拟。如今不仅明故宫的辉煌早成历史，这首外文题诗也随着曾经恢宏的建筑一并荡然无存。

南京瓷塔[1]

我为这无与伦比的杰作与所有建筑的辉煌壮丽赋诗一首。

虽然这骄傲的建筑堪比七大奇迹，

它们都是远古时代对这新世界的挑战；

你那金殿的光辉却令我颤栗，

啊，南京！在此上帝的名字还未被召唤。

出处

荷文版：亨利·尼霍夫编《尼霍夫游记》，阿姆斯特丹，1665年。

中文版：夏维中著《南京大报恩寺及其琉璃塔在海外的影响》，《世界大变迁视角下的明代中国——国际学术研讨会论文集》，2011年6月。

本诗译者饶抱斯、罗晓翔。

注释

1. 原诗无题，为编者所加。

解读

本诗为《尼霍夫游记》中的随文诗，诗中首次将南京瓷塔比作远古时代地中海文化圈的七大建筑奇迹——埃及胡夫金字塔、巴比伦空中花园、古希腊阿尔忒弥斯神庙、古希腊奥林匹亚宙斯神像、摩索拉斯陵墓、罗德岛太阳神巨像和亚历山大灯塔，为其后来名列中世纪七大建筑奇迹做了铺垫。瓷器本为从中国舶来的奢侈品，《尼霍夫游记》所述瓷造的宝塔以及手绘瓷塔图更令欧洲人为之疯狂。五年后，法王路易十四下令在凡尔赛建造了欧洲最早大量采用陶瓷装饰的中国风建筑——特里亚农瓷宫（Trianon de porcelaine）。

尼霍夫绘制的大报恩寺塔

［日］**小林爱雄**（1881—1946），生于东京。东京帝国大学英文科毕业。日本明治三十九年（1906）发起成立乐苑会，公演了日本首部歌剧《羽衣》。次年，代表作诗集《管弦》出版。四十一年底至四十二年初，到中国旅行，行程遍及上海、苏州、南京、镇江、汉口、北京、天津、奉天、大连、旅顺等地，后撰成《支那印象记》一书，并于四十四年出版。后在帝国剧场洋乐部就职，翻译外国歌剧。大正五年（1916），参与创刊《音乐与文学》。晚年出任早稻田实业校长等职。编著有《春愁》《现代的歌剧》《诗歌、音乐与舞蹈》《歌剧的研究》等。

大　烟

南京春天的中午，
街角向阳处墙根下的柳阴，
草地上一位老者独自一人伸着茅草似的腿，
痴迷于大烟的味道。

身背行李的人看他一眼后走过。
汽车驶过。马走过。憔悴的马上贵人，
羡慕地望着老者。女人行匆匆，
抱着红白的衣服微笑着目不斜视。

烟雾悠然飞舞的街角。
白色胡须的嘴唇里紧紧叼着银烟管，
从迷恋的烟管里溢出——如入天堂——
花纷纷落下，音乐奏起，快活，少女在跳舞。

市场上杂乱的蔬菜鱼肉买卖声，
也有和狗混杂在一起，把肠子堆放在秤[1]上的人们。

沙哑的叫卖馒头的声音，推推攘攘，拥挤不堪，
拼死拼活的喊叫声。

烟丝在柳树间缠绕的街角，大烟的味道，
不管过去还是来世，大烟的味道，
沉迷于痴恋的香气五十年，大烟的味道，
不知生命会持续到何时，大烟的味道。

出处

日文版：小林爱雄著《支那印象记》，小岛晋治监修《幕末明治中国见闻录集成》第六卷，东京：YUMANI书房1997年版。

中文版：《中国印象记·满韩漫游》，“近代日本人中国游记”丛书，中华书局2007年版。

本诗译者李炜。

注释

1. 秤：中文版误为“称”。

解读

作者于1908年（光绪三十四年）12月到南京，次年1月离开。在宁期间，拜访了两江总督，参加了秦淮画舫中的总督晚宴，参观了明孝陵、鸡鸣寺、北极阁、清凉山、莫愁湖、半山寺等古迹名胜，对城市面貌、风土人情都有细致观察，还专门写了九则《南京杂记》记录零碎见闻。虽然《支那印象记》总体上蔑视中国，认为这是一个颓废不堪的衰老大国，但作者对南京除了破败、凄凉和脏乱的描写，也在比较之后处处抨击日本，如赞美南京拥有日本缺乏的雄伟景观、大国气宇、令人沉醉的太古和自然，又如“日本过去的琴声及歌声，难道不同样只是在贪图渺小太平之梦的时候才奏响的乐音”，以及“不知何时能再次逃离东京纷乱繁杂的生活，享受到今日这般悠闲得能够延年益寿的快乐”，等等。

本诗的创作契机是作者发现街角有一位吸了大烟后神情恍惚的老人，不由感慨“无论国家是否要灭亡，无论事态将如何发展，现在只是生活在梦幻中，这种烂醉如泥不省人事的样子难道不可爱吗？难道不美丽吗？”他在画舫晚宴中，“发现在一个角落里放着紫檀台子，上面铺着小被子，还摆着一个枕头，听说是躺在上面吸大烟用

的”，于是也想留在此处吸大烟，“不再回到那个人人都变得像老鼠一样两眼发光的狭小国家了”。大烟带来的梦幻感，可以让作者“如入天堂”，逃离那个不够文明的日本或者处在衰败中的东洋文明，因此本诗的创作背景其实是作者文明观的呈现，即欧美文明远远领先于日本乃至东洋文明，他甚至在书中时常表示中国在思想、审美、衣食住等方面都比日本更接近西方。

［日］**常盘大定**（1870—1945），号榴邱。宫城县人。日本明治二十年（1887）入仙台市道仁寺，属真宗大谷派佛教徒。三十二年，毕业于东京帝国大学文科大学哲学科。先后在真宗中学、天台宗大学、日莲宗大学、真宗大学、丰山大学、东京帝国大学等处任教。昭和六年（1931），自东京帝国大学退休。后任庆应义塾大学东方文化学院评议员兼东洋大学教授。十四年，主持浅草本愿寺兼掌大谷派本愿寺东京分支机构宗务。同年，创立日本佛学院，任校长。二十年，去世。

他曾于1920年（大正九年）9月到1928年（昭和三年）1月，先后五次调查中国佛教史迹。根据前期调查结果，他与关野贞合作编著了《支那佛教史迹》及评解，1925年由东京的墨彩堂印刷，佛教史迹研究会发行。1938年，他又以此为基础将五次调查情况撰成《支那佛教史迹踏查记》一书，由东京龙吟社刊行。此外，他还与关野贞合作编著了《支那文化史迹》及解读各十二卷，分别于1939—1941年由日本法藏馆刊行。其著作还有《印度文明史》《释迦牟尼传》等。

《支那佛教史迹踏查记》书影

雨花台高座寺[1]

城南梅冈岭，三五少女来。
双手捧珠椟，叫卖五色石[2]。
望其展玉臂，帛尸梨蜜多[3]。
迦陵[4]梵呗音，空中停行云。
雨花高座寺，教人长唏嘘。

出处

日文版：常盘大定著《支那佛教史迹踏查记》，日本龙吟社1942年12月第2版。

中文版：卢海鸣，邓攀编《金陵物语》，南京出版社2014年版。

本诗译者王燕（张思凡校对，张学锋译校）。

注释

1. 原诗无题，题目为编者所加。

2. 五色石：雨花石。

3. 帛尸梨蜜多：又称尸梨蜜，意译吉友，时人呼为高座。西域龟兹（今新疆库车）人。国王之子，以国让弟。西晋永嘉年间（307—313）至中原。时值战乱，遂于永昌元年（322）南渡至建康建初寺。善持咒术及梵呗唱念，始传秘咒于江东。既卒，葬石子冈东，晋成帝为其建塔。后关右沙门来游，在谢琨赞助下于冢处起寺，名高座寺。所译有《大孔雀王神咒》《孔雀王杂神咒》《大灌顶神咒经》等。

4. 迦陵：迦陵频伽，佛经中的好声鸟、妙音鸟，因其声音美妙，故常用来比喻如来法音。

解读

作者在华五次调查中的前两次调查，即大正九年、十一年，均曾到南京考察。本诗是其第一次考察时所作，为《支那佛教史迹踏查记》一书正文中的附诗。日文原诗为九行，译者翻译时凑成了十句。当时，作者在雨花台被三五成群提着竹篮的少女围拢着兜售雨花石，由于他在中国北方的旅行中基本见不到年轻姑娘，只有到了南京时情景为之一变，感觉“那份优美无以名状”，于是诗兴大发。

［日］**五味斤伯**，字斤伯，汉名伍斤伯。东京外国语学校毕业。侨居南京。生平不详。

南京名胜[1]

南京哟，春日欢欢喜喜采蕨菜，
夏夜凉凉爽爽秦淮边，
哟嘿，河中画舫数不清哟，
胡琴声声醉人情，唉唉。

骑驴踏野草，
孝陵秋意深，
哟嘿，隐隐太祖梦，
梦痕知几多哟。
冬日紫金山，
山顶峰上雪，唉唉。

出处

日文版：村松梢风著《魔都》，日本东京小西书店1924年版。

中文版：刘婉明编译《古都幻影——日本人笔下的南京》，南京师范大学出版社2017年版。

本诗译者刘婉明。

注释

1. 原诗无题，题目为编者所加。

解读

村松梢风（1889—1961）是生于静冈县的日本作家，1923年（大正十二年）3月下旬至5月中旬带着恋慕中华的文化寻根情结游历上海，结识了田汉、郭沫若、欧阳予倩等中国文人，并曾到南京短途旅行，翌年发表此行游记《魔都》。1927年（昭和二年）再次来华，主要访问成为新政权首都的南京，次年发表《新支那访问记》。以后又多次到访中国，留下《支那漫谈》等一系列著作。也曾采访川岛芳子，创作小说《男装的丽人》。

本诗为日本大正时期流行的民谣体“鸭绿江节”，是鸭绿江上的日本木筏工混合了日本筏歌和鸭绿江号子形成的一种新民谣形式。村松梢风第一次到南京，经人介绍由本诗作者五味斤伯担任其旅行向导。30多岁的五味已经来华六年，并在南京定居，是一位“相当支那化”的日本侨民，特地修筑了中国式的房屋，命名为五味公馆，平时身穿中国服饰，雇用了一位男仆照顾起居。他们一同泛舟秦淮河，边饮酒边吃樱桃。微醺中的五味吟唱了这首自创的歌谣，歌词反映了他对南京的深切喜爱。

村松梢风像及《魔都》扉页

[日]**金子光晴**(1895—1975),本名大鹿安和,后过继给金子家,改用现名。生于爱知县海东郡。少时受洗为基督徒。曾就读早稻田大学、东京美术学校、庆应义塾大学,均未毕业。大正八年至十年(1919—1921)游历欧洲,后出版诗集《金龟子》。大正十五年、昭和二年(1927)至三年三次赴上海,结识郭沫若、田汉、鲁迅和郁达夫等,出版诗集《鲨沉》,创作浮世绘《上海名所百景》。三年至十一年经南洋再赴欧洲游历,出版反抗日本军国主义的诗集《鲛》,是当时极为少见的立场相对独立的日本知识分子。二战结束后数年间,陆续出版诗集《降落伞》《蛾》《鬼子之歌》等。去世不久,中央公论社为其出版《金子光晴全集》。

旧都南京

杨柳里的旧都啊!
有描着黄龙的旧屋瓦、有古钱形。
岑寂的杂草里,有赤壁的崩颓,水牛游息的水池,鹊鸡于飞的城墙……

笼内的鸟声盈溢着的茶楼下的运河里,画舫,红紫色的灯笼,彩色的栏杆,白昼唯有倦怠与寂寥。
(鸦影掠浊水飞过)
歌女们疲劳而安眠了吧,除去璎珞,闭着朱唇……
胡琴简板不响。
永远衰颓下去的旧都的屋顶,
奇妙的猫耳形耸立着的荒寺的屋顶,
若你愿听人间的颓废的哀调,到秦淮去。
若你愿听深沉的兴亡的歌,到草地去吧。

那鹧鸪和苇草,黑而丑的蟆与棺材,还有那野犬,
你在风里可曾听着昔日的环佩声,
你可曾见那涓涓的行潦里映着古旧的廊影。

出处

日文版：金子光晴著《古都南京》，《短歌杂志》1926年10月初刊，《金子光晴全集》，中央公论社1976年版。

中文版：刘婉明编译《古都幻影——日本人笔下的南京》，南京师范大学出版社2017年版。

本诗译者谢六逸。

解读

1926年5月，作者首次游历南京，激动不已，因为对他而言，这是“支那中之支那”“梦中之梦”的城市。作为他的“梦中世界”，南京“是只有珠子与珠子轻轻碰撞，罗纱与罗纱静静摩擦的，清音萦绕作响的世界”。多年后回忆这段旅行，他依然感念至深，“仿佛追忆了无遗迹的梦痕一般，是非常美丽，而又迷离悲伤的记忆”，“如同在某处邂逅了美人，明知此生已无缘再会，却仍旧努力想要将那容姿鲜明地印在记忆中一样”。南京没有“伽蓝之壮观”和“山水之意境”，但古旧、衰颓的遗迹，却给了作者“哀感深致而又美丽华艳”的印象，这令他极为着迷，也因此创作了本诗。他回到上海后，由友人谢六逸译成中文，并刊入当年10月发表的游记。

谢六逸（1898—1945），生于贵阳，早年留学日本早稻田大学，1922年归国。先后在商务印书馆、神州女校工作，后历任暨南、复旦、大夏等大学教授，曾创设复旦大学新闻系。

［美］亨利·沃兹沃思·朗费罗（Henry Wadsworth Longfellow，1807—1882），生于马萨诸塞州波特兰城（今属缅因州）。博多因学院毕业。后游历欧洲各国。1829年，任博多因学院现代语言学教授及学校图书馆员。1836—1854年，受聘哈佛大学教授欧洲语言与文学。期间出版了诗集《夜吟》（*Voices of the Night*）、《歌谣及其他》（*Ballads and Other Poems*）、《布吕赫钟楼及其他》（*The Belfry of Bruges and Other Poems*）、《伊凡吉林：阿卡迪的传说》（*Evangeline: A Tale of Acadie*）、《海边与炉边》（*The Seaside and the Fireside*）等，成为著名诗人。离开哈佛后，专事写作，有《海华沙之歌》（*The Song of Hiawatha*）、《迈尔斯·斯坦狄什的求婚及其他》（*The Courtship of Miles Standish and Other Poems*）、《路畔旅舍的故事》（*Tales of a Wayside Inn*）、《陶土及其他》（*Kéramos and Other Poems*）等，还曾翻译但丁《神曲》。1868—1869年，赴欧洲，被剑桥大学和牛津大学授予名誉学位。去世时，声誉达到顶峰，被视为全美最伟大的诗人。

瓷　塔[1]

在南京城那边，看呀！
奇古的陶瓷之塔，
向惊愕的诸天升起
其九层塔级上均施以绘色，
其缠绕枝叶的凭栏，
覆以瓦片的屋顶，在屋檐掩映下
悬挂的瓷铃，
总是轻柔作响，声音悦耳；
整个塔身闪耀发光
其不同的色彩，
全部融为一种壮丽的颜色，
正如繁花在阳光的照射下一样。

出处

英文版：［美］朗费罗著《陶土及其他》（*Kéramos and Other Poems*），伦敦：乔治·劳特利奇父子出版公司（London : G. Routledge and sons）1878年版。

本诗译者尹磊。

注释

1. 本诗节选自《陶土及其他》中的叙事长诗《陶土》，诗题为编者所加。

解读

据本诗自注，他的灵感来自美国人理查德·艾尔索普（Richard Alsop）1856年在纽约出版的一本关于中国的书《幻想之魅力》（*The Charm of Fancy*）。然而从全诗主题看，写到作为陶瓷之杰作的大报恩寺塔，正如同样在诗中提到了景德镇的制瓷工业一样，这些都是广为西方人所知的具代表性的中国元素，未曾踏足南京的朗费罗对此并不陌生，是不足为奇的。朗费罗是位擅长叙事、有很强想象力和表现力的浪漫主义诗人，在他生花妙笔的演绎下，南京瓷塔呈现出动人的异国风情。当然，在文学传播过程中，难免出现美丽的错谬，如本诗提及的瓷铃其实应该是铜铃。

［法］埃马努埃尔·德·艾萨尔（Emmanuel des Essarts，1839—1909），法国诗人、大学教授，也使用乔治·马尔希的笔名在杂志上发表文章。他是诗人、作家阿尔弗雷德·德·艾萨尔之子，先后在亨利四世中学、巴黎高师求学。1861年被任命为桑斯中学的修辞学教师，并与马拉美成为友人。在调任阿维农帝国中学后，他积极向马拉美介绍南方的奥克语诗人，31岁时获得文学博士学位。后来又执教于第戎、克莱蒙费朗大学的文学系，并获颁荣誉军团骑士勋章。出版有《巴黎人诗》《灵魂之旅》等多部诗集和《16世纪法国修辞诗的起源》等研究著作。

哑剧之诗[1]

当我们触碰这片土地，
比贾布尔、格尔昆达或是南京，
在这永恒的基西拉岛屿上
你统治着；伟大的丑角。

出处

法文版：《巴黎人诗》（Poésies parisiennes），文学协会书店及中央书店（Libraire de la Societe des Gens de Lettres et Librairie Centrale）1862年版。

本诗译者尹磊。

注释

1. 本诗为《哑剧之诗》的节选片段。

解读

此诗借滑稽剧演员之口，咏叹古老文明的消亡。诗中与南京并列的两座城市，一座是印度的比贾布尔，梵语意为“胜利之城”，曾经一度非常繁荣，但当时已被英国占领；另一座印度城市格尔昆达出产上好的钻石，在19世纪80年代，这个词一般被英国人用来指代蕴藏特别丰富的矿脉，并逐渐具有了巨大财富之源的引申含义。

［英］亨利·奥斯丁·多布森（Henry Austin Dobson，1840—1921），生于普利茅斯。幼年时立志成为一名土木工程师，先后求学于考文垂及斯特拉斯堡，后供职于英国贸易部直至退休。其公职生涯乏善可陈，但作为诗人和传记作家则声名卓著。他自1868年起发表了《柏拉图对话录一章》（*A Dialogue from Plato*）、《老派绅士》（*A Gentleman of the Old School*）、《侯爵夫人》（*Une Marquis*）等诗作，1873年出版个人诗集《韵诗图饰》（*Vignettes in Rhyme*），很快一再加印，并受到乔治·艾略特的关注。多布森也是英国法式抒情诗运动的积极鼓吹者，并撰写有多部18世纪名人传记。1902年，爱丁堡大学授予多布森名誉博士学位。

在南京瓷盘上

“吁矣君子，亦如此哉！
是否还有更加悲惨的命运？”
青花勾勒的小小中国人说道。

“如此绝世未睹的少女！
纵使我泣诉于她，求之驻足。
吁矣君子，亦如此哉！”

“我诉我泣，名花艳后，
本应属我，何遽匆匆？”
青花勾勒的小小中国人说道。

“而伊人仅豆蔻之龄，
眼睛细长如挺直的百合花。
吁矣君子，亦如此哉！”

“从轿子中
传来伊人笑语：
‘你晚了一星期，你太迟了！’”
（青花勾勒的小小中国人说道。）

“这便是为何，在怨怒的雾气中
我在这只南京瓷盘上哀伤。
吁矣君子，亦如此哉！”
青花勾勒的小小中国人说道。

出处

英文版：《奥斯丁·多布森诗全集》，纽约：多德米德出版公司（Dodd, Mead and Company）1895年版。

本诗译者尹磊。

解读

本诗反映了维多利亚时期英国人的“东方趣味”。随着英国在印度统治的确立，以及英俄博弈的进一步展开，英国人对东方投去了更多关注。对中国事物的欣赏，除了传教士、汉学家们致力于中国典籍的研究翻译，哲学家、政治学家通过鼓吹中国的制度来警策国人之外，一般人主要是通过从中国舶来的器物进行感知，而此诗中咏叹的南京瓷盘，就是其中的代表。

主要参考文献

[1] 明史[M]. 北京: 中华书局, 1974.
[2] 清史稿[M]. 北京: 中华书局, 1977.
[3] 明实录[M]: 附校勘记. 北京: 中华书局, 2015.
[4] 皇明祖训[M]//四库全书存目丛书. 北京图书馆出版社, 2002.
[5] 金宗瑞, 郑麟趾等. 高丽史[M]. 韩国首尔大学藏太白山史库本.
[6] 李朝实录[M]. 北京: 中国国家图书馆出版社, 2011.
[7] 杜宏刚, 邱瑞中, 韩登庸等. 韩国文集中的明代史料[M]. 桂林: 广西师范大学出版社, 2006.
[8] 吴晗. 朝鲜李朝实录中的中国史料[M]. 北京: 中华书局, 1980.
[9] 上村观光. 五山文学全集[M]. 京都六条活版制造所, 1904.
[10] 复旦大学文史研究院, 越南汉喃研究院. 越南汉文燕行文献集成[M]. 上海: 复旦大学出版社, 2010.
[11] 弘华文. 燕行录全编: 一、二、三辑[M]. 桂林: 广西师范大学出版社, 2010–2013.
[12] 查屏球. 甲午日本汉诗选录[M]. 南京: 凤凰出版社, 2017.

[13] 张敦颐. 六朝事迹编类［M］. 上海古籍出版社, 1995.

[14] 周应合. 景定建康志［M］. 南京出版社, 2009.

[15] 张铉. 至大金陵新志［M］. 四库全书.

[16] 洪武京城图志·金陵古今图考［M］. 南京出版社, 2006.

[17] 程嗣功, 王一化. 万历应天府志［M］//金陵全书. 南京出版社, 2011.

[18] 葛寅亮. 金陵梵刹志［M］.南京出版社, 2011.

[19] 周晖. 金陵琐事·续金陵琐事·二续金陵琐事［M］. 南京出版社, 2007.

[20] 陈开虞. 康熙江宁府志［M］//金陵全书. 南京出版社, 2011.

[21] 吕燕昭, 姚鼐. 嘉庆: 重刊江宁府志［M］.台北: 成文出版社有限公司, 1974.

[22] 蒋启勋, 汪士铎等. 光绪: 续纂江宁府志［M］. 台北: 成文出版社有限公司, 1974.

[23] 唐开陶. 康熙上元县志［M］//金陵全书. 南京出版社, 2010.

[24] 蓝应袭, 何梦篆等. 乾隆上元县志［M］//金陵全书. 南京出版社, 2011.

[25] 甘熙. 白下琐言［M］. 南京出版社, 2007.

[26] 陈作霖, 陈诒. 金陵琐志九种［M］. 南京出版社, 2008.

[27] 卢海鸣, 邓攀. 金陵物语［M］. 南京出版社, 2014.

[28] 陈蒲清, 权锡焕. 韩国古典文学精华［M］. 长沙: 岳麓书社, 2006.

[29] 赵季, 王宝明, 谷小溪等. 明洪武至正德中朝诗歌交流系年［M］. 北京: 人民文学出版社, 2014.

[30] 上村观光. 五山文学小史［M］. 日本裳华坊版, 1905.

[31] 木宫泰彦. 日中文化交流史［M］. 胡锡年, 译. 北京: 商务印书馆, 1980.

[32] 赵季, 张景昆. 箕雅:五百诗人本事辑考[M]. 北京: 人民文学出版社, 2013.

[33] 陈福康. 日本汉文学史[M]. 上海外语教育出版社, 2011.

[34] 郭红, 靳润成. 中国行政区划通史: 明代卷[M]. 上海: 复旦大学出版社, 2007.

[35] 中国人民政治协商会议江苏省高淳县委员会文史资料委员会编. 高淳文史资料: 第十三, 十四辑[M]. 1997, 1998.

[36] 任萍. 多元文化身份的禅者: 日本中世五山僧绝海中津研究[M]. 杭州: 浙江大学出版社, 2015.

[37] 严明. 东亚汉诗研究[M]. 北京: 中国书籍出版社, 2013.

[38] 杨心佛. 金陵十记[M]. 苏州: 古吴轩出版社, 2003.

[39] 刘玉珺. 越南使臣与中越文学交流[J] // 学术研究. 2007年第一期.

后 记

2013年秋，卢海鸣兄邀请编纂《金陵物语》。我在资料搜集过程中就特地留意日本、韩国、越南等国历史上的汉诗，并辑存了首批大约数十首与南京相关的作品。出于篇幅和体例方面的考虑，出版时没有收入书中，但在后记中留下了这么一段文字：

“明初朝鲜半岛的高丽（后改朝鲜，今为朝鲜与韩国）和中南半岛的安南（今为越南）均属汉字文化圈，其使节撰写了许多反映赴南京朝贡的纪行和唱酬诗文。与礼节性的国书不同，诗词完全是个人有感而发。这些从不同角度、采用不同类型文体书写的文字，充分彰显了南京作为东方文明中心的城市地位。此外，元朝时旅居南京的一些日本僧侣也有诗作存世，是以佛教为纽带的南京对外文化交流的亮点。”

后来冯亦同先生编著《南京历代经典诗词》，海鸣兄再次热情邀约，为其附录十余首有代表性的外国汉诗，并添加注释和解说。以此为契机，我又扩大了域外汉诗的搜集范围，特别是对以前极少接触的越南汉诗的收集。2016年，冯先生的大作出版，广受好评，我执笔续貂的附录也引起一些关注，毕竟历史上有这么多外国人用汉字和中国传统的古体诗形式吟诵南京，让很多人觉得是件惊奇的事情，还吸引了媒体专门刊文介绍。

2017年，为推广全民阅读，南京的读书活动有了一个很有创意、也很热闹的策划，即品读南京经典著作，《金陵物语》有幸被列入首期品读计划。在筹备讲座期间，海鸣兄鼓励我创作本书。工作之余，我投入了极大精力，通过针对性地搜集汉诗作品，不仅确保了成书要求的数量基础，而且基本确保涵盖了不同历史时期的诗作，以期能够系统呈现、概览汉诗全貌。书稿正文包括作者生平、诗作原文、出处和释读。在释读方面，主要从理解内容和掌握背景入手，分为注释和解读两个部分：注释侧重解释用典、地理和生僻字词；解读则重在说明、分析、考证创作年代、意图、背景及涉及的史事、人事等，而非常见的文学赏析，是从文本和历史研究的角度提升本书价值的重要原创部分。编排书版时还增加了插图，以作者为单元，附有收录其诗作的汉籍书影，以及尽可能搜罗的作者画像（小照）、书影或与其相关的场景照片（如寺庙等）。这样全书就形成了一个以近四百首金陵汉诗为核心的知识体系，而非一部零篇散简的汉诗集。

需要说明的是，为了符合当代阅读习惯和图书出版规则，在对原诗进行简体横排之时，根据必要的转换原则做了点校：如给原文断句（有些汉籍本身标有断句符号，在充分尊重原作的基础上改为符合现行规范的标点）；如将异体字和一些俗字改为现在的通行字，那些因为地域区隔仅在书写上与中国略有差异的文字（尤其以越南汉诗居多），也经辨识后直接用本字排版，并加以说明。有些诗作一题有若干首，原书未注明的则在诗题后加上括注。附录部分，选辑了17世纪以来八名诗人一共九首翻译后的外文诗作，涵盖欧、亚、美三大洲的五个国家，意图以管中窥豹、抛砖引玉的方式提示非中文世界也存在大量关于南京的诗作，有待我们发掘。

本书能够如愿付梓，要感谢的人很多。除了海鸣兄，日本东京大学水上雅晴教授慷慨作序；南京大学程章灿教授、张学锋教授及南京师范大学李天石教授或给予有益建议或具名推介；南京师范大学王志高教授协助检索了一批发表于近代报章上的诗作；南京大学童岭教授提供了联络外籍专家和具名推荐等各种帮助；越南社会科学翰林院汉喃研究院阮苏兰研究员多次与我探讨如何辨识越南汉籍中的文字；广州社科院的方琳女士也通过其学者朋友协助文字辨识；南京社会科学杂志社副总编虞淑娟女士热忱联系熟识的汉诗专家以搜寻资料；金陵图书馆吴梦菲女士不辞辛劳地帮助检索和搜集了一批国外文献；堂朔建筑工作室纪文心女士在日文资料翻译方面提供了宝贵帮助；南京大学戴莹莹博士协助检索了一批科举文献。特别值得铭记的还有两位好友。南京中国科举博物馆副馆长尹磊博士，很早就参与本书编撰，不仅亲自搜集并翻译、解读了附录中的部分外文诗作，而且在馆内举办的两届“科举、汉籍与江南社会”学术沙龙均邀我出席。我先后面对北京大学刘玉才教授、南京大学杨晓春教授、台湾大学叶国良教授、英国伦敦大学傅熊教授、日本早稻田大学稻畑耕一郎教授、美国旧金山大学斯定文教授、美国马萨诸塞大学戴沙迪教授、加拿大维多利亚大学林宗正教授等十余位中外学者，介绍拙著的编撰情况、内容和感想，得到他们师友般的关切和指教。本书责编谢微女士也是《金陵物语》的责编，不仅恪尽职分，而且也特意留心搜集、采购有关汉诗著作，赠予参考，还为提供专业的编辑建议四处请教古籍文献方面的出版专家，堪为超越责编身份实际参与本书编写的幕后功臣。

当然家人的支持是最大的支持，本书不是本职工作的成果，需要牺牲大量与家人相处和原本属于家务的时间、精力，在此顺致最大的歉意。

邓　攀